比较文学中国化

Comparative Literature of Chinese Elements

徐扬尚◎著

国家社科规划2012年度后期资助项目(12FWW007)成果
浙江省社科规划2012年度一般项目(12JCZW06YB)成果

国家社科基金后期资助项目
出版说明

后期资助项目是国家社科基金设立的一类重要项目，旨在鼓励广大社科研究者潜心治学，支持基础研究多出优秀成果。它是经过严格评审，从接近完成的科研成果中遴选立项的。为扩大后期资助项目的影响，更好地推动学术发展，促进成果转化，全国哲学社会科学规划办公室按照"统一设计、统一标识、统一版式、形成系列"的总体要求，组织出版国家社科基金后期资助项目成果。

全国哲学社会科学规划办公室

序

曹顺庆

《比较文学中国化》是扬尚几近三十年坚持比较文学教学与研究的成果。在我的印象中，这部《比较文学中国化》或许是目前理论创新程度较高的关于中国比较文学学科理论建构的个人专著。该著作立足总结自中国传统文化与文化传统，涵盖"习惯以非我的话语言说自我、互为中心"的话语模式、"青睐天人物我合一、相反相成"的认知模式"、"倾向人文思维、太极思维"的思维模式、"一元暨多元、二元互包互孕"的哲理模式的"一元暨多元主义"的学科话语，以及由此形成的"开放、包容、边缘、整合、比较、参照、跨越、会通"的"无用之用"的学科特性的提出，无疑是其理论创新的标志，同时也是其比较文学理论建构中国化的标志。以"比较文学中国化"的话题统领中国比较文学学科理论建构，确有自己的独特见解。

扬尚与《比较文学中国化》密切相关的著作《中国比较文学源流》，曾被同行专家评论为，"为中国比较文学学科的基础建设，迈出了可喜的第一步。……对于中国比较文学学科史的清理和历史的反思，无疑也具有开拓性的意义"；①"是目前介绍中国比较文学发展史材料最丰富，论述最全面的著作"。②"具有开拓性的意义"、"资料最丰富"、"论述最全面"，显然同样是《比较文学中国化》在归纳、分析中外学者相关论述的基础上，开展中国化比较文学本体论、认识论、方法论"三论"建构的追求。

如果说"反传统"、"别求新声于异邦"是20世纪事实上的中国文

---

① 弘成：《中国比较文学学科建设的基础工程》，《齐鲁晚报》1999年8月4日，第23版。
② 周小仪、童庆生：《比较文学研究在中国的发展及其意识形态功能》注[7]，达姆罗什等主编：《新方向：比较文学与世界文学读本》，北京大学出版社2010年版，第84页。

化主流，那么"回归传统"、"民族文化认同"、"西方学说的中国化"，无疑是21世纪的中国文化主流。潮流所至，使"理论创新"、"提升国家文化软实力"、"赢得民族文化的话语权"、"文化也是生产力"等，成为21世纪初的热门话题，在此语境之下，《比较文学中国化》的学术意义与现实意义都不言而喻。当然，如同比较文学学科本身的不断跨越，中国比较文学理论建构没有止境，《比较文学中国化》涉及的相关问题的最终解决，也自然要靠学界同仁的共同努力。《比较文学中国化》所涉及的相关问题，并非都是结论，见仁见智也自然而然，更多的是为学界提供了深入研究的课题，至少"一元暨多元主义"的比较文学的学科话语就是一个值得深入研究的课题。

　　《比较文学中国化》给学界的启发有三，或说回答了如下三个问题：一是我们拿中国文化的什么东西去化西方学说？或说拿中国文化的什么东西同西方学说相结合？二是西方学说中国化的方法路径何在？或说如何实现西方学说同中国文化及其相关学科的研究实践相结合？三是西方学说中国化的结果如何？可以说，这部《比较文学中国化》的出版，或许标志着"西方学说中国化研究"口号阶段的结束与探索阶段的开始。是为序。

2012年6月22日

目 录

绪论 比较文学中国化

第一章 西方比较文学的"中国化"
　　——中国比较文学的当然选择 …………… 003
　第一节 "比较文学中国化"话题的前世今生 …………… 003
　　一、作为"过去时"的"比较文学中国化"话题 …………… 003
　　二、作为"现在时"的"比较文学中国化"话题 …………… 005
　　三、作为学界共识的"比较文学中国化"话题 …………… 010
　第二节 "比较文学中国化"的能指与所指 …………… 013
　　一、"比较文学中国化"命题的误解及其根源 …………… 013
　　二、"中国化"、"比较文学中国化"的能指与所指 …………… 016
　　三、"西方比较文学中国化"的所指与能指 …………… 020
　第三节 为何要提"比较文学中国化"？ …………… 022
　　一、跨越与会通异质文化话语模式转换的必然要求 …………… 022
　　二、中国文化两次转型与外求的历史要求 …………… 025
　　三、中国文化第三次转型与外求的现实要求 …………… 031
　第四节 如何实现"比较文学中国化"？ …………… 034
　　一、港台比较文学中国化运动与中国派建设的启示 …………… 034
　　二、从汉宋佛教与明清基督教中国化到近现代
　　　　中西文化会通的启示 …………… 042
　　三、三项原则与特征、四个步骤与要求、条件 …………… 049

第二章　外体系内谱系的比较文学"三论"
——贯彻中国文化话语的理论建构 …………………… 054

第一节　会通中西文化话语的比较文学"三论"谱系 ………… 055
　一、中西文化理论建构的谱系性与体系性 ………………… 055
　二、体系性和谱系性相反相承的比较文学"三论" ……… 059
　三、汉语语境下比较文学"三论"谱系的无用之用 ……… 060
第二节　中国化比较文学"三论"谱系的基本内容 …………… 064
　一、本体论：学科定义、研究对象、方向目的、
　　　学科属性、可比性 …………………………………… 064
　二、认识论：学科话语、学科特性、理论建构
　　　切入点与立足点 ……………………………………… 070
　三、方法论：三段论、三体系、会通研究 ………………… 075
第三节　立足中国文化话语的学科定义与学科谱系 …………… 082
　一、立足中国文化话语的比较文学学科定义 ……………… 082
　二、立足中国文化话语的比较文学学科谱系 ……………… 083

上编　比较文学本体论

第一章　"四际文学关系"会通研究
——中国化比较文学的学科定义 ……………………… 087

第一节　三种态度、三个阶段、三种立场 ……………………… 087
　一、三种态度 …………………………………………………… 087
　二、三个阶段、三种立场 ……………………………………… 089
第二节　国际学者的比较文学学科定义 ………………………… 095
　一、欧洲学者的比较文学学科定义 …………………………… 095
　二、美国学者的比较文学学科定义 …………………………… 097
第三节　中国学者的比较文学学科定义 ………………………… 101
　一、中国学者对比较文学学科的定义 ………………………… 101
　二、中国化的比较文学学科定义 ……………………………… 105
第四节　中国化比较文学学科定义的基本构成 ………………… 108

一、普遍性要素：研究对象、研究方法、方向目的 ……… 108
　　二、特殊性要素：学科属性、学科话语、
　　　　学科特性、可比性 …………………………………… 110

第二章　另类异质的"四际文学关系"
　　　——中国化比较文学的研究对象 ………………… 113
　第一节　比较文学就是"文学关系学" ………………… 113
　　一、致力于国际文学关系研究：百年比较文学的初衷，
　　　　欧洲学者的意愿 ………………………………… 113
　　二、以各种文学关系为研究对象：美国派比类研究的
　　　　拓展，国际学者的共识 ………………………… 115
　　三、另类异质的四际文学关系：中国学者情有独钟，
　　　　跨文明研究的长期耕耘之地 …………………… 117
　　四、比较文学就是"文学关系学" ………………… 119
　第二节　四际文学关系研究：比较文学的处女地 …… 121
　　一、跨越国别文学/民族文学界限，开展交流与对话，
　　　　走向世界文学会通的桥梁 ……………………… 121
　　二、跨越国别文学/民族文学界限，开展交流与对话，
　　　　走向总体文学会通的桥梁 ……………………… 124
　　三、跨越学科界限，开展跨学科研究，走向文化整体
　　　　认知与会通的桥梁 ……………………………… 127
　第三节　四际文学关系研究的内涵与外延 …………… 128
　　一、四际文学关系的三个层面及其谱系 ………… 128
　　二、属性关系 ……………………………………… 130
　　三、范畴性关系 …………………………………… 133
　　四、方法性关系 …………………………………… 135

第三章　文学研究的"第四只眼"
　　　——中国化比较文学的目的、属性、可比性 …… 138
　第一节　"第四只眼"：中国化比较文学的方向目的 …… 138
　　一、比较文学：文学研究的"第四只眼" ………… 138
　　二、光大自我，知己知彼，超越本位，和而不同 …… 142

三、会通共同的诗心与文心，寻求共同的文学规律 ……… 144
第二节 文学性与会通性：中国化比较文学的学科属性 ……… 149
　一、坚持以文学为本位的文学性 ……………………… 149
　二、涵盖比较性、关系性、跨越性的会通性 …………… 152
第三节 中国化比较文学的可比性及其三原则与三要素 …… 156
　一、可比性的生成语境 ………………………………… 156
　二、可比性的三原则 …………………………………… 159
　三、可比性的三要素 …………………………………… 163

中编　比较文学认识论

第一章　中国传统文化的"一元暨多元主义"
　　——中国化比较文学的学科话语 ……………………… 169
第一节 中西文化话语对应生成，互证、互释、互补 ……… 169
　一、中西文化话语模式 ………………………………… 169
　二、中西文化认知模式 ………………………………… 170
　三、中西文化思维模式 ………………………………… 172
　四、中西文化哲理模式 ………………………………… 174
第二节 比较文学根源于西方文化话语的百年困惑 ………… 178
　一、第一阶段：传受研究 ……………………………… 178
　二、第二阶段：比类研究 ……………………………… 181
　三、第三阶段：跨文明研究 …………………………… 185
第三节 中国文化话语对比较文学百年困境的解脱 ………… 188
　一、变历史包袱为发展资本 …………………………… 188
　二、使学科定义完善自足 ……………………………… 189
　三、消解过去的种种疑问与纠葛 ……………………… 192
第四节 "一元暨多元主义"：中国化比较文学的学科话语 … 193
　一、以非我的话语言说自我的话语模式 ……………… 193
　二、天人物我合一的认知模式 ………………………… 198
　三、太极思维的思维模式 ……………………………… 203

四、一元暨多元的哲理模式 …………………………… 206
第二章　一元暨多元主义的"无用之用"
——中国化比较文学的学科特性 …………………… 211
第一节　"无用之用"三义 ………………………………… 211
　　一、用其虚无、闲置、不用 ……………………………… 212
　　二、用其不常用、不轻用、难以用 …………………… 215
　　三、用其无可用、不可用，以反损为用 ……………… 217
第二节　"无用之用"：比较文学的学科特性 ……………… 221
　　一、研究对象、研究方法、可比性的务虚、用闲、用空 … 221
　　二、研究方法的难以用与不可轻用 …………………… 222
　　三、比较文学以不用、无用、反损为用 ……………… 223
　　四、致力会通与互补而非解构与对抗，以边缘为
　　　　中心的无用之用 …………………………………… 225
第三节　比较文学无用之用学科特性四要素 ……………… 225
　　一、开放、包容性 ……………………………………… 226
　　二、边缘、整合性 ……………………………………… 228
　　三、比较、参照性 ……………………………………… 230
　　四、跨越、会通性 ……………………………………… 232
第三章　什么是、是什么、为什么是辨析
——中国化比较文学理论建构的切入点 ………………… 234
第一节　"什么是"与"是什么"辨析 ……………………… 234
　　一、"什么是"与"是什么"：两种不同的概念与
　　　　表述方式 …………………………………………… 234
　　二、"什么是比较文学"与"比较文学是什么"：
　　　　学科设限与学科史诠释 …………………………… 236
第二节　"什么是"、"是什么"与"为什么是"辨析 ……… 240
　　一、"什么是"、"是什么"与"为什么是"：
　　　　存在论与认识论 …………………………………… 240
　　二、"什么是比较文学"、"比较文学是什么"与"比较
　　　　文学为什么是"：比较文学的存在论与认识论 …… 241

第三节 "什么是"、"是什么"与"为什么是"辨析的意义 … 243
　　一、有助于重新认识比较文学基于名实之辨的"无理论"、
　　　　"无边论"、"取消论"与"消亡论" …………………… 243
　　二、有助于明确比较文学在高校人文学科教学
　　　　中日益重要的作用 ………………………………………… 246

下编　比较文学方法论

第一章　无规矩不成方圆，法无定法，登岸舍筏
——中国化比较文学研究方法"三段论" ……………… 255
第一节　无规矩不成方圆，不言难知，无言不立 ……………… 255
　　一、无规矩不成方圆的比较文学方法论意义 ……………… 255
　　二、比较文学因学科设限不足而常常捉襟见肘 …………… 256
第二节　法无定法，各有各法 …………………………………… 262
　　一、法无定法的比较文学方法论意义 ……………………… 262
　　二、坚持法无定法的比较文学方法论意义 ………………… 264
第三节　登岸舍筏，得意忘言 …………………………………… 267
　　一、得意忘言的比较文学方法论意义 ……………………… 268
　　二、强调得意忘言的比较文学方法论意义 ………………… 271

第二章　传受研究、比类研究、跨文明研究体系
——中国化比较文学研究方法创新之基础 ……………… 279
第一节　传受研究体系 …………………………………………… 279
　　一、传受研究的基本内涵 …………………………………… 279
　　二、传受研究的方法论贡献与困境 ………………………… 282
第二节　比类研究体系 …………………………………………… 286
　　一、比类研究的基本内涵 …………………………………… 286
　　二、比类研究的方法论贡献与困境 ………………………… 289
第三节　跨文明研究体系 ………………………………………… 294
　　一、跨文明研究的基本内涵 ………………………………… 294
　　二、跨文明研究的方法论贡献与困境 ……………………… 296

第三章　中国文化传统的"会通研究"
——中国化比较文学的研究方法 …… 300
第一节　比较文学就是"会通研究" …… 300
一、比较文学就是"文学比较" …… 300
二、塞翁失马，汉语"比较文学"名正言顺 …… 302
三、比较文学的文学比较，就是"会通研究" …… 307
第二节　四际文学关系学 …… 310
一、语际文学关系研究 …… 310
二、族际文学关系研究 …… 313
三、国际文学关系研究 …… 314
四、科际文学关系研究 …… 316
第三节　总体文学关系学 …… 317
一、四际文论研究 …… 317
二、四际批评研究 …… 320
三、四际文学史研究 …… 321
第四节　三维文学关系学 …… 322
一、传受变异研究 …… 322
二、异同比类研究 …… 326
三、阐释发明研究 …… 331

后　记 …… 334

绪论

比较文学中国化

第一章 西方比较文学的"中国化"

——中国比较文学的当然选择

第一节 "比较文学中国化"话题的前世今生

一、作为"过去时"的"比较文学中国化"话题

"比较文学中国化（Comparative Literature of Chinese elements）"是一个年近半百的跨世纪老话题。其动议与台湾的"比较文学中国派（Chinese School of Comparative Literature）"之说不无关系。值得玩味的是：首先提出建立比较文学中国派的学者，并非中国或华裔学者，而是长期在港台任教，自称"受中国古代哲学的启示"，早在20世纪70年代，便主张"采取不偏不倚的态度"，"以东方特有的折衷精神"，建构体现中国传统文化中庸之道的"中庸学派"，"以期与比较文学中早已定于一尊的西方思想模式分庭抗礼"的美籍白人学者约翰·迪尼（John J. Deeney 汉名李达三）。① 受其影响，台湾本土学者古添洪和陈慧桦也推波助澜，声称"援用西方文学理论与方法并加以考验、调整，以用之于中国文学的研究，是比较文学的中国派"。②

然而，结果却不免令人遗憾：在西方文化话语宰制天下的现代语境之下，李达三旨在解构西方比较文学的话语霸权，与比较文学"法国学派（French School）"、"美国学派（American School）"分庭抗礼的"中

---

① ［美］李达三：《比较文学中国学派》，周树华、张汉良译，台湾《中外文学》1977年第5期。
② 古添洪、陈慧桦编：《〈比较文学的垦拓在台湾〉序》，台湾东大图书公司1976年版。

庸学派（Golden Mean School）"之说，虽然在中国两岸三地反响不小，也还尚未达到应有的程度，连其受业弟子古添洪和陈慧桦立足"阐发法（Illumination）"的"中国派"之说，也属于重起锣鼓另开张，更未能引起西方学者的应有反响；而移中就西、以西释中、单边主义的阐发研究（Textual Explication），以及由此建构的中国派之说，又因忽视了中西文化的异质性及其体现为民族虚无的"西方中心论"嫌疑，从而遭到1975年台湾"第二届国际比较文学会议"与会学者的普遍质疑，乃至海外学者的一致反对。① 但是，两岸三地的中国比较文学后学们，之所以会念念不忘李达三、古添洪、陈慧桦师徒，在某种意义上，莫不因为他们对比较文学中国派及其中庸理念。和舍己就人、以人观我、以人证我、以人说我的阐发研究的倡导。

于是，1985年，港台学者集会台湾比较文学的摇篮——台湾大学，就朱立民提出的与"比较文学中国派"异曲同工而又更为容易为让人接受的"比较文学中国化"议题，展开研讨。结果，既有赞同者，也有质疑者，更有误解者。只不过是赞同者远远多于质疑者与误解者；赞同者的说服力也远远大于质疑者与误解者。赞同者以认为"提倡中国化"好于"标榜中国派"，"中国化"之说较"中国派"之说更加容易让人接受的张汉良，和认为中国化应当成为中国比较文学努力目标的王德威为代表；质疑者以认为中国化的名词定义不清，中国化之说会令中国比较文学丧失学科应有之中性的苏其康为代表；误解者以感觉"有些观点表现出以中国为中心的趋势。研讨会本身似乎暗含着比较文学这个学科将被特殊的中国比较文学方法所代替"的李达三②，和基于对苏其康的"质疑"的认同，建议更改会议议题的张静二为代表。不言而喻，主张建立比较文学中国派者，多是比较文学中国化的赞同者。如果李达三能够以汉字汉语及其书写（writing）和言说（speaking）的话语模式解读"中国化"概念，想必也会赞同。从而使港台的比较文学中国化运动落脚于中国派建设，比较文学中国派建设成为中国化运动的抓手。

同样令人遗憾的是：进入21世纪，无论是比较文学中国派建设，还是比较文学中国化运动，随同整个比较文学研究，在港台都日渐冷清乃

---

① 古添洪：《中西比较文学：范畴、方法、精神的初探》，台湾《中外文学》1979年第11期。

② [美]约翰·迪尼：《中西比较文学理论》，刘介民编译，学苑出版社1990年版，第357页。

至渐无声息，就连苏其康所质疑的"中国化"名词定义不清的问题，也未能得到语言学层面的及时澄清。反之，中国化与中国派之说在港台的曾经喧哗与渐无声息，预示着港台比较文学"过去时"的辉煌与"现在时"的沉寂，从而为中国比较文学发展史及其"将来时"的何去何从，贡献了一个亟待研究与书写的课题。

二、作为"现在时"的"比较文学中国化"话题

"比较文学中国化"也是一个如影随形且不得不加以正视的现实话题。首先，中国学者以属于意音文字的汉字为书写媒介，从事比较文学教学与研究。而比较文学在中国的生成，又属于对欧美比较文学从名目到概念、从方法到观念、从体系建构到学科设置的全面移植。西方比较文学生成于西方文化语境，用表音的字母文字书写，而希腊文、拉丁文、英文、法文、俄文等表音文字及其书写的西方文化，又与汉字及其书写的中国文化另类异质，从而使中国学者从事比较文学教学与研究，必然面临一个跨文明的，植根语言文字而又超越语言文字的意义建构方式、表述方式、解读方式，我称之为"话语模式"的转换的问题。

其次，中国始于20世纪80年代"改革开放"的第三次文化转型，立足于"文化外求"而非"文化移植"。而文化外求与文化移植的不同就在于：文化外求乃狮子消化吸收牛羊而成为狮子自身①，是借鉴、吸收、改造、调整、化合外来文化的相关因子、理论学说，为己所用、化人为己，可与近代的"中体西用"说互证互释；文化移植乃狐假虎威而狐狸永远成不了老虎②，是拿来外来文化的相关因子、理论学说，直接运用、照单全收，然后予以功利性选择使用，可与近代以全面学习之名行断章取义之实的"伪西化"的"全盘西化"说互证互释。从而使中国文化第三次转型语境下的中国比较文学对西方比较文学的外求，必须面对如何借鉴、吸收、改造、调整、化合，化人为己的课题。

---

① 借意于法国诗人瓦雷里（Paul Valéry）名言："用他者充实自我，再没有比这个更本分、更适合自己的了。但是，前提是要将他者消化掉。狮子乃消化并吸收了的牛羊。"这个名言为法国著名比较文学家伽列的《基亚〈比较文学〉序言》所借用，借以言说立足文学交流的影响研究，应注重文学传播与接受的"发展演变"。参见 J.-M. Crré, *Vorwrt zur Vergleichenden Literaturwissenschaft*, H. N. Fügen, Vergleichende Literaturwissenschaft, Econ, 1973, p. 83.

② 借意于《尹文子》与《战国策》的成语"狐假虎威"。

第三，随着国家经济实力的快速提升，以争取民族文化自主权为目标，立足民族文化话语建构，激发民族文化创造活力，提升国家文化软实力的文化复兴，势在必然。中国比较文学立足民族文化语境，贯彻民族文化话语，激活中国元素①，彰显中国性，体现中国味的学科话语（Subject Discourse）建构，自在其中。而中国比较文学理论建构所谓立足民族文化语境，贯彻民族文化话语，激活中国元素，彰显中国性，体现中国味，就是指比较文学理论建构的"中国化"、"本土化"、"民族化（Nationalization）"，就是指中国比较文学理论建构对可与印度比较文学"寻求印度各种语言文学的'印度性'"互证互释②，与比较文学超意识形态的"文学性"相辅相成，中国比较文学之所以成为中国比较文学，相关比较文学研究行为、学者、著作、方法、理论等，如何被作为"中国比较文学"识别的"中国性"、"中国味"、"中国元素"的体现。③

第四，任何国家的比较文学，如果不是植根民族文化语境的"本土化比较文学"，便只能是为他国比较文学所化的"他国化比较文学"，因为世界上本来就不存在超越二者之外的所谓"中性的比较文学"。至于作为国际共识，体现普遍性或说中性的比较文学，仅仅属于学理上的假设，如同公孙龙子口中既非白马亦非黑马、既非公马亦非母马的概念之马。这里的"他国化比较文学"，或是作为他国比较文学理论建构的复制品，或是指用他国比较文学理论与方法从事比较文学研究，或是指用本土语文言说与书写他国比较文学。

第五，鉴于为美国学者韦勒克（René Wellek）《比较文学的危机》所讨伐，当年的法国派即早期欧洲比较文学自我中心、论功摆好的爱国

---

① 李达三说，在其倡导比较文学中国派的《比较文学研究之新方向》初版的三年间，"也有人提倡用'中国成分 The Chinese Dimension'的讲法"（[美]约翰·迪尼：《中西比较文学理论》，刘介民编译，学苑出版社1990年版，第3页），可与我的"中国元素"之说互证互释。

② 参见陈惇等主编：《比较文学》，高等教育出版社1997年版，第34页。

③ 立足言意、名实、形质之辩，指向事物本质、本性、特质、特性的"中国性"概念，为中西思辨哲学所共有。"中国味"之味，用于文学，汉魏及其以前本为物生味的"物味"，指向物理，六朝及其以后，则被注入印度"情味论"的因子，发展为情生味、味生情的"情味"，指向性情，经刘勰《文心雕龙》和钟嵘《诗品》的运用，文"味"由此替代曹丕《典论·论文》拈出的文"气"而成为中国话语的重要概念。后来"气"与"味"合一而生成"气味"，复归物理而远离性情；而复归性情，则是我们所谓文学与文化之"中国味"的旨意。"中国元素"概念显然体现了西方近代文化科学话语的意义建构方式。三者互证互释，可深入细致地诠释中国比较文学理论建构对中国文化话语的贯彻，也即是"比较文学中国化"的基本内涵。

主义意愿①，英国学者苏珊·巴丝奈特（Susan Bassnett）《比较文学：批判性的介绍》和美国学者佳亚特里·斯皮瓦克（Gayatri Chakravorty Spivak）《一个学科的死亡》所揭示，法国派与美国派即整个的欧美比较文学去异求同的极权主义②，李达三倡导中国派声称要与法国派和美国派分庭抗礼，谈到中国派建设的知识外求，季羡林明确表示要讲"功利主义"③，范存忠呼唤比较文学研究的文章以《比较文学和民族自豪感》为题④，更为主要的是，不少学者强调，比较文学中国派建设要以生成于西方文化语境，以对立斗争作为主题词的意识形态理论为根本，虽然这种强调仅仅属于口号而从未能真正落到实处——体现于理论建构与研究实践，从而使中国比较文学研究如同早期的欧洲比较文学研究，与假借世界主义（Cosmopolitanism）之名而大行自我中心的民族主义（Nationalism）之实的意识形态动机纠缠不清⑤，曾任国际比较文学协会主席的荷兰学者杜威·佛克玛（D. W. Fokkema）等，由反对自我中心，体现为"法国中心论"、"欧洲中心论"乃至"西方中心论"，植根于民族主义与地域主义（Regionalism）的比较文学法国派与美学派之说，到反对坚持民族特色与地域特色的比较文学中国派之说，再到反对强调以对立斗争为主题词的西方意识形态理论为根本，强调将中国传统与西方成就相结合的中国派的自我辩护，直到反对中国学者继续倡导并致力于中国派建设⑥，虽然其反对中国比较文学强调以对立斗争为主题词的西方意识形态理论为根本的观点，得到中国学者的普遍拥护与广泛认同⑦，但是，其反对中国比较文学立足民族文化语境，彰显民族文化个性，坚持互为中心的民族特色与地域特色的观点，却遭到继续倡导并致力于超意识形

---

① René Welley, *The Crisis of Comparative Literature*, Proceedings II, Vol. One, p. 155.
② Gayatri Chakravorty Spivak, *Death of a DisciPline*, back cover, New York: Columbia University Press, 2003, p. 16.
③ 季羡林：《〈中国比较文学年鉴〉前言》，杨周翰、乐黛云主编：《中国比较文学年鉴》（1986年），北京大学出版社1987年版，第5页。
④ 范存忠：《比较文学和民族自豪感》，1982年10月5日《人民日报》。
⑤ 参见周小仪、童庆生：《比较文学研究在中国的发展及其意识形态功能》三、比较文学的意识形态功能，达姆罗什等主编：《新方向：比较文学与世界文学读本》，北京大学出版社2010年版，第95页。
⑥ D. Fokkma, On Theory and Criticism in Literary Studies,《中国比较文学通讯》1988年第3期，第1—6页。
⑦ 乐黛云等：《比较文学原理新编》，北京大学出版社1998年版，第59—60页。

态与超民族主义的比较文学中国派建设,以此作为国际比较文学学科理论建构第三阶段的中国学者的普遍抵制①,中国学者谈到比较文学理论方法"言必称学派"之风,并未因此而有丝毫减弱,虽然还不敢说激起了中国学者的逆反心理②,这恐怕是佛克玛等始料未及的,至于遭到强调中国比较文学以西方意识形态理论为根本的学者的激烈反击,自在情理之中③,从而在 2007 年"四川省比较文学学会第七届年会暨国际学术研讨会"开幕式上,改口称"我对中国学者为中国学派建设所做出的努力表示钦佩"。原来,中外学者关于是否继续坚持比较文学学派之说,以及是否继续坚持比较文学中国派建设之争,分歧与误解的根源,来自两种文化话语的碰撞:由于反对者拿生成于"一元暨中心主义"或称"逻各斯(Logos)中心主义"的西方文化话语的西语"学派"概念,解读坚持者贯彻"一元暨多元主义"或称"太极多元主义"的中国文化话语的汉语"学派"概念乃至"中国派"说所致。具体地说,立足中国文化语境,贯彻中国文化话语,激活中国元素,彰显中国性,营造中国气场,倡导并致力于超意识形态的比较文学中国派建设的中国学者,所谓"学派"乃至"中国派",来自中国文化传统的意义有二,一是指学术上的师承,二是指学术理论方法具有共同倾向的学术群体,总之与作为世界主义对立面的自我中心的民族主义没有丝毫的联系,诚如"红学"大师周汝昌所说:比较文学中国派,"易言之,应该是具有中国特色的中国比较文学了,而不是照搬西方的一切"④。他们不仅不否认,而且同样不认同有关中国学者的比较文学中国派言论的民族主义动机,但是,中国比

---

① 参见曹顺庆:《中国学派:比较文学第三阶段学科理论的建构》,《外国文学研究》2007 年第 3 期。

② 例如方汉文主编:《比较文学学科理论》,北京师范大学出版社 2011 年版;张铁夫、季水河主编:《新编比较文学教程》第三版,湖南教育出版社 2009 年版;胡亚敏主编:《比较文学教程》,华中师范大学出版社 2004 年版等。绝大多数中国比较文学学者与绝大多数中国比较文学教材都不回避对比较文学学派的叙述。港台学者袁鹤翔在"中国比较文学学会第十届年会暨国际学术研讨会"上的主题发言《反映与反思:中西比较文学简论》,更是在中国学者常说的比较文学法国学派、美国学派、俄苏学派(Russian Study)、中国学派之外引入"巴西学派(Brazil Study)"之说(《中国比较文学》,2012 年第 1 期,第 16 页)。印度学者也说:"也许我们把比较印度文学作为第四个学派。"([印度]阿米亚·德夫:《走向比较印度文学》,陈永国译,达姆罗什等主编:《新方向:比较文学与世界文学读本》,北京大学出版社 2010 年版,第 186 页)

③ 孙景尧:《为"中国学派"一辩》,《文学评论》1991 年第 2 期。

④ 周汝昌:《开拓红学研究的新视野》,1996 年 8 月 30 日《中国艺术报》。

较文学的民族主义动机,恰恰是相关学者顺应近现代"中国文化西方化"的时代大潮,自觉形成的西化一元暨中心主义潜意识心理机制的表现,至于坚持以对立斗争作为主题词的西方意识形态理论为根本者,更是对西方一元暨中心主义的明确坚持。始终强调中国学术要有自己的声音,不要满足于跟着西方学者鹦鹉学舌,中国比较文学不要"西化"要"东化"的季羡林,所谓比较文学的功利主义有两读:或是对民族主义、自我中心的偏执,或是民族立场与全球视野、自我中心与非我中心、成就自我与成就他者的相对相成、相反相成。结合另类于美国比较文学专门研究外国文学的一元体制结构的中国比较文学(博士与硕士学科点称"比较文学与世界文学")二元体制结构,世界文学主外——研究外国文学,比较文学主内——从事世界文学与文化语境下的中外文学关系以及文学与相关学科的关系的跨越与会通①,季羡林的功利主义只能解读为服务中国文学研究,可与"走向比较印度文学"的印度比较文学相互印证②。在坚持中国文化话语,倡导并致力于超意识形态与超民族主义的比较文学中国派建设的中国学者看来,所谓比较文学法国派、美国派、中国派,在多数语境之下,其实就是指作为国际比较文学理论建构第一阶段与作为法国比较文学主流的影响研究(Influence Study)、作为国际比较文学理论建构第二阶段与作为美国比较文学主流的平行研究(Parallel Study)、作为国际比较文学理论建构第三阶段与作为中国比较文学主流的跨文明研究。所谓法国比较文学、美国比较文学、中国比较文学,就是指分别立足法国、美国、中国文化语境,体现法国、美国、中国文化特质与价值取向的比较文学。比较文学俄苏派、印度派(India Study)、日本派(Japan Study)、巴西派与俄苏比较文学、印度比较文学、日本比较文学、巴西比较文学等,道理依此类推。归根到底,倡导并致力于超意识形态与超民族主义的比较文学中国派建设者所坚持与要表达的,就是比较文学中国化的立场与意愿。季羡林谓之"东化":"至于为什么我们这个有五千年璀璨的文明的大国,到了今天竟在国际学坛上变成了无声之国,对其原因我有自己的看法。无声这个现象是一客观存在,是无法否

---

① 参见《哈佛大学的比较文学研究:大卫·达姆罗什教授访谈》,达姆罗什等主编:《新方向:比较文学与世界文学读本》,北京大学出版社2010年版,第299页。
② [印度]阿米亚·德夫:《走向比较印度文学》,陈永国译,达姆罗什等主编:《新方向:比较文学与世界文学读本》,北京大学出版社2010年版,第177—186页。

认的，其中也包括了比较文学在内。难道是中华民族的本来很高的智商，到了我们这些'不肖子孙'身上就突然降低了吗？否，否，决不是这样。对于这个问题我们应当反求诸己，进行认真的实事求是的反思。……我个人反思的结果是：在当前中国文史界相当大的一部分学者中，存在着严重的，病入膏肓的'贾桂思想'，总觉得自己这也不行，那也不行，在外国学者面前挺不起腰杆。一提'西化'，则眉飞色舞。一提'东化'——这个似乎不是一个现成的名词——则笑得连鼻子都要笑歪。"①此言不虚，可以从法国比较文学家安田朴（Etiemble Rene 又译作艾金伯勒、艾田伯、艾琼伯，汉名安田朴）处得到印证，安田朴就曾将其全面论述中学西渐之作名之为《中国化的欧洲》（*L'Europe Chinose*）。②就是自称"在著作里从未提倡过比较文学"的钱钟书，也认为中国"要发展我们自己的比较文学研究"。③

如此等等，从而使中国移植于西方的比较文学理论建构，实现立足中国文化语境，贯彻中国文化话语，激活中国元素，彰显中国性，体现中国味的本土化，不仅可能，而且必要。

三、作为学界共识的"比较文学中国化"话题

时至今日，应该说"比较文学中国化"话题已经成为国际国内许多开明的比较文学学者的共识，而且在中国学者那里早已转化为具体行动。

国际上，苏珊·巴丝奈特在提出她那语惊四座的比较文学"过时论"，说是比较文学应当让位于超越语言、民族、国别界限的广义翻译研究时曾强调："正值比较文学这门学科在西方面临危机和衰微之际，世界很多地方因民族意识的觉醒以及对超越殖民遗存必要性意识的增强，促使了比较文学卓有成效地发展。无论在中国、巴西、印度，还是在非洲很多国家，比较文学所使用的这种方法富有建设性意义。"④ 不言而喻，

---

① 季羡林：《〈比较文学原理新编〉序》，乐黛云等：《比较文学原理新编》，北京大学出版社1998年版，第6页。

② 耿升：《〈中国文化西传欧洲史〉译者的话》，[法] 安田朴：《中国文化西传欧洲史》，耿升译，商务印书馆2000年版，第1页。

③ 张隆溪：《钱钟书谈比较文学与"文学比较"》，杨周翰、乐黛云主编：《中国比较文学年鉴》(1986年)，北京大学出版社1987年版，第48页。

④ Susan Bassnett, *Comparative Literature: A Critical Introduction*, Oxford: Blackwell, 1993, p.9.

由民族意识觉醒推动的国家振兴中的国家，中国、巴西、印度、埃及的比较文学，对本土化与民族性的坚持与凸显，自然而然。

美国汉学家苏源熙（Haun Saussy）2006 年代表美国比较文学协会所作比较文学研究报告《全球化时代的比较文学》指出：创立于1917 年的中国比较文学学科，旨在回答"现代中国需要从已经现代化的国家学习什么"，"由此产生的学科显然带有如下特征：通过与'他者'进行对比，它需要定义什么东西是完全而且唯一属于中国的"。显然，这既是指中国比较文学研究实践的特征，也是指中国比较文学理论建构的特征。苏源熙的说法得到康奈尔大学乔纳森·卡勒（Jonathan Culler）等学者的认同。①

在台湾"比较文学中国化"座谈会上，王德威说："可以问：当我们讨论比较文学'中国化'的时候，当我们审视种种以中国文学为基础的中西比较文学研究时，我们难道不是已经在做'中国化'的运动了吗？"② 意思是：我思故我在；我行故我在。我们思考比较文学中国化，从事立足中国文学的比较文学研究，本身就是在做比较文学中国化运动。

刘介民在谈到中国学派与阐发研究时，有着类似的看法："任何文学研究的最高目的，是通过对文学作品的了解来体验人生或生活，而文学研究者本身又会因个人的文化、修养、生活背景影响到他的研究方法。中国学者在进行中西比较研究时，必然渗入到中国人的人性因素，必然'中国化'。"③ 意思是：中国学者的比较文学研究因体现了中国人的人性因素而必然成为中国化比较文学。

其实，刘介民的上述说法又是对黄美序在台湾"比较文学中国化"座谈会上的总结发言的移花接木。黄美序发言的原意是："我觉得任何文学研究的最高目的应该是经由对文学作品的了解与体认来帮助，我们对人生或生活的了解与体认。同时，在任何文学的研究中，研究者个人的文化、生活的背景一定或多或少地影响到他的研究方法、角度、层次和

---

① ［美］乔纳森·卡勒：《比较文学的挑战》，生安锋译，《中国比较文学》2012 年第 1 期，第 3 页。

② 《"比较文学中国化"座谈会纪要》，台湾《文讯月刊》1985 年第 17 期，第 71 页。

③ 刘介民：《比较文学方法论》，天津人民出版社 1993 年版，第 297 页；参见［美］约翰·迪尼：《中西比较文学理论》，刘介民编译，学苑出版社 1990 年版，第 350 页。

结果。所以,我认为中国学者在作比较文学研究时,必然会有意或无意地渗入中国人的人性因素,也就是说必然是'中国化'的——或者说应该是'中国化'的。"黄美序的发言从学者素养与言说语境乃至民族文论体系和美学基础的建构三个层面支持了王德威的上述说法,接着说道:"'中国化'真正精神似乎只是要提醒研究者不要盲目地跟着西方理论走,例如西方学者说中国没有真正的悲剧,我们便也去'证明'中国没有悲剧。我们要建立我们自己整体的文学理论体系与美学基础,而这个整体的体系与基础,非但要植根于不同时期、地域的各种文类,也必须从我们的艺术、哲学、民俗中去求证。比较文学的方法与研究目的之一,应在谋求这个体系与宏基的确立。"① 与季羡林的"东化"说、周汝昌的"中国特色"说等,形成互动互应。

孙景尧如同王德威,将比较文学的本土化视为中国比较文学的努力目标。与王德威不同的是:孙景尧所说的中国比较文学的本土化目标,不是"将来时"而是"现在时",更为难得的是其落脚于植根中国文化的中国比较文学话语建构。孙景尧说是:"我们的比较文学建设也是一开始就从'国情'出发,力求把法国和美国的学派理论消化为具有超越性的'跨'界认识,力求找到一种比较文学的'中国模式',以实现中国比较文学话语的本土化目标。"②

明确提出通过话语建构实现外来的文学、文论乃至比较文学的本土化的学者,是以系列论文《比较文学中国学派基本理论特征及其方法论体系初探》、《比较文学学科理论发展的三个阶段》③、《中国学派:比较文学第三阶段学科理论的建构》、《跨文明比较文学研究:比较文学学科理论的转折与建构》④ 等,归纳总结中国比较文学方法特征并定位于"跨异质文化"即"跨文明研究",归纳总结国际比较文学学科理论建构三个阶段并将第三阶段定位于中国学派的曹师顺庆。曹师通过话语建构

---

① 引自[美]约翰·迪尼:《中西比较文学理论》,刘介民编译,学苑出版社1990年版,第361页;参见《"比较文学中国化"座谈会纪要》,台湾《文讯月刊》1985年第17期,第77页。

② 孙景尧:《〈比较文学导论〉序言》,[奥地利]齐马:《比较文学导论》,安徽教育出版社2009年版,第3页。

③ 曹顺庆:《比较文学学科理论发展的三个阶段》,《中国比较文学》2001年第3期。

④ 曹顺庆:《跨文明比较文学研究:比较文学学科理论的转折与建构》,《中国比较文学》2003年第1期。

实现比较文学中国化的思考又来自他对现代乃至当下中国文学、文论、文化,包括比较文学在内的"失语"的认识:"带着对整个中国学术发展现状和趋势的考察,我发现,中国学术处于一种'失语'的状态,我将之概括为'失语症',这是中国人文学术界包括比较文学研究在内的一个突出文化病态现象。"那么如何作为方能不"失语"?那就是在自身传统和理论学说的基础上,以"自身的言说方式"对外来的理论学说进行改造,以实现外来理论学说的本土化。①

方汉文则撰文具体地提出了立足"新辩证论",由原道论(认识论)、原诗论(本体论)、方法论、学科形态四个层面构成的中国化比较文学理论体系建构的设想,同样将中国化的比较文学理论建构的落脚点指向中国文化话语。方文写道:"当代中国比较文学新阶段的主要任务是建立中国化的理论体系,从而使这一西方学科在本土化进程中荡涤其理论本体的西方中心观念,解构其后殖民主义的方法论。中国化的中心是建立普适性的理论体系,这一理论体系的文化逻辑是同异具于一的辩证逻辑,其理论话语是具有混融特性的观念、范畴与概念。对于中国比较文学研究实践而言,就是完成从以西方理论来阐发中国文学向以中国话语来演绎世界理论的转型。"②

第二节 "比较文学中国化"的能指与所指

一、"比较文学中国化"命题的误解及其根源

(一)港台有关学者对"比较文学中国化"的误解

在台湾"比较文学中国化"座谈会上,张汉良说:"首先我要澄清一下座谈会的主题。刚才许多先生表示,对于'比较文学中国化'存疑。……这恐怕是一种错觉。如果我们说'古典文学现代化',也许便能够接受它。这原因何在?因为'古典'与'现代'这两个名词,一般

---

① 曹顺庆:《中国学派:比较文学第三阶段学科理论的建构》,《中外文化与文论》第15辑,2008年,第12页、第16页。

② 方汉文:《中国化比较文学理论体系的营构》,《中国文学研究》2010年第4期。相同的观点,参见方汉文:《中国比较文学学科理论的体系化与本土化》,《学术界》2008年第1期。

人都认为是对立的，有两极化的倾向。同样的，如果有人主张'东方文学西方化'似乎也没有语意认知的困惑。这种二元对立的常识性认知，使我们无法接受表面上并非对立的'比较文学'与'中国'。"①

其中，李达三与苏其康对比较文学中国化命题的疑虑，无疑具有代表性。李达三的看法如上文所述。苏其康说是："基本上，我赞同朱先生比较文学中国化的提议，在学术上用中文讨论或发表论文是很好的。既然中文是我们的母语，那么用中文来讨论，对很多人来说是比较方便的……但是，如果这个中国化的'化'和西化的'化'是同等的地位，也就是说排除别人，那么应该再考虑一下。……如果我们说台湾的比较文学和其他的比较文学不同的话，那么我们又怎么去说服别人说台湾的比较文学是比较文学的一部分？我们认为比较文学是一个学科，不是一种方法或技巧，既是一种学科，它便是中性的，而价值却可以有偏向，不是中性的。如果可以说'比较文学中国化'的话，那么比我们早些发展比较文学的国家，比如日本，为什么他们没有提出'比较文学日本化'的口号呢？而美国的比较文学学者，只称自己为美国派，不称美国化，法国则称自己为法国派，不称法国化。假使有一个学者，他研究的是法国和德国文学的比较，那么我们称不称他的研究为比较文学中国化呢？他算不算是比较文学的一部分？'中国化'的名词定义在此就是一个疑问，希望我们能把它弄得更清楚一点。"②

综上所述，苏其康等港台学者以及李达三对比较文学中国化命题的疑虑，其实是误读与误解的结果。需要澄清的问题大致有四个方面：一是"比较文学"与"中国"这两个概念，不仅不对立，干脆不对等，因此"化"字无从说起，从而有用词不当之嫌。二是中国化如同西方化，有自我中心，以己化人，排除别人，将他国文化及其比较文学重新"格式化"之嫌。三是比较文学作为学科应当是中性的，为此，法国、美国、日本比较文学都不强调本国化，中国比较文学强调中国化，有破坏学科中性之嫌。四是"中国化"概念属于名词，或说应当作名词，也只能按名词来定义与应用，因而难以面对中国学者从事的非中国文学的比较研究，以及非中国学者从事的中国文学的比较研究。

---

① 《"比较文学中国化"座谈会纪要》，台湾《文讯月刊》1985年第17期，第72页。
② 《"比较文学中国化"座谈会纪要》，台湾《文讯月刊》1985年第17期，第63—64页。

(二) 港台有关学者误解"比较文学中国化"的根源

显然,苏其康等港台学者以及李达三对"比较文学中国化"命题的误读与误解,总体上讲,根源在于以西方文化的观念与方法来解读中国文化的思想与规则,从而造成误读与误解。具体地讲,根源在于拿西方文化的一元暨中心、二元对立统一的观念与方法,来解读比较文学中国化命题所体现的,中国文化一元暨多元、二元相反相成的思想与规则,拿西方文化基于表音文字及其书写而又超越语言文字的,意义假设、归纳演绎、描绘叙述、文本成义,习惯以自我的话语言说非我、自我中心的话语模式,来解读"比较文学中国化"命题所体现的,基于意音文字汉字及其书写而又超越语言文字的,立象尽意、依经立义、比物连类、语境成义,习惯以非我的话语言说自我、互为中心的话语模式。

在某种程度与意义上,这种错位的解读,正是有关港台学者学术理念与研究方法的西方化,乃至对移中就西的习惯成自然,以及对中西文化异质性的熟视无睹。具体地说,是无视植根汉字特性而又超越汉字汉语规范的中国文化话语模式的结果。

当然,这种结果或许是因为他们所受到的知识教育,西方文化优先于中国文化,西文功底好于中文功底,从而形成西方文化知识对中国文化知识的遮蔽,西方文化话语对中国文化话语的宰制。对此,在"比较文学中国化"座谈会上,王建元在批评苏其康的比较文学中性说时,就比较文学在台湾原由外语系倡导,台湾大学比较文学博士班学生一直以来以外文系出身为主的现象,发出不由自主的感慨[1];李达三更有着难得的自知之明,他的《中西比较文学理论》"前言"写道:"我但求保持坦诚客观的态度;但由于深受本国文化的影响,可能难免还有'美国佬'的成见。"基于这种明见,在该书中,李达三还刻意提到刘若愚对港台某比较文学义集的批评:"这本集子中的作者,虽然大多是中国人,但是,他们对西方的批评术语,比中国传统的还要熟悉,这一点可谓讽刺。"[2]

有关港台学者以及李达三误读与误解"比较文学中国化"命题的事情,本身就说明:中国比较文学实现中国化的诉求,远不是百尺竿头再

---

[1] 《"比较文学中国化"座谈会纪要》,台湾《文讯月刊》1985年第17期,第69—70页。
[2] [美]约翰·迪尼:《中西比较文学理论》,刘介民编译,学苑出版社1990年版,第1页、第365页。

进一步的可能与必要的问题,而是当务之急的"正名"。反之,中国比较文学复兴的三十年来,之所以"言不顺",内行之间,诸多问题莫不众说纷纭而莫衷一是,在外行看来,中国比较文学界热闹非凡且硕果累累但却难以得到普遍认同,被指缺少代表性成果,缺少学术权威,缺少理论建构①,首先是因为"名不正",没能按照中国文化话语的话语规则言说。

二、"中国化"、"比较文学中国化"的能指与所指

(一)"中国化"、"比较文学中国化"一语三义的能指

《周易正义第一·论易之三名》:"《易纬乾凿度》云:'易一名而含三义,所谓易也,变易也,不易也。'"钱钟书说:"一字多意,粗别为二。一曰并行分训,如《论语·子罕》:'空空如也','空'可训虚无,亦可训诚悫,两义不同而亦不倍。二曰背出或歧出分训,如'乱'兼训'治'。'废'兼训'置',《墨子·经》上早曰:'已:成,亡';古人所谓'反训',两义相违而亦相仇也。然此特言其体耳。若用时只取一义,则亦无所谓虚泄数意。""'变易'与'不易'、'简易',背出分训也;'不易'与'简易',并行分训也。'易一名而含三义'者,兼背出与并行之分训而同时合训也。"② 中国传统文化一元暨多元、二元相反相成的一名三义、一语双关的意义建构与解读方式,由此奠定。

据此,一元暨多元、二元相反相成的"比较文学中国化"一语三义:

一是指个别、具体、实践意义上的比较文学中国化。那就是实践层面的比较文学研究,为中国文化话语所化。换句话说,就是比较文学研究实践对中国文化话语的贯彻,对中国元素的激发,对中国性的彰显,对中国味的体现。

二是指一般、抽象、理论意义上的比较文学中国化。那就是学科层面的比较文学,为中国文化话语所化。换句话说,就是中国比较文学的理论建构及其解读对中国文化话语的贯彻,对中国元素的激发,对中国性的彰显,对中国味的体现。

---

① 参见徐扬尚:《中国比较文学:存在就是理由》,《中国比较文学通讯》1996年第1期。
② 钱钟书:《管锥编》第一册,中华书局1979年版,第2页、第6页。

三是指一般与个别、抽象与具体、理论与实践二者相对相成、相反相成意义上的比较文学中国化。那就是作为个别、具体、实践的世界各国比较文学的集合或共识的一般、抽象、理论的国际比较文学意义上的比较文学中国化。

台湾有关学者所谓中性的比较文学，其实就是一般、抽象、理论意义上的国际比较文学或世界比较文学，也就是世界各国比较文学的国际共识；反过来说，所谓中性的比较文学或比较文学的中性，只能体现为抽象性、普遍性的学理意义，实践中则体现为非中性的个别的、具体的、实践的各国比较文学所具有的国际共识；而各国比较文学的理论建构与研究实践，都势必以各国文化为本位与根基，从而打上本土化的烙印。这层意义上的比较文学中国化，就是中国比较文学的普遍性、国际共识与个别化、本土化的相对相成、相反相成。换句话说，就是在贯彻民族文化话语，坚持本土化的基础上，谋求国际共识，实现普遍性。由此构成比较文学中国化的能指。

若再细究，作为"比较文学中国化"命题中心概念的"中国化"，同样具有一元暨多元、二元相反相成的三项意义能指，由此形成一语三义：名词性的中国化，意思就是"中国化的某某"，或说"中国特色的某某"，"中国元素的某某""中国味的某某"，"中国性的某某"，指一种现象、形态；动词性的中国化，意思就是"使某某中国化"，或说"使某某具有中国特色"，"使某某具有中国元素"，"使某某具有中国味"，"使某某具有中国性"，指一种现象、形态的生成及其演变过程；形容词性的中国化，意思就是"某某的中国化"，或说"某某的中国特色"，"某某的中国元素"，"某某的中国味"，"某某的中国性"，指一种现象的品格、性情。

由此形成比较文学中国化能指的一名三义：一是中国化的比较文学，或说中国特色的比较文学，中国元素的比较文学，中国性的比较文学，中国味的比较文学；二是使比较文学中国化，或说使比较文学具有中国特色，使比较文学具有中国元素，使比较文学具有中国性，使比较文学具有中国味；三是比较文学的中国化，或说比较文学的中国特色，比较文学的中国元素，比较文学的中国性，比较文学的中国味。

综上所述，无论是"中国化"还是"比较文学中国化"，一语三义之中并无主次之分，通常共用并存。因此，在能指的层面，若按苏其康的想法，将中国化限定为名词性的概念来理解与运用，显然会导致富于涵盖性的汉语中国化概念其故有意义（能指）的窄化，无形中将中国学者致力于比较文学本土化的努力排除在外，使中国比较文学的民族特性遭到遮蔽与掩埋。

　　进而具体到中国化的"化"字，甲骨文作二人颠倒相对之形（𠤎，左边一人向左侧立，右边一人向右倒立），朱芳圃《殷周文字释丛》说是犹如"今俗所谓翻跟头"①，有相对相成、相反相成、对应反生之意。先秦至汉魏文献中，一是用作变化、变形、变性、变易。例如《易·恒》："日月得天而能久照，四时变化而能久成。"《老子·第三十七章》："侯王若能守之，万物将自化。"《庄子·逍遥遊》："北冥有鱼，其名为鲲，……化而为鸟，其名为鹏。"《淮南子·氾论》："故圣人法与时变，礼与俗化。"二是用作化生、化成、化育、造化。《易·咸》："天地感而万物化生。"《易·系辞下》："天地絪缊，万物化醇。男女构精，万物化生。"《易·恒》："圣人久于其道而天下化成。"《周礼·春官·大宗伯》："合天地之化。"郑玄注："能生非类曰化。"《吕氏春秋·过理》："剖孕妇而观其化。"《论衡·订鬼》："天地之性，本有此化，非道术之家所能论辩。"陈琳《大荒赋》："越洪宁之荡荡兮，追玄漠之造化。"三是用作感化、教化、仿效、风俗、回心转意。例如《礼记·学记》："君子如欲化民成俗，其必由学乎！"《说文》："化，教行也。"《增韵》："凡以道业诲人谓之教，躬行于上，风动于下谓之化。"《汉书·叙传下》："逼上并下，荒殖其货，侯服玉食，败俗伤化。"《史记·孟子荀卿列传》："初见其术，惧然顾化。"《正韵》："告诰谕使人回心曰化。"《书·大诰》："肆予大化诱我友邦君。"四是用作死化、无礼。例如《孟子·公孙丑下》："且比化者无使土亲肤。"《公羊传·桓公六年》："化我也。"何休注："行过无礼谓之化。齐人语也。"此外还引申为焚烧、乞求、风气等。总之，汉语"化"字，意义在于申说与强调事物的相对相成，相反相成，对应反生，以及由此导致的变化转型，而不在于排除乃至消除他者。为此，道教谓得道者之死为羽化，佛教谓得道者之死为坐化。

　　由此可见，苏其康所担心的"中国化的'化'和西化的'化'是同等的地位，也就是说排除别人"，并非汉语之"化"字，尤其是"中国

---

① 王朝忠：《汉字形义演释字典》，中原农民出版社2008年版，第122页。

化"概念的故有意义。恰恰相反，以己化人、化人为己的中国化与比较文学中国化的形成，必须具有两个条件：一是要有外来因子、理论学说的加入，令其化有对象。也就是说，作为中国化对象的比较文学，必须具有实际内涵，或是指某个国家或某个地区的比较文学理论方法，或是由各国比较文学共识构成的国际比较文学理论方法。二是转换形态与性情，令其化有成果。也就是说，中国化的比较文学，既非外来比较文学的移植与复制，也非拒斥外来比较文学的中国比较文学（实为中国传统文化的比较方法）故有形态与性情的固守，亦非拿本土的比较文学改造外来比较文学，而是本土比较文学融入外来比较文学因子、理论学说之后的新生或转型。

（二）"比较文学中国化"的所指，只能是来自西方的比较文学为中国文化话语所化

然而，根据一元暨多元、二元相反相成的中国文化理念，"比较文学中国化"的意义所指，只能是比较文学为中国文化话语所化，或说贯彻中国文化话语，体现中国性的比较文学。至于作为意义能指的，为中国文化话语所化的学科层面的一般、普遍、抽象意义上的比较文学与国际比较文学，只具有立足于假设的学理意义而不具有实践意义，属于一种形而上学的非客观存在的假想。因为作为一般、普遍、抽象意义上的比较文学，乃个别、特殊、实践意义上的各国与各地区比较文学的集合、共识与抽象。换句话说，个别的各国与各地区比较文学的共相与共识，构成一般比较文学；反之，一般比较文学具体体现为各国与各地区的个别比较文学，而不能独立存在于各国与各地区的个别比较文学之外。同理，作为一般、普遍、抽象意义上的比较文学学科属于一种说法或理念，同样具体地体现为各国与各地区的比较文学；反之，离开各国与各地区的比较文学，比较文学学科将成为子虚乌有。国际共识层面的比较文学也好，学科层面的比较文学也罢，与中国比较文学、美国比较文学、法国比较文学等各国比较文学或亚洲比较文学、欧洲比较文学、北美比较文学等各地区比较文学的关系，如同公孙龙子口中笔下，马与白马、黑马、公马、母马的关系。"白马非马。……马者，所以命形也；白者，所以命色也；命色者，非命形也，故曰白马非马。……马固有色，故有白马。使马无色，有马如已耳；安取白马？故白者，非马也。白马者，马与白也，马与白马也；故曰白马非马也。"（《公孙龙子·白马论》）转换成西方文化的逻辑思维，之所以说白马不是马，是因为马包括白马、黑马等各色之马，而白马不是黑马、红马等其他各色之马，因此说白马非马。然而，白马、黑马、红马等各色之马就是马；反之，马不是白马，就是黑马，或是红马等其他各色之马，离开作为具体、个别的白马、黑马、红马等各色之马，所谓抽象、一般的命形之马便难以体现。由此看来，所谓作为一种学科的比较文学属于中性说，其实就是一种基于逻辑推论、分析归纳的假设：理念上有，实际上没有。换句话说，离开民族化、本土化的比较文学，或比较文学的民族性、本土性，所谓中性的比较文学或比较文学的中性便难以体现，自然也就无从把握。

三、"西方比较文学中国化"的所指与能指

（一）"比较文学中国化"的所指，就是西方比较文学中国化

如上所述，一元暨多元、二元相反相成的中国文化理念，排除了比较文学中国化命题意义能指中的两项抽象意义，令意义所指落实于具体意义。作为比较文学中国化命题的所指意义，比较文学为中国文化话语所化，反过来说就是，为中国文化话语所化的比较文学，就是中国化比较文学。汉语语境成义的意义建构方式告诉我们：其实，比较文学中国化命题的意义实指，不单是指中国比较文学，也包括西方比较文学。也就是说，比较文学中国化实际上就是个别、具体、实践意义上的西方比较文学中国化。原来，作为一门学科的比较文学在中国，来自19世纪末20世纪初中国学者对欧美比较文学的移植。也正是基于这个前提，台湾"比较文学中国化"座谈会才有关于"比较文学中国化的过程与检讨"的分议题（第一大题之下的第三小题），且具体地划分为20世纪30到40年代与70到80年代两个时期，将比较文学中国化的起点定于20世纪30年代，具体内容直指戴望舒译梵·第根（Paul Van Tieghem）《比较文学论》与傅东华译洛里哀（Frédéric Loliée）《比较文学史》等。[①] 换句话说，比较文学中国化议题的主旨，实际上就是讨论西方比较文学在中国的移植、借用、调整、化合、生成的过程，尤其是如何实现西方比较文学的理念与方法同中国文化话语的化合，实现自我的理论建构。如此

---

① 《"比较文学中国化"座谈会纪要》，台湾《文讯月刊》1985年第17期，第70—71页。

方符合上述基于汉字之"化"字本来意义的中国化所形成的两个条件之一：须有外来因子的加入，令其化有对象。也就是中国化的比较文学，必须具有实际内涵。苏其康将比较文学中国化议题中的比较文学，置于学科层面或普适、抽象的国际比较文学层面加以质疑，同时强调其中性，有关港台学者以为比较文学中国化议题的比较文学与中国这两个概念并不对等等，显然都忽视了议题形成与存在的具体语境，以及由此形成的港台学者所言说的比较文学概念，对生成于西方文化语境，贯彻西方文化话语，激活西方元素，体现西方性的西方比较文学的暗指。

（二）"西方比较文学中国化"的一名三义

根据中国传统文化一元暨多元、二元相反相成的一名三义、一语双关的意义建构与解读方式，"西方比较文学中国化"的三项能指意义：

一是立足西方比较文学看问题，指西方比较文学为中国文化话语或中国比较文学所化，由此形成西方比较文学的转型与变易，即西方比较文学的他国化。

二是与之相对相成，立足中国比较文学看问题，指中国比较文学为西方比较文学或西方文化话语所化，由此形成中国比较文学的转型与变易，即中国比较文学的他国化。

三是与之相反相成，立足中国比较文学看问题，是指中国比较文学化西方比较文学为已所有，将西方比较文学转型、变易为中国比较文学，即中国比较文学（将移植自西方的比较文学）本土化。

显然，根据历史语境，所谓立足西方比较文学看问题，西方比较文学为中国文化话语，或中国比较文学所化，属于一种假想。因为自从比较文学诞生于欧洲之后，中国文化向来居弱势的被言说地位；再说，中国的比较文学，具体地说是作为一门学科的中国比较文学，并非生成于中国。而立足中国比较文学看问题，中国比较文学为西方比较文学所化的他国化，以及中国比较文学化西方比较文学为已所有的本土化，倒是西方比较文学在中国的移植、借用、调整，与本土文化语境相结合，与民族文化话语相化合，实现自我建构的过程及其两个阶段。

再根据现实语境，台湾"比较文学中国化"座谈会也好，我们在当下的旧话重提也好，西方比较文学中国化的意义所指，都只能是指以中国文化话语，化用西方比较文学的理念与方法，来开展贯彻中国文化话语，激活中国元素，彰显中国性，体现中国味的比较文学理论建构，以及中国比较文学研究。

其中，西方比较文学中国化，一语双关的意义两读：一是中国比较文学的他国化；二是中国比较文学的本土化。前者作为中国比较文学对西方比较文学的全盘接受，后者作为中国比较文学对西方比较文学的化用，同样均不构成苏其康所谓"中国化的'化'和西化的'化'是同等的地位，也就是说排除别人"的意思，因为排除别人，且不说接受，就连变易、转型、化用等，也全都会落空。将中国比较文学对西方比较文学的变易、转型、化用解读为排除别人，或说有这种担心，显然来自于张汉良所说的，为苏其康等港台学者在自觉与不自觉中所坚持的西方文化二元对立的认知方式。

第三节 为何要提"比较文学中国化"？

一、跨越与会通异质文化话语模式转换的必然要求

（一）比较文学教学的话语模式转换

无论是在西方还是在中国，作为一门学科的比较文学的兴起与发展无不依托高等教育。具体表现有二：一是比较文学学科理论的建构者主要是高校教师；二是有关比较文学学科理论建构的著作主要是高校教科书或被用作比较文学教科书。而中国的比较文学教学又必须面对由西方文化话语模式到中国文化话语模式的转换问题。这是因为：

一方面，钱钟书之所以致函李达三特别强调"对于比较文学在中国的发端，所谓历史概述，就像描写冰岛陷阱的奇文，或是子虚乌有的编年史"[①]，是因为比较文学在中国的生成，无论是学科理念与方法，还是学科名目与基本概念，都来自对西方比较文学的移植。由此导致20世纪80年代比较文学在中国大陆的复兴成为对西方比较文学从术语概念到理论方法乃至学科定义的复制。例如从卢康华和孙景尧编写的第一部比较文学教材《比较文学导论》（1984年），到随后出版的比较文学教材陈挺编写的《比较文学简编》（1986年）、乐黛云主编的《中西比较文学教

[①] 徐扬尚：《中国比较文学源流》，中州古籍出版社1988年版，第4页。

程》(1988年),从钱钟书到季羡林再到杨周翰,有关比较文学的学科定义,支撑比较文学理论建构的核心概念等,无不打上西方比较文学理论建构的烙印。

另一方面,立足中西文化的另类异质与中国文化的个性特质,曹师顺庆整合由台湾学者古添洪和陈鹏翔提出,经大陆学者陈惇与刘象愚修正的阐发研究法,由华裔美籍学者叶维廉提出的模子寻根法,由乐黛云提出的对话研究法,归纳比较文学研究实践,包括理论架构法、附录法、归类法、融汇法在内的整合与建构研究法等,从而提出的跨文化研究(后来修正为跨文明研究),作为主流的中国比较文学理论建构①,莫不以作为西方比较文学主流的法国学者的影响研究与美国学者的平行研究的理论建构为依托。就是曹师后来基于对文化异质性的关注与强调所提出的"变异研究(Variation Study)"或"文学变异学"或"变异学"②,也同样可以从中看出曹师对文化异质性的注重,与巴丝奈特、斯皮瓦克等将比较文学导向文化多元性与差异性研究的对话,或说前者对后者的呼应。方汉文《比较文学高等原理》(修订版)将比较文学界定为"世界文学的差异性与同一性的研究"③,而强调比较文学应当关注文学同一性(identity)与差异性(otherness)研究,正是巴丝奈特与斯皮瓦克的话头。

再一方面,中国学者是用汉语汉字向讲汉语写汉字的中国学生讲授比较文学。如上所述,中国师生所讲所学的比较文学理论建构,不是来自对西方比较文学理论的全盘移植,就是以西方比较文学理论为依托,加入对中国文学现象的分析所做的相应调整。由于用汉语言说与用汉字书写的中国比较文学所涉及的话语模式转换,必须坚持中国文化本位,立足中国文化语境,贯彻中国文化话语,激活中国元素,彰显中国性,体现中国味,从而使对比较文学中国化的强调成为必要。

(二) 比较文学研究跨越与会通异质文化的话语模式转换

中国比较文学的研究实践同样存在异质文化的跨越与会通,由西

---

① 曹顺庆:《比较文学中国学派基本理论特征及其方法论体系初探》,《中国比较文学》1995年第1期,第19—22页。
② 曹顺庆主编:《比较文学教程》,高等教育出版社2006年版,第1—59页;曹顺庆主编:《比较文学学》,四川大学出版社2005年版,第28—31页。
③ 方汉文:《比较文学高等原理》(修订版),北京师范大学出版社2011年版,第49页。

方文化话语模式到中国文化话语模式的转换问题。中国的比较文学研究实践主要涉及五个层面：一是如上所述，中国比较文学理论建构对西方比较文学理论的移植、借鉴与化用；二是汉魏六朝至唐宋，印度佛教文化在中国的传受变异；三是明清以来，以基督教传受为先锋而以马克思主义传受为高潮的西方文化在中国的传受变异；四是汉魏六朝到明清，中国文化在东亚、东南亚的传受变异；五是中西文化的求同显异。

置放到植根语言文字而又超越语言文字的文化话语模式的平台，由上述五个层面的内容构成的中国比较文学研究实践，就面临着两个问题：

首先是用什么文字书写，用什么语言言说，用什么民族文化话语模式来解读与诠释的问题。不言而喻，中国比较文学的定位，要求中国比较文学研究实践，无论是研究中国文学还是研究外国文学，乃至中外文学关系会通，都必须贯彻中国文化话语，运用中国文化话语模式解读与诠释，以汉字书写，用汉语言说，体现中国性。用外文书写，用外语言说的目的，在于向国外推介中国比较文学理论建构与研究成果；用外国文化话语模式来解读与诠释的目的，在于为中国文化话语模式解读与诠释提供参照与旁证，从而使以坚持中国文化本位，立足中国文化语境，贯彻中国文化话语，激活中国元素，彰显中国性，体现中国味为前提的，对比较文学中国化的强调成为必要。

其次是话语模式转换的问题。上述与中国文化存在传受变异关系的他国文化，除了日本文字属于半意音文字（日文所借用的中国汉字以及根据中国汉字草书和偏旁部首创造的假名，既具有表音文字的因素，又都有限地继承了中国汉字的表意功能和意象性）之外，希腊文、拉丁文、英文、法文、俄文等西方文字、19世纪以来东亚的朝鲜文字、东南亚的越南文字等，均属于表音文字，植根其中的西方文化、现代朝鲜文化、现代越南文化，在某种程度上，体现为意义假设、归纳演绎、描绘叙述、文本成义的话语模式，或说在一定程度上已经受到意义假设、归纳演绎、描绘叙述、文本成义话语模的侵入。总之，当中国比较文学研究涉及对汉字及其书写的汉文化与非汉字及其书写的非汉文化的跨越与会通时，随之进入话语模式转换，从而使以坚持中国文化本位，立足中国文化语境，贯彻中国文化话语，激活中国元素，彰显中国性，体现中国味为前提的，对比较文学中国化的强调成为必要。

二、中国文化两次转型与外求的历史要求

(一) 第一次文化转型印度佛学本土化的成功经验

所谓"文化转型",即文化变形、类型转换、移位换形的简称。顾名思义,就是指一定文化型态的裂变与重构。文化转型乃事物发展的新陈代谢规律,任何一种思想、知识、文化,一经形成体系(系统),即西方马克思主义者哈贝马斯(Jürgen Habermas)所说的自我定位(自我设限),便意味着同时走向封闭、僵化、老化,新生的出路在于与相关知识系统的沟通、交流、对话,通过与相关知识系统的比较,以非我的眼光进行自我批判、解构,再通过吸收相关知识系统的有利因子,走向重构,即"解构—沟通—重构"。根据贝塔朗菲(Ludwig von Bertalanffy)的系统论,任何一种思想、知识、文化,作为一个系统,又都是其母系统的一个子系统,经受另一(或多)种思想、知识、文化的撞击与影响,发生裂变与重构,形成一种新的思想、知识、文化,是事物发展的必然。文化型态的裂变其情形有二:一是文化型态层面的文化传统变通,主流文化的变形;二是文化话语层面的文化传统的颠覆,主流文化的变异。文化型态的重构,意味着对异质文化的外求与化合。文化型态的裂变是纵向的而文化型态的重构是横向的。乐黛云认为促成文化型态重构的横向的文化外求,方向大致有三:一是外求于他种文化;二是外求于同一文化的边缘文化(俗文化、亚文化、反文化、少数民族文化);三是外求于他种学科。① 当然,外求的化种文化、边缘文化、他种学科,通常是另类乃至异质的,另类性与异质性越强,互证、互释、互补性也就越大。

汉魏六朝至唐宋,中印文化交汇于西域,佛教文化东传中华,带来了中国文化时空维度的变化:由倾向立足同位、相对、谱系及其相生相克、穷上反下、相反相成的变化,去看待与言说人类、世界及其事物,到同时立足层次、深度、过程、品质及其逐层递进、水到渠成的嬗变,去看待与言说人类、世界及其事物。例如中国文化本体论所谓太极之阴阳二元与木、火、土、金、水五行(又称"五材"),认识论所谓名实二元与天、地、人三界,乃至日、月、星三才(又称"三元"),各相关要

---

① 徐扬尚:《中国比较文学源流》,中州古籍出版社1988年版,第2页。

素之间属于同位共生、并立共存的关系，其运作方式或是相辅相成、相对相成、相反相成，或是此消彼长、循环交替，总之是互为中心的结构或过程。而西来的印度佛教文化，本体论所谓性相二元，认识论所谓现量与比量二元，欲界、色界、无色界三界，乃至地狱、饿鬼、畜生、人、天五道轮回，各相关要素则属于异位差等、先后上下有序、远近内外有别的关系，其运作方式或是非此即彼、中心决定边缘的一元中心结构，或是由此及彼、逐层递进的终极追求过程。影响所及，一是削弱了先秦至魏初任人唯贤、唯才是用的政治传统，带来了魏晋至五代门阀制度的盛行，同时改写了传统的谱学观念。二是为究天人之际，关注今生而不问前生与来世，死生一体，阴阳反成的中国人（所谓未知生焉知死，死是生的继续与换位是也），带来了因果报应、世道轮回，天界地狱、往世来生，对立转换的观念。再例如先汉建构于立象尽意、象形会意、依经立义的汉字之上的汉语音韵，功能在于言说与阅读，而非意义传达，集中体现为《周礼·春官·大师》由宫、商、角、徵、羽组成的五声，与早见于《玉篇》前《五音声论》分别指向唇音、舌音、齿音、牙音、喉音的五音，其音韵单位之间，同位并立，相辅相成，相互转换，互为中心。与之密切相关，以两字之音合注一字之音，上字注声，下字注韵的反切方法，也正是如此。而西来的印度佛教文本，则由被许多学者认定植根于阿拉马字母的梵文等印度字母书写，建构于意义假设、归纳演绎的梵文等表音文字之上的梵文音韵等，音韵及其结构决定意义建构，由此形成印度字母体系与音韵体系。梵文等音韵系统强调中心与边缘、主干与枝节之分，边缘服从中心、枝节依附主干，强调深度与层次自不必细说，其重辅音轻元音，也莫不体现为一元中心。影响所致，带来六朝文论音韵批评与结构批评的繁荣乃至泛滥，同时为唐代律诗与宋词的韵律理论、结构理论奠定了基础。由此形成起于汉魏六朝而终于唐宋的第一次文化转型。① 总而言之，由中印文化交流带来的第一次文化转型，拓展了中国文化的认知视阈，升华了中国文化的哲学理念，丰富了中国文化的内涵。

而第一次文化转型的成功，则得益于印度文化佛学的中国化。其重要标志有三：

---

① 徐扬尚：《中国文论的意象话语谱系》，中国社会科学出版社2012年版，第139—141页。

一是佛典翻译拿中国古籍已有概念、范畴、理论,去解读、诠释、印证、激发佛典的相应概念、范畴、理论的格义、连类、心无义方法的创立与广泛应用。①

二是将佛教理念植根于强调修身养性的中国文化语境,主张修佛修心、明心见性、见性成佛、顿悟成佛等等的禅宗、唯识宗、天台宗、三论宗、律宗、华严宗、密宗、净土宗等中国化佛教宗派的创立与流行。

三是唐宋时期的儒道释三家融合,在对宋代理学形成潜在影响的同时,进而形成宋明时期陆王心学的生成语境,直接影响到明清文学,尤其是小说的创作,《西游记》、《水浒传》、《金瓶梅》、《封神演义》、《红楼梦》等,不再有单纯的儒家思想、道家思想、佛家思想。

(二) 第二次文化转型断章取义的全盘西化的偏执偏枯

清末民初,中国长期自得于东方的日子,在基督教《圣经》配以天文、历法等科学、技术,外加教会办学等慈善活动的诱导下,在英国鸦片的毒害下,在鸦片战争西方列强坚船利炮的轰炸下,成为过去。国门洞开,西风东渐,被逼无奈的文化接受与外求,半推半就。师夷制夷,洋务运动,戊戌变法,开展西式教育,向欧美派遣留学生等,启动了全盘西化的民族文化他国化的第二次文化转型的序幕。为中国文化带来了一元暨中心、二元对立统一的观念;带来了立足假设的逻辑思辨;带来了政治情怀,科学、实验、实证,民主、平等、自由、人权、契约、法制,阶级、革命、集体主义、人类大同思想;带来了对社会形态的终极追求与对事物透过现象看本质的追问;复制了西方(主要是苏联)的政治、经济、文化、教育体制。然而,非理性的拿来主义的全盘西化使其成为断章取义的"伪西化"的结果,并非如我们所愿,百年之后的20世纪末,痛定思痛的反思结果,中国不得不以发展中国家与社会主义初级阶段自我定位,同时再扬文化外求的风帆,实行"改革开放",追求中西文化会通的外来文化本土化的第三次文化转型。

原来,第二次文化转型的全盘西化即民族文化的他国化,因中西文化的另类异质,尤其是中国文化传统的深厚积淀及其基于(生成于事物相辅相成、相对相成、相反相成哲学理念的)包容性的自我调适的功能特性,从而成为不可能,结果陷入偏执偏枯。具体地说,基于一元暨中

---

① 徐扬尚:《中国比较文学源流》,中州古籍出版社1988年版,第23—24页。

心主义西方文化话语,习惯以自我的话语言说非我、自我中心的意义建构方式、表述方式、解读方式(简称"以自我的话语言说非我的话语模式"),青睐天人物我自立、合作竞争的认知模式(简称"天人物我自立的认知模式"),倾向科学思维、逻辑思维的思维模式(简称"逻辑思维的思维模式"),一元暨中心、二元对立统一的哲理模式(简称"一元暨中心的哲理模式"),西方政治学理论中的民主自由与契约法制、集体主义与独立人权,科学理论中的科学假设与实证研究,语言学理论的意义假设与约定俗成,二元对立统一,相对相成,相辅相成。当西风东渐,传播中国之后,遭遇新文化人士潜意识的作为集体无意识积淀的一元暨多元主义中国文化话语,习惯以非我的话语言说自我、互为中心的话语模式(简称"以非我的话语言说自我的话语模式"),青睐天人物我合一、相反相成的认知模式(简称"天人物我合一的认知模式"),倾向人文思维、太极思维的思维模式(简称"太极思维的思维模式"),一元暨多元、二元互包互孕的哲理模式(简称"一元暨多元的哲理模式")①,结果陷入偏执偏枯。例如:新文化运动口号单提民主(Democracy)德先生与科学(Science)赛先生,而不提契约法制与实证实践,从而陷入偏执。虽然孔德的实证主义哲学与杜威的实验主义教育哲学也曾同时传播到中国;在某种意义上,既是杜威实验主义的追随者又是新文化运动旗手的胡适,其"大胆假设,小心求证"之说,其实已经准确地概括了西方科学的假设与实证之间相对相成、相辅相成的对立统一关系。②但是,新文化运动的先锋们,却自觉与不自觉地将民主与法制、科学与实证割裂开来,孤立对待,乃至拿其一而丢其二,陷入知其一而不知其二的偏执。反而使胡适"多研究些问题,少谈些主义"之说有了偏执于杜威实验主义之嫌(至于 20 世纪 50 年代后被当作资产阶级论调加以否定,自不必细说)。从而导致政治学、经济学、教育学、文学、文字学领域,只

---

① 徐扬尚:《中西文化话语比较》,安徽师范大学出版社 2011 年版,第 3—4 页。
② 胡适 1919 年的《清代汉学家的治学方法》、1921 年的《清代学者的治学方法》,以植根实验主义的"大胆假设"和"小心求证"之说来诠释清儒的考据方法;1928 年的《治学的方法与材料》进而将该诠释界定为科学方法,说是:科学的方法,说来其实很简单,只不过尊重事实,尊重证据。在应用上,科学的方法只不过大胆的假设,小心的求证。"胡说"为顾颉刚《清代汉学家治学精神与方法》(《播音教育月刊》创刊号,1936 年 11 月)所征用,只不过"胡说"的"小心"在顾文中作"细心"。显然,"胡说"忽视了中西文化的异质性,如果说以大胆假设与小心求证诠释西方的科学方法有"简易"之得,那么以大胆假设与小心求证诠释清儒的考据方法便有移中就西之"误读"嫌疑。

要科学假设而不问实证研究,一种政治、经济、教育、文学、文字的科学设想,一经提出,不经实践验证,便全面推开,甚至等同于真理,错了只好再来,而不是先进行实证研究、实践验证,成功之后再推广,或是修正不足之后再推广。说得再具体点儿,在政治学领域,新文化运动另一旗手陈独秀,依据马克思的经济基础决定上层建筑的政治经济学原理,强调社会主义国家体制只能在发达的资本主义国家建立,号召在野的共产党向执政的国民党交枪,理论上没有错,错在与由毛泽东总结的枪杆子里面出政权的中国政治学说不合;王明照抄苏联"以城市带动农村"的革命模式所导致的失败,要靠毛泽东从中国国情出发制定的"以农村包围城市"的革命策略挽救;曾经身临其境、耳闻目睹美国大选的胡适,对美国资本主义民主政体可谓情有独钟,而由他起草,蔡元培、陶行知、梁漱溟、王宠惠、汤尔和、罗文干等十六人联名发表的《我们的政治主张》(1922年5月《努力周报》)所倡导的"好文人治国",现实语境中体现美国民主政治理念,历史语境中呼应柏拉图的"哲学家治国",并由留学英美的王宠惠、汤尔和、罗文干等依托北洋军阀吴佩孚所组成的"好人政府",却成为昙花一现(仅仅维持了三个月),失之于科学假设(知识分子中的"好人治国"可以成为20世纪中国的现实与"美国式"民主政治体制同样适用于中国的两个命题,在未经验证之前,只是一种假设)、实证研究、外来学说与民族语境的错位。经济学领域,人民公社作为未经实践验证的设想,不经试验便全面开花的结果,便是推倒重来。教育学领域,全面移植生成于俄罗斯文化语境的苏联教育模式,不加调整,结果造成僵化,从而有直接造成对人文学科研究的边缘化与挤压,乃至与当下社会价值观的极度扭曲难脱干系的20世纪50年代的院系调整①与世纪末的高校合并②。文学领域,在《药》中较好地传承了传统悲剧《孔雀东南飞》、《窦娥冤》、《梁山伯与祝英台》等所具

---

① 经过1952年仿照苏联模式进行的院校调整,高校数量由此前的211所降为183所,综合院校急剧减少,高校丧失教学自主权,社会学、政治学等人文学科专业被叫停,私立教育成为历史。

② 20世纪末延伸到21世纪初的高校合并与升格:一是高校专业特色被淡化,专业重复设置;二是为建综合院校而合校,合校后的相关专业有名无实;三是话语权归理科、工科、医科等强势学科,以理工科思维方式、评价体系管理人文学科,乃至以市场经济的思维方式、评价体系管理高校,例如所谓"量化管理"等,显然背离了迎合学科走向综合的时代潮流而追求学科优势互补,资源共享,形成合力的高校合并的初衷。

有的"心理补偿机制"①的鲁迅,其《阿Q正传》与《狂人日记》明显体现外来影响的"阿Q"与"狂人"之名,不仅背离了明清小说人物名号的意象建构传统,而且失之于抽象晦涩,从而背离识字有限的中国大众读者的阅读习惯。文字学领域,将意音文字汉字强行塞入模仿西方表音文字语法理论设想出来的各种所谓现代汉语语法②,尤其是要通过拼音化道路实现汉字拉丁化,最终消灭汉字,结果因中国文化传统的根深蒂固而成为闹剧。如此等等,莫不失之于科学假设与实证研究、外来学说与民族语境的错位。原来,胡适、陈独秀受中国文化知行合一的集体无意识的影响,将生成于贯彻知行两分,肯定与否定对立生成理念的西方文化语境的西方理论学说移植到中国,便不自觉地解除了生成于科学假设、归纳演绎的西方理论学说必须通过实证研究检验的环节,当作成熟的理论学说乃至真理加以接受。

与新文化人士的偏执偏枯相反,王国维继承第一次文化转型的外来文化本土化传统,借用西方文论乃至叔本华的唯意志论等,主体与客体、主观与客观、物质与精神、现象与本质、理想与现实两分,对古人的意境论予以重新诠释,视其为根源于生活之欲的苦痛的解脱由此赢得的自由意志的实现,分意境为有我之境与无我之境、理想境界与写实境界等,使之走向细致深入,纳西方文论主观与客观、理想与现实、现象与本质的二元对立结构于中国文论意象论"显二含三"的"正—对—合"三元谱系结构之中,开辟中西文论会通之蹊径。虽然王国维移植席勒、叔本华、尼采的西方美学与文论思想,将理想与现实、主观与客观、现象与本质两分,使之二元对立,并以此解读《红楼梦》的前世与今生、原神与肉体、神仙世界与人间世界的互包互孕关系,从而将贾宝玉之原神通灵石对自由思想、自由意志的坚持而不得,使得大荒僧道克隆神瑛的凡胎甄宝玉,注入通灵石之原神而形成的贾宝玉,整日闷闷不乐,最终选择悬崖撒手,解读为拥有

---

① "心理补偿机制"或体现为因果报应,或体现为有感天动地,总之是作品对悲剧故事所造成的读者心理的补偿。这里所谓读者心理即悲剧故事带给读者的对人生、社会、人情世故的绝望心理。

② 基于意音文字汉字书写与言说立象尽意、依经立义、语境成义的话语模式,传统中国诗文等文本的意义建构与解读,追求既定意义诉求,文本语境诉求,文化话语诉求等"三个诉求",讲文法修辞,文法研究属于文艺学;基于表音文字书写与言说意义假设、归纳演绎、文本成义的话语模式,西方诗文等文本的意义建构与解读,强调立足词句分析,立足词句的主导与中心意义,立足意义假设、归纳与演绎等"三个立足",讲语法句式,语法研究属于语言学。详见后文下编的"四际文学关系学"。

天才的剩余精力的贾宝玉理想与现实的冲突，由此追求对苦闷的解脱等，①不免有移中就西、以西释中、削足适履的"失语"嫌疑，但是其境界说对植根中国文化话语的中国文论"意象话语"的贯彻与彰显，则毫无疑义。② 无独有偶，基于对印度佛教文化本土化的第一次文化转型成功经验的明确认识，被学界认为现代学者中最有学养、留学西方长达十二年之久、出任清华研究院导师前却没有取得任何学位与出版任何著作乃至没有发表论文的陈寅恪，明确反对全盘西化而主张化合中西。其实，中国现代学者有种"怪现象"：在某种程度上或相对而言，越是西方文化学养积淀深厚，甚至对西方文化颇有研究者，或是西方语言文学科班出身者，例如陈寅恪、辜鸿铭、吴宓、梁实秋、钱钟书、季羡林、周汝昌等前辈学者，越是倾向会通中西，执其两端而用中的外来文化本土化，在学术研究中自觉坚持中国文化本位，立足中国文化语境，贯彻中国文化话语，激活中国元素，彰显中国性，体现中国味。如此等等，从反面说明，第二次文化转型，非理性的，拿来主义的，名为全盘西化而实为断章取义的民族文化他国化，属于一个"时代选择"的方向性失误。

三、中国文化第三次转型与外求的现实要求

（一）第三次文化转型置身呼唤尊重民族文化个性，追求和而不同的后现代、后殖民、全球化的国际文化语境

20世纪70年代末实行的"改革开放"，结束了"十年文革"，也终结了第二次文化转型的本土文化外来化，转而对此进行反思，同时开门迎接长期被拒之门外的20世纪60年代后兴起于西方的全球化、多元化思想以及世界文化的多元化格局，拥抱西方现代主义与后现代主义思潮以及西方现代与后现代文化，顺应与利用消解一元性、同一性，消解权威、偶像、中心，消解雅俗界限、中心与边缘之分，回归历史、传统、民间、大众、文本的后现代文化潮流，寻求回归历史、传统、民间、大众、文本，一元性和多元性、同一性和差异性、国际性和民族性，相对相成、相反相成的民族文化"振兴—重构"之路，由此进入第三次文化转型期。

---

① 王国维：《红楼梦评论》，《教育世界》1904年第8期、第9期、第10期、第12期、第13期。

② 参见徐扬尚：《中国文论的意象话语谱系》，中国社会科学出版社2012年版，第209—219页。

作为中国文化第三次转型的时代语境，20世纪末以来的国际文化，主要是西方文化所呈现的后现代、后殖民的多元化、全球化时代语境。后现代主义的解构理念，具体落实于对19世纪以来，立足消除差异性之求同，追求一元性、同一性的集体主义、世界大同观念的解构，使之走向立足同一性之求异，追求多元性、差异性的文化多元主义、文化相对主义。后殖民主义旨在撕破东方文化成为西方文化话语的表述，东方人与东方文化的劣根性生成于西方文化自我中心、自我表现的解读与诠释，倡导东西文化平等与对等的交流合作、互证互识、对应互补，而非通过树立东方主义、东方中心论与建构东方话语体系来对抗西方主义、西方中心论与西方话语霸权。如果说已成"过去时"的冷战时代与随之而来的后现代、后殖民的全球化时代，各自追求的世界主义或人类大同，有何本质的不同的话，那就是前者的目标与精神是一元化的整齐划一，消解民族文化特性与差异性，将民族文化特性与差异性统一到世界文化特性与同一性上来，居强势地位的主导因素决定居弱势地位的被主导因素，中心决定边缘，美苏两个超级大国的自我中心应运而生；后者的目标与精神是多元化、差异化，彰显民族文化及其区域文化的特性与差异性，强调强势文化与弱势文化的平等对等，东欧解体，美国的强权与话语霸权常常被不同的声音质疑乃至挑战，势在必然。再说得更具体些，在维护自然的生态平衡的理念早已深入人心的当下，维护文化的生态平衡的理念随之顺理成章，维护与弘扬包括弱势民族文化在内的民族文化特性与差异性，便是对繁荣世界文化的贡献。从而使外来文化的本土化成为当下文化外求与接受的必然选择。

（二）第三次文化转型要求以文化外求与历史传承为基础，立足民族文化语境，实现外来文化本土化的文化创新

比较三次文化转型的中国文化对外来文化的外求与接受，第一次属于强势文化对强势文化的外求与接受，旨在汲取印度文化因子以丰富、深化、升华中国文化；第二次属于弱势文化对强势文化的外求与接受，旨在通过移植西方文化改变中国文化的弱势地位；第三次属于振兴文化[①]对强势文

[①] 所谓"振兴文化"即"振兴中国家的文化"。旨在以文化层面的"振兴中国家"之说替代政治层面的"发展中国家"之说。所谓"振兴中国家"与"振兴文化"，主要是指中国、印度、埃及等具有传统文化与文化传统且谋求文化复兴的国家及其文化。

化的外求与接受，旨在会通中西文化乃至世界文化的基础上，实现民族文化的复兴与创新。

原来，综观人类文化发展史，任何民族文化的复兴与创新都离不开"知识创新三维"：一是纵向历时性的历史传承；二是横向共时性的文化外求；三是本位当下性的知识创新。说到知识创新的历史传承，文化传统复古也好，文化传统回归也罢，其实都只能是立足历史传承基础上的开拓创新，至少对中国文化而言是如此。因为在传统的中国文化看来，天文（天象）、地文（地理）、人文（文化）存在的本质与规律就是"变化与变通"。《易传·系辞上》说是："天尊地卑，乾坤定矣。卑高以陈，贵贱位矣。动静有常，刚柔断矣。方以类聚，物以群分，吉凶生矣。在天成象，在地成形，变化见矣。""圣人有以见天下之动，而观其会通，以行其典礼，系辞焉以断其吉凶，是故谓之爻，言天下之至赜而不可恶也。言天下之至动而不可乱也。拟之而后言，议之而后动，拟议以成其变化。""通其变，遂成天下之文。"如前文所述，《周易》之"易"，一名而含三义：变易、不易、简易。至于现代新文化人士视中国传统文化与文化传统为制约知识创新的桎梏，正是其坚持西方文化非此即彼的二元对立观念，对中国文化强调变通的传统予以有意误读的结果。再说知识创新三维的文化外求，不能脱离历史传承，知识创新三维的本位创新同样离不开文化外求，至少对中国文化而言是如此。只不过是从先秦到两汉文化，中原文化通过对周边文化与少数民族文化的外求与接受来丰富自我，汉代唐宋通过对印度佛教文化乃至西域文化的外求与接受来丰富自我，现代通过对西方文化乃至世界文化的外求与接受来丰富自我。也就是说，志在全盘西化的现代新文化人士的反传统，其实也包括对中国文化外求他地区、他民族文化丰富自我的传统的反对。残酷的现代历史与现实是：拒绝文字拉丁化，继续使用汉字以及根据汉字偏旁与草书创新的假名，尊重传统文化与文化传统，并未阻碍日本的现代化；属于"亚洲四小龙"的韩国与新加坡，尽管同样学习西洋，如同日本，也都是不反传统文化的。反之，如果现代的日本与韩国不是追求西方文化的本土化，而是追求全盘西化，那么，日文便早已走向拉丁化，大和文化便早已为基督教文化所同化，20世纪初在中国卷起"韩国风"的韩国影视，便会成为美国好莱坞的仿制品或复制品。

至于日本学者为何不提比较文学日本化的口号，美国学者为何只称自己为比较文学的美国派而不称比较文学美国化，法国学者也称自己为比较文学的法国派而不称比较文学法国化，这是因为：任何具有民族文化积淀的国家，其文化理论建构及其研究都必然具有民族特性，本土化不言自明，无须标榜。因此，基于不受语言、民族、国家、地区限制的比较文学国际共识，法国学者强调有事实关联的影响实证，美国学者热衷无事实关联的平行类比，比较文学的法国化与美国化自在其中。或说中国学者同样可以只须在法美学者之外强调对另类异质的语际、族际、国际、科际（Interdisciplinary）文学关系的跨越与会通，致力于跨文明研究，而不必标榜中国化啊？事实上却行不通：因为作为法国比较文学主流的影响研究与作为美国比较文学主流的平行研究的理论建构是以法国文化与美国文化乃至西方文化为意义生成语境。更为具体地说，比较文学作为一门学科，首先形成于以法国为中心的欧洲；美国比较文学作为对欧洲比较文学的拓展，其文化语境与欧洲文化虽属另类而非异质。中国比较文学却不同。中国比较文学理论属于对西方比较文学理论的移植，其跨文明研究的理论建构本身就是欧美比较文学中国化的产物。更为主要的是，如上所述，现代中国文化建设曾经有过颠覆传统、全盘西化的教训，从而使回归文化外求与接受之正途的中国比较文学对西方比较文学的外求与接受，有标榜中国化的必要。此外，中西文化在当下世界文化格局中形成双峰并峙，也使比较文学的中国化成为可能与必要。反过来说，日本学者不提比较文学日本化，显然与明治维新及其之后的日本，对西方文化的外求与接受不曾有颠覆传统、全盘西化的失误需要纠正，日本文化的历史积淀及其传统与西方文化的历史积淀及其传统尚不构成对等关系等，不无关系，且不必说非西方国家对西方比较文学的移植，若要彰显民族文化特性，本土化成为无须标榜且不言自明的必经之路与常识。换个说法，若是认定日本比较文学有着不同于西方比较文学的话语模式，那么，日本比较文学的本土化便自在其中。

第四节　如何实现"比较文学中国化"？

一、港台比较文学中国化运动与中国派建设的启示

虽然王德威所谓港台比较文学中国化运动之说在某种意义上只是一

种理论总结或标识；李达三建构立足中庸之道的比较文学中国派之说，也因其中庸之道不曾落到实处而被人误解；① 具体体现港台比较文学中国化及其单向的移中就西、以西释中的阐发法，更是饱受争议乃至被炮轰。② 但是，因其触及到问题的焦点，从而不失借鉴意义与开拓之功。归纳起来，比较文学中国化的原则、方法与方向，主要有两条：一是贯彻中国文化话语，激活中国元素，彰显中国性，体现中国味，知行合一；二是移西就中与移中就西相对相成，相反相成。当然，前者停留于学理层面的认识，后者又限于实践层面的总结。所谓学理层面的认识，就是指理论上虽然已经认识到中国文化及其话语乃比较文学中国学派赖以建构之语境与根本，但是尚待落实。具体地说，就是中国文化话语的基本内涵尚待明确，自然也就说不上如何应用于中国化比较文学理论建构及其研究实践。所谓实践层面的总结，就是指有关港台历史学学者与比较文学学者，对明清基督教中国化所体现的中西文学比较，移西就中与移中就西二者相对相成、相反相成的历史，已经加以关注并有所认识，但是有待形成方法论建构或认定。

（一）贯彻中国文化话语，激活中国元素，彰显中国性，体现中国味，知行合一

关于比较文学中国派建设，在港台不能不提李达三。李教授是极力主张建设比较文学中国派而非主张水到渠成者，为此而撰文《比较文学与中国学派》，提出建设取法国派与美国派之长而补其短的中庸学派，具体设立五大发展目标：一是"在自己本国的文学中，无论是理论方面或实践方面，找出特具'民族性'的东西，加以发扬光大，以充实世界文学"。二是"推展非西方国家'地区性'的文学运动（如：中—日—韩），同时认为西方文学仅是众多文学表达方式其中之一而已"。三是"做一个非西方国家的发言人；同时，和其他许多发言人一样，并不自诩能代表所有其他非西方的国家"。四是"一旦非西方诸文学的学者，藉

---

① 李达三说："我创造了一个术语——'中国比较文学学派'，好象引起了一点麻烦，所以还需要加上一些限定条件。"（［美］李达三：《从比较文学的角度看中国文学》，约翰 J. 迪尼、刘介民主编：《现代中西比较文学研究》，四川人民出版社1988年版，第263页）然而，李达三却始终未能给出对中国比较文学所体现或需要贯彻并彰显的中庸之道的具体诠释与界定。

② 古添洪痛苦地回忆说：在1975年8月召开的台湾第二届国际比较文学会议上，"运用西方理论于中国文学研究的方法似乎一致为在座的外国学者所反对"（古添洪：《中西比较文学：范畴、方法、精神的初探》，台湾《中外文学》1979年第7卷第11期）。

比较文学方法研究文学,而能够知己知彼时,他们就会逐渐构想一些新的文学观念,透过发表,公诸于世,以与西方传统的文学观念相抗衡"。五是"消除许多人的无知及傲慢心理"。显然,李达三要比较文学中国派与法国派、美国派分庭抗礼的思想,并不符合强调事物相辅相成、相对相成、相反相成、对应互补、多元共生、和而不同的中庸之道,明确带有西方文化的二元对立、合作竞争意识。但是,李教授是醉翁之意不在酒,原来是要以比较文学中国派来解构由法国派与美国派共同体现的西方比较文学话语霸权。① 李教授强调中国派的理论建构与研究实践都应要体现民族性,由此进入更为广阔的文化自觉,将比较文学中国派定位于中庸精神的主张,应该说符合中国派应当贯彻中国文化话语,激活中国元素,彰显中国性,体现中国味的基本前提,抓住了关键。只是体现中庸之道的中国派比较文学话语的基本内涵尚有待明确,从而使其中国派立足中庸之道及其解构西方比较文学话语霸权的主张止步于目标设想。

如果说李达三对比较文学中国派的倡导得之在对中国文化话语的坚持,功亏于未能对中国派给出体现中国文化话语的相应诠释,从而容易让人抓住其志在与法国派、美国派分庭抗礼的立场先设不放,那么,古添洪和陈慧桦对立足阐发研究的比较文学中国派的倡导,则因其阐发研究方法失之于单向的移中就西、以西释中,从而背离中国文化话语,忽视中国性,功亏一篑,连带阐发研究有限的合理性,也遭到学者们的普遍质疑乃至反感(尤其是旁观者清的外国学者的反感),只落得事与愿违。古添洪说:"利用西方有系统的文学批评来阐发中国文学及中国文学理论,我们可命之为'阐发法'。这'阐发法'一直为中国比较学者所乐用。余国藩在'中西文学关系的现况与展望'('problems and Prospects in Chinese-Western Literary Relations,' *YCGL*, 1974)对此现象加以标出并维护:'过去二十年来,运用西方批评观念与范畴于中国传统文学的潮流愈来愈有劲。这潮流在比较文学中预期了许多使人兴奋的发展。'""仔细分辨,奥椎基所攻击的,重点似乎不在'阐发'(illumination or explanation)而在'评估'(evaluation)。"② 既然阐发研究有其相应的合

---

① [美]李达三:《比较文学中国学派》,周树华、张汉良译,台湾《中外文学》1977年第5期。
② 古添洪:《中西比较文学:范畴、方法、精神的初探》,台湾《中外文学》1979年第11期。

理性，又有学者推崇，且为中国比较文学学者所乐用，尤其是产生了可观的成绩，那么，如此之多的好处，为何会被学者们熟视无睹，从而遭到台湾第二届国际比较文学会议与会外国学者的全体反对，在大陆也是反对之声不绝于耳？关键在于单向的阐发研究对中国文化话语的背离与对中国性的忽视，从而偏执移中就西乃至陷入削足适履。单向阐发研究的偏执偏枯，在古添洪试图通过阐发研究建构中国派的理论主张中，体现得可谓淋漓尽致。他在与陈慧桦合撰的《〈比较文学之垦拓在台湾〉序》中写道："我国文学，丰富含蓄；但对于研究文学的方法，却缺乏系统性，缺乏既能深探本源又能平实可辨的理论；故晚近受西方文学训练的中国学者，回头研究中国古典或近代文学时，即援用西方的理论与方法，以开发中国文学的宝藏。由于这种援用西方的理论与方法，即涉及西方文学，而其援用亦往往加以调整，即对原理论与方法作一考验、作一修正，故此种文学研究可目之为比较文学。我们不妨大胆宣言说，这援用西方文学理论与方法并加以考验、调整以用之于中国文学的研究，就是比较文学中的中国派。"① 意思是中国文论因系统性与辩论性的缺失，从而难以言说中国文学，近代学者只好借他人话语言说自我，结果将比较文学中国派建设的根基放到了西方文化话语之上。如此比较文学中国派，立即遭到乃师李达三的断然否定："古添洪、陈慧桦对此概念的论述代表了一种极端的看法，他们认为：'援用西方文学理论与方法并加以考验、调整以用之于中国文学的研究，是比较文学的中国派。'"② 令人遗憾的是：古添洪并非没有意识到文化话语对于比较文学研究的重要性，尤其是中西文化话语的另类异质对于中西比较文学研究的重要性，而是恰恰相反，他在《中西比较文学：范畴、方法、精神的初探》中明确写道：比较文学的中国派之所以成为中国派，"除了对法国派美国派加以调整运用并创出阐发研究外，主要是在调整背后的精神，那就是'文化模式'的注重。"为此而引用佛克玛立足文化差异性、文化相对性、文化异质性，开展不同文化价值系统比较研究的文化相对主义观点，叶维廉强调中西比较文学应同时采用中西两种文化模子，寻求其共相，令

---

① 古添洪、陈慧桦：《〈比较文学之垦拓在台湾〉序》，台湾东大图书公司1976年版，第1—2页。

② ［美］约翰·迪尼：《中西比较文学理论》，刘介民编译，学苑出版社1990年版，第285页。

其互证互释，对应互补，以此结束西方文化模子的独角戏的观点，为其佐证。① 只是未能将其过去建构在西方文化话语之上的比较文学中国派之说拉回到中国文化话语的平台，中国文化话语的基本内涵更有待具体诠释。

总之，港台的比较文学中国化运动与比较文学中国派建设，一方面因未能明确中国文化话语的具体内涵而止步于口号与目标假设及其辩论；另一方面因偏执于以非我的西方文论话语言说中国文学，诠释中国文论，背离中国文化话语，忽视中国元素、中国味、中国性，从而使在研究实践中已经取得可观成绩的移中就西的单向阐发，陷入削足适履的认识论错误，在方法论层面，遭到学界断然与彻底的否定。换个角度看，港台比较文学中国化运动与比较文学中国派建设的上述遗憾，其实正是港台相关学者如同现代新文化运动先锋人士，面对中西文化碰撞与整合，西方文化知行两分、对立统一的传统观念与中国文化知行合一、相反相成的传统观念发生错位的结果。只不过不同的是：胡适、陈独秀与古添洪、陈慧桦明确的移中就西意识，或是受到中国文化传统知行合一、相反相成观念的潜意识机制，拿来本需要通过实践验证的西方理论，直接加以应用，或是说根本就没有意识到西方文化的理论建构，具有植根于说者不行、行者不说，知行两分、对立统一传统观念的科学假设与实证研究对立统一的特性；反之，李达三基于知行两分、对立统一的西方传统观念，满足于对比较文学中国派的立场先设与理论假设。总之，比较文学中国化运动也好，比较文学中国派建设也好，都必须做到知行合一，在置身中国文化语境及其话语平台的同时，明确中国文化话语的基本内涵，在具体理论建构与研究实践中，贯彻中国文化话语，激活中国元素，彰显中国性，体现中国味。

（二）移西就中与移中就西相辅相成，相对相成，相反相成

由上述可知，关于阐发研究已经明确或说应当明确的是：移中就西的阐发，不仅是可能的也是必要的，只是必须与移西就中相结合，二者相辅相成，相对相成，相反相成。当然，具体的阐发研究往往是，有时甚至只能是单向的移中就西或移西就中，但是在理念上，必须坚持中西

---

① 古添洪：《中西比较文学：范畴、方法、精神的初探》，台湾《中外文学》1979 年第 11 期。

文学的互为中心，使以西释中的移中就西，或以中释西的移西就中，成为互为中心的以人观我、以人证我、以人说我，而不能搞成拿西方文学评判、颠覆、否定中国文学的西方中心论，或拿中国文学评判、颠覆、否定西方文学的中国中心论。其中，面对西方读者或试图深入了解与把握西方文化的中国读者，用英文、法文、俄文等西方文字书写的中西文学比较研究，尤其是向西方译介中国文化，通常适合移中就西。所谓"移中就西"，就是拿西方文化话语的话语模式、认知模式、思维模式、哲理模式，看待、解读与言说中国文化及其理论话语。反之，面对中国读者或试图深入了解与把握中国文化的西方读者，用汉字书写的中西文学比较研究，尤其是向中国译介西方文化，通常适合移西就中。所谓"移西就中"，就是拿中国文化话语的话语模式、认知模式、思维模式、哲理模式，看待、解读与言说西方文化及其理论话语。这是已经为有关港台学者所认识的明清西方传教士乃至近代西方学者向西方传播中国文化，且得到现代美国的中国文论译介。已故美籍华裔学者斯坦福大学刘若愚（James Y. Liu）移中就西与哈佛大学斯蒂温·欧文（Stephen Owen 汉名宇文所安）移西就中的实践所印证的经验教训，只不过是尚未上升到方法论建构。

　　印度佛教传播中国得以开花结果，莫不得益于以儒道学说及其概念诠释与印证佛学义理的格义、连类、心无义方法运用等所促成的佛学中国化；无独有偶，早在唐代已经开始渗透中国的西方基督教到明清方得以打开局面，也莫不得益于西方传教士运用各种方法所促成的基督教中国化。具体方法有三：

　　一是来华意大利耶稣会士利玛窦、罗明坚等讲汉语，写汉文，研读中国经典；利玛窦等甚至入乡随俗，穿儒服，行跪拜之礼，结交中国的士大夫并引其入教，由此打入中国的统治阶层；德国耶稣会士汤若望、比利时耶稣会士南怀仁等甚至做清朝官员，将天主的意志由民间引入明清宫廷。

　　二是利玛窦的《天主实义》、法国耶稣会士马若瑟的《经传议论》与白晋的《诗》、《易》诠释等，类似佛学格义，拿中国儒家学说及其经典《诗》、《礼》、《易》等附会基督教教义；白晋进而开创索隐学派并由马若瑟继承衣钵，以中证西，以中说西，移西就中。

　　三是来华美国公理会传教士明恩溥等，迎合中国文化重教育乃至学而优则仕、仕而优则学的传统，主张改凭借军事强势所建构的政治霸权为经济市场占领、宗教感化与教育投资相结合的"和平演变"，兴办教会学校，吸引中国留学生，争取中国人的话语权阶层。①

当然，汉代到宋代的佛教中国化与明清两朝的基督教中国化，具有本质的区别：前者倾向纯粹的宗教传播，没有拿佛学对中国文化进行全盘格式化的企图，而基督教的这种企图则是司马昭之心，路人皆知，其上述基督教中国化的种种作为，正是为实现这种企图的方法途径。因此，利玛窦"驱佛补儒"、"合儒—补儒—超儒"、"阳辟佛而阴贬儒"等传教策略，最终引起明代士大夫和佛教学者的不满与批判，由此形成徐昌治订正印行的《圣朝破邪集》八卷（1639年）、费隐通容述编《原道辟邪说》（1636年）、钟始声编《辟邪集》（1634年）等。促成"庚款留学"的明恩溥，其《今日之美国与中国》对经济市场占领、宗教传播与教育投资相结合的中国"和平演变"策略，直言不讳："从长远的观点看，英语国家的人民所从事的传教事业，所供给他们的效果必定是和平征服世界——不是政治上的支配，而是在商业和制造业，在文学、科学、哲学、艺术、教化、道德、宗教上的支配，并在未来的世代里，将在这一切生活的领域里取回收益，其发展将比目前的估计更为远大。"② 总结历史，盖棺论定：明清两朝基督教中国化的上述作为，一方面，其试图全盘格式化中国文化的文化侵略意图，既是险恶的也是有罪的，历史证明，其推行世界文化一元化的道路，更是行不通的；另一方面，客观上为近现代中国带来了另类于中国文化，以天文、历算、数学、地理、医学、科技等为内涵的西方文化，丰富了一体多元的中国文化，为现代中国的西化学校教育奠定了基础，又是有功的。

基于文化交流平台，如果说明清两朝基督教移西就中的中国化，因其文化侵略本质而不可与汉魏至唐宋佛教移西就中的中国化同日而语，那么，前者以与移西就中相辅相成，相对相成，相反相成，拿西方文化的话语模式、认知模式、思维模式、哲理模式，看待、解读与言说中国文化及其理论话语，向西方译介中国文化的移中就西，则又是佛教中国化的缺失：

首先，西方传教士出于传教的需要，移中就西，根据西语及其书写

---

① 徐扬尚：《中国比较文学源流》，中州古籍出版社1998年版，第60—62页。
② Arthur Smith, *China and America Tody* 1907, p. 236.

的意义建构方式、表述方式、解读方式，撰写西语与汉语转译的辞书，用于西方传教士学习汉语与中国文化典籍，例如罗明坚用拉丁字母编订汉语拼音的《葡汉字典》、利玛窦致力于汉字拉丁化的《西字奇迹》（今名《明末罗马字注音文章》）、法国耶稣会士金尼阁编拉丁化拼音汉语字汇《西儒耳目资》等。

其次，西方传教士运用西方文化话语向西方译介中国文化典籍，例如在法国，除了马若瑟、孙璋各译《诗经》、宋君荣、蒋友仁各译《书经》、刘应选译《礼记》、雷孝思译《易经》、韩国英译《大学》、《中庸》等经典译介之外，刘应、巴多明、马若瑟还分别撰写了《易经概说》、《六经注释》、《经传议论》等，另有《海外传教士书简集》三十四卷本（第十六至二十六卷涉及中国）、杜赫德主编《中华帝国全志》、《北京传教士关于中国人的历史、学术、艺术、风俗习惯等丛书》十六卷。马若瑟之所以在元剧中选译《赵氏孤儿》，就是充分考虑到该剧既符合法国的悲剧精神又符合基督教教义。影响之下，推动了以汉学家儒莲、伯希和为代表的近现代法国学者对中国文化移中就西的译介与研究。

尤其难得的是：马若瑟的《汉语札记》体现了通过学习经典文献来学习汉语的移西就中，与用拉丁文语法解读汉语，并根据西语语法给出汉语名词、代词、动词、形容词、副词等词类的移中就西的相对相成、相反相成。如果说利玛窦将中国先秦典籍的上帝偷换成基督教的天主，属于借移西就中之名而行移中就西之实，那么白晋与马若瑟师徒热衷在《诗经》与《易经》中寻找基督教的印迹，使之相互印证，则不单是移西就中的问题，而且是移西就中与移中就西的相对相成、相反相成。

总结历史，盖棺论定：明清西方传教士与近现代学者所从事的向西方译介中国文化，移中就西的西方化，一方面有牵强附会，割读与曲解中国文化之嫌；另一方面则在客观上使本就难以完全会通的另类异质的中西文化，实现了浅层次的会通，同时使移中就西与移西就中相对相成、相反相成的深层次会通成为可能，并为此奠定基础，从而具有方法论意义。

对于明清到现代，从西方传教士到汉学家致力于中西文化交流，由移西就中到移中就西的历史轨迹及其方法论意义，香港历史学者饶宗颐曾撰文给予相应的关注与研究，其成果与观点并被香港比较文学学者袁鹤翔在《中西比较文学定义的探讨》论文中引用。袁文写道：饶宗颐文章《西方研究中国学术的方向》"把西方接触'汉学'的开始、发展分为两个阶段"。第一阶段移西就中,以利玛窦(《天学实义》)与马若瑟《经传议论》)为主,"他们都用中文撰写,引经据典,行文浩瀚流畅,由于传教的必需,对于中文阅读和写作的能力,恐怕为现在一般东、西汉学家所难企及。他们的功夫,花在儒学上面,寖馈甚深。手段是比附经书,目的却为传播教义。这些著作,全用中文体裁,可说是'移西就中'"。第二阶段移中就西,以儒莲为主,"翻译作品特多,研究者对汉学的修养'极为渊博'。治学则从'四裔的语言民族'和'宗教道释''两条大路'入手。作品(全用西文发表),'中文资料只是作为引证'。后来又有伯希和、戴微(P. Demieville)等人作更进一步沟通中西文学的努力。饶氏特别提出戴氏在讲变文时,'不知觉地找出其中含有像欧洲长篇史诗的特点。'这就已趋向比较文学的类同研究了"①。有待予以方法论总结。

二、从汉宋佛教与明清基督教中国化到近现代中西文化会通的启示

(一) 立足中国文化解读,贯彻中国文化话语,彰显中国性:汉宋佛教中国化的格义与明清基督教中国化的索隐的启示

汉代到宋代的佛教中国化得益于汉魏六朝佛徒创立与运用的格义、连类、心无义方法。格义概念早见于梁慧皎《高僧传》卷四"竺法雅传":"时依雅门徒,并世典有功,未善佛理。雅乃与康法朗等,以经中事数,拟配外书,为生解之例,谓之格义。及毗浮、昙相等,亦辩格义,以训门徒。雅风采洒落,善于枢机,外典佛经递会讲说,与道安、法汰每披释凑疑,共尽经要。"② 据陈寅恪考证,事数即佛经中的五阴、十二入、四谛、十二因缘、五根、五力、七觉等名相;外书指老、庄、孔、孟等儒道典籍;生解就是"以子注母"。总之是以中国汉学来阐释佛理。汤用彤解释说:格义是指"一种很琐碎的处理,用不同地区的每一个观念或名词作分别的对比或等同",而非"简单的、宽泛的、一般的中国和印度思想的比较"。"'格'在这里,联系上下文来看,有'比配'的或'度量'的意思,'义'的含义是'名称'、'项目'或'概念';'格义'则是比配观念(或项目)的一种方法或方案,或者是不同观念之间

---

① 袁鹤翔:《中西比较文学定义的探讨》,台湾《中外文学》1975 年第 3 期。
② 释慧皎:《高僧传》,汤用彤校注,商务印书馆 1986 年版,第 152 页。

的对等。"① 由此可见，格义就是把佛经中的事数或名相与中国典籍中的同类概念加以印证、比附、阐发，并按照一定的规则使之固定下来，作为常用的概念。《高僧传》卷六"慧远传"又载：慧远讲说佛理，"常有客听讲，难实相义，往复移时，弥增疑昧。远乃引庄子义为连类，于是惑者晓然。是后公安特慧远不废俗书"②。陈寅恪说："讲实相而引庄子义为连类，亦与'格义'相似也。"格义与连类之外，支敏度等另行创设"取外书之义，以释内典之文"的心无义方法。在陈寅恪看来：二者依旧属于性质相似，同源殊流。③ 由此可见，佛经翻译与讲解的格义、连类、心无义，正是对中国传统的话语模式比物连类，向跨文明的以本土文化诠释外来文化，彼此印证，互相发明的话语模式的拓展，佛汉文化互为本位，中国文化本位自在其中，中国文化话语由此得以贯彻，中国元素由此得以激发，中国性由此得以彰显，中国味由此得以酝酿。

虽然利玛窦传播基督教教义以中释西、移西就中，不过是为最终实现中国文化基督教化的移中就西、以西化中的手段，且不必说利玛窦未能来得及实现其最终目的而止步于以中释西，就其移西就中本身而言，也莫不体现立足中国文化解读的立场，贯彻并彰显中国文化话语的理念。虽然其《天主实义》偷换了中国的上帝概念，拿中国经典之上帝附会基督教之天主，说"虽然天地为尊之说，未易理解也。夫至尊无两，唯一焉耳。曰天曰地，是二之也。……吾天主乃古经书所称上帝也。《中庸》引孔子曰：'郊社之礼，所以事上帝也。'朱注曰：'不言后土者，省文也。'窃意仲尼明一之不可以为二，何独省文乎？《周颂》曰：'执竞武王，无竞为烈。不显威康，上帝是皇。'又曰：'於皇来牟，将受厥明，明昭上帝……'《商颂》云：'……圣敬日跻，昭假迟迟，上帝是祇。'《雅》云：'维此文王，小心翼翼，昭事上帝……'《易》曰：'帝出乎震。'夫帝也者，非天之谓。苍天者，抱八方，何能出于一乎？《礼》云：'五者备当，上帝其飨。'……历观古书，而知'上帝'与'天主'，特异以名"，进而拿基督教教义宰制、割读儒家的仁义与孝道，说"仁者，以己及人也；义者，人老老长

---

① 汤用彤：《理学、佛学、玄学》，北京大学出版社1991年版，第284页。
② 释慧皎：《高僧传》，汤用彤校注，商务印书馆1986年版，第212页。
③ 陈寅恪：《支愍度学说考》，《陈寅恪史学论文选集》，上海古籍出版社1992年版，第90—116页。

长也。俱要除人己之殊。……君子岂不知我一体，彼一体，此吾家吾国，彼异家异国，然以为皆天主上帝生养之民物，即分当兼切恤之。岂若小人但爱己之骨肉哉"！"欲定孝之说，先定父子之说，凡人在宇宙内有三父，一谓天主，一谓国君，一谓家君也。逆三父之旨者为不孝矣。"① 但是，这毕竟属于对中国文化典籍的解读或有意误读，情愿与不情愿地将基督教的上帝崇拜纳入中国文化的礼仪范式。反过来说，从接受理论的角度看，虽然《天主实义》的以中释西有着明确的宣扬一神独大、一元暨中心、二元对立的基督教文化精神的写作意图，但是，中国的基督徒基于中国文化的期待视野所形成的信息重组，在某种程度上，便将其还原为中国文化的多神共生（例如三皇、五帝、十神圣）、一元暨多元、二元相反相成的中国文化话语来理解接受。

曾教康熙数学的白晋致力于"四书"、"五经"的天主教痕迹索隐，与人合著《古今敬天鉴》声称已经发现天主教初传中国的记载：感孕而生后稷的姜嫄，就是圣母玛利亚，而后稷就是基督，《诗经·生民》所写，正是圣母生圣子的过程。诗篇第一章详细地记载了圣母为祭祀准备奉献时，如何在作为天神的丈夫及其爱情的鼓励下，踩着他的足迹前行，从而使神性进入体内，于是有了圣子。第二章与第三章记载了圣子诞生于冬季的奇迹，表现了圣子第一次尝到苦痛而啼哭的生动情景。其出发点如同利玛窦，虽然都在于以人证我，诠释天主的传说与基督教的神圣性，但是，由于基督教的历史始于公元1世纪，而以后稷为始祖的周王朝，其历史则始于公元前11世纪，且不必说容易造成事与愿违，反过来为基督教的中国起源提供了证据，至少是成就了后稷神话的独立性，使之与基督神话构成互证互释。白晋通过"四书"、"五经"解读建立索隐学派，其主要成就不是《诗经》解读而是《易经》解读，有著作《易经大意》。白晋曾于1697年在巴黎以《易经》为题发表演讲，认为《易经》和柏拉图、亚里士多德哲学一样合理、完美；《易经》和中国古史以先知预言方式表达了基督教教义。总之，白晋所致力的基督教中国化，不仅立足中国文化解读，而且将中国文化话语置于西方文化话语的对等位置，使之相互阐释、彼此发明。由此形成的"四书"、"五经"解读，既另类于中国本土学者的解读，对于中国读者来说，具有以人观我的价

---

① 引自周发祥：《西方文论与中国文学》，江苏教育出版社1997年版，第5页。

值意义，又异质于西方本土学者以西释中的解读，成为对中国文化话语的认同。

如果说白晋致力于中西文化互证互释的"四书"、"五经"解读，体现了对中国文化话语模式的认同，那么马若瑟致力于中西语文相互转译的译介学研究，同样体现了对中国文化话语模式的认同。马若瑟认为：学习中文不应沿袭拉丁文语法理论与方法，而应通过学习《四书》等实践入手。声称中文与西文的语法体系存在巨大差异，如果我们试图用西文的语法形式套中文，那简直是犯傻。高喊："再见吧拉丁文语法！"为此，其《汉语札记》从介绍中国经典文献入手，四十九个题目之下，内容涉及经史子集。这也正是《尔雅》、《说文解字》乃至《康熙字典》的做法。其实我们早已知道，如前文所述，这也正是意音文字汉字及其书写，立象尽意、依经立义、比物连类的话语模式所决定的，从而使《汉语札记》以拉丁文语法解读汉语，成为移西就中。难得的是：马若瑟在为汉语给出西语所具有的名词、代词、动词、形容词、副词等词类时，特别指出：他所给出的中文语法分析并无实际意义。

（二）移西就中与移中就西相反相成，坚持无用之用：从佛教、基督教中国化到中国文论在现代美国译介的启示

如上所述，饶宗颐认为，西方接触汉学体现为移西就中与移中就西两个阶段。其中，被视作移西就中的白晋"四书"、"五经"索隐与马若瑟《汉语札记》，因其作为西方人立足中国文化本位的解读，及其对中国文化话语模式的体现，从而成为互为中心的互证互释，也即移西就中与移中就西的相对相成、相反相成。由此带来的启示是：移西就中与移中就西的相对相成、相反相成，正是中西文化实现会通的前提与基础。这已为现代美国的中国文论译介，得到西方学者较多认可的刘若愚移中就西与宇文所安移西就中的实践所证实。

刘若愚的《中国文学理论》谈到一词多义的中国文论概念的翻译时写道："该根据它在上下文中表示的主要概念，以及它可能隐含的次要概念，必要时每次使用不同的英文字，并提供另一种可能的译文，但指明原来的用语。我们在试图辨别每一用语所隐含的概念或各种概念时，关于紧接的前后文，我们不仅得追问上面所提出的一部分或全部的问题，而且我们得考虑批评家的一般思想倾向，所举的例子（有的话），以及

同一用语在文学批评以及别种作品中早期与当代的用法。"① 体现了植根于汉字及其书写而又超越汉字汉语，立象尽意、依经立义、比物连类、语境成义的话语模式的文本解读的"三个诉求"：既定意义诉求、文本语境诉求、文化话语诉求。② 可是，以表音文字为母语的美国乃至西方读者，面对立象尽意、依经立义、比物连类、语境成义的话语模式所赋予的具有意象性、包容性、认同性的中国文论的概念，往往一头雾水。例如"道"字，既指文艺乃至世界及其事物的规律，又指文艺乃至各种技艺的技巧，也指文艺乃至事物的本原，也指文艺创作与接受乃至事物认知的路径；例如"风骨"概念，既指藻饰，又指文意，也指风格，也指结构。在具体文本中到底是指哪种意义，将由既定意义诉求、文本语境诉求、文化话语诉求共同决定；也就是说，仅仅去抠术语概念的字面意义，或限于词句乃至篇章本身解读其意义，都难免出现似是而非。为此，刘若愚的《中国文学理论》移中就西，运用意义假设、归纳演绎、描绘叙述、文本成义的西方文化话语模式，用英文叙述《毛诗序》、《文心雕龙》、《诗品》等中国文论思想，并将其纳入改造艾伯拉姆斯（M. H. Abrams）《镜与灯》（The Mirror and the Lamp）体现西方文化单向思维、线性思维即逻辑思维的"艺术四要素批评范式"（图表1）中，无意中体现了中国文化双向思维、圆象思维即太极思维的"文艺四要素批评范式"（图表1、2）；同时，对首次出现的类似"气"、"神"、"道"、"风骨"等一名数义的概念，括注其多重意义，在随后的行文中，再选择其中的恰当意义，将"道"或译作规律、或译作技巧、或译作本原、或译作路径，将此处之"风骨"或诠释为藻饰、或诠释为文意、或指向风格、或指向结构，使读者不至于对一名数义的中国文论概念的认识与理解偏执偏枯，进而领略中国文论概念的意象性、包容性、认同性。遗憾的是，《中国文学理论》运用的译介方式或说话语转换方式，虽然如此用心良苦，且无意中体现了中国文论固有的太极思维对非我的西方文论逻辑思维的修正，还是因其志在单向的移中就西从而陷入"失语"，详见后文。

---

① [美]刘若愚：《中国文学理论》，杜国清译，江苏教育出版社2006年版，第17页。
② 徐扬尚：《从"扑朔迷离"看古文立象尽意的言说方式：兼论现代古文解读方式的"西化"》，《东方论坛》2009年第4期，第42页。

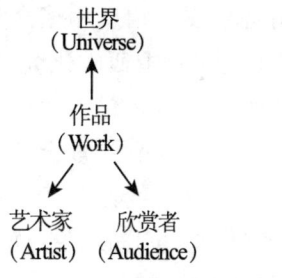
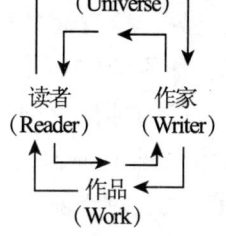

图表1　艾伯拉姆斯　　　　**图表2　刘若愚**①

宇文所安与刘若愚相反相成：刘若愚对中国文论的译介与诠释，以并不十分熟悉中国文论的普通西方读者为接受对象，或说意在如何有效地向西方读者传播中国文论，尽量让西方读者读得懂，考虑得更多是如何方便西方读者的接受；宇文所安有关中国文论的译介与诠释，接受对象主要是自己的学生与相近层次的读者，意在如何令西方读者深入而准确地认识中国文论，尽量让西方读者理解中国文论的原意，乃至意义建构层面的文化特质，考虑更多的是中国文论的意义诠释的精确性。为此，刘若愚的《中国文学理论》选择移中就西，用西方文论的言说方式言说中国文论，同时尽量体现中国文论意义建构层面的文化特质；宇文所安的《中国文论读本》则选择设身处地，用英文而遵循中国文论话语模式，来言说与诠释中国文论，移西就中。具体表现有二：一是采用中国文论的谱系性结构，例如概念的谱系，相关学者及其著作、观点的谱系，中国文论史的谱系，来建构《中国文论读本》的体制，从而成为中国文论选的解读；同时对刘勰的《文心雕龙》与叶燮的《原诗》的谱系结构加以突出与强调。二是《中国文论读本》采用中国文论依经立义的话语模式，来言说与诠释中国文论，从而刻意彰显相关概念之间的渊源流变关系。如果说刘若愚的《中国文学理论》是最受西方读者欢迎的中国文论读本，那么，宇文所安的《中国文论读本》（汉译《中国文论：英译与评论》）便是西方学者有关中国文论解读，最为忠实本义乃至言说方式的读本。

所谓移西就中与移中就西的相辅相成、相对相成、相反相成乃中西文化实现会通的前提与基础，除了如上所述，是指移西就中与移中

---

① James Y. Liu, *Literature Theory of Chinese*, University of Chicago Press, 1975, pp. 8—11.

就西必须两相结合、相辅相成、相对相成、相反相成之外，意义还有两读：一方面是说，移西就中与移中就西乃中西文化会通的初级阶段；另一方面是说，移西就中与移中就西是中西文化会通的过渡方法。这已经为由格义入手的佛教中国化的历史，以及刘若愚拿改造艾伯拉姆斯"艺术四要素"理论而来的"文艺四要素批评范式"解读中国文论的"失语"所证实。对于前者，陈寅恪与汤用彤都有详细论述。陈寅恪说："'格义'与'合本'皆鸠摩罗什（Kumarajiva）未入中国前事也。什公新译诸经即出之后，其文精审畅达，为译事之绝诣。于是为'格义'者知新义非如旧本之含混，不易牵引传会，与外书相配拟。为'合本'者，见新译远胜旧文，以为专据新本，即得真解，更无综合诸本参校疑误之必要。遂捐弃故技，别求新知。所以般若'色空'诸说盛行之后，而道生谢灵运之'佛性''顿悟'等新义出焉。此中国思想上一大变也。"① 汤用彤立足世界文化传播指出："大凡世界各民族之思想，各自解途径。名辞多独有含义，往往为他族人民，所不易了解。而此族文化输入彼邦，最初均抵牾不相入。及交通稍久，了解渐深。于是恍然二族思想，固有相通处。因乃以本国之理义，拟配外来思想。此晋初所以有格义方法之兴起也。迨文化灌输既甚久，了悟更深，于是审之外族思想，自有其源流曲折，遂了然其毕竟有异，此自道安、罗什以后格义之方法所由废弃也。况佛法为外来宗教，当其初来，难于起信，固常引本国义理，以申明其并不诞妄。及释教既昌，格义自为不必要之工具矣。"② 对于后者，曹师顺庆曾再三提醒学界："刘若愚以西切中，有时并不能顾及中国文论的实际，甚至将中国文论机械地切割到他的六种不同的理论中去，简单地把中国文学理论放入西方文论话语框架中。在刘若愚那里，中国文论已不复是中国文论，而是西方理论话语中的一堆材料，是艾布拉姆斯理论模式的注脚文本，这就是典型的失语。"③

由此形成从佛教中国化到基督教中国化乃至中国文论在美国传受，中外文化会通移外就中与移中就外的无用之用。一方面是说，移外就中

---

① 陈寅恪：《支愍度学说考》，《陈寅恪史学论文选集》，上海古籍出版社1992年版，第115—116页。
② 汤用彤：《汉魏两晋南北朝佛教史》，中华书局1983年版，第167—168页。
③ 曹顺庆：《再说"失语症"》，《浙江大学学报》2006年第1期。

与移中就外，作为中外文化会通的初级阶段与过渡方法，有着明显的局限性，不容回避。例如道安与僧睿批评格义"于理多违"①，"迂本而乖本"②；利玛窦对中国先秦文献中上帝概念的偷梁换柱，白晋拿姜嫄神话附会基督神话的异想天开，马若瑟《汉语札记》汉语词类划分的不可当真；曹师顺庆批评刘若愚《中国文学理论》套用艾伯拉姆斯"艺术四要素"理论削足适履，"例如该书说刘勰《文心雕龙》没有'决定论'，事实上《文心雕龙·时序篇》通篇都论述决定论"③，宇文所安彰显中国文论谱系性的《中国文论读本》，使中国文论的理论建构成为西方读者眼中的一盘散沙、无序乱麻等。另一方面是说，移外就中与移中就外作为中外文化会通的初级阶段与过渡方法，有着无用之用，也必须承认。没有当初的格义便没有后来的中国佛学本土化；没有利玛窦对西方天主与中国上帝观念的偷梁换柱、白晋对中国天主诞生神话的异想天开、马若瑟对汉语词类分析的多此一举，便没有基督教传播在明清的开拓性发展；刘若愚与宇文所安的中国文论解读，或削足适履，或造成西方读者的误读，毕竟方便了西方读者的认识与理解，找到了切实可行的由中国文论到西方文论的话语模式的转换路径，让学界看到了中西文论的可通约性，促成了中国文论在西方的传播与接受。

三、三项原则与特征、四个步骤与要求、条件

（一）三项基本原则与个性特征

综上所述，比较文学中国化须坚持"三项基本原则"，也即是其个性特征：

第一，西方比较文学移植到中国，本身就意味着要以中国文化与文学为言说对象，从而要求中国比较文学须立足中西文化的另类异质，也就是立足中国文化的民族特性——语言、民族、文化的一体多元、一元暨多元。中国比较文学另类于西方比较文学的研究对象，由此确立。

第二，中国人用另类于西方希腊文、拉丁文、英文、法文、俄文等表音文字的意音文字汉字书写比较文学，势必要遵循汉字及其书写，立

---

① 释慧皎：《高僧传》，汤用彤校注，商务印书馆1986年版，第195页。
② 僧睿：《毗摩罗诘经义疏序》，《大正藏卷·出三藏记》，第59页。
③ 曹顺庆：《20世纪中西比较诗学述评》，饶芃子主编：《思想文综》第2辑，暨南大学出版社1996年版。

象尽意、依经立义、比物连类、语境成义，习惯以非我的话语言说自我、互为中心的话语模式，从而要求移中就西与移西就中相对相成、相反相成，最终实现对中西文学乃至文化的跨越与会通。这既是人类文化交流的共相，更是中国文化基于一元暨多元、二元互包互孕的哲理模式的关系会通或说会通研究方法的体现。文学关系（Literary Relations）会通即会通研究（Gathering And Universal Research）作为方法论，在体现中国文化立象尽意、依经立义、比物连类、语境成义，习惯以非我的话语言说自我、互为中心的话语模式的同时，中国文化倾向人文思维、太极思维的思维模式自在其中。一元暨多元主义中国文化话语由此得以贯彻，中国性由此得以彰显；中国比较文学另类于西方比较文学的研究方法，中国文化贡献于中国比较文学乃至国际比较文学的学科话语，由此确立。之所以说在某种意义上，中国比较文学学科话语也是对国际比较文学的贡献，是因为如苏源熙所说："梅尔兹的比较文学使欧洲成为一个民族，但这个起源是件轶事，而不是必然：实际上，对东亚学者来说，欧亚大陆的另一端才是更能容纳国际的、语际的和文化间研究的一片希望之地。它有更加漫长的时间序列；有由更多朝代、民族、宗教和语言所共享的单独主导的文学习语；有经过多种方式分析和竞争的共同的经典；有来自文学语言又与之作对的白话的出现；有与不同文化背景的民族的交流，以及由此产生的改写和重新评价——这些以及其他因素综合起来，使东亚成为比较文学史的更加'规范'的理由。南亚学者、美国学者以及其他学者无疑会同意这种说法，而对欧洲的必然性表示怀疑。"[1]

第三，坚持无用之用。一方面，移中就西与移西就中及其相辅相成、相对相成、相反相成，作为中西文化会通的初级阶段与过渡方法，体现了比较文学的无用之用。事物用其无用的无用之用，成就于用其有用的有用之用。相对而言，成就有用之用的中西文化融会贯通的移中就西与移西就中及其相辅相成、相对相成、相反相成，属于无用之用（application of seemingly uselessness）；另一方面，基于相同的道理，相对有用之用的国别文学研究、总体文学研究、文学理论研究、文学史研究，作为另类异质的语际、族际、国际、科际文学关系会通，具有开放、包容性，

---

[1] [美]苏源熙：《噩梦醒来缝精尸：论文化基因、蜂巢和自私的因子》，陈永国译，达姆罗什等主编：《新方向：比较文学与世界文学读本》，北京大学出版社2010年版，第10—11页。

边缘、整合性，比较、参照性，跨越、会通性的比较文学，就属于无用之用。中国化比较文学另类于其他学科的学科特性由此确立。再一方面，原来，文学交流与文化会通的最高境界，莫不如老庄所说：忘我而有我，外物而有物，无用而有大用。置身跨界的文学交流与文化会通，只有坚持无所用心的无为、无用、无我——放弃自我标榜与自我中心，放弃文化霸权与格式化他者的企图，坚持互为中心，和而不同，和光同尘，才能保持自我的品格，达到实现自我的有为、有用、有我；反之，追求自我中心，追求文化霸权，追求对他者的格式化，势必陷入"为他者而追求"，"被他者牵着鼻子走"的有为而无我之境地。因为文化中心与文化霸权的形成，格式化他者的方式与效果，在某种程度与意义上，无论是心甘情愿还是迫不得已，莫不取决于被边缘化者与被格式化者的认同与配合，所谓"对症下药"、"药医不死病，佛渡有缘人"是也。中国化比较文学作为学科特性的无用之用，由此成为作为学科话语的一元暨多元主义的精神内核。

(二) 四个实践步骤与要求、条件

比较文学中国化运动的开展，势必面对如下四个问题，在实践层面上体现为四个步骤，其得以开展的相应要求与条件也随之呈现出来：

第一，比较文学中国化，化什么？就中国文化语境而言，就是指以中国文化语境去化生成于西方文化语境的比较文学学科理念与方法；就比较文学学科而言，就是令生成于西方文化语境的比较文学学科理念与方法，植根于中国文化语境并生根、开花、结果。所谓生成于西方文化语境的比较文学学科理念与方法，就是西方文化所赋予比较文学由意义假设、归纳演绎、描绘叙述、文本成义，习惯以自我的话语言说非我、自我中心的话语模式，青睐天人物我自立、合作竞争的认知模式，倾向科学思维、逻辑思维的思维模式，一元暨中心、二元对立统一的哲理模式"四个层面"构成的一元暨中心主义的学科话语，以及由此确立的以假设、实证、比较、分析、归纳、演绎为基本内涵的分析综合、比较实证方法。具体体现为基于对"杰出"、"杰作"与"竞争"、"征服"的推崇，从而成为斯皮瓦克所说的宗国文化向藩国文化进军的进化论认识论，以及为此而致力于韦勒克所说的民族文化贸易清算的实证研究方法论。

第二，比较文学中国化，拿什么去化？其实，任何国别文化或人文学科，若是缺少文化话语与学科话语，只能成为他国文化或其他人文学科的附庸，既令他国文化或其他人文学科化无对象，也难以化他国文化或其他人文学科为己所用，无资本去化。所谓以中国文化去化西方比较文学学科理念与方法，其实就是拿中国文化由立象尽意、依经立义、比物连类、语境成义，习惯以非我的话语言说自我、互为中心的话语模式，青睐天人物我合一、相反相成的认知模式，倾向人文思维、太极思维的思维模式，一元暨多元、二元互包互孕的哲理模式"四个层面"构成的一元暨多元主义文化话语，去化西方文化所赋予西方比较文学的一元暨中心主义的学科话语及其分析综合、比较实证方法，由此形成中国比较文学一元暨多元主义学科话语，及其以考证传受、追查变异、求同显异、比物连类、相互阐释、彼此发明为基本内涵的会通研究方法。具体体现为基于对"和谐共处"、"多元共生"与"互补互利"、"相反相成"的推崇，从而成为谋求文化交流与对话，和而生物的无用之用认识论，以及为此而致力于文化会通，他者镜鉴的会通研究方法论。

第三，比较文学中国化，如何化？那就是由单纯的移中就西或移西就中，到立足汉字媒介及其书写的中国文化与由此生成的中国文化话语，实现移中就西与移西就中相对相成、相反相成的中西文化会通。所谓"移中就西"，就是让中国比较文学研究及其理论建构迁就乃至移植西方比较文学理论与方法。反之，所谓"移西就中"，就是将移植自西方的比较文学理论与方法植入中国文化语境，给出贯彻中国文化话语，体现中国性的解读与改造。由此形成既非中国文化传统与固有的比物连类的文学比较方法，又不同于西方比较文学的分析综合、比较实证研究，而是推陈出新的比较文学学科理论——本体论（Ontology）、认识论（Epistemology）、方法论（Methodology）建构（后文简称"三论"）。

第四，比较文学中国化，有无可操作性？一方面，自成系统，另类异质的中西文化，乃当今世界文化的双河并流，当下世界文化的全球化、多元化时代潮流，更是使互为中心、互证互释、对应互补的中西文化交流与对话，成为必然趋势，从而使比较文学的中国化有对象、有资本、有语境；另一方面，汉代到宋代的印度佛教中国化、明清两朝欧洲基督教的入乡随俗、当下的马克思主义中国化课题等，为比较文学中国化提供了历史语境与经验教训；再一方面，西方比较文学移植中国，已历时百年，如台湾学者所言，这本身就是比较文学中国化运动的体现；又一方面,中国学者依据意音文字汉字及其书写的中国文化话语,包容贯彻并彰显表音文字英文、法文、德文、俄文等及其书写的西方文化话语的、作为法国乃至欧洲比较文学主流的影响研究与作为美国乃至北美比较文学主流的平行研究,建构立足中国文化语境,彰显中国文化特质,体现中国性的跨文明研究理论体系,本身就属于比较文学中国化的理论建构及其实践,只是有待于以本体论、认识论、方法论的认定与总结而已。

第二章 外体系内谱系的比较文学"三论"
——贯彻中国文化话语的理论建构

如上所述,如果说20世纪的比较文学中国化,属于移中就西(尤其是在比较文学学科理论与方法建构层面)与移西就中(主要体现在研究实践层面,例如王国维的境界说等)阶段,那么21世纪的比较文学中国化,便由此进入立足汉字媒介及其书写的中国文化与由此生成的中国文化话语移中就西与移西就中相辅相成、相对相成、相反相成的中西文化会通阶段。这里的中西文化会通,主要还是指中西文化话语的会通。于是,在学科理论与方法建构层面,中国文化及其语文媒介意音文字,由甲骨文、金文到大篆、小篆,再到隶书、楷书的汉字,立象尽意、依经立义、比物连类、语境成义,习惯以非我的话语言说自我、互为中心的话语模式所孕育的理论话语建构的谱系性,与西方文化及其语文媒介表音文字,由希腊文、拉丁文到英文、俄文、法文、意大利文、西班牙文等,意义假设、归纳演绎、描绘叙述、文本成义,习惯以自我的话语言说非我、自我中心的话语模式所孕育的理论话语建构的体系性,便被推上前台。由此形成会通中西文化话语模式外显体系建构而内存谱系本质的比较文学"三论"谱系建构——本体论、认识论、方法论。

比较文学"三论"的"谱系"之说,意义有三:一是强调作为一门学科的国际比较文学共同的西方文化源头,作为一门学科的中国比较文学的"西方移民"身份;二是强调比较文学"三论"建构,如同涵盖阐发法、异同法、寻根法、对话研究、建构法的跨文明研究体系的多元性及其对不同文化、不同民族、不同地区、不同追求的比较文学理论元素的吸纳;三是强调比较文学"三论"建构的开放性及其研究对象、研究方法、学科话语、学科特性等具体内涵的变通性。

第一节　会通中西文化话语的比较文学"三论"谱系

一、中西文化理论建构的谱系性与体系性

汉字及其书写立象尽意、依经立义、比物连类、语境成义的话语模式,立足于事物的类同性、相似性、关联性,体现为求同。由此构成的汉语表达、理论建构、文本结构,自动形成立足事物的类同性、相似性、关联性的谱系结构。换句话说,立足事物的类同性、相似性、关联性的汉语表达,理论建构、文本结构无须从事以逻辑关联为原则的体系建构而自成谱系,由此形成形散而神不散的无体系之体系。西方表音文字及其书写意义假设、归纳演绎、描绘叙述、文本成义的话语模式,则立足于事物的另类性、异质性、差异性,体现为求异。由此构成的西语表达、理论建构、文本结构,体现为立足事物的另类性、异质性、差异性而进行的体系建构。换句话说,立足事物的另类性、异质性、差异性的西语表达、理论建构、文本结构,离开以逻辑关联为原则的体系建构,便会成为结构决定意义的形散而神失的一盘散沙。

（一）立象尽意、依经立义、比物连类、语境成义的汉字及其书写立足求同的谱系性

汉字意义建构的立象尽意、比物连类,就是通过对天文地理与鸟兽蹄迹的摹写,来寄托相应的意义。立足所摹写之象即文字与被摹写之物的相似性或类同性,谓之象形,例如日月山河;立足所摹写之象即文字与被摹写之物的关联性或类同性,谓之会意,例如思想情怀。汉语表达的立象尽意、比物连类,就是立足事物的相关性,以具象性的事物形态及其行为活动,来表达抽象性的情感、思想、意义。例如情人誓言恩爱到永远,谓之"海枯石烂";仇人表示仇恨难消,谓之"食肉寝皮";夸人美貌,谓之"闭月羞花";诉人恶毒,谓之"罄竹难书"等。理论建构的立象尽意、比物连类,就是立足道义的类同性和相关性,通过具象性的可以观感的事物行动的情理阐释,来实现抽象性的理论建构。例如古人所谓逆水行舟,不进则退,即拿行舟的规律连类知识学习的规律;所谓水能载舟,亦能覆舟,即拿水与舟相对相成、相反相成的关系连类

统治者与被统治者相对相成、相反相成的关系；所谓人情世故的四大靠不住——春寒、秋暖、老健、君宠，即连类四种现象，提取共性，以此印证说明君宠之不可靠。

　　汉字意义建构的依经立义，就是如同《尔雅》、《说文解字》、《康熙字典》的做法，将每个字曾经出现的经典用法作为其意义建构，有多少种经典用法就有多少种意义，最早出现的意义为本义，随后出现的意义为引申义。而引申义的生成，正是立足与本义的相关性、类同性、相似性。例如"学"，本义为对孩子进行启蒙教育，使之觉悟，包括教与学两方面。读xiào，表示教导，使之觉悟。此义后来专用"敩"来表示。如今则用教来表示。读xúe，表示学习，接受教育。进而引申为模仿。由学的成果引申为学问。又进而引申指学科、学派。再由学习的地方引申指学校。汉语表达的依经立义，就是遣词造句，以古人的经典用义为意义，以古人通行的表达方式表达；不生造词句，水到渠成的词句创造，以古人经典为依据和基础。总之，新兴的词句与表达方式的创设，立足旧有的同类或相关的经典词句和表达方式。理论建构的依经立义，就是以先贤经典为理论建构的意义生长点，加以引申与阐发，或深化或升华。

　　立象尽意、依经立义、比物连类的汉字，其意义生成往往又离不开相应的语境，包括文化语境与现场语境。以称谓为例，民间至今流行以子女或孙子、孙女、外甥、外甥女等晚辈的身份称呼他人，从而有"某某他爷爷"、"某某他姥姥"、"某某他姐夫"的称呼，或者"你爷爷"、"你姥姥"、"你姐夫"的称呼，乃至简称"爷爷"、"姥姥"、"姐夫"。已为人母的妇女，或者干脆称呼丈夫的父母为爷爷、奶奶，称呼自己的兄弟、姐妹为舅舅、小姨等，意在抬高对方的身份，以示尊重，这份尊重完全依赖文化语境成全。就称谓本身而言，也可以说是错称见义。原来，这种错称见义传统植根于孔子所编《春秋》的一字见义、一字褒贬，或称错文见义的称谓运用，意义生成于文化语境。类似事例又例如日常惯用语的"请慢吃"与"请慢走"等，到底指字面意义"慢些吃"与"慢些走"，还是指"请享用"与"请走好"？前一层意义取决于文本语境，后一层意义取决于文化语境，即中国人讲究食不厌精、脍不厌细、以慢走为安全的传统观念。如此语境成义作为间接指称，同样是借助事物的相关性，细嚼慢咽与享用，慢走与安全之间的因果关系，实现意义建构。儿媳称公公为爷爷的语境既是由文化传统生成的文化语境，又是由具体场景生成的现场语境。因为当某已为人母的女性称某老人为爷爷，她与该老人的关系到底是爷爷与孙女的关系还是公公与儿媳的关系，取决于现场语境。同类事例又例如某人称呼某人为先生，到底是指普通尊称，还是指自己的受业老师，或是指对方的职业，所指取决于现场语境。

综上所述，汉字及其书写的立象尽意、依经立义、比物连类、语境成义的话语模式，基于事物类同性、相似性、关联性的求同，从而使汉语词句结构、理论建构、文本结构呈现为谱系结构。这就是从立象尽意说、赋比兴说，到意象说、滋味说，再到兴象说、意境说、妙悟说，乃至神韵说、性灵说、境界说，《文心雕龙》由引论（总论）到分论再到合论，形成如同江河水系的谱系结构的原因。也正是皎然《诗式》、司空图《二十四诗品》、王昌龄《诗格》以及严羽《沧浪诗话》等各种诗话、词话，看似随感，随意说道，见点不见面，不成体系，实是神龙见首不见尾的无体系之体系。基于事物的相关性，中国文人通常将事物看作一个整体、一个过程，而整体与过程的表现则不必面面俱到，完全可以而且应该言与不言相结合、实说与暗示相结合、举一反三、以点带面，只有这样才能实现文约旨博、言简意赅、言近意远。所谓言而不言、举一反三、以点带面，就是作者通过写局部而暗示整体，写细节而暗示过程，写当下而暗示历史语境与将来情状；作者则通过读局部而想见整体，读细节而想见过程，读当下而想见历史语境与将来情状。例如一幅以"踏花归去马蹄香"为题的画，画的是一匹奔马，蹄边飞着几只蝴蝶，不仅马踏鲜花的过程成为隐喻，就连鲜花与花香都由蝴蝶及其追随马蹄的状态来象征。与之类同，一幅题为"深山藏古寺"的画，画的是崇山峻岭之中，清泉飞泻，泉边一老僧正在用瓢舀水入桶，老僧深山取水，暗示寺庙就在附近，老僧自己取水，进而暗示老僧生活艰难，乃至寺庙的破败，见僧不见寺，"藏"的主题不言而喻。

（二）意义假设、归纳演绎、描绘叙述、文本成义的表音文字及其书写立足求异的体系性

西方文字意义建构的意义假设、归纳演绎、约定俗成、描绘叙述、文本成义，就是通过本身没有意义而无限可指的几十个字符的不同组合，来表达不同的意义，以对事物的描绘叙述为能事。例如：英语二十六字母如何写、字形如何，本身无所谓，关键是其应具有差异性而足以相互区别；cat（猫），bat（蝙蝠），act（行为），到底是用 cat 还是用 bat 或是用 act 表示猫，本身没什么关系，关键是用以表示猫的 cat，既不是 bat，也不是 act 等别的字符，反之，看到与听到 cat 能够让人想到猫，而不是与蝙蝠、行为等别的事物纠缠不清，就足够了。西方文字表达的意义假设、归纳演绎、约定俗成、描绘叙述、文本成义，就是立足事物的差异性，通过字符意义的约定俗成、秩序结构的归纳演绎，将具有指定意义的字母组合成具有指定意义的单词，然后连词成句，再组句成章，表达相应的意义，进行叙事。例如疑问句与陈述句的区别，肯定与否定的不同意义表达，就体现为相同字符与单词的不同排序。西方文字理论建构的意义假设、归纳演绎，就是凡事根据差异性，先假设其有或无、是或不是、能或不能，然后通过分析归纳，证明其有或无、是或不是、能或不能。例如古希腊人面对千奇百怪、千变万化的自然现象与人类能够认知的自然现象的差异性，先假设不被认知的自然现象是神力的体现，然后通过寻找若干神迹进行归纳，证明世界有神；同理，苏格拉底与柏拉图利用现实世界与人类所认知的知识世界的差异，假设世界生成于理式，然后通过各种现象的归纳，证明世界生成于理式；亚里士多德所谓"三段论"，其大前提其实就是假设；从地球中心说到太阳中心说再到各种宇宙终结说，在未经证实之前，莫不属于假设。总之，西方的学说通常建构于立足事物的差异性的假设、求证（分析、归纳、演绎、推理、判断）之上。

综上所述，西方表音文字及其书写，意义假设、归纳演绎、约定俗成、描绘叙述的话语模式，基于事物另类性、异质性、差异性的求异，从而使西语的语言知识主要体现为语法结构而非字词意义，使词句结构、理论建构、文本结构又呈现为体系结构。这就是从苏格拉底、柏拉图到亚里士多德、贺拉斯，再到但丁、卡斯特尔维屈罗，乃至高乃依、圣·艾弗蒙、莫里哀，直到伏尔泰、卢梭、狄德罗……一部西方文论史，体现为后学对先学的质疑乃至反叛，总之是标新立异，从而体现为注重体系性的理论建构的根本原因。因为无论解构他人学说还是另立新说，都必须讲清来龙去脉、因为所以，都必须有理有据。这也正是亚里士多德提出"整一"说，贺拉斯提出"合式"说，布瓦洛认同贺拉斯"合式"说，卡斯特尔维屈罗标举"三整一律"说，歌德提出"显现特征之整体"说,约翰生以不能完全遵守"三整一律"作为莎士比亚戏剧的缺点之一的根本原因。

二、体系性和谱系性相反相承的比较文学"三论"

西方文化领导现代世界文化潮流的现实,要求中国比较文学的理论建构,必须坚持与彰显由表音文字书写的西方文化理论建构的体系性,否则,必将妨碍中国比较文学理论的国际接轨与国际认同。而中国比较文学理论建构由意音文字汉字书写的现实,又要求中国比较文学的理论建构,必须坚持与彰显由意音文字书写的中国文化理论建构的谱系性,从而使中国比较文学理论建构的西方文化体系性和中国文化谱系性相结合成为必要。中国比较文学理论建构对西方文化体系性的坚持与彰显,莫过于自觉纳入近来为许多中国学者所津津乐道的西方哲学本体论、认识论、方法论的"三论"架构;对中国文化谱系性的坚持与彰显,就是要坚持以比较文学理论构成的相应概念与要素为载体。由此形成外显体系性而内存谱系性的比较文学理论建构:在本体论、认识论、方法论架构之下,运用文学关系、总体文学(General Literature)、世界文学(World Literature)、区域文学(Regional Literature)、民族文学(National Literature)、国别文学(National Literature),流传学(Thématologie 法文)、渊源学(Crénologie 法文)、媒介学(Mésologie 法文)、影响(influence)、传播(transmission)、接受(reception)、媒介(intermediaries)、变异(variation)、求同存异、文学误读、文化过滤,跨语言、跨国界、跨民族、跨学科、跨文明、语际、族际、国际、科际,影响研究、平行研究、阐发研究、跨学科研究、跨文明研究、打通研究(Get through Study)等比较文学既定概念,及其新生概念语际文学关系、族际文学关系、国际文学关系、科际文学关系、四际文学关系、三维文学关系、传受变异、异同比类、去异求同、反同求异、求同显异、阐释发明、文学关系会通/会通研究、无用之用等来言说比较文学,将比较文学的理论建构具体落实于学科定义、学科属性、可比性(Comparability)、学科特性、学科话语、研究对象、研究方法、方向目的等相关要素。

然而,查阅以古汉语、传统文化为言说对象的商务印书馆版《辞源》(1988),并无"本体论"、"认识论"、"方法论"概念,连"本体"、"认识"的词条都没有；再查以现代汉语、现代文化为言说对象的上海辞书出版社版《辞海》（1989），无"方法"词条却有"方法论"词条；又查兼顾中外古今的商务印书馆（香港）有限公司光碟版《汉语大词典》，有"认识论"、"方法论"词条而无"本体论"词条。原来，作为如今早已成为贬义的古代人所谓"胡说"、近代人所谓"洋说"的西方学说"三论"，其汉语表述的基本内涵还有待明确的界定，作为哲学概念、术语应用于其他学科，也还须经过所指与能指的相应转换。

"三论"用于中国比较文学理论建构，所谓"本体论"或许可以用来指称比较文学学科的生成及其生成语境、学科定义、研究对象、方向目的、学科属性、可比性、学科特性。所谓"认识论"或许可以用来指称比较文学的学科话语。所谓"方法论"或许可以用来指称比较文学的研究方法与途径。不过，这种洋说与（不同于现代学院派汉语的）现代大众汉语一动一静、一语双关的意思——动者，指有关比较文学本体或自体、认知、方法的论说；静者，指关于比较文学的本体或自体、认知、方法的理论——大相径庭。按照传统思维方式，我理解，说白了，所谓"比较文学本体论"，或许就是关于比较文学"是什么"、"做什么"的存在论。所谓"比较文学认识论"，或许就是关于比较文学是什么、做什么、如何做、应当如何做的"所以然"或"为什么是（这样而不是那样/这些而不是那些）"。所谓"比较文学方法论"，或许就是关于比较文学"如何做"、"应当如何做"的技巧论。反过来或许可以说，关于比较文学"是什么"、"做什么"的言说属于本体论。关于比较文学是什么、做什么、如何做、应当如何做的"所以然"或"为什么是（这样而不是那样/这些而不是那些）"的言说属于认识论。关于比较文学"如何做"、"应当如何做"的言说属于方法论。不敢自以为是，而又不得不言，姑且言之于此，抛砖引玉。

三、汉语语境下比较文学"三论"谱系的无用之用

由上述可知，洋说的本体论、认识论、方法论"三论"，应用于汉语言说的中国比较文学的理论建构，面临一种错位：原来，汉语本身根本就没有与洋说"三论"及其"本体"、"认识"概念意义对等的概念，生成于意义假设、约定俗成、文本成义的意义建构方式的洋说"三论"

及其相关概念，一旦被置放于立象尽意、依经立义、语境成义的汉语语境，势必造成读者的顾名思义，拿汉语与之意义相近或相关概念的意义来领会，结果造成似是而非。其实，在无意于人生与社会的终极追求而致力于究天人之际，无意于形而上学而强调实践应用的中国文化语语境下，特立独行的比较文学"三论"研究，多此一举。换句话说，说起比较文学理论，自然是指比较文学的学科定义、学科属性、可比性、学科特性、学科话语、研究对象、研究方法、方向目的等相关问题，无须上升到本体论、认识论、方法论；反之，若脱离上述问题去谈论比较文学"三论"，反而会让人一头雾水。

然而，汉语语境下比较文学"三论"谱系的失语与无用，又不失为可意会而无须言诠的无用之用：

（一）有利于中国比较文学的国际接轨与国际认同

理论与实践二元对立统一语境下的西方比较文学百年史，危机之声不绝于耳。首先是意大利著名文学史家与美学家克罗齐（Benedetto Croce）由质疑比较文学研究方法的独到性，到质疑比较文学作为一门学科的合法性。心虚的法国学者伽列（Jean Marie Carrè 又译作卡雷、凯雷）与基亚（Marius Francois Guyard）随之宣称：比较文学不是文学比较，而是国际文学关系史。令比较文学学科定位放弃固有的立足点——研究方法，而改为立足研究对象，结果又遭到美国学者韦勒克的批评。韦勒克不仅批评法国派方法论的陈旧与学科专门方法论的缺失，同时批评法国派研究对象的不明确，进而将矛头指向法国派影响研究理论赖以建构的事实主义、唯科学主义和历史相对主义认识论，乃至"文学外贸"（Foreign Trade of Literature）清算的民族主义动机目的。正所谓螳螂捕蝉黄雀在后，巴丝奈特和斯皮瓦克则将作为西方比较文学主流的美国学者的平行研究与法国学者的影响研究一同归于极权主义的去异求同，一同出具死亡报告。前者的《比较文学：批判性的介绍》所谓"作为一门学科的比较文学已经过时"[①]，后者的《一个学科的死亡》所谓比较文学的死亡，都是指以法国派及其影响研究与美国派及其平行研究为代表的斯皮瓦克所谓"旧比较文学"，它们必将或已经为关注文化多元性与

[①] Susan Bassnett, *Comparative Literature: A Critical Introduction*, Oxford: Blackwell, 1993, p. 161.

差异性的后殖民文学研究、女性文学研究、翻译文学研究、区域文学研究等斯皮瓦克所谓"新比较文学"所替代。如此表明：西方学者正是在"三论"层面，来讨论比较文学的研究对象、方向目的、研究方法、学科理念。因此，中国学者及其比较文学理论建构若要与西方学者及其比较文学理论建构对话，只有将问题置放于"三论"层面来讨论，方容易达成共识，赢得认同；反之则容易错位，陷入自言自语。为此，曹师顺庆在批评由韦勒克、勃洛克（Haskell M. Block）等学者的"无边论"带来的比较文学危机，指出其转机的路径时强调："我们将如何解决比较文学持续不断的危机呢？解铃还是系铃人，韦勒克开出的药方并没有错，用他的话说就是：'我们学科的处境岌岌可危，其严重的标志是，未能真正确定明确的研究内容和专门的方法论。'其实，只要能真正落实韦勒克所倡导的'确定明确的研究内容和专门的方法论'，比较文学本来是可以避免走许多弯路的。然而……他只是将药方用在批判法国学派上，而没有继续坚持下去，甚至又踏上了同一条错误的道路，忘记了自己同样也需要'确定明确的研究内容和专门的方法论'。"① 可谓以其之道还施彼身，击中要害。面对 20 世纪 80 年代中国比较文学复兴期，中国学者热衷移植西方比较文学理论而加以修正，而西方比较文学由法国派到美国派，从进化论（Evolution Theory）、实证主义（Positivism）、唯科学主义（Scientism）和历史相对主义（Historical Relativism），到新人文主义（New Humanism）、全球主义（Cosmopolitanism）和文化多元主义（Cultural Pluralism）、文化相对主义（Cultural Relativism），依旧没能提出比较文学自己的认识论与方法论的现象。陈思和呼吁：比较文学应当建立自己的世界观和哲学基点，以便形成各要素之间的内在统一性，不然，比较文学就只能流于一种操作工具。同时对中国比较文学的理论建构提出相应的建议：应当在这一基本点上，给发源于西方的比较文学学科提供属于自己的补充和修正，特别是当中国文学这一元素加入到国际比较文学总体背景上去之后，原来西方人赋予的整个世界观都将应发生变化。② 同样是置身于国际对话的高度来思考问题。

---

① 曹顺庆主编：《比较文学学》，四川大学出版社 2005 年版，第 15 页。
② 参看《困惑与突破：比较文学理论与实践讨论会记录》，《中国比较文学》1995 年第 1 期；《对比较文学理论建设的再思考》，《中国比较文学》1995 年第 2 期；陈思和：《关于比较文学的一点想法》，《上海文论》1991 年第 6 期。

(二) 有利于中国比较文学专门认识论的明确

由上述可知：第一，无论过时与否，比较文学法国派的理论建构离不开进化论、实证主义、唯科学主义和历史相对主义的认识论；无论是否专门，比较文学美国派的理论建构，与新人文主义、全球主义和文化多元主义、文化相对主义的认识论密切相关；比较文学中国派的理论建构立足文化传统的认识论的缺失，使得被有关学者随手拉来的西方各种主义，成为远离中国比较文学理论建构及其学科定义、研究对象、研究方法、学科属性、可比性、学科特性诸要素之外的"促销赠品"，既不能成为上述诸要素的协调机制，又不能成为明确上述诸要素内涵的理念，至少我们至今未能读到相应的论述。第二，立足民族文化语境、植根文化传统的专门认识论的明确，是中国比较文学理论建构的关键。一方面，认识论的明确，会带来比较文学的本质问题到比较文学学科定义、研究对象、方向目的、学科属性、可比性、学科特性等本源与本性问题的转化，会带来比较文学的研究方法到方法论的提升。另一方面，认识论的缺失，既会带来中国比较文学理论建构相关要素的各自为政、自言自语，难以形成体系，也会带来对民族文化语境与文化传统的背离，陷入语境缺失与历史缺失的空论。为此，李达三将比较文学中国派的理论建构置于中国哲学的中庸之道之上；叶维廉强调中西比较文学要坚持中西文化两个模式的互证互释；古添洪以文化模式为阐发研究调整运用比较文学法国学派与美国学派的背后精神；孟庆枢说"全球化语境下的中国比较文学既要有独特的本体论，也要在方法论上建立自己的体系，与此密切相关的是话语问题"①，就是中国文化的意义建构方式、表述方式、解读方式，为乐黛云所认同。如前文所述，曹师顺庆不仅旗帜鲜明地将比较文学中国化定位于话语建构，而且通过其西方文论中国化的具体操作②，为比较文学中国化研究提供借鉴乃至支持。中国比较文学理论建构的"三论"谱系之下，具体体现为学科话语以及由此确立的学科特性的认识论的明确，从而成为头等大事，学科定义、研究对象、方向

---

① 乐黛云：《比较文学简明教程》，北京大学出版社2003年版，第291页。
② 参见曹顺庆、谭佳：《重建中国文论的又一有效途径：西方文论的中国化》，《外国文学研究》2004年第5期；李夫生、曹顺庆：《重建中国文论话语的新视野：西方文论的中国化》，《理论与创作》2004年第4期；曹顺庆：《文学理论的'他国化'与西方文论的中国化》，《湘潭大学学报》2005年第5期。

目的、学科属性、可比性、学科特性的本体论意义，研究方法的方法论意义，随之得到提升。

第二节 中国化比较文学"三论"谱系的基本内容

一、本体论：学科定义、研究对象、方向目的、学科属性、可比性

《辞海》"本体（希腊文 noumenon）"：纯为洋说的本体概念，与现象相对应，是指用理性才能理解的本质，是理性直观的对象。由柏拉图作为真实的存在即理念而提出；在康德哲学中则成为与现象对应的只能为信仰所揭示而不能为知识所达到的自在之物。"本体论"是指哲学中研究世界的本源或本性问题的部分。最早经18世纪德国的沃尔弗阐发，成为理性的理论科学的组成部分。20世纪德国胡塞尔的先验本体论、尼古拉·哈特曼的批判本体论、海德格尔的有根本体论，则将其建构于超感觉、超理性的直觉之上。前者被称之为传统的本体论，后者被称之为新本体论。而马克思主义哲学通常并不使用本体论术语。① 相关的洋说解释有："本体论"又称"存在论"、"实体论"，属于形而上学理论中专门研究自然存在的理论分支。

照此看来，侧重回答"是什么"与"做什么"的比较文学本体论，既关系到比较文学的研究对象、方向目的，又关系到比较文学的学科属性、可比性和学科特性，最终归结到学科定位，而其中任何一方面又都不足以代表比较文学的本体论。

显然，就文本体例结构而言，各种比较文学理论读本事先给出学科定义，属于后话先说，立场先设，结论先行；学科的根本与立足点，当属研究对象；研究对象的明确带来方向目的的确立；学科属性也就不言而喻。

缺乏明确而独立的研究对象，曾经是比较文学遭受攻击的靶子，至今也是学科独立身份受到怀疑的焦点。从而使研究对象的确立成为比较文学学科走向独立的立足点，学科理论建构的难点。提起这个话题，就连给出中国学者引用率最高的海外比较文学定义的雷马克（Henry

---

① 《辞海》，上海辞书出版社1989年版，第3259页、第3260页。

Remank又译作雷迈克、雷麦克),面对国际比较文学界,首先是美国比较文学界对比较文学的不理解,也感到忧心忡忡:"我们的研究领域究竟是什么呢?在这点上,人们又会提出一个好象很理直气壮的问题:'你倒说说"比较文学"是什么意思?我们不是都在比较文学吗?'对此,我们就解释说这个名称并不准确,是约定俗成的,逻辑上讲不通的。比较文学的意思在最浅近的层次上指的是两种或两种以上用不同语言写的文学之间的关系。"① 巴丝奈特在《比较文学:批判性的介绍》中之所以主张让广义的翻译研究替代已经过时的比较文学,其中的原因就包括比较文学缺乏明确的研究对象与系统的学科理论建构,而翻译研究则具有明确的研究对象与自足的理论体系建构。其实,当初欧洲学者在将比较文学定位于国际文学关系史研究时,克罗齐便明确而坚决地加以抵制:"德国文学史生来就是比较的","我看不出单纯的'文学史'与'比较文学史'之间有什么差别"。因此,"我看不出有什么可能把比较文学变成一个专业"。②

然而,如同雷马克所说,比较文学研究就是以文学关系为研究对象,但不只是超越语言限制的文学关系,比较文学学科百年发展史表明:比较文学界长期寻求的,或说在不断寻求中所形成的独立而明确的研究对象,就是另类异质的四际文学关系。具体包括三个层面:由语际、族际、国际、科际文学关系等四际文学关系构成的属性关系;由四际文论、四际批评、四际文学史关系等总体文学关系构成的范畴性关系;由纵向历时性的文学信息的传受变异、横向共时性的文学要素的异同比类、双向参照性的文学体系的阐释发明等三维文学关系构成的方法性关系。作为独立学科的比较文学,与作为常用的文学研究方法的比较文学或文学比较的区别,就在于前者属于四际文学关系的跨越与会通,在于被跨越与被会通的二元乃至多元之间的另类异质关系。

比较文学的方向目的何在?欧美有"比较文学如同比较土豆"之说;中国的"比较文学就是狗比狗大、狗比狗小"之说也不胫而走。前者引起学界的思考,后者则为好事者所津津乐道。事实上,康奈尔大学拿尼·酷伯(Lane Cooper)所谓"既然可以说比较文学,那么也可以说

---

① [美]雷马克:《比较文学在大学里的处境》,杨周翰译,《中国比较文学》1988年第2期。
② [意]克罗齐:《比较文学》,王锦园译,《中国比较文学》1988年第2期。

比较土豆、比较外壳",根源于他对动词性的"比较"作为客体"文学"的属性的困惑,因此避谈"比较文学"而改用"文学的比较研究(Comparative Study of Literature)";① 杨绛拿狗比狗大、狗比狗小调侃比较文学,或许是基于如酷伯相同的原因,或许基于她对当时不具有可比性的所谓比较文学研究的不满,总之不可当真。因为没有证据表明她反对比较文学学科,且不必说传说"不承认比较文学"的钱钟书,自己却告诉李达三,说在20世纪80年代的中国比较文学复兴中,曾经火上浇油。② 显然,狐假虎威、对此津津乐道者是"门缝里看学问",将比较文学看扁了。③ 比较文学依旧属于文学研究,其方向目的就是作为文学研究的"第四只眼",超越自我本位中心或非我本位中心,开阔文学研究与民族文学研究或国别文学研究的视野,开放接纳他者与融入世界的胸怀,开展与他者对话,促成四际文学关系会通,走向立足于四际文论、四际批评、四际文学史的总体文学研究,会通共同的诗心与文心,寻求共同的文学规律,建构共同的文论话语。

对此,雷马克深有体会地说:"九头蛇(恕我用这个字眼)又抬起头来了:你有这本领吗?你能通晓所有的文学吗?提出这种过高的期望无非是又一次放烟幕弹,目的在拖延或失败别人的或自己的行动。有谁说自己是个世界文学的专家呢?"④ 面对这种质疑,我劝雷马克不妨"建议"对方细读《孙子》"治众如治寡"的论断。当然,治众者并非不能同时治寡,只是限于精力、条件以及学科分工,比较文学学者完全可以,也应该在精通本民族文学与一两种乃至多种他民族文学的基础上,坚持比较文学的文学本位,利用各民族文学研究的集体力量与成果,开展民族文学、文学与相关学科的整合与会通。换句话说,比较文学家既是专家(specialist)也是通才(generalist)。以文学为本位的"文学性",以及与联系性、跨越性、比较性互证互释、互包互孕的"会通性",由此成为比较文学的两大学科属性。改换有关欧美学者与中国学者所强调的文学关系会通的"超越性"为以联系性、跨越性、

---

① Lane Cooper, *Experiments in Education*, Ithaca, NY: Cornell University Press, 1942, p. 75.
② 参见[美]约翰·迪尼:《中西比较文学理论》,刘介民编译,学苑出版社1990年版,第346页。
③ 参见陈子谦:《论钱钟书》,广西师范大学出版社2005年版,第84—89页。
④ [美]雷马克:《比较文学在大学里的处境》,杨周翰译,《中国比较文学》1988年第2期,第87页。

比较性为内涵的"会通性"或说"比较性",正是我与比较文学界流行观点的不同处之一。

有关比较文学坚持以文学研究为本位的"文学性"和以比较性、关系性、跨越性为内涵的"会通性"的学科属性问题,显然属于本不应成为问题的问题。比较文学作为立足比较方法的四际文学关系研究,本来研究的就是文学关系,自然应以文学为本位,体现与比较性、关系性、跨越性互证互释、互包互孕的会通性。问题是:奠定比较文学理论建构第一块基石,将比较文学定位于国际文学关系史实证研究,属于文学史的一个分支的法国学者,明确而坚定地否认比较文学就是文学比较,而且又被指责背离了文学研究或美学分析的本位。对此,韦勒克有比较文学应当重视文学与文化的区别,应当坚持文学性的忠告:"许多文学研究,特别是比较文学研究方面的著名人物,却对文学不感兴趣,感兴趣的是公众舆论史、旅游报道和关于民族特点的见解。总之,感兴趣的是一般文化史。文学研究在他们那里被扩展为整个的人类史研究。就方法论而言,文学研究如不决心将文学作为有别于人类其他活动及产物的学科来研究,就不可能有什么进展。为此,我们必须正视'文学性'这个问题。"① 遗憾的是,奠定比较文学理论建构第二块基石,将比较文学定位于超越国别与学科界限的文学关系研究的有关美国学者,以及被指责"混淆比较文学和文学理论"②的韦勒克本人,同样明确而坚定地否认比较文学就是文学比较。美国比较文学的年轻一代更是在不知不觉之中走向对文论研究、文化研究的混同,同样被指责背离了文学研究的本位。奠定比较文学理论建构第三块基石,将比较文学定位于跨语言、跨民族/跨国界、跨文化、跨学科的文学关系研究的中国学者,追随美国学者在不知不觉之中走向文论研究、文化研究,使比较文学湮没于比较文论(Comparative Poetics)与比较文化(Comparative Cultural)之中者也大有人在,从而使对学科属性的明确成为比较文学继续生存的必要。

由立足常用的比较方法的比较文学到作为独立学科的比较文学,除了必须体现学科属性,还必须具有可比性。可比性的问题,同样是一个

---

① René Welley, *The Crisis of Comparative Literature*, Proceedings II, Vol. One, p.157.
② [美]韦勒克:《今日之比较文学》,黄源深译,干永昌等编选:《比较文学研究译文集》,上海译文出版社1985年版,第167页。

本不应成为问题的问题。原来，根源于歌德旨在超越国别文学/民族文学本位局限的世界文学（Weltliteratur 德文）观念的比较文学，经由达尔文的自然进化论到斯宾塞的社会进化论，再到爱尔兰比较文学家波斯奈特（H. M. Posnett）、法国比较文学家布吕纳介（Ferdinand Brunetière 又译作布吕纳季耶）的文学进化论，推波助澜，注定了具有跨越性（欧美学者谓之超越性）并指向文学关系研究的比较文学，意义被偏执，误读为单纯的文学对比，从而使二者纠缠不清，以及由此导致的"以影响关系的可能作为影响关系的必然"的"原罪"：非类不比，异质难比，完全异质无以比。比什么？如何比？长期陷入对象不明、概念模糊、范围宽泛、方法通用的境地。从而招致法国比较文学家费南德·巴登斯贝格（Fernand Baldensperger）的口诛笔伐："有人说：'比较文学！'文学比较！这是毫无意义的，也是毫无价值的吵闹！我们懂得，它只不过是在那些隐约相似的作品或人物之间，进行故弄玄虚的对比游戏罢了。""十分清楚，真实性不在那里。仅仅对两个不同的对象同时看上一眼就作比较，仅仅靠记忆和印象的拼凑，靠一些主观臆想把可能游移不定的东西扯在一起来找类似点，这样的比较决不可能产生论证的明晰性。"① 巴登斯贝格的学生、基亚的老师伽列，也在基亚《比较文学》初版（1951 年）序言中表示担心，并提出忠告："比较文学的定义有必要再一次加以廓清。""并不是随便什么事物，随便什么时间和地点都可以拿来比较。"法国学者由此将比较文学局限于国际文学关系史的实证，伽列进而强调："人们或许又过分看重影响研究（les etudes d'influence）。这种研究做起来是十分困难，且经常靠不住。在这种研究中，人们往往试图将一些不可称量的因素加以称量。相比之下，更为可靠的则是由作品的成就、某位作家的境遇、某位大人物的命运、不同民族之间的相互理解以及旅行和见闻等等所构成的历史。譬如英国人与法国人、法国人与德国人等等之间彼此如何看法。"② 如此等等，莫不是出于对影响研究"以可能为必然"之"原罪"的自我救赎。在某种意义上，欧美比较文学之所以会走向对文论研究与文化研究的混同，各种取消比较文学论层出不穷，虽然

---

① Fernand Baldensperger, *Vergleichende Literaturwissenschaft-Das Wort und die Sache*, H. N. Fügen, Vergleichende Literaturwissenshaft, Econ, 1973, pp. 20 – 21.

② J. -M. Crré, *Vorwrt zur Vergleichenden Literaturwissenshaft*, H. N. Fügen, Vergleichende Literaturwissenshaft, Econ, 1973, pp. 82 – 83.

在认识论上受制于自我中心的异中求同，以及西方理论建构的求异思维与"弑父方式"，但在本体论上，莫不根源于美国学者的超越国界与跨学科的学科定义失之宽泛且约束不力。由超越语言、超越国界到跨民族/跨国界、跨学科，再到跨文化、跨文明，中国学者或主张跨民族/跨国界、跨学科或跨语言、跨民族/跨国界的两跨，或主张跨民族/跨国界、跨学科、跨文化或跨语言、跨民族/跨国界、跨学科的三跨，或主张跨语言、跨民族/跨国界、跨学科、跨文化或不受语言、民族、国别、学科限制的四跨。可是，通过他们的相互指正，读者看到的却是各有所长又都各有所短：不是有失宽泛就是有失狭隘，或是所跨越的要素之间相互抵触与相互消解，总之是使通过可比性的确定，来对学科定义或定位加以限定与补救成为必要。反之，合理的学科定义或定位，正是强化可比性并使其各要素协调一致的结果。

比较文学的可比性，就是作为研究对象的四际文学关系所具有的基于通过移形换位确立的同一平台、同一标准、同一目标的"三同一原则"的传受变异关系的"同源性"，异同比类关系与阐释发明关系的"类同性"（合称"同源类同性"，简称"同类性"），同质文化体系四际文学关系与三维文学关系的"另类性"，异质文化体系四际文学关系与三维文学关系的"异质性"（合称"另类异质性"，简称"另异性"），四际文学关系、总体文学关系、三维文学关系相互参照、彼此证释的"证释性"，对应互补、彼此发明的"发明性"（合称"证释发明性"，简称"证释性"）。也就是说，在"三同一原则"之下，不具有同类性、另异性、证释性的四际文学关系，便不具有比较文学的可比性，便不能成为比较文学的研究对象。我说比较文学以四际文学关系为研究对象，并不等于说四际文学关系就是比较文学的研究对象，而是说只有在"三同一原则"之下，具有可比性的四际文学关系，才能成为比较文学的研究对象，具有可比性的四际文学关系会通，才算是比较文学研究。所谓"同类性"，就是指作为比较文学研究对象的另类异质的四际文学关系的同源类同性；反之，四际文学关系的同类性以其另类异质性为前提，这里的"另异性"，就是指四际文学关系的另类异质；所谓"证释性"，即比较的目的性。比较文学可比性的确立，在将无限可比与似是而非的文学比附排除体外的同时，也使四际文学关系研究的宽泛得到限制并落到实处，变得切实可行。对证释性乃至可比性"三要素"同类性、另异性、证释性"全选全称"的强调,正是我所谓可比性区别于其他学者所谓可比性的关键之所在。

相对立足文本解读、作家研究,致力于文学史写作的国别文学研究的务实,立足四际文学关系解读,致力于国别文学之间、区域文学之间、文学与相关学科之间的沟通、对话、交流,互证互释彼此发明的比较文学,明显具有务虚、以无用为大用的特性。而比较文学具体体现为开放、包容性、边缘、整合性、比较、参照性、跨越、会通性的无用之用的学科特性,又因其形成或认知得益于来自中国传统文化与文化传统的一元暨多元主义学科话语。换句话说,因一元暨多元主义学科话语的明确而明确,从而具有双重意义或身份:一是本体论范畴的学科特性;二是认识论范畴学科话语的学科理念。也就是说,中国化比较文学植根一元暨多元主义学科话语的无用之用学科特性,同时也是学科理念。为此,不妨将其放到认识论章节讨论。

二、认识论:学科话语、学科特性、理论建构切入点与立足点

如果说只有当比较文学学科定义、研究对象、方向目的、学科属性、可比性、学科特性的研究具有系统性时才进入本体论层面,那么,比较文学理论建构上述诸要素的研究赖以进入本体论的便是相应的认识论。也就是说,认识论的明确,会反过来影响到研究对象、方向目的等本体论内容,以及研究方法的调整。

《辞海》解释"认识"为:认得、相识。"认识论"即关于人类认识的对象和来源、认识的本质、认识的能力、认识的形式、认识的过程和规律以及认识的检验的哲学学说。辩证唯物主义认识论在坚持物质第一性、认识第二性的基础上,把实践提到第一位,把辩证法应用于认识论,形成能动的革命的反映论。① 相关的洋说解释有:"认识论"就是指认识的方法和根据的研究,尤其是关于认识的局限性和正确性研究。

谈到比较文学认识论,法国布吕奈尔(P. Brunel)等人的《什么是比较文学·认识论》说:为植物分类并研究其生长条件,不同于研究一棵树、一种树、一种植物。同理,研究文学的生成与发展,不同于研究文学作品,我们会因此而获得一种新的认识,英文称文学的理论(theory

---

① 《辞海》,上海辞书出版社1989年版,第1005页。

of literature），有时又称总体文学或一般文学（general literature），德文谓之一般文学科学（allgemeiene Literaturwissenschaft），法文的本义作总体文学，但是，我们选用的是其尚未得到公认的叫法——一种文学科学的科学，一种认识论。由于没有更为恰当的叫法，我们暂且称其为"文学的哲学"①。照此说法，如果说文学的认识论是文学的理论，或说是文学的哲学，那么，比较文学的认识论就是比较文学的理论，或说是比较文学的哲学。由此看来，比较文学学科话语便是不折不扣的比较文学认识论；因学科话语而有的比较文学学科特性，与其说是比较文学本体论，倒不如说是比较文学认识论；作为比较文学理论建构的切入点与立足点，同样属于比较文学认识论的范畴。

如前文所述，认识论的明确与否，既是制约比较文学作为一门学科的个性特质即学科特性能否形成的瓶颈；又是制约中国比较文学研究能否贯彻民族文化话语，激活中国元素，彰显中国性，体现中国味，即比较文学中国化能否成为现实，更不用说中国比较文学能否为国际比较文学的"西方不亮东方亮"作出应有贡献的瓶颈；也是制约根源于不同认识论的欧洲的影响研究即传受研究②、北美的平行研究即比类研究③、中国的跨异质文化研究即跨文明研究的相互证释、彼此发明、对应互补，更不用说追求民族文学跨文明对话的比较文学自身如何实现跨文明对话的瓶颈。反之，则有利于国内乃至国际比较文学界化解分歧，消除疑虑，统一认识，达成共识。因为任何一门学科、一种学派的理论建构，都以相应的认识论为基础，虽然未必是独到的；法国的传受研究、美国的比类研究、中国的跨文明研究三种方法、理论的会通，最终取决于认识论的会通。换句话说，中国比较文学的理论建构，若要使传受研究与

---

① P. Brunel, Cl. Pichois, A. -M. Rousseau, *Qu'est-ce que la littérature comparée*, Paris：Armand Colin, 1983.

② 为消除"具有影响含义的英语和法语 influence（德语是 Influenz）一词"的拉丁文词根 influentia "主宰人类命运的天体之力"的本义的逻各斯中心主义阴影（［日］大塚幸男：《"影响"及诸问题》，陈秋峰、杨国华译，北京师范大学中文系比较文学研究组选编：《比较文学研究资料》，北京师范大学出版社 1096 年版，第 124 页），欧洲比较文学的影响研究更为贴切的汉语表述，或许是"传受研究"。

③ 平行研究更为贴切的汉语表述，或许是"比类研究"。因为北美比较文学的平行研究，本义是去异求同的平行类比，而对作为中心与边缘的关系、主导与被主导的关系对立面的平行关系的强调，势必立足对中心与边缘的关系、主导与被主导的关系的认可，从而陷入逻各斯中心主义。也正是这个原因，被巴丝奈特和斯皮瓦克归入逻各斯中心主义予以解构。

比类研究成为跨文明研究的囊中之物，首先必须使传受研究与比类研究的认识论——从生物进化论到人类进化论，再到文化论与文学进化论的——进化论、实证主义、唯科学主义、新人文主义、全球主义、文化多元主义等，成为跨文明研究认识论的囊中之物。

虽然此前我从未系统阐述过比较文学的认识论，但是，如前文所述，我所总结提炼的，相对奠定于"二希（古希腊与古希伯来）"文明的一元暨中心主义的西方文化话语，一元暨多元主义的中国文化话语，也即比较文学的学科话语，其实就是比较文学认识论，具体体现为天人合德、主客为一、体用不二、无用之用"四大理念"。

所谓"天人合德"，主要是针对古人所谓天文与人文，今人所谓人文与自然，比较文学所谓文学与相关学科的科际文学关系而言；所谓"主客为一"，主要是针对自我与他者的文学关系即语际文学关系、族际文学关系、国际文学关系而言；所谓"体用不二"，主要是针对国别文学/民族文学的跨语言、跨民族、跨国家传播与接受而言；所谓"无用之用"，主要是针对文学关系会通研究、非重要作家作品研究、非主流文学文献研究的价值判断，以及比较文学方法的无用、常用、难用、不可轻用而言。主张一体平视而非对立俯视人类与自然的关系，文学与相关学科的关系，本国文学与他国文学、本民族文学与他民族文学的关系，比较文学四际文学关系研究、非主流作家作品研究、非主流资料文献研究的主要与次要、主流与不入流、无用与大用，以及会通研究方法之常用、无用与难用、不可轻用的关系。既反对片面的自我中心、以我说人、中体西用、比较文学四际文学关系研究、非主流作家作品研究、非主流资料文献研究的大有作为之说，也反对片面的非我中心、以人说我、西体中用、比较文学四际文学关系研究、非主流作家作品研究、非主流资料文献研究的根本无用之说；强调互为中心、互证互释、彼此发明、互为体用，即在这个方面、这个层次，或针对这些事物、这些问题，可坚持非我中心、以人说我、西体中用，在那个方面、那个层次，或针对那些事物、那些问题，则坚持自我中心、以我说人、中体西用，令二者相辅相成、相对相成、相反相成，比较文学四际文学关系研究、非主流作家作品研究、非主流资料文献研究就是要以无用为大用，文学交流与文化会通就是要以对自我中心与话语霸权的无所用心之无用为大用。

比较文学认识论即学科话语的提出，与其说是建构，倒不如说是归纳与总结，我称之为"钩沉"：一方面是直接取自于我在《明清经典小说重读》等论著中拈出，经《中西文化话语比较》确立，综合解读中国传统文化与文化传统而来的中国文化话语；另一方面体现于曹师顺庆归纳与总结，由阐发法、异同法、寻根法、对话研究、整合与建构研究等构成的比较文学中国派的跨文明研究，且不同程度地闪现于国际比较文学研究的理论与实践。因此，我坚持称由此而来的中西文化话语的理论体系、比较文学话语的理论体系、比较文学的理论体系的内在本质，属于非假设性、非建构性的谱系性，而非不排除假设性、建构性，甚至以假设、建构、演绎、推论为能事的体系性。

　　如果说文学的认识论即文学的哲学，就是关于文学之所以成为文学的文学性的探讨，那么，比较文学的认识论即比较文学的哲学，就是关于比较文学之所以成为比较文学的学科特性的探讨。比较文学学科话语的设定，使上述本体论志在务虚用无的开放、包容性，边缘、整合性，比较、参照性，跨越、会通性的无用之用的学科特性顺理成章。换句话说，开放、包容、边缘、整合、比较、参照、跨越、会通，即比较文学无用之用学科特性的"十六字精神"。作为比较文学学科特性的无用之用，就是依据事物相辅相成、相对相成、相反相成之规律的太极思维三结合（简称"太极六合"）：有无相合，即用无与用有相结合，相对相成，相反相成；虚实相合，即用虚与用实相结合，相对相成，相反相成；奇正相合，即用奇与用正相结合，相对相成，相反相成。立足文学研究相关学科的用有、用实、用正，突出、强调、推崇比较文学研究的用无、用虚、用奇。对比较文学用虚、用无、用奇的无用之用的学科特性的强调与推崇，我无疑是在将自己推向立足用实、用有、用正的有用之用的整个比较文学界的"对立面"。至此，即使不能说，因无用之用的学科特性的提出，为比较文学的理论体系勾勒找到了根本，也完全可以说，文学研究的视野因此而变得完整。至此，我们便不难理解，雷马克将比较文学作为辅助学科的学科定位："我们所理解的比较文学不是一门必须不惜一切建立自己固定法则的独立学科，而是一门迫切需要的辅助学科，是维系地区性文学各小部分的纽带、是连接人类创造事业中实质上有机联系着而形体上分离的各领域的桥梁。"① 法国学者伊夫·谢弗勒（Yves Chevrel）也说："格拉科（J. Gracq）曾经不无善意地以辛辣的口吻提到比较学者'是疆界的破坏者，他们在老死不相往来的两岸之间架设桥梁——即使有时更多是为了将来的前景而不是为了当前的交通需要'。架设桥梁，也就是承担改变人们已经习以为常的景色的风险：比较文学的实践不可能不破坏既成的观念和狭隘的信念。"②

其实，比较文学的无用之用已经成为美国比较文学学者的切身感受，或说21世纪初的美国比较文学现实："比较文学系迅速捡起了其他系所拒绝的东西……比较文学系对混杂的、失宠的、过时的、太好以至于不真实的方法的利用、对组织完好的学科冷饭和名家的利用、对边缘、角度和所有来者的利用，所有这些会妨碍我们构成一个顺利的法人实体，但给了我们展现自己的机会，将自己作为重新接受人文学科内外的知识秩序的测试台。"③

原来，我对比较文学学科话语与学科特性的认识与注重，或说我的比较文学认识论建构，又来自或始自我对相对相成、相反相成的抽象与具体、理念与现实、理论与实践、共性与个性、"什么是"与"是什么"、"是什么"与"为什么是"的辨析，即什么是比较文学与比较文学是什么、什么是比较文学与比较文学为什么是（这样而不是那样/这些而不是那些）的辨析。我由此认识到：比较文学的实践决定其理论建构；反之，比较文学的理论设限须适应其实践。比较文学相应的本体论决定相应的方法论而同归相应的认识论；反之，比较文学本体论建构的不足，必然导致方法论建构的不足，而最终根源于认识论建构的不足。

对理念、抽象的比较文学与现实、具体的中国比较文学的辨析，则使我树立了中国比较文学之路，乃由以西方文化为生成语境与言说语境的西方比较文学化中国，即中国比较文学为西方比较文学所化的他国化、西方化，到以中国文化为生成语境与言说语境的中国比较文学化西方，

---

① [美] 雷迈克：《比较文学的定义和功能》，金国嘉译，干永昌等编选：《比较文学研究译文集》，上海译文出版社1985年版，第214页。
② [法] 伊夫·谢弗勒：《比较文学》，王炳东译，商务印书馆2007年版，第182页。
③ [美] 苏源熙：《噩梦醒来缝精尸：论文化基因、蜂巢和自私的因子》，陈永国译，达姆罗什等主编：《新方向：比较文学与世界文学读本》，北京大学出版社2010年版，第38页。

即西方比较文学为中国比较文学所化的中国化、本土化、民族化之路的观念。

如果说什么是与是什么、是什么与为什么是（这样而不是那样/这些而不是那些），什么是比较文学与比较文学是什么、比较文学是什么与比较文学为什么是（这样而不是那样/这些而不是那些）的辨析，使我树立了比较文学认识论的观念，从而使其成为实现比较文学本体论、方法论、认识论"三论"谱系建构的切入点，那么，如前文所述，西方化与中国化、中国比较文学的西方化与西方比较文学的中国化的辨析，便是我确立比较文学认识论，实现"三论"谱系建构的立足点。言尽于此，正文本为"什么是、是什么、为什么是、西方化与中国化辨析——中国化比较文学理论建构的切入点与立足点"的中编第三章，有关"西方化与中国化辨析"、"中国化比较文学理论建构的立足点"部分，恕我将不再重复论述。

三、方法论：三段论、三体系、会通研究

诚如同美国学者所说："告诉我你的对象，我就知道你的方法。"① 立足既定的研究对象去追求既定的方向目标，研究方法的选择或修正，甚至创设，因此被推上前台。研究方法的选择、修正、创设，取决于相应的认识论：搞定认识论，才能搞定方法；反之，明确的认识论则将研究方法提升到方法论层面。由此可见，比较文学的传受研究、比类研究、跨文明研究、会通研究，既是方法论也是认识论；本体论、方法论，归根到底还是取决于认识论。因此，我十分赞同这样一种说法：比较文学的本体论、认识论、方法论，三位一体；一体三分，不过是为了言说与认识的方便，实践应用中不可拘泥，甚至应当忘记相关设限，更不可使之割裂、孤立。

《辞源》解释"方法"为办法、方术、法术。②《辞海》解释"方法论"为关于认识世界和改造世界的根本方法的理论。方法论与世界观相统一，用世界观去指导认识世界和改造世界就是方法论。辩证唯物主义既是科学的世界观又是科学的方法论。辩证唯物主义的方法论就是一切

---

① ［美］苏源熙：《噩梦醒来缝精尸：论文化基因、蜂巢和自私的因子》，陈永国译，达姆罗什等主编：《新方向：比较文学与世界文学读本》，北京大学出版社2010年版，第24页。

② 《辞源》，商务印书馆1988年版，第747页。

从实际出发，实事求是，具体问题具体分析。具体包括哲学方法、一般科学方法和具体部门科学方法。① 相关的洋说解释有："方法论"就是一种哲学的基本原理，一种哲学的基本前提、假定和概念。又称"方法学"，就是关于方法的科学或研究。同时又指"方法"：某学科训练或使用的一套方法、程序、规则、要求、指导思想等。也指"研究法"：用以解决某种具体事情或问题的方法、程序、技巧。

照此看来，侧重回答"如何做"、"应当如何做"的比较文学方法论，就是比较文学的研究方法。立象尽意，方法论与方法的关系，就是江河之波涛与流水的关系，有流水便有波涛，有什么样的流水就是有什么样的波涛，二者密不可分，在某种程度上，方法本身就具有方法论意义，无须外求，也难以他求；或说方法论就是方法在认识论层面的表述。

早期比较文学试图依托常用的比较方法来建构其学科体系，因此而遭受双重打击：被克罗齐指控，试图将各学科通用的并无特别之处的比较方法据为己有；也因此而缺乏独到的研究方法不能自立，令韦勒克感受到比较文学的危机，勃洛克陷入茫然与失望。克罗齐说："比较文学是采用了比较方法的那种文学。准确地说，因为比较方法不过是一种研究方法，无助于划定一种研究领域的界限。对一切研究领域来说，比较方法是普通的，但其本身并不明确表示什么意义。""这种方法的使用十分普遍（有时在大范围，通常则是小范围内），无论对一般意义上的文学或对文学研究中任何一种可能的研究中，这种方法并没有它的独到、特别之处。"② 韦勒克说："我们学科的处境岌岌可危，其重要标志就是未能确定具体的研究内容和专门的方法论。巴登斯贝格、梵·第根、伽列和基亚所提出的纲领性意见并未能完成这个基本任务。他们把过时的方法论包袱强加给比较文学研究，使其受制于19世纪陈腐的事实主义、唯科学主义和历史相对主义。"③ 勃洛克认为韦勒克的"这些看法相当有见地。比较文学往往局限于机械地研究来源和影响、事实关系、际遇、名望、或者一个作家、或一部作品受到的待遇，以及文学作品之间所谓的

---

① 《辞海》，上海辞书出版社1989年版，第4056页。
② ［意］克罗齐：《比较文学》，王锦园译，《中国比较文学》1988年第2期，第92页、第93页。
③ René Welley, *The Crisis of Comparative Literature*, Proceedings II, Vol. One, p. 149.

有决定性的因果关系"。他同时指出："我不相信比较文学有朝一日会变成'建立在方法论基础上的一门语文学分支'。"①

具有讽刺意味的是：事到如今，比较文学不仅依旧坚持由四际文学关系的研究对象所赋予的"比较"方法，而且试图以此别树一帜。只不过是比较文学的百年发展史，尤其是中国比较文学的参与，已经赋予文学比较方法，在相关学科通用，作为动词使用，显在的"阳比"——求同显异、比物连类——意义之外以新的含义：比较文学专用，同时兼有动词、名词、形容词词性，潜在的"阴比"——考证传受、追查变异、相互阐释、彼此发明——意义。换句话说，求同显异、比物连类、考证传受、追查变异、相互阐释、彼此发明的文学关系会通，由此成为文学比较方法的既定意义或言外之意。于是，研究对象、研究方法、研究类型三位一体的体系自足的比较文学会通研究，应运而生。

反过来说，会通研究/文学关系会通，作为比较文学的研究方法，正是由其研究对象，另类异质的四际文学关系及其三个层面所决定的：由语际文学关系研究、族际文学关系研究、国际文学关系研究、科际文学关系研究，共同构成四际文学关系学方法；由四际文论关系研究、四际批评关系研究、四际文学史关系研究，共同构成总体文学关系学方法；由文学信息传播与接受，考证传受、追查变异的传受变异研究，文学主题、类型等相关元素，求同显异、比物连类的异同比类研究，文学内外体系，相互阐释、彼此发明的阐释发明研究，共同构成三维文学关系学方法。三种研究方法相互补充，彼此印证，由此形成会通研究方法。关于比较文学研究对象与研究方法之间互包互孕的关系，韦勒克早就指出："内容和方法的人为划分，渊源和影响的机械概念，尽管大度，仍难脱文化民族主义干系的动机，乃比较文学研究颇有时日的危机症状。"② 当然，会通研究显然可以为，也应当为所有人文学科所共同拥有，只不过是得到了比较文学的突出与强调，或是由比较文学归纳总结并提出罢了。由比较文学生成的会通研究方法，不同于普通的会通研究之处，就在于前者立足四际文学关系的另类异质。

---

① ［美］勃洛克：《比较文学的新动向》，施康强译，干永昌等编选：《比较文学研究译文集》，上海译文出版社1985年版，第188、197页。
② René Welley, *The Crisis of Comparative Literature*, Proceedings II, Vol. One, p. 155.

关于比较文学（跨语言、跨民族、跨国界、跨学科）的四跨原则与四际文学关系学方法的关系，这里需要有言在先：比较文学的四跨原则，在于强调四际文学关系的界限及其跨越性；四际文学关系学方法，在于寻求不同语言、民族、国家、地区的文学以及文学与相关学科本质特性差异的切入点。我之所以有意不将总体文学关系学与其三个子类四际文论研究、四际批评研究、四际文学史研究加以统一（或统一为"总体"，或统一为"四际"），令其形成错位，付出概念不一致的代价，其实是有意突出并强调二者的互释与互补：我所谓"总体文学"，既非单一跨越语言或国家界限的文学，也非单一跨越民族或学科界限的文学，而是全面会通语言、民族、国家、学科界限，体现整体视阈的总体文学。因为，一方面，对于世界文学或总体文学，有学者强调是超越民族界限的对人类文学的整体把握，有学者则强调是超越国家界限的对人类文学的整体把握，其实要全面而整体性地把握世界文学，民族与国家界限都需要超越；另一方面，我们不难发现，无论是以文学的语言个性差异，还是以文学的民族个性差异，或是以文学的国家个性差异，以及文学（相对相关学科）的学科个性差异为切入点，对世界文学进行总体研究，都具有各自的意义。

然而，任何方法乃至理论的确立与无限可用，都意味一种固执与僵化，穷上反下，由科学而走向唯科学即科学迷信。按照西方马克思主义学者哈贝马斯的说法：任何一种文化体系建构、一种理论设限，都意味着一种自我孤立、割裂、封闭，必然走向僵化、老化、衰亡。为此，哈贝马斯开出了立足知识外求与自我解构的"建构—解构—建构……"的药方。就比较文学方法论而言，我倒是觉得一种关于方法论的"三段论"古训，也可以说是人文学科方法论的一种普适性原则，或许更为适用：起发之以无规矩不成方圆，不言难知，无言不立；转承之以法无定法，各有各法；合成之以得意忘言，登岸舍筏，随心所欲，不逾矩。显然，这里的会通研究，不是对历史上已有的中外比较文学研究方法的否定或替代，而是借鉴、吸收、整合代表国际比较文学理论建构第一阶段，作为法国比较文学主流的传受研究，代表国际比较文学理论建构第二阶段，作为美国比较文学主流的比类研究，代表国际比较文学理论建构第三阶段，作为中国比较文学主流的跨文明研究的结晶。换言之，如果说传受研究、比类研究、跨文明研究是比较文学方法论的三座山峰，那么，会通研究便是连贯这三座山峰而形成的山脉。

自从比较文学的传受研究理论诞生以后,研究类型往往与研究方法两位一体。如上所述,传受研究对研究对象与研究方法的机械划分,被韦勒克视为"比较文学研究中持久危机的症状"之一。20世纪末的中国比较文学,采用既全盘接受欧洲的传受研究与北美的比类研究两种方法类型,又试图以立足并突出民族文化特质的方式,来确立自己的研究方法类型,结果难免造成相互矛盾与相互消解。如果以保证比较文学的对象、方法、类型等相关要素的逻辑关联为重,那么,在修正、整合他人已有的方法与类型的基础上,依照研究对象与研究方法来确立研究类型,倒不失为一种选择。于是,整合传受研究、比类研究与跨文明研究,依据研究对象文学关系与研究方法会通研究的相关内容,三套环环相扣的对象性方法类型,那便是如上所述的四际文学关系学、总体文学关系学、三维文学关系学。

为了叙述与应用的方便,依据发展过程的相关阶段、体系构成的相关要素或层面,四际文学关系学门下的语际文学关系研究,可以进而划分为不同语言文学的意义建构方式比较研究、表述方式比较研究、解读方式比较研究等三个子类;族际文学关系研究可以进而划分为不同民族文学的生活方式比较研究、群体心理比较研究、文化话语比较研究等三个子类;国际文学关系研究可以进而划分为不同国别文学的政治中的文学比较研究、文学中的政治比较研究、政治与文学的话语权比较研究等三个子类;科际文学关系研究可以进而划分为文学与艺术的比较研究、文学与人文学科的比较研究、文学与自然科学的比较研究等三个子类。

总体文学关系学门下的四际文论研究,可以进而划分为语言学文论比较研究、现象学文论比较研究、诠释学文论比较研究、社会学文论比较研究等四个子类;四际批评研究可以进而划分为作者批评比较研究、读者批评比较研究、社会批评比较研究、作品批评比较研究等四个子类;四际文学史研究可以进而划分为精品文学史比较研究、中心文学史比较研究、多元文学史比较研究等三个子类。

三维文学关系学门下的传受变异研究,可以进而划分为文学传播比较研究、文学接受比较研究、传受媒介比较研究、文学变异比较研究等四个子类;异同比类研究可以进而划分为文论比较研究、主题题材比较研究、文体类型比较研究、思潮流派比较研究等四个子类；阐释发明研究可以进而划分为自我本位比较研究、非我本位比较研究、互为本位比较研究等三个子类（显然，这些子类的划分并不具有法定性，依据不同的原则与标准，会形成不同的分类）。由此构成比较文学研究对象、研究方法、研究类型三位一体的会通研究谱系，如图表 3 所示：

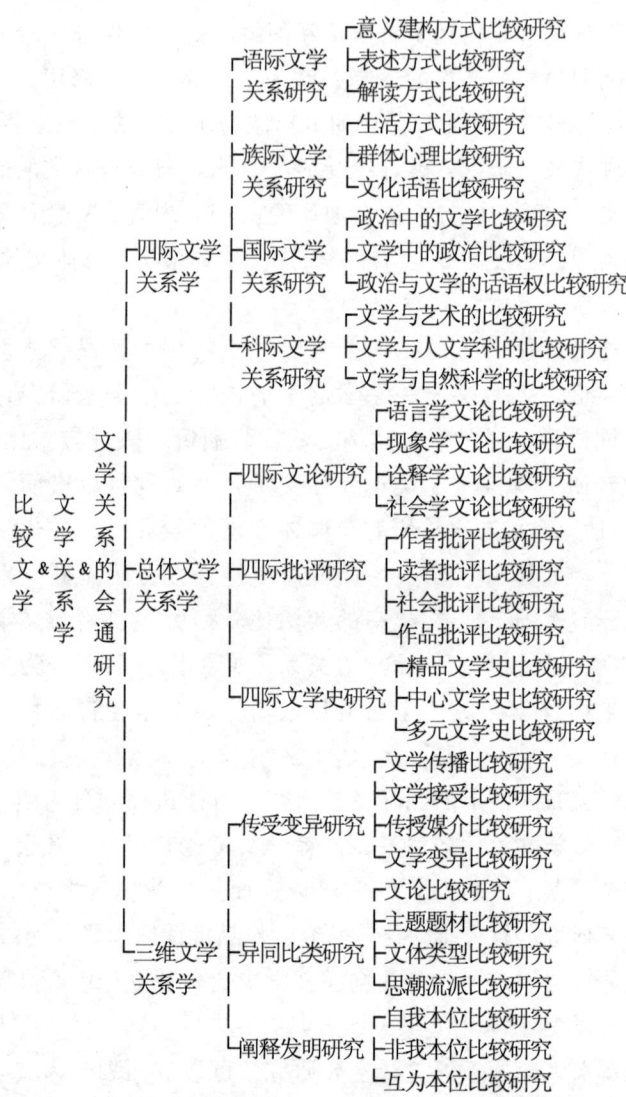

图表 3 《比较文学研究对象、方法、类型三位一体的会通研究谱系图》

虽然会通研究三套对象性方法类型，每一套都能够全部囊括从欧洲的传受研究到北美的比类研究，再到中国的跨文明研究的研究领域，因为二者本来就是互为因果的关系，且都具有可操作性，但是，会通研究三套对象性方法类型的全面检讨，使之取长补短、相互印证，在理论层面无疑更加有利于全方位的比较文学研究视阈的形成；会通研究三套对象性方法类型的并存，在实践层面则有利于保证方法类型选择与安排的针对性。其中，四际文学关系学有利于具体问题的具体分析，视角独到，对象清晰，范围明确，使比较文学研究走向深入；总体文学关系学体现了比较文学促成世界不同语言、民族、国家、地区的文学走向会通的意愿；三维文学关系学的三个子方法不仅构成逻辑严密、条理分明、对应互补的三维结构，而且具有相对可靠的操作性，又能完整和谐地反映百年比较文学实践的发展轨迹与体貌特征。

我以为，就比较文学理论体系而言，似乎是会通研究称三套方法类型的一级研究方法类型为四际文学关系学、总体文学关系学、三维文学关系学，而称二级研究方法类型为语际文学关系研究、四际文论研究、传受变异研究等，要比分别称四际文学关系研究、总体文学关系研究、三维文学关系研究与语际文学关系学、四际文论学、传受变异学更为恰当。因为汉语的"某某学"暗示着学科性，意味着理论体系建构的自足；"某某研究"或"某某比较研究"的设限则宽泛得多。因此，会通研究称一级研究方法类型为"某某学"，称二级研究方法类型为"某某研究"，称三级研究方法类型为"某某比较研究"，显然能够更好地体现其相互间的律属关系与层次关系。

比类研究与其门下的主题比较研究、类型比较研究、文类比较研究、思潮流派比较研究的关系，尤其是如此：传受研究与比类研究范畴都有主题比较。而传受研究的主题比较主要是研究主题、题材、母题、意象、套语、人物等，在不同国别文学中的传播、接受、变异；比类研究的主题比较，则不排除不同国别文学的主题非传受变异关系的求同显异。因此，比类研究范畴的主题比较称主题比较研究，显然要比称通常指向学科建制的主题学更加适合。类型学、文类学、思潮流派比较可以以此类推，都会同时出现在传受研究与比类研究两个范畴之中。

也正是基于相同的道理，我才称会通研究三套方法类型的总方法类型为会通研究而非会通学，以此突出与强调作为方法的会通研究与作为学科的比较文学的区别。

第三节　立足中国文化话语的学科定义与学科谱系

一、立足中国文化话语的比较文学学科定义

无规矩不成方圆。凡是一门学科，就其研究对象、研究方法、学科属性、学科特性、方向目的、学科话语等方面，总得有一个基本设限。尤其是面向教学的学科，更应该让学子们有所学，学有依据，而教学的依据就是学科具体的章法。对学科章法言简意赅，能够一言以蔽之的诠释，通常称之为学科定义或学科定位。其中，研究对象、研究方法、学科特性、方向目的四个方面，通常相辅相成，互动互应，彼此发明，由此形成"学科定义四要素"，也即是学科定义的基本构成要素。"四要素"俱全的学科定义，属于"全方位定义"；根据其中某个要素所给出的学科定义，属于"要素性定义"。无论是全方位学科定义，还是要素性学科定义，其中的关键要素，必须具有独到性。"四要素"都具有独到性，自然最好；仅有某三个要素或某两个要素乃至某一个要素具有独到性，也不妨碍一门独立学科的建立，其定义分别构成对象性定义、方法性定义、特性定义、目的性定义等要素性定义。就比较文学的学科界定而言，西方学者倾向对象性定义，而中国学者则倾向全方位定义。准确地说，全方位的学科定义，实际上属于学科定位。百年历史回顾，怀疑乃至反对比较文学成为一门独立学科者，其实就是在怀疑或者反对比较文学各种理论建构"四要素"的独到性。事到如今，如果说比较文学研究对象即文学关系，研究方法即会通研究，方向目的即促成区域文学之间、民族文学之间、国别文学之间、文学与相关学科之间的会通，会通共同的诗心与文心的独到性，尚不够明确的话，那么，基于一元暨多元主义的学科话语，比较文学致力于无用之用的学科特性，正为所有生成于西方文化语境的现代学科所缺失，则无法否认。而比较文学的无用之用学科特性，又具体地体现在上述比较文学研究对象、研究方法、方向目的之中。

综上所述，比较文学作为一门独立学科，立足中国文化语境，贯彻中国文化话语，激活中国元素，彰显中国性，体现中国味的学科定

义,水到渠成:比较文学作为与世界文学/总体文学、区域文学、国别文学/民族文学,或文学理论、文学批评、文学史并存的文学研究"第四只眼",就是以超越本位中心的国际视野、开放胸怀、对话姿态,本着一元暨多元主义的学科话语,沿着维护世界文学的差异性和多样性,促进另类异质的文学对话,会通共同的诗心与文心,寻求共同的文学规律的方向目的,坚持同源类同性、另类异质性、证释发明性的可比性,致力于无用之用,会通语际、族际、国际、科际文学关系的"文学学(Literary Studies)"边缘学科/交叉学科。简言之,比较文学就是致力于无用之用,贯彻一元暨多元主义学科话语,坚持可比性的四际文学关系会通研究。

二、立足中国文化话语的比较文学学科谱系

至此,比较文学立足一元暨多元主义中国文化话语的学科谱系应运而生,如图表4所示:

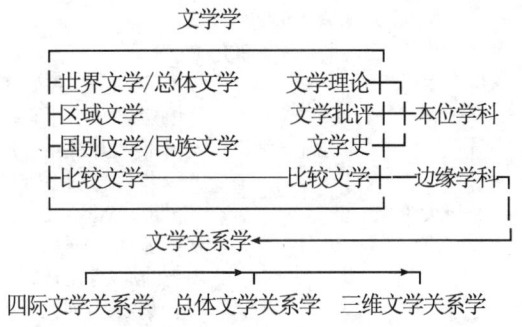

图表4 《文学研究的"第四只眼"比较文学学科谱系图》

如前文所述,这就是连贯国际比较文学理论建构三个阶段的三座山峰——以法国比较文学为主流的欧洲比较文学传受研究理论体系,以美国比较文学为主流的北美比较文学比类研究理论体系,以中国比较文学为主流的亚洲比较文学跨文明研究理论体系——而来的山脉:会通研究理论谱系。或说是置身于中国文化语境,贯彻中国文化话语,修正、整合法国的传受研究与美国的比类研究,深化中国的跨文明研究而来的会通研究。会通研究的提出与谱系钩沉的"知识创新三维",由此可见。由此形成的比较文学理论谱系建构,如图表5所示:

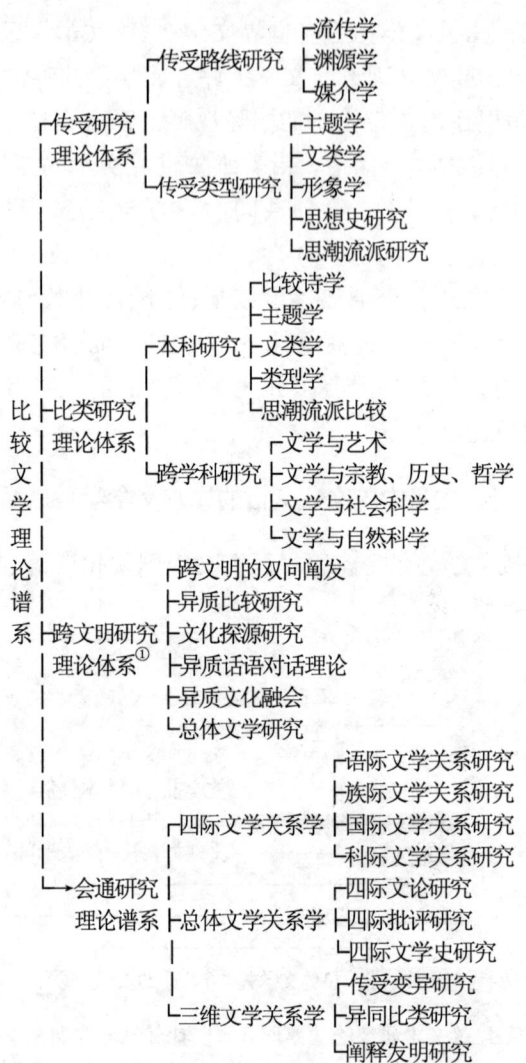

图表5 《比较文学学科理论建构谱系图》

---

① 曹顺庆主编:《比较文学学》,四川大学出版社2005年版,第17页;曹顺庆主编:《比较文学教程》,高等教育出版社2006年版,第35页。

上编

比较文学本体论

第一章 "四际文学关系"会通研究
——中国化比较文学的学科定义

第一节 三种态度、三个阶段、三种立场

比较文学是否属于一门独立学科？应否成为一门独立学科？能否成为一门独立学科？国际比较文学界有着三种不同的看法。一部比较文学学科史，国际比较文学界关于学科的定义也明显经历了三个阶段，体现为相应的三种立场，简述如下：

一、三种态度

一种意见以为，比较文学就是一门独立学科；另一种意见以为，比较文学只是一种世界文学意愿，一种开放的国际视野，一种人文各门学科通用的研究方法；再一种意见以为，比较文学既是一门独立学科，也是一种研究方法。照情理，认为比较文学根本算不上一门独立学科的学者，也就不会去考虑对比较文学进行学科定义；而主张比较文学就是一门独立学科的学者，则势必要对比较文学进行学科定义。可是事实并非如此：

有些主张比较文学作为一门独立学科的学者，也同样会放弃对比较文学学科的定义，乃至系统理论建构；有些以为比较文学根本就算不上一门独立学科的学者，或以比较文学的外行自视的学者，或被人看作比较文学外行的学者，往往也会就比较文学学科设限发言，其发言甚至被人看作比较文学的学科定义。换句话说，置身比较文学研究并参与比较文学学科定义者，不一定就承认比较文学是一门独立学科；放弃甚至反对对比较文学予以学科定义乃至进行系统的理论建构者，也许正是以比较文学为专业，

长期致力于比较文学教学与研究的真正的比较文学内行；被人看作具有代表性的比较文学学科定义的言论，其作者也许正是比较文学理论建构的反对者，或比较文学难以成为独立学科，或根本就不应该成为独立学科的"怀疑论"者，或宣称比较文学已经为文化研究、文论研究、翻译研究等替代的"消亡论"者。总之，人们所说的比较文学学科定义有两种情况：一是言说者自己认定的定义；二是引用者看作定义的有关言论。后文所谓比较文学的学科定义也是如此。

这样，学界对如何界定比较文学学科的态度因此有了三类：一类学者，包括深受"名不正，则言不顺；言不顺，则事不成"（《论语·子路》）的"正名"思想影响的多数学中国学者，默认并遵从无规矩不成方圆之说，努力寻求周到的比较文学定义；或者对他人之说择善而从。另一类学者有感于比较文学学科定义的艰难，尤其是因学科设限过于具体反而导致学科僵化，从而主张大致设限，不加深究；或者对他人之说择善而从。再一类学者，知其难为而不为，主张宁缺毋滥，反对给比较文学学科下定义乃至进行系统的理论建构，立足实践，将比较文学理解为一种研究主体的视阈立场、精神意愿、价值追求。

在第三类学者中，有的恰恰是曾经致力于比较文学理论设限，后因苦求不得而改变初衷的资深学者。例如作为传受研究理论代表人物之一的法国学者基亚，就在其《比较文学》第六版前言（1978年）中坦言："就我个人来说，我很担心，比较文学的研究原想包罗一切，结果却会什么价值也没有。企图对它的性质下一个严格的定义可能是徒劳的。所以，我不再为它的理论问题多费笔墨，本书的大部分章节将用来对已经取得的成果作一个小结。人们将看到，作为过去的研究方法，如此受人诋毁，曾经结出丰硕的果实，现在也完全可以不排除对它的补充和革新。"① 曾任美国比较文学学会主席、作为比类研究理论的代表人物之一的韦勒克，在1958年便以《比较文学的危机》一文令欧美比较文学阵脚大乱，对传受研究理论的批驳可谓头头是道，可是他那所谓"比较文学回归文学研究"之说，实质上就是要放弃学科之名而保留其实："'比较'文学已经成为指称超国别的文学研究的专门术语。……对我个人来说，希望只是简简单单地称文学研究或文学学术研究，就象阿伯尔·帝博德（Albert Thibaudet）所建议的那

---

① M. -F. Guyard, *La Littérature comparée*, Paris: PUF, 1965, p. 9.

样，有文学教授就行了，类似有哲学教授、历史教授而没有英国哲学史教授。"① 在1995年的一次比较文学座谈会上，第二任中国比较文学学会会长乐黛云就谢天振描述的"比较文学理论应该能对比较文学作为一门学科的性质、特征，与其他学科的区别进行分析，对比较文学的学科范围进行界定"，在"觉得比较文学专业还是很有前景的"前提下，也曾推心置腹："这是一个方面，这不是理论，你认为，一个学科和别的学科的区分，有什么理论可以概括界定清楚吗？对比较文学来说，我老是找不到这样一个理论。比如我们一直在说比较，实际上它只是一种方法，而且比较文学研究也可能和比较完全无关，它可能使用归纳、演绎、类比、象征等方法。""我很怀疑比较文学有没有一个固定的理论，过去我们服从一个统一的意识形态，人为意识形态所异化，已经吃够了苦头，为什么还要造一个理论来限制我们。"② 曾任美国比较文学学会主席的纽约州立大学勃洛克在荷兰几所大学的讲演《比较文学的新动向》（1969年）中，更是明确宣称："除了展示一个广阔的前景的必要性，我以为任何给比较文学下精确、细致的定义，把它上升为一种准科学体系或者把比较文学家同其他学者分开的企图，都是不妥当的。韦斯坦因的《比较文学入门》包含丰富资料，但是正因为这本书企图把一个体系强加给一门不受体系束缚的学科，它的用处就大为减少。我不相信比较文学有朝一日会变成'建立在方法论基础上的一门语文学分支'。如果我们想给比较文学下一个严密的定义，或者把它归纳在一种科学或一种文学研究体系里面，我们必将得不偿失。"③

二、三个阶段、三种立场

（一）三个阶段

如果说作为法国比较文学主流的传受研究理论体系、作为美国比较文学主流的比类研究理论体系、作为中国比较文学主流的跨文明研究理论体系，形成了比较文学学科理论建构的三个阶段与三种特色，那么，这三个阶段与三种特色也就分别代表着三种不同的价值取向：

传受研究理论体系立足于文学的同源性，重在对纵向历时性、文学外

---

① René Welley, *The Crisis of Comparative Literature*, Proceedings II, Vol. One, p. 155.
② 《对比较文学理论建设的再思考》，《中国比较文学》1995年第2期。
③ ［美］勃洛克：《比较文学的新动向》，施康强译，干永昌等编选：《比较文学研究译文集》，上海译文出版社1985年版，第197页。

缘的超越语言、国家/民族的文学关系，予以去异求同的实证研究。除了许多法国学者，乃至包括许多前苏联学者在内的欧洲学者，都倾向将比较文学界定为文学史的分支或文学关系史之外，带有文学史字样的比较文学名称的广泛使用，被梵·第根认为较单纯的比较文学名称更确切、更明白的史实，同样说明传受研究体系对文学同源性的执着："然而人们却也用过，而现在也还用着，一些更确切并更明白的名称，和'比较文学'这名称相竞着；但是那些名称不是比较繁长便是不大方便。'比较近代文学'便是大学中一些讲座以及这些讲座所预备的学士文凭的正式名称。'各国文学比较史'这名称从1843年曾经被人用过；约瑟夫·戴克斯特便是用这名称的，而法兰西学院最近也重新用这个名称了。'各国文学比较的历史'是1832年顷昂拜尔定为他的讲座的名称的。'比较的文学的历史'这名称也有人用：证据便是1930年的那部献于巴尔登斯贝尔易先生的《一般文学史与比较文学史杂著》，以及二十年以来本书作者以此名之的每年的报告书。在外国，我们可以见到那些或是直译'比较文学'或是意译为'文学的比较的历史'的各种名称。"①

比类研究理论体系立足于文学的类同性，重在对横向共时性、文学本体的超越国界/民族与学科的文学类型，予以归纳与美学分析。主题学（Thematology）、文类学（Stylistics）、类型学（Typology）、比较诗学（Comparative Poetics）等理论上的求同存异，在实践中则体现为对超越语言、国界/民族的文学主题、文类、类型、文论的异中求同；跨学科研究对文学与相关学科的关系的探讨，更是以探讨文学与人文学科乃至自然科学的彼此渗透、相互借重、共同话语等类同性为兴奋点。换句话说，比类研究的主题学、文类学、类型学、比较诗学，就是运用分析、综合、归纳等方法，寻求不同语言、国别/民族文学的主题、文类、类型、文论的共同模式，然后进行超越语言、国界/民族运用。跨学科研究，就是将精神分析、文学人类学、结构主义、诠释学、接受理论等相关学科的理论方法应用于文学研究；或寻求文学与相关学科的对应点。总之，比类研究的出发点，就在于对不同语言、国别/民族的文学、文学与相关学科的类同性的追寻；或以假设的不同语言、国别/民族的文学、文学与相关学科的类同性为前提，开展去异求同的比较研究。

---

① ［法］梵·第根：《比较文学论》，戴望舒译，吉林出版集团有限责任公司2010年版，第3—4页。

跨文明研究理论体系立足于不同文化与不同学科的异质性，重在寻求文学深层的、不受语言、民族、国别、学科限制的互动互识、互证互释、相互转化、补充、生成与相互消解的相反相成，和而不同、多元共生。跨文明研究对不同文化与不同学科的异质性的关注，由首次为学界描绘比较文学中国派形态的曹师顺庆《比较文学中国学派基本理论特征及其方法论体系初探》的如下论述可知："如果说法国学派以'影响研究'为基本特色，美国学派以'平行研究'为基本特色，那么，中国学派可以说是以'跨文化研究'为基本特色。……如果我们同意这种'围墙'比喻，那么可以说法国学派和美国学派已经跨越了两堵'墙'：第一堵是跨越国家界线的墙，第二堵是跨越学科界线的墙。而现在，我们在面临着第三堵墙，那就是东西方异质文化这堵墙。""这种跨越异质文化的比较文学研究，与同属于西方文化圈内的比较文学研究，有着完全不同的关注焦点，那就是把文化的差异推上了前台，担任了主要角色。"① 乐黛云随后发表的《世纪转折时期关于比较文学的几点思考》也明确指出："现在看来，21 世纪初，比较文学发展的总趋势可能集中表现在以下四个方面……"而"异质文化之间，文学的互补、互证、互识"，则被乐教授当成首要方面。②

20 世纪末的欧洲比较文学与北美比较文学开始走向整合，巴丝奈特和斯皮瓦克等颠覆立足文化一元性与同一性，体现为逻各斯中心主义的欧美比较文学的去异求同传统，转向关注文化多元性与差异性，体现为后现代解构主义的反同求异（斯皮瓦克称其为"新比较文学"，我们姑且称之为与法国派及其"传受研究"、美国派及其"比类研究"、中国派及其"跨文明研究"相对而言的解构派及其"差异研究"），与中国比较文学跨文明研究对文化异质性的关注与强调，殊途同归。然而，差异研究在实践层面尚未形成有影响的代表性成果，因此难以代表国际比较文学理论体系建构的一个阶段。

（二）三种立场

国际比较文学理论体系建构的上述三种价值取向又分别代表着两种立场：一种是欧美传受研究与比类研究，斯皮瓦克所谓"旧比较文学"，立

---

① 曹顺庆：《比较文学中国学派基本理论特征及其方法论体系初探》，《中国比较文学》1995 年第 1 期，第 19—22 页。
② 乐黛云：《世纪转折时期关于比较文学的几点思考》，《中国比较文学》1995 年第 2 期，第 2—3 页。

足文化的一元性与同一性，追求不同语言、国别/民族的文学以及文学与相关学科的同源性、类同性的去异求同。一种是中国的跨文明研究，或许包括印度、埃及、巴西、南非、日本等非西方比较文学，立足文化一元性与多元性、同一性与差异性的相反相成，追求不同文化的文学以及文学与相关学科的求同显异。如上所述，巴丝奈特和斯皮瓦克立足对文化一元性与同一性的解构，追求不同语言、不同区域、不同民族、不同国家、不同文化的文学，尤其是同一语言的文学、同一区域的文学、同一民族的文学、同一文化的文学的多元性与差异性，虽然不能代表国际比较文学理论体系建构的一个阶段，但是，因其反同求异的立场形成对西方"旧比较文学"去异求同立场的反动，又属于对中国比较文学求同显异立场的偏执，从而成为国际比较文学具有代表性的第三种立场。三种立场之间，第一种与第二种属于相背并立关系，第一种与第三种属于相背对立关系，第二种与第三种属于相向对立关系。

欧美传受研究与比类研究的去异求同倾向，由其倾向追求一元性与同一性的世界文学与总体文学思想，由立足西方文化圈的立场到有关体现西方中心论的比较文学定义可见。《歌德谈话录》超越国别文学/民族文学本位的局限走向相互认同的世界文学意愿，对于中国比较文学学者来说可谓众所周知，无须赘述。法国学者洛里哀《比较文学史》结尾对西方影响世界、西方决定世界的世界主义和国际主义的西方中心论的鼓吹，可谓明目张胆："至于近世，则西方智识上、道德上、及实业上的势力业已遍及全世界。……从此世界的全人类将由文学、艺术、商业、实业等等，表现出他们的大同精神，将不复为从前的国别所限制。""总之，世界主义和国际主义将成为世界思想的生命；各民族将不复维持他们的传统；而从前一切种性上的差别必将消灭在一个大混合体之内——这就是今后文学的趋势了。"① 美国学者科修斯（Curtius）《文学研究序言》给出的比较文学定义，也显然是只有西方而不见世界："西方文学组成了各国民族文学历史的共同体。""比较文学建立在对西方文学的这一看法上。它从国际的角度来观察文学研究的对象——版本、类别、运动、批评，正是在这点上，比较文学有助于了解整个文学。"②

---

① ［法］洛里哀：《比较文学史》，傅东华译，上海书店 1989 年版，第 351—352 页。
② 引自［美］克莱门茨：《比较文学的渊源和定义》，黄源深译，干永昌等编选：《比较文学研究译文集》，上海译文出版社 1985 年版，第 229 页。

结果却遭到安田朴的强烈反对。对此，基亚《比较文学》第六版前言中介绍总体文学的同时，着重强调安田朴的批评："人们曾想——现在还有人在想——把比较文学研究发展成一种'总体文学'，研究'为几种文学所共有的事实'（梵·第根语），不管这些事实之间存在着从属关系还是纯粹的巧合。为了纪念歌德创造了世界文学的词语，人们也试图写出一部'世界文学'，目的是汇编'人们共同喜爱的作品大全'（盖拉尔语）。""1974年，安田朴发表了《总体文学论文集》，反对上述所有观点；在他看来，这些观点以欧美为中心，都应受到谴责。他说：'所有的书目都局限于印欧语系的几大语种，这在今天已经落后了四分之一个世纪，而且缺少地球上四分之三的地区。'"① 巴丝奈特与斯皮瓦克借助西方后现代解构思潮，则干脆对西方比较文学的逻各斯中心主义来了个深入文化传统的彻底解构。前者在《比较文学：批判性的介绍》中揭露西方文化的逻各斯中心主义奠定的求同传统，对国别文学、民族文学、区域文学差异性的抹杀，说："英格兰真够强大，以至成为许多英语学生的不列颠代名词，伦敦又成为英格兰的代名词。'英国文学'或'英国研究'概念真是无所不包，以至威尔士、苏格兰、北爱尔兰和爱尔兰的作家们常被放在同一教程，根本没意识到它们的文学本源和传统的巨大差异。"② 后者的《一个学科的死亡》先是将20世纪末文化全球化潮流之下，西方文化多元主义和文化研究的比较文学家对非西方文化的关注，解读为宗国文化向藩国文化进军，如同早期欧美比较文学家的中心民族文学向边缘民族文学挺进，同属中心主义的文化帝国主义路线，属于单向跨越与单向渗透的文化扩张。随后引用解构主义大师德里达（Jacques Derrida）的见解，认为传统所认定的人类共同性根本就不存在，所谓集体性则充满差异性与不确定性，属于"那种没有共同性的共同性"③。因此，立足文化共同性与集体性的西方"旧比较文学"，注定走向死亡。

与之相对应，中国跨文明研究的求同显异倾向，则由其和而不同，多元共生的世界文学观念与跨文明的立场可见。毫无疑问，中国传统文化所

---

① M.-F. Guyard, *La Littérature comparée*, Paris: PUF, 1965, pp. 7-8.
② Susan Bassnett,: *Comparative Literature: A Critical Introduction*, Oxford: Blackwell, 1993, p. 67.
③ Gayatri Chakravorty Spivak, *Death of a DisciPline*, back cover, New York: Columbia University Press, 2003, p. 31.

谓的"同",就是与"和"互证互释、彼此发明,与"不同"互包互孕、相反相成的和而不同。正所谓:"和如羹焉,水火醯醢盐梅以烹鱼肉……若以水济水,谁能食之?若琴瑟之专一,谁能听之?"(《左传·昭公二十年》)"和宜生物,同则不继。以他平他谓之和,故能丰长而物归之。若以同裨同,尽乃弃矣。故先王以土与金、木、水、火杂,以成百物。"(《国语·郑语》)"子曰:君子和而不同,小人同而不和。"(《论语·子路》)基于此,朱光潜对歌德的世界文学意愿给出了和而不同、多元共生的中国化解读:歌德"所理解的'世界文学'不是把某一'优选'民族的文学强加于世界,把各被统治的民族的文学全压下去,如帝国主义者为着侵略,在'世界主义'的口号之下所宣传的。世界文学是由各民族文学互相交流,互相借鉴而形成的;各民族对它都有所贡献,也都从它有所吸收,所以它和民族文学不是对立的,也不是在各民族文学之外别树一帜。歌德对世界文学的主张是辩证的:他一方面欢迎世界文学的到来,另一方面又强调各民族文学须保存它的特点"①。

与其说中国学者在西方学者强调比较文学超越语言、国界的基础上提出了跨文明,倒不如说是对西方学者已经关注的跨异质文化加以突出与强调。其根本目的,就在于强调不同语言、民族、国别、区域的文学,以及文学与相关学科的异质性,追求异质文化的文学、文学与相关学科的互动互识、互证互释,相互转化、相互补充、相互生成与相互消解的相对相成、相反相成。具体地说,跨文明研究既不排斥传受研究也不排斥比类研究;只是更加关注传受研究不大重视的传受过程中的变异,比类研究重视得不够的跨文化与跨学科文学比较的异质性。

巴丝奈特与斯皮瓦克的差异研究的反同求异倾向,由后者《一个学科的死亡》对其所谓"新比较文学"的描述可见:在观念上,差异研究反对"旧比较文学"的极权主义及其一元性与同一性,坚持解构主义及其多元性与差异性;在方法上,差异研究反对"旧比较文学"立足求同的宗国文化对藩国文化的单向跨越与单身渗透、格式化解读与言说,开展立足求异的藩国文化向宗国文化的反向跨越与反向渗透;在范围上,差异研究要深入非西方文化或藩国文化的现实与内部,关注并开发其本土语言和物质存在,以此解构"旧比较文学"的西方中心主义文化地图,并予以重构。

---

① 朱光潜:《西方美学史》下卷,人民文学出版社 1982 年版,第 434—435 页。

第二节　国际学者的比较文学学科定义

一、欧洲学者的比较文学学科定义

波斯奈特的《比较文学》(1886 年)作为第一部比较文学著作,它的出版被梵·第根称之为"又划出了一个时代"。由于比较文学的学科意识在当时尚处于孕育阶段,因此,我们从中没能读到相应的学科定义,读到的只是一种植根于斯宾塞社会进化论的文学进化论世界文学意识,以及对文学社会关系的关注:"我们采用社会生活逐步扩展的方法,从氏族到城市,从城市到国家,从以上两种到世界大同,而是指作为我们研究比较文学的适当顺序。"① 这里的文学世界大同,不是指世界文学,而是指彰显民族性的和而不同。基于对欧洲中心论世界主义与被民族主义腐蚀的世界文学的反对,波斯奈特的世界文学秩序是将其放到"城市共同体之后和民族文学之前"。说是:"欧洲现代民族继承了希腊罗马的观念和体制,在诉诸民族文学之前必须首先研究'世界帝国和世界文学'。"②

开始拥有明确的比较文学学科定义意识的是法国梵·第根的《比较文学论》。欧洲比较文学注重文学外缘的国际影响关系实证研究的主流方向由此奠定:比较文学"这个名称之确切适当与否,我们也就不去管它了。可是人们给予它的定义,那却是非阐明不可的"。"真正的'比较文学'的特质,正如一切历史科学的特质一样,是把尽可能多的来源不同的事实采纳在一起,以便充分地把每一个事实加以解释;是扩大认识的基础,以便找到尽可能多的种种结果的原因。总之,'比较'这两个字应该摆脱全部美学的涵义,而取得一个科学的含义。而那对于用不相同的语言文字写的两种或许多种书籍、场面、主题,或文章等所有的同点和异点的考察,只是那使我们可以发现一种影响,一种假借,以及其他等等,并因而使我们可以局部地用一个作品解释

---

① [英]波斯奈特:《比较法和文学》,周纯译,干永昌等编选:《比较文学研究译文集》,上海译文出版社 1985 年版,第 384 页。
② [美]大卫·达姆罗什:《一个学科的再生:比较文学的全球起源》,尹星译,达姆罗什等主编:《新方向:比较文学与世界文学读本》,北京大学出版社 2010 年版,第 47 页。

另一个作品的必然的出发点而已。"①

梵·第根的《比较文学论》所坚持的将比较文学定位于国际文学史与文学关系研究的立场，在伽列的基亚《比较文学》初版序言给出的比较文学定义中，得到进一步的突出与强调。由于巴登斯贝格、伽列、基亚三代师生如同梵·第根，都是法国比较文学史上具有里程碑意义的人物，因此，对承前启后的伽列的基亚《比较文学》初版序言的意见，也就注定不可轻易放过："比较文学是文学史的一个分支，致力于跨国界的精神关系的研究，研究拜伦与普希金、歌德与卡莱尔、司各特与维尼之间，研究不同民族文学的作家作品、灵感，乃至生平的实际关系。"②

基亚虽然声称为比较文学下定义属于徒劳之举，但是他的《比较文学》直至第六版，还是在继承老师伽列的比较文学立场与观点的同时，继续着这种徒劳，继续对比较文学做出相应的界定："比较文学就是国际文学关系史。比较文学学者站在语言或民族的边界，关注两种或多种文学之间，题材、思想、书籍乃至感情方面的彼此渗透。因此，工作方法也就需要适应其研究内容的多样性。"③

俄苏主流的比较文学主张与法国学者的主流见解在本质上并无不同：将比较文学归属于文学史研究；关注并看重文学的外缘关系；强调文学影响与接受的实证研究，倾向求同。虽然他们同时关注各国文艺现象的相同点与不同点的主张与美国学者的主张接近，对于类型学研究也有着不同于法美学者的诠释。如此等等，由作为苏联比较文学代表人物之一的日尔蒙斯基撰写的苏联《大百科全书》（1976年）的"历史——比较文艺学"条目可见："历史——比较文艺学是文学史的一个分支，它研究国际联系和国际关系，研究世界各国文艺现象的相同点和不同点。文学事实类同一方面可能出于社会和各民族文化发展相同，另一方面则可能出于各民族间的文化接触和文学接触；相应地区分为：文学过程的类型学的类似和'文学联系和相互影响'，通常两者相互为用，但不应将

---

① ［法］梵·第根：《比较文学论》，戴望舒译，吉林出版集团有限责任公司2010年版，第4—5页。

② J.-M. Crré, *Vorwrt zur Vergleichenden Literaturwissenshaft*, H. N. Fügen, Vergleichende Literaturwissenshaft, Econ, 1973, p. 82.

③ M.-F. Guyard, *La Littérature comparée*, Paris: PUF, 1965, p. 10.

它们混为一谈。"①

无须讳言，传受研究理论体系与比类研究理论体系的确分别构成了欧洲与北美比较文学的主流，二者也因此有了法国派与美国派的称谓与分别，只不过是这种分别是相对的，学派之说只是一种表述策略。法国派与美国派最终走向相互认同与对应互补，由法国学者布吕奈尔等著《什么是比较文学》（修订版1983年）自我认定的"一个可以收入汇编的更加简明扼要的定义"可见一斑："比较文学是从历史、批评和哲学的角度，对不同语言间或不同文化间的文学现象进行的分析性描述、条理性和区别性对比和综合性说明，目的是为了更好地理解作为人类精神的特殊功能的文学。"②

巴丝奈特借助解构主义理论，彻底解构了逻各斯中心主义的法国派的传受研究与美国派的比类研究，由此建构其立足文化研究、性别研究、翻译研究的解构派反同求异的比较文学理论。《比较文学：批判性的介绍》写道："什么是比较文学？最简单的答案是：比较文学就是跨文化的文本研究，同时又是跨学科的，关注文学跨时空相关联的各种模式。"③

二、美国学者的比较文学学科定义

韦勒克如同基亚：一方面感叹比较文学学科设限之难能，主张知其不可为而不为；另一方面却又热衷对比较文学学科史的反省与对比较文学研究实践的理论总结，撰写讨论比较文学学科定义的论文《比较文学的名称与性质》等，就是在与沃伦合著的《文学理论》中，也不忘设立"总体文学、比较文学、国别文学"专章，讨论比较文学的学科定位。殊不知，其知其不可为而不为的主张，本身便构成了一种比较文学学科定义。只不过是他的思想又如同安田朴，放眼世界："比较文学是从国际的角度来研究一切文学，认为一切文学创作和经验是统一的。根据这样的（也是我的）看法，比较文学是一种没有语言、

---

① 《苏联〈大百科全书〉(1976)"历史：比较文艺学"条》，干永昌译，干永昌等编选：《比较文学研究译文集》，上海译文出版社1985年版，第427—428页。

② ［法］布吕奈尔等：《什么是比较文学》，葛雷、张连奎译，北京大学出版社1989年版，第229页。

③ Susan Bassnett, *Comparative Literature: A Critical Introduction*, Oxford: Blackwell, 1993, p1.

伦理和政治界线的文学研究。"①

奠定美国派比类研究理论架构的是反韦勒克的理论解构之道而行之，倾向理论建构的艾德礼（Owen Adridge 又译作奥尔德里奇、奥椎基）与雷马克。这二人在韦勒克看来属于为学科设限而进行学科设限，他们那过于雄心勃勃而经不起推敲的比较文学定义，也是大同小异：以比类研究的文学本体的非实证关系的比较，代替传受研究的文学外缘的影响关系实证；以比类研究对基于政治话语、权力话语差异超越国家/民族的强调，代替传受研究对基于语言差异、心理差异超越国家/民族的强调；关注文学与相关学科的关系，将文学研究引向文化研究。据艾德礼自己所说，他们的定义得到了至少是美国比较文学界的普遍认可。艾德里在《比较文学：内容和方法》中写道："目前大家都同意，比较文学并不是把国别文学拿来进行国与国的比较。而是在研究一部文学作品时，比较文学提供了扩大研究者视野的方法——使他的视野超越国家疆域的狭隘界限，看到不同国家文化的倾向和运动，看到文学与人类活动其他领域的关系……简而言之，比较文学是从超越国别或民族文学的角度，或者从其他一门或几门知识学科的相互关联中，对文学现象进行研究。"② 雷马克的《比较文学的定义与功用》写道："比较文学是超越国家界限的文学研究，并且研究文学与其他知识和信仰领域，诸如艺术（绘画、雕刻、建筑、音乐）、哲学、历史、社会科学（政治、经济、社会学）、自然科学、宗教等相互之间的关系。简而言之，比较文学是从事一国文学与另一国文学或多国文学的比较，以及文学与其他人类知识领域的比较。"③

美国学者有关传受研究理论体系与比类研究理论体系兼容并包的比较文学观念，由吉布斯（Donald A. Gibbs）并非讨论比较文学学科设限的文章《阿布拉姆斯艺术四要素与中国古代文论》顺手拈出的一段文字可见："在多数人看来，比较文学就是超越了单一的民族文学范围的文学研究，而它主要关心的是不同的文学之间的实际联系：它们的起源、影

---

① [美] 韦勒克：《比较文学的名称与性质》，黄源深译，干永昌等编选：《比较文学研究译文集》，上海译文出版社 1985 年版，第 144 页。

② A. Owen Aldridge, *Comparative Literature: Matter and Method*, Urbana, Ill.: U. of Illinois Press, 1969, p. 1.

③ Henry H. H. Remak, *Comparative Literature: Method and perspective*, edited by Stalknecht and Frenz, Southern Illinois Univ. Press, 1961, p. 3.

响、传播媒介等，始终围绕着关系这个题目。然而比较文学也包含着这样一种内容：对相互之间毫无联系的文学进行比较。"但他自己的看法却属于放弃比较文学学科定义的少数派，与韦勒克、勃洛克等人的意见相近："有一种观点认为，比较文学就是对不管在何处、不管以何种方式出现的文学研究。这种看法与我的观点相近。"①

20世纪末，转向比较文化或文化研究的美国比较文学，继而走向对特定文化对象的深入关注。为此，苏源熙的美国比较文学研究报告《全球化时代的比较文学》（2006年）写道："比较文学专与（对象的）特性和关系打交道：关注对象的特性并由此超越各种既定的话语模式和新解读方式在对象间创建的各种关系。"②

大致说来，国际学者对比较文学的定义，其主流观念经历了一个由认同传受研究理论到认同比类研究理论，再到认同传受研究与比类研究相结合的文化研究理论的过程，一个由欧洲中心论到西方中心论，再到体现一元化与同一性的全球化的过程。

所谓主流之说，除了广泛存在人各有志、莫衷一是的非主流比较文学定义之外，是因为欧洲比较文学并非只有以布吕纳介、戴克斯特（Joseph Texte）、梵·第根、伽列、基亚为代表的，强调实证而排斥美学分析的国际文学关系史研究方向，而是同时存在着另一种被边缘化的研究方向，以帕里斯（Gaston Paris）为代表的不受学科与文化限制的涉及民俗学、神话学比较的实证研究与美学分析相结合的主题学研究，以波斯奈特及其《比较文学》著作与史密斯（G. Gregory Smith）及其《比较文学的缺点》论文所倡导的历史实证与美学分析相结合的开放性文学关系研究方向。对此，巴登斯贝格回顾1900年法国万国博览会巴黎大会的第六次会议"文学比较史会议"时写道：会议"标志着这两种比较文学的理解方式上已达成兄弟般的谅解，总的来说，这时双方所取得的成绩都不显著，无论怎么说，他们的身份、资格都必须重新加以核实"。会议主持人布吕纳介说："我期望人们了解的事情是五大文学相互间各自的情况，是通过这些文学的历史来看欧洲文学演变的曲线；以及这一类研究

---

① ［美］吉布斯：《阿布拉姆斯艺术四要素与中国古代文论》，龚文庠译，张隆溪选编：《比较文学译文集》，北京大学出版社1982年版，第205页。
② ［美］苏源熙：《关于比较文学的对象与方法》，何绍斌译，载《中国比较文学》200年第3期。

工作同构成比较文学……基本对象的研究工作之间的同一性。"会议名誉主席帕里斯则提醒人们注意:"在论述各种不同民族的知识丰碑的比较文学旁边,存在着一种离开文学本义的'涉及到民俗学,神话编纂学和比较神话学的新科学',这是'比较文学的第二个分支,其重要性并不亚于第一个分支';虽然它的研究局限于文学艺术,却也能与各文学的美学比较挂上钩。"巴登斯贝格同时写道:"1895 年,G. 帕里斯曾说:'从形式和实践方面来看,最通俗的、表面上最自然的体裁,无疑是中世纪最法国化的体裁,即韵文故事,这种韵文故事的渊源,可以追溯到它产生的时期和遥远的地方……它来自亚洲,可能是印度,通常经过拜占庭'。"①有英国学者说:"格雷戈里这个人跟波斯奈特一样有意思,尽管他也全心全意地倡导比较研究,却是毫不含糊地对法国正统派持批判态度,特别是对费尔迪南·布吕纳提埃尔所代表的那种正统观点。"② 那就是其《比较文学的缺点》对 1900 年巴黎"文学比较史会议"决议,其实是布吕纳介等人偏重书目学、崇尚历史实证的批评。与此同时,格雷戈里强调应当将传受研究与比类研究并重,乃至开展艺术间的阐释研究。他说:"对那些根本没有公认的或已知的联系,甚至没有关于相似的明显暗示,而只有一些形式和动机上的类似的事物难道不应有比较研究的兴趣吗?""不同的艺术之间,不论有没有共同的审美基础,都不应阻碍我们从中发现某些类似的东西,或者用一种艺术作为检验别种艺术的试金石。"③ 只是由于缺少戴克斯特、梵·第根、伽列、基亚这样有影响力的继承者,这一方向随之被边缘化,等候比较文学美国派的唤醒与复兴。同理,日后成为比较文学中国派跨文明研究立足点的跨国际文化观念,也同样为西方学者所具有,只不过是西方学者的跨文化研究重在去异求同,且有些人未能摆脱西方中心论与异质文化难以对话论的困扰。为此,除了上述日尔蒙斯、布吕奈尔等给出的比较文学定义对民族文化异同比较的强调之外,法国《拉罗斯百科全书》(1978 年)"比较文学"条目也在最后写道:"文学间各种文学关系的研究,说到底是个把语言的以及

---

① Fernand Baldensperger, *Vergleichende Literaturwissenschaft-Das Wort und die Sache*, H. N. Fügen, Vergleichende Literaturwissenshaft, Econ, 1973, pp. 30 – 32.

② [英] 谢菲尔:《比较文学在英国》,林晓帆译,干永昌等编选:《比较文学研究译文集》,上海译文出版社 1985 年版,第 392—393 页。

③ [美] 韦斯坦因:《比较文学与文学理论》,刘象愚译,辽宁人民出版社 1987 年版,第 220 页。

文化的差别组织到一起的问题。比较文学就是把人的智慧中的组合力发现出来，用以证实：文学乃是心灵方面特殊功能的结果，或是人类的各种处境和表现手法的历史的、象征的总体。"① 联合国教科文组织的"教育的国际标准分类"有关比较文学专业的课程设置，同样将比较文学定位于国际文学关系与文化关系研究。②

第三节　中国学者的比较文学学科定义

一、中国学者对比较文学学科的定义

中国学者对比较文学的定义，其主流见解大致形成三个阶段：第一阶段，移植、借用、整合。就是移植、借用美国学者提出的超越语言、国界、学科界限的比较文学定义；或对欧美学者的传受研究理论体系与比类研究理论体系的比较文学定义加以整合。

第二阶段，与本土文化语境相结合。就是在移植、借用、整合主流的欧美比较文学定义的基础上，结合多语种、多民族共存，大众话语、学术话语受制于国家权力话语的本土文化语境，提出不受语言、民族、国别、学科的限制之说，或跨语言、跨民族、跨文化、跨学科之说，或跨语言、跨国界、跨文化、跨学科之说；由关注并强调跨国界、跨民族，到关注并强调跨文化。

第三阶段，立足回归历史、回归民间、回归大众、回归文本，消解崇高、消解中心、消解雅俗界线的后现代国际文化语境，回归本土文化语境，彰显民族文化特质。就是树立中国比较文学的本土文化语境意识，基于中西文化另类异质的现实，进一步关注并强调不受语言、民族、国别限制，跨文化、跨学科的比类研究的异质性与传受研究的变异性。

卢康华与孙景尧合著的《比较文学导论》（1984 年）是中国大陆公开出版的首部比较文学教材，其比较文学定义属于述而不作："'什么是

---

① 《法国〈拉罗斯百科全书〉（1978）》，谢靖庄译，干永昌等编选：《比较文学研究译文集》，上海译文出版社 1985 年版，第 424 页。

② 参见［美］克莱门茨：《比较文学的渊源和定义》，黄源深译，干永昌等编选：《比较文学研究译文集》，上海译文出版社 1985 年版，第 232 页。

比较文学?'现在我们可以借用我国学者季羡林先生的解释来回答了:'顾名思义,比较文学就是把不同国家的文学拿出来比较,这可以说是狭义的比较文学。广义的比较文学是把文学同其他学科来比较,包括人文科学和社会科学,甚至自然科学在内。'……不过,我们认为最精炼易记的还是我国学者钱钟书先生的说法:'"比较文学"作为一门专门学科,则专指跨越国界和语言界限的文学比较。'"① 显然,"季说"与艾德礼、雷马克的比较文学定义大同小异,即使用了"广义"与"狭义"之分;"钱说"则可与韦勒克等人的比较文学定义互证互释,虽然语法不同:韦勒克的表述取被动式:"没有……界线的……""钱说"则取主动式:"专指……界限的……"

随后出版的陈挺《比较文学简编》(1986年)除了继承"季说"的"广义"与"狭义"之分,不仅表现为西方传受研究理论与比类研究理论有关比较文学定义的移植与整合,而且与吉布斯所说的美国学者"多数人"的看法似曾相识:"我们认为,通常说的比较文学定义是狭义的,即指超越国家、民族和语言界限的文学研究,主要研究两种或两种以上文学之间的相互影响,找出它们之间的异同,通过这些关系、影响、异同的研究,认识各民族文学各自的特点,探索文学发展的共同规律。广义的比较文学还可以包括文学与其他艺术(音乐、绘画)等与其他意识形态(历史、哲学、政治、宗教等)之间的相互关系的研究。"②

"陈说"移植与整合西方比较文学定义的"超越国家、民族和语言界限"之说,如果不加以限制,显然不够周密,也与具有多种语言、多种民族的中国文化语境不合。比较文学到底是要求文学研究超越国家、民族、语言三种界限,还是要求文学研究只超越其中某一种界限?事实上是跨国界的文学研究未必就跨语言;跨民族与跨语言的文学研究未必就跨国界。这种认识正是中国学者在中国比较文学学会第二届年会(西安,1987年)上达成的共识。反映在乐黛云主编的《中西比较文学教程》(1988年)中,便是运用类似上述韦勒克比较文学定义的被动句式"没有……界线……"的"不受……限制的……"变被动为主动,使上述矛盾得以消解,令比较文学的学科定义走上与本土文化语境相结合的道路:"比较文学是一门不受语言、民族、国家、学科限制的开放性的文

---

① 卢康华、孙景尧:《比较文学导论》,黑龙江人民出版社1984年版,第14—15页。
② 陈挺:《比较文学简编》,华东师范大学出版社1986年版,第2页。

学研究学科，它从国际主义的角度，历史地比较研究两种以上不同文学之间的关系，文学与其他学科之间的关系。在世界文学的背景上，通过比较寻求各民族文学的特点和文学发展的共同规律。"①

面对语言、民族、国家概念的意义交叉与相互消解，比较文学到底是坚持跨语言，还是强调跨民族，或是跨国界？结合多语种、多民族共存、民族跨境而居、民族与国家有别的本土文化语境，陈惇与刘象愚的《比较文学概论》（1988年）给出的比较文学定义，强调跨民族，并以此包含跨语言，放弃跨国界之说："什么是比较文学呢？比较文学是一种开放式的文学研究，它具有宏观的视野和国际的角度，研究跨民族或跨学科界限的各种文学关系；在理论和方法上，它具有比较的自觉意识，又具有兼容并包的特色。"②

到陈惇、孙景尧、谢天振主编的《比较文学》（1997年），立足中西文化比较的跨文化标语，被正式贴上比较文学定义的平台："我们认为，把比较文学看作跨民族、跨语言、跨文化、跨学科的文学研究，更符合比较文学的实质，更能反映现阶段人们对比较文学的认识。"③

于是，"四跨"的比较文学定义也被陈惇与刘象愚《比较文学概论》修订版（2000年）用以替换"两跨"的比较文学定义，其余则一字未改。杨乃乔主编的《比较文学概论》同样采用了"四跨"说："比较文学是以跨民族、跨语言、跨文化、跨学科为比较视阈的文学研究。"④ 苦于比较文学设限之艰难，乐黛云的《比较文学简明教程》（2003年）对比较文学的相应界定，也明确地以强调跨文化替代过去对跨语言、跨民族、跨国界的强调："随着人类交往的日益频繁，文学研究很难局限在一国之内，于是有了把多种文学理论、多种文学批评、多种文学史联系在一起的研究，即研究存在于不同文化中的不同文学之间的各种现象，以及其间的各种关系，这就是比较文学。"⑤

如上所述，曹师顺庆《比较文学中国学派基本理论特征及其方法论体系初探》早在归纳总结出相对传受研究理论特色与比类研究理论特色

---

① 乐黛云主编：《中西比较文学教程》，高等教育出版社1988年版，第33页。
② 陈惇、刘象愚：《比较文学概论》，北京师范大学出版社1988年版，第27页。
③ 陈惇、孙景尧、谢天振主编：《比较文学》，高等教育出版社1997年版，第9页。
④ 杨乃乔主编：《比较文学概论》，北京大学出版社2002年版，第98页。
⑤ 乐黛云：《比较文学简明教程》，北京大学出版社2003年版，第2—3页。

的跨文化研究理论特色的同时，便锁定了跨文化研究的异质性这一焦点。曹师在随后主编与撰写的《比较文学论》、《比较文学学》、《比较文学教程》等著作中之所以要改"跨文化"为"跨文明"，显然与他对跨文化研究立足异质性的突出与强调分不开。与此同时，传受研究中的变异性也引起曹师与孙绍振、严绍璗、谢天振等中国学者的高度关注。为此，曹师在其《比较文学论》中写道："比较文学是以世界性眼光和胸怀来从事不同国家、不同文明和不同学科之间的跨越式文学比较研究。它主要研究各种跨越中文学的同源性、类同性、异质性和互补性，以影响研究、平行研究、跨学科研究和跨文明研究为基本方法，其目的在于以世界性眼光来总结文学规律和文学特性，加强世界文学的相互了解与整合，推动世界文学的发展。"①

方汉文给出的比较文学定义对文学同一性与差异性研究的注重，显然又不同于其他中国学者对文化异质性研究的注重，体现了对巴丝奈特和斯皮瓦克的反同求异比较文学观的呼应与基于相反相成的太极思维的调整。其《比较文学高等原理》（修订版）写道："简单说，比较文学是比较思维与方法指导下的，对于世界文学的差异性与同一性的研究。"②

张铁夫主编的《新编比较文学教程》虽然放弃对比较文学的明确定义，一反中国比较文学界流行的"三跨"、"四跨"，至少是"双跨"之说，只提"一跨"："比较文学是一门交叉学科，或者说是一门跨学科的学科。"③ 但并未放弃对比较文学的明确定位，而是代之以对比较文学包括世界公民意识、对象意识、文学中心意识在内的学科意识的强调。读者通过《新编比较文学教程》对比较文学开放性、综合性、族际性、语际性、科际性等五大特性，尤其是对比较文学学科意识的诠释，不难感受到他们对比较文学学科设限的清醒认识与对有边比较文学的坚持。

在《关于比较文学学科基本理论的再思考》的论文中，刘象愚一反上述与陈惇合著的《比较文学概论》所强调的比较文学应跨民族或跨学科的观点，坚持跨语言与跨民族，排除跨学科，反对跨国界、跨文化乃至跨文明："跨国界是一个模糊的概念，它不能作为比较文学的一个清晰的特征。""比较文学必须有自己明确的而不是含混的、有限的而不是无

---

① 曹顺庆等著：《比较文学论》，四川教育出版社 2005 年版，第 28 页。
② 方汉文：《比较文学高等原理》（修订版），北京师范大学出版社 2011 年版，第 49 页。
③ 张铁夫、季水河主编：《新编比较文学教程》，湖南人民出版社 1997 年版，第 16 页。

限的研究领域,为比较文学的生存计,还是舍弃'跨学科研究'为好。""在'跨文化'研究的视野中,研究者的眼中有的只能是'文化',哪里还会记得什么是文学。"从而主张:"比较文学是一种独特的文学研究。它具有超越民族和语言的视野,以跨民族的各种文学关系为研究对象,在理论和方法上具有高度自觉的比较意识。"① 显而易见,该比较文学定义与法国早期的比较文学定义似曾相识,从而使比较文学的学科定义,经历半个多世纪由欧洲到北美再到亚洲的游历,又回到了起点。该定义作为对百年比较文学相继积淀并明确下来的传受研究的跨国界、比类研究的跨学科、跨文明研究的跨异质文化原则与立足点的全面质疑乃至颠覆,其意义显然不在于建构性而在于解构性,同时给人以启发。

二、中国化的比较文学学科定义

仔细研究比较文学的百年史与中外学者的比较文学定义之后,我给出如"绪论"所述,内含学科属性、学科话语、方向目的、学科特性、研究对象、研究方法、可比性等七个基本构成要素,志在中国化的比较文学学科定义。换句话说,我的比较文学学科定义所谓一元暨多元主义的学科话语,无用之用的学科特性,四际文学关系的研究对象,会通研究的研究方法的提出,正是比较文学中国化的具体表现。基于中国文化一元暨多元、二元相反相成的哲学理念,我的比较文学学科定义的中国化,又具体地体现为如下四个相对相成、相反相成。

(一) 不易和变易的相对相成、相反相成

我虽然依托中国文化语境与中国文化话语给出比较文学的全方位定义,却试图涵盖包括法国派的传受研究、美国派的比类研究、中国派的跨文明研究,乃至巴丝奈特和斯皮瓦克解构派的差异研究等主要的国际比较文学理论建构的学科定义。这种指导思想明确体现于会通研究方法及其三大子方法传受变异研究、异同比类研究、阐释发明研究的建构。其中,对研究对象四际文学关系研究,以及由此决定的两大学科属性文学性和会通性的定位,可谓比较文学的国际共识,实属不易。而在不易的比较文学国际共识之下,却认可或包容立足不同文化语境与贯彻不同

---

① 刘象愚:《关于比较文学学科基本理论的再思考》,汪介之、唐建清主编:《跨文化语境中的比较文学》,译林出版社2003年版,第452—455页。

文化话语的各种比较文学理论的不同特性与不同侧重,例如主流的欧洲比较文学对语际或国际文学关系研究及其影响实证的侧重,主流的北美比较文学对科际文学关系研究及其去异求同的偏爱,主流的中国比较文学对跨异质文化文学关系研究及其变异与相互发明的青睐,这是变易。不易和变异相对相成、相反相成。换句话说,我提倡另类异质的四际文学关系的求同显异的比较文学,但是并非如同韦勒克对法国派传受研究及其进化论和实证主义认识论,巴丝奈特和斯皮瓦克对西方"旧比较文学"及其逻各斯中心主义认识论,予以"弑父式"的否定,将法国派的传受研究和美国派的比类研究关于四际文学关系的去异求同,以及解构派的差异研究关于四际文学关系的反同求异,统统打入"非比较文学",或宣告其过时乃至死亡,而是继承、借鉴、利用其合理因素。

(二)一元性和多元性、同一性和差异性的相对相成、相反相成

如上所述,如果按照巴丝奈特和斯皮瓦克的看法,法国派的传受研究和美国派的比类研究,在逻各斯中心主义认识论机制下所从事的宗国文化向藩国文化进军的去异求同,立足于事物的一元性与同一性,她们所主张的差异研究,在解构主义认识论机制下所从事的藩国文化向宗国文化反向跨越与反向渗透的反同求异,则立足事物的多元性与差异性,那么,我所主张的会通研究,在一元暨多元主义认识论机制下所从事的世界各国、各民族、各地区文学互为中心的交流对话的求同显异,正是立足事物的一元性和多元性、同一性和差异性的相对相成、相反相成。原来,求同显异的会通研究的一元性和多元性、同一性和差异性的相对相成、相反相成,也正是斯皮瓦克所谓"旧比较文学"的去异求同和"新比较文学"的反同求异的相对相成、相反相成。由此形成的一元性和多元性、同一性和差异性相对相成、相反相成的世界文学研究,不再是西方"旧比较文学"自我中心的强势文学对弱势文学的进军,而是各国、各民族、各地区文学互为中心的交流与对话;由此形成的一元性和多元性、同一性和差异性相对相成、相反相成的女性文学研究、后殖民文学研究等,不再是西方"新比较文学"自我中心的边缘文学对中心文学的反向跨越与反向渗透,而是基于认同的对话平台,彰显对各类文学的特质特色。

(三)依经立义和与时俱进的相对相成、相反相成

我提出的会通研究对法国派传受研究、美国派比类研究、中国派跨

文明研究、解构派差异研究的继承也好，借鉴也好，利用也好，并非搞折中的调和主义，而是中国文化传统的依经立义的意义建构方式的体现。换句话说，法国派传受研究、美国派比类研究、中国派跨文明研究、解构派差异研究，作为有影响的标志性的方法类型，自有其合理因素，哪怕是片面真理，这是不可否定的。至少，以跨越性的文学关系为比较文学研究对象，国际学者均无异议。事实证明：后来的美国学者并不因为韦勒克对法国派及其传受研究的颠覆而弃之如敝屣。过去是如此，现在也是如此：当下的欧美学者也不会因为巴丝奈特和斯皮瓦克对法国派及其传受研究和美国派及其比类研究的彻底解构而完全弃而不顾。当然，美国学者对法国派及其传受研究的认同是有条件的，那就是摒弃其民族主义、法国中心论与欧洲中心论，当下欧美学者对美国派及其比类研究的认同，也同样会摒弃其西方中心论与后殖民主义。其实，韦勒克所反对的法国派及其传受研究，与巴丝奈特、斯皮瓦克所反对的"旧比较文学"传受研究、比类研究，与其说是方法论，不如说认识论，因为正是逻各斯中心主义和进化论的认识论将传受研究和比类研究的求同建立在去异的前提之上。具有讽刺意味的是：巴丝奈特和斯皮瓦克反同求异的"新比较文学"，则在认识论上与去异求同的"旧比较文学"同归二元对立的偏执，将求异建立在反同的前提之上。我继承、借鉴、利用具有标志性的法国派传受研究、美国派比类研究、中国派跨文明研究、解构派差异研究的合理因素，或解构其对去异求同与反同求异的偏执，或明确其认识论（学科话语）。也就是说，我的依经立义同与时俱进相对相成、相反相成。

（四）知和行、学理性和可操作性的相对相成、相反相成

我的比较文学定义不主张文学一元性和多元性、同一性和差异性的偏执一端，而主张其相对相成、相反相成，进而体现为不主张知和行、学理性和可操作性的偏执一端，而主张其相对相成、相反相成。因为文学的一元性和多元性、同一性和差异性相对生成，离开体现文学多元性和差异性的不同语言、不同民族、不同国家、不同地区文学的对话、会通所形成的共识、共性、共相，体现文学一元性、同一性的世界文学便难以形成，世界文学的一元性、同一性便难以体现，从而使消除不同语言、不同民族、不同国家、不同地区文学特性的世界文学，成为理念上成立而实践上不可行的画饼，相关研究成为画饼充饥。简单地说，没有

不同语言、不同民族、不同国家、不同地区的文学，便没有世界文学。至于由西方文学自我膨胀乃至遮蔽非西方文学所形成的世界文学，则成为伪世界文学。反之，离开体现文学一元性、同一性的世界文学共同诗心与文心乃至共同规律即共同话语，不同语言、不同民族、不同国家、不同地区文学之间，便难以进行沟通、交流、对话，体现文学多元性、差异性的不同语言、不同民族、不同国家、不同地区文学的特质，便难以通过比较而显现与认知，也就无从把握，从而使脱离不同语言、不同民族、不同国家、不同地区文学的共识、共性、共相的文学差异性成为画饼，相关研究成为画饼充饥。简单地说，没有文学之所以成为文学的共性或文学性，凭什么说不同语言、不同民族、不同国家、不同地区具有不同特性的文本都是文学呢？

第四节　中国化比较文学学科定义的基本构成

我关于比较文学的全方位定义，或说系统的理论建构，广泛涉及学科属性、学科特性、学科话语、方向目的、研究对象、研究方法、可比性等七个基本构成要素，应当说在各个学科中十分少见，然而并非我别出心裁，而是比较文学异地传播的百年发展史对于系统的理论建构或全方位学科定义的必然要求。其中，研究对象、研究方法、方向目的，可谓大多数学科都具有的普遍性要素；学科属性、学科话语、学科特性、可比性，则是比较文学独家具有的特殊性要素。

一、普遍性要素：研究对象、研究方法、方向目的

（一）研究对象

无论是巴登斯贝格、梵·第根、伽列、基亚等法国学者将比较文学定位于国际文学史与文学关系研究，还是日尔蒙斯基等俄苏学者在文学关系史范畴之内对历史类型学研究的侧重，以及雷马克、艾德礼等美国学者将欧洲学者所从事的求同存异的文学关系实证拓展到没有事实联系的去异求同，乃至中国学者对文学关系研究跨异质文化的强调，巴丝奈特对区域文学、后殖民文学、女性文学、翻译文学的"重写"的强调，斯皮瓦克对遭到宗国文化遮蔽的藩国文化向宗国文化反

向跨越与反向渗透的强调等，无不是立足研究对象从事比较文学的学科定位。与之相对应，如"绪论"所述，克罗齐等人对比较文学作为独立学科的必要性与可能性的质疑，也莫不立足比较文学的研究对象；雷马克也正是因为由研究对象不明确带来的国际比较文学界，首先是美国比较文学界对比较文学的不理解，曾经感到忧心忡忡；巴丝奈特和斯皮瓦克对"旧比较文学"去异求同传统的颠覆，正是从颠覆法国派及其传受研究与美国派及其比类研究的宗国文化对藩国文化的遮蔽与自我中心的解读开始。从而使研究对象成为时至今日比较文学能否实现学科定位的"宿命"元素。

（二）研究方法

如"绪论"所述，克罗齐在指控比较文学缺乏独到的研究对象的同时，指控比较文学试图将各门学科通用的并无特别之处的比较方法据为己有。研究对象的不明确与方法论的缺失，也正是韦勒克提出曾令学界震撼的"比较文学危机"说的依据。勃洛克不仅对韦勒克的上述看法心领神会，而且认定比较文学难得有通过方法论的建立而成为语文学分支的出头之日。巴丝奈特和斯皮瓦克控诉法国派及其传受研究和美国派及其比类研究的宗国文化对藩国文化的遮蔽与自我中心，体现在方法上就是逻各斯中心主义的去异求同。二人显然是在以毒攻毒，试图通过建构反向跨越与反向渗透的反同求异，实现对"旧比较文学"去异求同的解构。从而使研究方法成为与研究对象共进退的比较文学能否实现学科定位的"宿命"元素。

（三）方向目的

波斯奈特的比较文学定义不明确，但是比较文学研究旨在运用古老的用来"获得（文学）知识或者交流（文学）知识"的比较法研究国别文学的内部发展与外部影响的方向目的则十分明确。① 如前文所述，梵·第根那明确的学科定义意识，原来正是对比较文学方向目的的认识。中国学者的比较文学学科定义虽然众说纷纭，但是关于比较文学研究的方向目的却具有共识。就大处而言，那就是在促成不同民族、不同国家、不同地区文学的沟通、对话、交流的同时，使民族文学、国别文学、区

---

① ［英］波斯奈特：《比较法和文学》，周纯译，干永昌等编选：《比较文学研究译文集》，上海译文出版社1985年版，第372页、第379页。

域文学置身于世界文学的语境，在他民族、他国家、他地区文学的参照之下来认识自我，通过对他民族、他国家、他地区文学的借鉴来发展自我。与之相对应，克罗齐说"我看不出单纯的'文学史'与'比较文学史'之间有什么差别"，其中便包括二者的方向目的。在韦勒克看来，法国派及其传受研究的方向目的就是算文化贸易账。不幸的是：在巴丝奈特和斯皮瓦克看来，连同美国派及其比类研究在内的"旧比较文学"，其去异求同的方向目的，就是民族主义乃至文化帝国主义也即是后殖民主义的意愿及其满足。总之，方向目的是所有从事比较文学学科定位者都会自觉与不自觉地加以思考的问题。

二、特殊性要素：学科属性、学科话语、学科特性、可比性

（一）学科属性

如"绪论"所述，学科归属即学科属性，对于绝大多数学科来说都不是问题，而对于比较文学则成为不是问题的问题。问题主要来自法国主流比较文学排斥美学分析的影响实证，尤其是美国主流比较文学的跨学科研究、泛文化研究：由于未能对文学与相关学科之间的关系加以明确限定，结果导致比较文学与文化研究的混同，乃至比较文学学科的"无边论"，从而有加以限定的必要。我们必须强调：首先，比较文学律属"文学学"，比较文学研究必须坚持以文学为中心，无论是作家作品的他国际遇，还是跨学科的文学关系研究，以及跨文化的文学关系研究，都旨在解决文学问题，致力于文学的文本解读、美学分析，有益于作家研究、文学史写作。其次，比较文学必须坚持会通性，定位于边缘学科或交叉学科，这是比较文学作为文学研究，相对区域文学、国别文学/民族文学、世界文学/总体文学而言的"第四只眼"，由独到的研究对象四际文学关系，与之相适应的研究方法会通研究，以及由此体现的学科特性无用之用等所共同决定的。

（二）学科话语

"由西方话语分析理论发展而来的'话语（discourse）'概念，有关表述及其用法可谓五花八门，而与当今人们津津乐道的'话语权'密切相关的表述，则是指植根语言文字而又超越语言文字，一定社会历史、文化传统、文化背景之下，体现于言说与书写、行动与交际、认知与思维、信仰与身份的意义建构方式、表述方式、解读方式。基于话语对方

式、规则的突出与强调,我又称其为'话语模式'。话语权就是这种意义建构方式、表述方式、解读方式的制定权与解释权。文化话语就是文化的意义建构方式、表述方式、解读方式。学术话语与学科话语就是学术与学科的意义建构方式、表述方式、解读方式。"① 换个说法,学科话语就是学科体现于本体论与方法论的认识论。学科定位与研究方法因有学科话语即认识论的升华,从而成为本体论与方法论;反之,没有认识论的学科定位与研究方法,就不能上升为本体论与认识论。如"绪论"所述,在韦勒克与勃洛克看来,从波斯奈特、布吕纳介的文学进化论,到梵·第根、伽列、基亚的实证主义认识论与方法论,不过是对当时当地主流的认识论与方法论的借重,难以成为比较文学的立足点。而在中国学者看来,美国派及其比类研究的新人文主义、全球主义、文化多元主义的认识论与方法论,如同法国派及其传受研究的进化论、实证主义、唯科学主义认识论与方法论,同样未能为比较文学建构提供独到的学科话语,巴丝奈特和斯皮瓦克立足解构主义观念的反同求异,对抗法国派及其传受研究与美国派及其比类研究的去异求同,在解构他人的同时也解构了自身的立足之境,陷入偏执。为此,陈思和呼吁:比较文学应当建立自己的世界观和哲学基点,中国比较文学应当为国际比较文学的世界观与哲学基点建构做出自己的贡献;② 孟庆枢强调:全球化语境下的中国比较文学本体论与方法论建构,话语是关键。此说得到乐黛云的认同。③ 乔纳森·卡勒引用巴丝奈特《比较文学:批判性的介绍》的话说:"印度、中国、日本和其他地方的比较文学的兴起,并不是要与民族主义相对抗,而是要强调和肯定民族国家的文化身份。"④ 原来,"文化身份"乃西方话语分析理论(discourse analysis theory)所谓文化话语的标志性概念或说主题词。巴丝奈特所谓激发印度、中国、日本比较文学研究的,既非弘扬民族主义亦非与民族主义闹对立的,肯定与强调国家/民族文化身份的意愿,其实就是指肯定与强调民族文化话语的意愿,或说落实到民族文化话语。

---

① 徐扬尚:《中国文论的意象话语谱系》,中国社会科学出版社2012年版,第1—2页。
② 陈思和:《关于比较文学的一点想法》,《上海文论》1991年第6期。
③ 参见乐黛云:《比较文学简明教程》,北京大学出版社2003年版,第291—292页。
④ [美]乔纳森·卡勒:《比较文学的挑战》,生安锋译,《中国比较文学》2012年第1期,第3页。

(三) 学科特性

比较文学不同于国别文学/民族文学、区域文学、世界文学/总体文学，文学理论、文学批评、文学史等相关学科的研究对象、研究方法、方向目的、学科话语，势必带来自身的学科特性。换句话说，当我们讨论比较文学不同于相关学科的研究对象、研究方法、方向目的、学科话语时，学科特性自在其中。当中国学者的比较文学理论建构坚持以四际文学关系学为研究对象，以求同显异、比物连类、考证传受、追查变异、相互阐释、彼此发明为研究方法，以一元暨多元、多元共生、和而不同、互动认知为学科话语时，其立足中心与边缘、务实与务虚、有用与无用的相对相成、相反相成，自居边缘地位，强调务虚，以无用为大用的学科特性，也就不言而喻。

(四) 可比性

如"绪论"所述，可比性的问题同样是一个本不应成为问题的问题。植根于歌德旨在超越国别文学/民族文学本位局限的世界文学观念与斯宾塞的社会进化论，生成于由表音文字书写的西方文化，贯彻意义假设、约定俗成、归纳演绎、文本成义的话语模式的比较文学，其意义建构立足于事物的差异性，同时指向文学关系研究与单纯的文学对比，且二者的关系又是长期纠缠不清，在相关学者那里形成相互消解，由此导致"以影响的可能作为必然"，使其非类不比、异质难比、完全异质不可比的"原罪"与生俱来，从而将比什么、如何比、能否比、为何比的可比性设定，推向比较文学学科设限的前台。乔纳森·卡勒十分感慨地说："比较文学的命运似乎不可阻挡地被绑缚在可比性上，这真是见证了一个名称的巨大力量。"与时俱进的"可比性的作用就是要建构比较文学的结构，而且在原则上是要建立起比较文学的合法性。"①

---

① [美] 乔纳森·卡勒：《比较文学的挑战》，生安锋译，《中国比较文学》2012 年第 1 期，第 8 页。

第二章　另类异质的"四际文学关系"
——中国化比较文学的研究对象

第一节　比较文学就是"文学关系学"

一、致力于国际文学关系研究：百年比较文学的初衷，欧洲学者的意愿

波斯奈特将生物学的进化论移植到文学研究，使其所谓"比较"成为对社会发展与文学生长的对应关系的关注。关注的着眼点就是氏族文学、城邦文学、国别文学、文学世界大同的互动关系及其进化顺序，旨在勾勒跨国界文学关系的社会历史。① 波斯奈特解释说："这些研究的中心点是个体对集体的关系。对属于不同社会状态的文学进行比较，这种关系经历了顺序的变化，在这种变化中，我们找到了我们把文学当作可以用科学解释来对待的主要理由。"②

同样是立足进化论的认识论，巴登斯贝格强调：圣伯夫在论安贝尔的文章中使用了压缩词组"比较文学"，"为有文化修养的广大读者提供一个合适的用语，这也可能是最合适的用语，因为我们用它来表示连接各种文学'活的关系'这一研究工作"。③

进化论和实证主义认识论，更是令梵·第根将传受研究的研究对象

---

①　[奥地利]齐马：《比较文学导论》，范劲、高晓倩译，安徽教育出版社2009年版，第23页。
②　[英]波斯奈特：《比较法和文学》，周纯译，干永昌等编选：《比较文学研究译文集》，上海译文出版社1985年版，第383—384页。
③　Fernand Baldensperger, *Vergleichende Literaturwissenschaft-Das Wort und die Sache*, H. N. Fügen, Vergleichende Literaturwissenschaft, Econ, 1973, p. 20.

明确锁定跨国界的二元文学关系:"我们上文已经说明过了,比较文学的对象是本质地研究各国文学作品的相互关系。""地道的比较文学最通常研究着那些只在两个因子间的'二元的'关系;这些因子或者是作品,或者是作家,或者是作品或人的集团:这些关系则是关于艺术作品的实质或内容的。"①

强调"以可能作为必然"的影响实证,往往将不可称量的因素加以称量,因此不靠谱的伽列,却不反对阿扎尔、巴登斯贝格的文学关系研究之说,说比较文学"研究跨国界的精神交往(des relations spirituelles internationales)与实际关系(des rapports de fait)"②。基亚在其《比较文学》前言中证实:"继阿扎尔和巴登斯贝格之后,我的老师伽列认为,凡是不再存在关系——人与作品的关系、著作与接受环境的关系、一个国家与一个旅行者的关系——的地方,比较文学的领域就停止了。""虽然这句断语在随后的版本中被删除"③,但是,接过老师的话头,基亚干脆宣称:"我们曾经说过,比较文学就是国际文学关系史。"④"我们曾经说过"的字样,可见基亚对此判断的坚信不移,与梵·第根相呼应。至此,国际文学关系就成了比较文学的早期研究对象;国际文学关系研究就成了比较文学的早期定义;国际文学关系的传播、接受、媒介的实证研究,也就成了早期比较文学研究的全部内容。

这种观念不仅为已经超越了法美学派之争的欧洲比较文学后学所坚持、发扬,而且欧洲比较文学后学的相关诠释也更加明确、具体。例如被有关中文译者称为"反映了世界比较文学发展的新趋势,代表了法国比较文学研究的最新水平"的布吕奈尔等所著《什么是比较文学》的有关诠释,就如同板上钉钉,难以更改:比较文学"的对象看起来象世界一样复杂,而且时常不可捉摸。比较文学要解决什么问题呢?是探讨属于两种、三种、四种文化范畴的文学之间的关系?全世界所有文学之间的关系?这一点是无可争议的,这是今天比较文学的

---

① [法]梵·第根:《比较文学论》,戴望舒译,吉林出版集团有限责任公司2010年版,第37页、第138页。

② J.-M. Crré, *Vorwrt zur Vergleichenden Literaturwissenshaft*, H. N. Fügen, Vergleichende Literaturwissenshaft, Econ, 1973, p. 82.

③ [奥地利]齐马:《比较文学导论》,范劲、高晓倩译,安徽教育出版社2009年版,第26页。

④ M.-F. Guyard, *La Littérature comparée*, Paris: PUF, 1965, p. 10.

当然领地"①。

对于上述观点，罗马尼亚的亚历山大·迪马虽然认定英法学者以国际联系作为比较文学的研究对象过于狭隘，但是迪马也不过是拿北美学者的比类研究观念与之互补，主张以相互关系取而代之："把比较文学的研究对象仅仅局限于研究文学的国际联系显然也是不可能的，这个对象的内涵太丰富了，最好还是使用另一个术语——文学的'相互关系'。我们主张用'相互关系'这一术语取代关系，因为后者的含义过于狭隘，仅指直接的交流关系，前者则反而把比较文学所研究的一般问题都包含进去了，既包括平行现象，也包括某国别文学所特有的现象。因此我们觉得，比较文学研究的是各国别文学的相互关系。"②

迪马之论，可与前文引述的日尔蒙斯基"历史——比较文艺学是文学史的一个分支，它研究国际联系和国际关系"之说，互证互释。宣告比较文学在西方已经过时的巴丝奈特，也依然强调比较文学"关注文学跨时空相关联的各种模式"。③ 由此可见，以国际文学关系作为比较文学的研究对象，既是百年比较文学的初衷，也是欧洲学者的意愿。

二、以各种文学关系为研究对象：美国派比类研究的拓展，国际学者的共识

早在1871年，萨克福德（Charles Chauncey Shackford）在康奈尔大学关于比较文学的第一次著名讲演，便将比较文学的方向目的定位于解放文学孤立，开展文学关系研究，说比较方法让"所有年代和所有民族的文学产品都可以分类，可以进行比较和对比，可以将其从孤立中解放出来，使其属于一个民族，或一个独立的时代，通过分类而代表一个相同的原则、普遍的精神法则、社会和道德发展：这些在印度和英国都是相同的；在古希腊笑声朗朗的海边和德国冷静肃穆的森林里，都是相同的"④。

---

① ［法］布吕奈尔等：《什么是比较文学》，葛雷、张连奎译，北京大学出版社1989年版，第226页。
② ［罗］迪马：《比较文学引论》，谢天振译，上海译文出版社1991年版，第87—88页。
③ Susan Bassnett, *Comparative Literature: A Critical Introduction*, Oxford: Blackwell, 1993, P. 1.
④ 引自［美］娜塔莉·梅拉斯：《比较的理由》，陈永国译，达姆罗什等主编：《新方向：比较文学与世界文学读本》，北京大学出版社2010年版，第54—55页。

以韦勒克为代表的美国学者，反对欧洲比较文学的传受研究，主要是反对其植根进化论和实证主义认识论的法国中心论乃至欧洲中心论，热衷文化贸易清算，以及将文学研究引向排斥美学分析的外缘实证等，并不反对传受研究对文学研究视野的拓展，对国际文学关系的关注。换句话说，北美比较文学的比类研究，不是终止传受研究的国际文学关系研究，而是加以拓展：将基于进化论和实证主义的具有事实关联的语际、国际文学关系研究，拓展到基于文化相对主义和文化多元主义的非事实关联的语际、国际文学关系研究；进而开辟科际文学关系研究。除了前文所述艾德礼、雷马克给出的比较文学定义，以及吉布斯所介绍的大多数人的观点，盖拉（Albert L. Guerard）1940年所下比较文学定义也写道："比较文学：对于文学领域不同国家或语言群之间的关系的研究。"①

来自瑞士而任教美国的弗朗西斯·约斯特（Francois Jost）对比较文学的描述如同布吕奈尔等人，整合了欧美的立场，同样坚守文学关系研究的本位："比较文学家……要从有意义的文学事件中发现相互间的关系，并力图在思想总史和美学总史中为作者指派一个位置。……这个学科来源于文化上的现实：事实上或观念上的相互结合的情况使各民族文学之间有了关系。"②

伯恩海默（Charles Bernheimer）的美国比较文学研究报告《多元文化时代的比较文学》（1993年），让康奈尔大学娜塔莉·梅拉斯（Natalie Melas）感到一头雾水的"比较的空间"之说，其实就是指形形色色的文学关系研究："今天，比较的空间涉及通常由不同学科研究的艺术产品之间的比较；这些学科的不同文化建构之间的比较；西方文化传统（高雅文化和通俗文化）与非西方文化传统之间的比较；被殖民民族与外来文化接触之前和之后的文化产品之间的比较；定义为女性与定义为男性的性别建构之间的比较；或定义为异性恋与定义为同性恋的性取向之间的比较；种族或民族的意指模式之间的比较，关于意义的诠释与对生产和流通等很多因素的唯物主义分析之间的比较。"③

---

① 引自［美］勃洛克：《比较文学的新动向》，施康强译，干永昌等编选：《比较文学研究译文集》，上海译文出版社1985年版，第196页。
② ［美］斯约斯特：《比较文学导论》，廖鸿钧等译，湖南文艺出版社1988年版，第22页。
③ ［美］娜塔莉·梅拉斯：《比较的理由》，陈永国译，达姆罗什等主编：《新方向：比较文学与世界文学读本》，北京大学出版社2010年版，第53页。

苏源熙的美国比较文学研究报告《全球化时代的比较文学》前言（2006年），更是对文学关系研究予以突出与强调："比较文学从事特殊性和关系的研究；它据以超越既定话语模式的对象的特殊性，以及一种新的阅读在对象中创造的关系。"①

尤其值得一提的是，联合国教科文组织的"教育的国际标准分类"有关比较文学专业的课程设置，对国际文学关系研究与文化关系研究的突出与强调，以及明确、具体的要求："学士学位的课程主要研究国际文学关系和文化关系。其主要课程内容通常包括以下几个方面：作家和作品在其诞生地以外的国家流传、接受和所产生的影响的情况；国际文学运动的传播和演化；类别、主题和题材的特征及相互关系；民间文学和民间传说；批评；美学；文学之间的媒介和关系，以及文学和其他学科之间的关系。背景知识一般包括历史、社会科学和行为科学、哲学、宗教、神学和自然科学。""研究生学位的课程主要是关于国际关系和文化关系的高级研究。重点放在研究工作上，以学术论文为考察依据。课程和研究项目所涉及的主要内容包括：国际文学运动的起源和演变、民间文学和民间传说、批评、美学、媒介、史诗、传奇、悲剧、喜剧、现代戏剧、当代小说、比较文学研究问题、文学研究中的比较法、当代文学的势力和比较文学研究中的技巧。"②

三、另类异质的四际文学关系：中国学者情有独钟，跨文明研究的长期耕耘之地

一元暨多元主义的中国文化话语与究天人之际的中国学术传统，使受其潜移默化的中国学者乃至北美华裔学者：一方面更加关注事物之间的关系，以此为切入点，探讨、把握、诠释事物的本质，青睐文学关系研究；另一方面具有认同他人，和而不同的品质，认同西方比较文学的文学关系研究。为此，20世纪70年代中期，面对美国比较文学的方兴未艾，同时兼任台湾"中央研究院"和美国人文科学院院士的芝加哥大学余国藩与刘若愚、袁鹤翔，先后发表文章《中西文学关系的问题和前

---

① ［美］苏源熙：《噩梦醒来缝精尸：论文化基因、蜂巢和自私的因子》，陈永国译，达姆罗什等主编：《新方向：比较文学与世界文学读本》，北京大学出版社2010年版，第26页。
② 引自［美］克莱门茨：《比较文学的渊源和定义》，黄源深译，干永昌等编选：《比较文学研究译文集》，上海译文出版社1985年版，第232页。

景》（1974年）、《西方的中国文学研究：近年的发展；当下潮流；未来发展》（1975年）、《中西比较文学定义的探讨》（1975年），提倡中西文学关系研究。影响所及，使"中西文学关系研究"在海外华裔学者与港台学者那里成为比较文学的替代语。

在大陆，试图与比较文学"划清界线"却并不反对比较文学的钱钟书，正是将比较文学的研究对象明确地定位于国际文学关系，将中国比较文学研究初期的意义生长点定位于中外文学关系研究："比较文学是超出个别民族文学范围的研究，因此不同国别文学之间的相互关系自然是典型的比较文学研究领域。从历史上看，各国发展比较文学最先完成的工作之一，都是清理本国文学与外国文学的相互关系，研究本国作家与外国作家的相互影响。"①

如前文所述，乐黛云主编的《中西比较文学教程》也指出：比较文学"从国际主义的角度，历史地比较研究两种以上不同文学之间的关系，文学与其他学科之间的关系"②。就是决定不再坚持给比较文学下定义，放弃理论设限之后，乐教授也毫不犹豫地强调："比较文学在与不同文化和不同学科的关系中寻求文学的意义生长点。"③

陈惇、刘象愚的《比较文学概论》与布吕奈尔等著的《什么是比较文学》相呼应，不仅旗帜鲜明地将比较文学的研究对象定位于文学关系，而且认定比较文学正是因为有了这个特定的研究领域才得以走向独立："比较文学的研究对象是跨民族界限、跨学科界限的各种文学关系。……比较文学并不仅仅因为它运用了比较方法才成为一门独立学科的，而是因为它具有特定的研究领域，即跨越民族界限和学科界限的各种文学关系。"④ 刘象愚的《关于比较文学学科的基本理论的再思考》虽将跨学科排除在外，却坚持"以跨民族的各种文学关系为研究对象"⑤。在与孙景尧、谢天振共同主编的《比较文学》中，陈惇依旧坚持其《比较文学概论》的观点："总之，比较文学的对象是具有跨越性的文学现象之间的

---

① 张隆溪：《钱钟书谈比较文学与"文学比较"》，杨周翰、乐黛云主编：《中国比较文学年鉴》（1986年），北京大学出版社1987年版，第48页。
② 乐黛云主编：《中西比较文学教程》，高等教育出版社1988年版，第33页。
③ 乐黛云：《比较文学简明教程》，北京大学出版社2003年版，第8页。
④ 陈惇、刘象愚：《比较文学概论》，北京大学出版社2003年版，第19页、第20页。
⑤ 刘象愚：《关于比较文学学科基本理论的再思考》，汪介之、唐建清主编：《跨文化语境中的比较文学》，译林出版社2003年版，第455页。

相互关系。"包括三个方面：亲缘关系、类同关系、交叉关系。① 杨乃乔主编《比较文学概论》在认同陈惇等对比较文学的"四跨"文学关系研究定位的同时，对其三种跨越性文学关系做了相应的调整："比较文学把学科的研究客体定位于民族文学之间与文学及其他学科之间的三种关系：材料事实关系、美学价值关系与科学交叉关系。"② 张铁夫、季水河主编的《新编比较文学教程》第三版在认可"四跨"文学关系研究的前提下，复制了杨乃乔关于文学关系的表述。③

在曹师顺庆主编的《比较文学学》中，"文学关系学"被确定为比较文学理论体系的四大板块之一："我们视野中的比较文学的文学关系学研究追求不同国别文学关系研究的实证性，并从实证性来重新界定自己的研究原则和范围；它还力求从横向的视角来重新书写文学史，并和纵向的国别文学史研究相结合，从而对文学发展的状态和文学发展的动力模式加以新的解释和描述。"④

此外，胡亚敏主编的《比较文学教程》也写道："比较文学研究的范围主要包括两点：一是跨国界，研究不同民族、文化之间的文学关系；二是跨学科，研究文学与其他艺术形式、与其他意识形态乃至自然科学之间的关系。"随后又说："如果我们将比较文学研究锁定在文学关系上的话，那么，比较文学就不可避免地进入跨文化的层面。"⑤

综上所述，完全可以说：比较文学的百年史表明，无论是在国际还是在国内，比较文学学者所谓的"比较文学的符实之名应为'文学关系学'"⑥，虽然改用这个名称如今已是多此一举，但是并不妨碍"比较文学"与"文学关系学"两个概念的互证互释。这正是我在中国比较文学学会第二届年会（西安，1987年）上提出的观点，如今看来也许是歪打正着。

四、比较文学就是"文学关系学"

我之所以说百年比较文学就是"文学关系学"，这是因为：如"绪

---

① 陈惇等主编：《比较文学》，高等教育出版社1997年版，第57—58页。
② 杨乃乔主编：《比较文学概论》，北京大学出版社2002年版，第98页。
③ 张铁夫、季水河主编：《新编比较文学教程》第三版，湖南教育出版社2009年版，第57页。
④ 曹顺庆主编：《比较文学学》，四川大学出版社2005年版，第28页。
⑤ 胡亚敏主编：《比较文学教程》，华中师范大学出版社2004年版，第33页、第240页。
⑥ 徐扬尚：《比较文学研究中的"文学关系"》会议论文提要，《华东比较文学通讯》1987年第2期，第106页。

论"所述，虽说决定一门学科能否独立的关键要素有四——研究对象、研究方法、功能目的、学科特性，但是，现代学科的分类与建构通常又立足于研究对象，或说以独到的研究对象成家立业者居多。有了研究对象也就有了相应的功能目的；针对相应的研究对象，要朝着既定方向，达到相应的目的，就得选择、运用甚至开创相应的研究方法与途径，而学科特性则由相应的研究对象、研究方法、功能目的生成。

那么，百年比较文学锁定的研究对象——另类异质的跨越性的四际文学关系，是否具有独到性？答案是肯定的。立象尽意即《庄子·养生主》所说的庖丁解牛，已经成为国别文学/民族文学研究对象的不同语言、不同民族、不同国别、不同地区的作家、作品、主题、文类、类型等，与文学相关的艺术、宗教、历史、哲学、心理学、人类学等，犹如庖丁刀下之牛的四足、四肢、头颈、脊背、胸腔等骨骼；使之联结成为能够发挥作用的牛之肢体乃至全牛的筋脉、关节，则好比不曾被任何学科关注与研究的，联结国别文学与国别文学/民族文学与民族文学、文学与相关学科，使之互证互释，相互转化、补充、生成与相互消解相反相成、多元共生的另类异质的四际文学关系，这正是由比较文学独家开垦的处女地。换句话说，如同立足关联牛之整体的筋脉、关节来看待、解读牛之四足、四肢、头颈的内容、价值、意义，不同于立足牛之四足、四肢、头颈的本位来看待、解读其内容、价值、意义，必有新的收获，立足四际文学关系来看待、解读文学与国别文学、世界文学的内涵、价值、意义，不同于立足文学与国别文学、世界文学的本位来看待、解读其内涵、价值、意义，必定别有天地。雷马克则将国别文学与比较文学的关系比喻为柱子与屋顶的关系：国别文学作为"独立自主的科系，他们是应该得到承认的，因为他们搞的是相当不同的历史发展（包括语言和文化发展）〔译者按：指不同的国别文学〕。但是，还必须要比较文学来把这些发展过程，同时用历时纵向和共时横向的比较来加以协调，对比其差异。没有比较文学，国别文学就象许多柱子，互不相关，没有一座屋顶"①。

至此也就不难明白：克罗齐针对德国马克斯·科赫（Max Koch）创办的《比较文学史杂志》与"生平和著述有过许多矛盾"，曾给克罗齐

---

① 〔美〕雷马克：《比较文学在大学里的处境》，杨周翰译，《中国比较文学》1988年第2期，第87页。

"纯粹表现理论"以影响的意大利桑克蒂斯（Francesco Sanctis）① 设立的"比较文学讲座"，以及流行的题材史与渊源学研究的疑问——"我不能理解比较文学怎么能成为一个专业"、"我看不出有什么可能把比较文学变成一个专业"，②属于一种事出有因的误读：误以为比较文学就是或只能是依靠他通过德国的《比较文学史杂志》与意大利的"比较文学讲座"所了解的一种既普通而又无独到之处的比较方法来建构一门独立学科。如"绪论"所述，克罗齐的疑问在勃洛克等人那里依然存在，虽然勃洛克的疑问是具体针对乌尔利希·韦斯坦因（Ulrich Weisstein 又译作威士坦因）的《比较文学入门》而发，但问题是，在上文我曾经说过，研究方法的选择、运用乃至创设，取决于相应的研究对象与功能目的（方法的独到性则取决于相应的认识论）。中国有许多流行的俗话或歇后语，都可以作为这个问题的通俗解答，例如"杀鸡焉用牛刀"；"高射炮打蚊子，大材小用"；"一把钥匙开一把锁"；"绣花不用棒锤，真（针）好"；"没有金刚钻，不领瓷器活"等。再说，我们不妨反问：又有哪门学科是单纯建构在方法的基础之上的？因此不能不说，无论是将比较文学学科设限的基础引向单纯的研究方法，还是单纯地从研究方法的角度来质疑比较文学的学科地位，都是误入歧途，或说醉翁之意不在酒。

第二节 四际文学关系研究：比较文学的处女地

一、跨越国别文学/民族文学界限，开展交流与对话，走向世界文学会通的桥梁

众所周知，比较文学根源于大诗人歌德等人超越国别文学/民族文学本位的局限，走向相互认同的世界文学意愿，虽然比较文学初生欧洲的这种世界文学意愿，因植根于"谱系"说和"优胜"说构成的进化论认识论而在本质上体现为民族主义动机。反向思维，这本身又意味着：跨越国别文学/民族文学界限，开展交流与对话，走向世界文学会通的桥梁，正是比较文学未诞生之前文学研究的缺失，有待比较文学来担任。

---

① ［美］韦斯坦因：《比较文学与文学理论》，刘象愚译，辽宁人民出版社 1987 年版，第 227—228 页。
② ［意］克罗齐：《比较文学》，王锦园译，《中国比较文学》1988 年第 2 期。

对于歌德首先使用的世界文学概念,韦勒克从三个层面加以诠释:"'世界文学'这个名称是从歌德的'Weltliteratur',似乎含有应该去研究从新西兰到冰岛的世界五大洲的文学这个意思,也许宏伟壮观得过分不必要。其实歌德并没有这样想。他用'世界文学'这个名称是期望有朝一日各国文学都将合而为一。这是一种要把各民族文学统起来成为一个伟大的综合体的理想,而每个民族都将在这样一个全球性大合奏中演奏自己的声部。但是,歌德自己也看到,这是一个非常遥远的理想,没有任何一个民族愿意放弃它的个性。……而且,事实可以证明,我们甚至不会认真地希望各个民族文学之间的差异消失。'世界文学'往往有第三种意思。它可以指文豪巨匠的伟大宝库,如荷马、但丁、塞万提斯、莎士比亚以及歌德,他们誉满全球,经久不衰。这样,'世界文学'变成了'杰作'的同义词,变成了一种文学作品选。这种文选在评论上和教学上都是合适的,但却很难满足要了解世界文学全部历史和变化的学者的要求,他们如果要了解整个山脉,当然就不能仅仅局限于那些高大的山峰。"①

我对歌德世界文学概念的理解与韦勒克稍有不同,其能指意义应当包括:一是指数量、地域层面的,不分优劣大小,在者有份的全世界各个国家、民族、地区的文学。或表现为各持一调,虽有主旋律而没有中心调的众声喧哗;或表现为没有个性的千篇一律,众口一声。即韦勒克所说的世界文学的前两个层面。二是指精神、视阈层面的,世界各个国家、民族、地区文学的同一性:共同的历史,共同的规律,共同的特性,张扬国家、民族、地区文学个性的和而不同、多元共生的世界文学大合唱。这正是韦勒克认为世界文学概念应当具有而不包含在歌德的世界文学意愿之中的潜台词,以及朱光潜对歌德的世界文学意愿的诠释。三是指质量、价值层面的优秀作品的集合体。其实,这正是被韦勒克认为适合教学的当下世界各地高校所谓的世界文学或外国文学,也是受进化论认识论机制的欧美比较文学学者心目中的世界文学。只不过是许多国家高校的世界文学都是一种经过文学传受的变异、误读、过滤之后的自以为是:各国的世界文学对他国优秀作品的解读、认定、评价及其原则,势必受其民族文化语境、集体无意识的制约,成为以我观人,甚至是为

---

① [美]韦勒克、沃伦:《文学理论》,刘象愚等译,三联书店1984年版,第43页。

我所用，也即是某种意义上的解读自我。众所周知，由研究"杰作"和弘扬"杰出"而陷入热衷民族文学贸易清算的法国派传受研究，正是韦勒克的批判目标。

显然，世界文学的三个层面都有一个如何让五大洲的各个国家、民族、地区的文学集合到一起，会通成为整体，而且只能运用某三五种语言（不可能是汉语、英语、俄语、法语、意大利语等全世界的所有语言一起都用），依据某两三种文学立场或文学模式（不可能同时依据东亚文学、中东文学、欧洲文学、非洲文学、北美洲文学等全世界各种文学立场或文学模式）加以表述的问题：谁来、谁能、谁在充当联结、会通世界各民族文学的使者、桥梁、纽带？谁来、谁能、谁在致力于解读、梳理、澄清这种跨语言、民族、国别、地区的文学会通的增殖、反损、变异？自然是比较文学。或者说，我们称上述研究为比较文学。因此，在某种意义上，虽然世界文学不是比较文学，但是离开比较文学，世界文学便难以实现。

是的，20世纪的历史表明，根源于一种空想世界主义的地理、空间层面上的，人类文学大一统的世界文学，只是一种说起来动听、听起来很美的遥远目标。而目标的遥远不在于五大洲文学空间上的宏大，而在于大一统观念的空想。因此，我的意见与韦勒克相反：不仅认为以五大洲文学为研究对象的世界文学是必要的，也是可能的。思路来自《孙子·兵势》："凡治众如治寡，分数是也。"意思是说统帅十万大军如同统领万人、千人、百人，可以分而治之。十万人即万人的十倍、千人的百倍、百人的千倍，可以以百人为单位，逐级管理，统帅最终只须统领十个万人队的将领。如果说国别文学/民族文学是千人队，那么区域文学/地缘文学，如"龙文化圈"① 文学、中东文学，种性文学/人缘文学，如女性文学、殖民文学，便是万人队。比较文学完全可以以国别文学/民族文学关系研究为起点，以地缘文学/人缘文学关系研究为中站，达到世界文学研究。

---

① 即学界所谓与欧美"基督教文化圈"、西亚"伊斯兰教文化圈"、南亚"佛教文化圈"共同构成"世界四大文化圈"的东亚和东南亚"儒教文化圈"。基于龙、斯芬克斯、新月、菩提对于"四大文化"的象征与隐喻意义，我们分别谓之"龙文化圈"、"斯芬克斯文化圈"、"新月文化圈"、"菩提文化圈"（参见徐扬尚：《中希神话的"仇亲情结"与"认亲情结"：兼论龙与斯芬克斯对中西文化风骨的隐喻与象征》，《华文文学》，2011年第4期）。

所谓治众如治寡，就是伊夫·谢弗勒所说的依赖性："比较学家对文学各门科学应该互相支持这点怀有很大的期待。如果他们希望能够做出自己应有的贡献，他们知道他们应该极大地得益于他们研究的不同文学的有关专家。……这里说的依赖性应理解为一种相互依赖。"① 由于一个人很难精通若干异质文化的语言文学，因为一种语言并非能够通过字典掌握，更不要说精通，要真正精通一种语言，必须精通涵盖其历史、哲学、风俗、信仰的文化，不仅要熟悉其书面文化，还要熟悉其民间文化，乃至植根语言文字而又超越语言文字的民族文化话语。具体地说，一个以汉语为母语，一直生活在中国的外语从业人员，就很可能是中国语言文化的"陌生人"，至少是将汉语"请慢吃"与"请慢走"的应酬语译作"请吃慢点（Please eat slow）"与"请走慢点（Please walk slowly）"者就是如此。因此，如果有或说需要世界文学书写的话，就只能由一个学者整合相关民族文学/国别文学专家的成果，或一个学者协调几个学者整合相关民族文学/国别文学专家的成果，或一个学者协调几十个学者再由这几十个学者分别协调若干学者共同从事民族文学/国别文学研究来实现。有人会说这种研究难免存在误读与误解，那么我想反问：你会因为文学翻译注定会误读与误解而主张废止吗？当然，克服因噎废食的恐惧之后还须具备两个条件：一是那位整合他人成果的总整合者或协调其他学者的总协调者的知识整合水平要足够高；二是被整合的相关民族文学/国别文学研究成果要足够成熟。

二、跨越国别文学/民族文学界限，开展交流与对话，走向总体文学会通的桥梁

在韦勒克等许多学者看来，世界文学的上述三个层面的意义，第一个层面的意义是不可能实现的，也是没必要追求的；第三个层面的意义又是狭隘的，应当改变的；只有第二个层面的意义才是相对合理与现实的。而这个层面的意义，早在歌德提出世界文学的概念之前，便有"总体文学"概念（或译作"一般文学"）部分涉及。

总体文学又译作一般文学，原是用来指称一般的文学理论、文学批评原则，或多国文学乃至多国文学史，意义不定，是梵·第根拿来作为

---

① ［法］伊夫·谢弗勒：《比较文学》，王炳东译，商务印书馆2007年版，第178页。

与比较文学、国别文学相对应的概念:"所谓'文学之一般的历史'或更简单点'一般文学'者,就是一种对于许多国文学所共有的那些事实的探讨。""可以这样地把三种学问区分开来,而同时从同一领域中给它们各举一例:甲'国别文学':《新爱洛绮思》在18世纪法国小说中的位置。乙'国际文学':a'比较文学':李却德生对于小说家的卢骚的影响;b'一般文学':在李却德生和卢骚影响之下的欧洲言情小说。"①

对此,韦勒克一方面认为,就法国学者从事的两种或多种文学关系研究而言,与比较文学相比,总体文学这个名称可能比较好些;另一方面又认为,总体文学的名称也美中不足,与比较文学的名称难以区分,不可避免地合而为一。因此,可能最好的办法是简简单单地称之为"文学"。②雷马克同样认为,梵·第根的上述区分失之于武断、机械而无必要、不切实际。就是在法国,基亚、巴达庸(Marcel Bataillon)、安田朴等,也莫不质疑梵·第根的总体文学之说。对此,如前文所述,基亚《比较文学》写道:"人们曾想——现在还有人想——把比较文学研究发展成一种'总体文学',研究'为几种文学所共有的事实'(梵·第根语),不管这些事实之间存在着从属关系还是纯粹的巧合。为了纪念歌德创造了世界文学词语,人们也试图写出一部'世界文学',目的是汇编'人们共同喜爱的作品大全'(盖拉尔语)。这在1951年,无论是前种还是后种打算,对大多数法国比较文学学者而言,都是形而上学而徒劳无益的工作。"③安田朴在《比较文学的目的,方法,规划》中写道:"由于'总体文学'暗示出一般性、也就是近似的观念,这个提法让那些注重细枝末节的历史学者望而生畏;这一点是可以理解的。但当巴达庸反对这一提法时,谁又会对他这种相似的顾虑感到费解呢?他写道:'比较文学……这个名称是相当词不达意的。我常常私下里想,总体文学是个较好一些的提法,而我马上就意识到采用这个新名称会带来的一些弊病,它会使人们只顾到一般原则,而不再去考虑那些活生生的作品之间的具

---

① [法]梵·第根:《比较文学论》,戴望舒译,吉林出版集团有限责任公司2010年版,第141页。
② [美]韦勒克、沃伦:《文学理论》,刘象愚等译,三联书店1984年版,第42页、第44页。
③ M. -F. Guyard, *La Littérature comparée*, Paris: PUF, 1965, p. 7.

体关系了。'"①

然而，总体文学之说却得到许多中国学者的认同。当然，中国学者所说的总体文学已经超越了梵·第根所谓总体文学的局限，成为比较文学的自然延伸与拓展。钱钟书说："比较文学的最终目的在于帮助我们认识总体文学（literature générale）乃至人类文化的基本规律。"② 乐黛云说："与国别文学和比较文学相并列的，还有总体文学（General Literature）。总体文学研究超越国家、民族、语言界限的那些文学运动、文学题材、文类和技巧……总体文学以文学为一个整体去追溯文学的发生和演进。……正如比较文学必须以国别文学为基础一样，总体文学也必然与国别文学、比较文学密切结合。"③ 曹师顺庆说："在具体的比较文学研究中，总体文学是比较文学很自然的延伸和扩展，二者很多时候是结合在一起的，很难完全区分开来。但这并不等于说总体文学不存在。从总体文学和比较文学的关系来看，它在比较文学学科理论中是重要的一环。"④

顾名思义，总体文学就是以总体的、综合的眼光、方法、原则来看待、把握世界文学及其所形成的文学的总体或总体的文学。我们不妨以总体文学指称与涵盖上述世界文学概念的第二层面，具体包括总体文论（或称"共同文论"、"一般文论"）、总体批评（或称"共同批评"、"一般批评"）、总体文学史（或称"共同文学史"、"一般文学史"），使之与世界文学互证互释。在具体应用中，便可以根据不同的语境与不同的倾向，使用世界文学与总体文学术语。比较文学由此成为跨越国别文学/民族文学界限，开展交流与对话，走向总体文学会通的桥梁。在某种意义上，虽然总体文学不是比较文学，但是离开比较文学，总体文学便难以实现。

由此可见，四际文论、四际批评、四际文学史及其研究，属于总体文论、总体批评、总体文学史乃至总体文学研究，而非总体文论、总体批评、总体文学史乃至总体文学本身。因为四际文论、四际批评、四际

---

① ［法］艾金伯勒：《比较文学的目的，方法，规划》，干永昌等编选：《比较文学研究译文集》，上海译文出版社1985年版，第100页。
② 张隆溪：《钱钟书谈比较文学与"文学比较"》，杨周翰、乐黛云主编：《中国比较文学年鉴》（1986年），北京大学出版社1987年版，第50页。
③ 乐黛云：《比较文学简明教程》，北京大学出版社2003年版，第3—4页。
④ 曹顺庆主编：《比较文学学》，四川大学出版社2005年版，第32页。

文学史是指文论、批评、文学史的四际关系。

三、跨越学科界限，开展跨学科研究，走向文化整体认知与会通的桥梁

同理，美国学者率先提出跨学科研究（又称"科际整合"），本身同样意味着：跨越学科界限，开展跨学科研究，促成文学研究走向文化整体认知与会通乃至比较文化的桥梁，同样是此前传统的文学研究的缺失。反之，正是"正—反—合"相反相成的发展规律所决定的20世纪学科走向综合的时代潮流，成就了比较文学的跨学科研究。

所谓"正—反—合"相反相成的发展规律，意义包含三个层面：一是指反乃正的发展，合乃反的发展。学科的设置也正是如此：为了对事物的认知与把握更加深入细致，微观认识以及与之相关的学科细分，也就成为必然；反之，学科细分则在客观上带来了科学的发展。然而，学科细分也因自我设限而带来自我封闭，自我孤立，造成隔行如隔山，瞎子摸象，僵化与偏执，反过来阻碍了对事物的系统认知与整体把握，从而使科学的发展超越学科设限，走向整体认知与会通成为必要。文学研究自在其中。

二是指反乃正的继续，合乃反的继续。事物往往会朝着与原来相反的方向发展，或者需要反其道而行之。体现在中国文学史上，例如对文与质、情与采、风骨与文采的注重，若是前一个时期重视情质、风骨，后一个时期便难免矫枉过正，倾向文采；接下来又回归情质、风骨，交替偏执。或者二者并重，形成相合，当然随后又会走向偏执。体现在学科的分类上，学科的综合便成为反学科细分之道而行之的必然。如果说伴随着历史的进步，20世纪的学科会通是科学进步的必然选择，体现为时代潮流，是人类理性的体现，那么，反前人或他人之道而行之，则更多的体现为少数人及其群体的一种直觉表现。

三是分乃合的前提，合乃分的结果，分不离合，合不离分，相反相成。事物正与反的相反相成，无疑是一种科学的稳定状态。拿《孙子·兵势》凡治众如治寡之说比类学科分类，当然是细分有利于认识的细致与深入，前提是学科之间必须相互协调，分合反成，超越学科细分及其相关设限，走向会通。然而，推动人类文明进步的也并非都是文明行为；开化的民族往往被蛮族征服；中心文明往往被边缘文明颠覆；社会的效益往往产生于偏执。就此而言，不能不说，现在西方科学的发展，与其

对学科细分,人类战胜自然,开发生产力的偏执不无关系;《孙子》的早熟则使中国的军事学说至今无出其右。

总之,偏执学科细分的20世纪,西方学者早已认识到:既要保留学科细分的好处又要补救其弊端,那就是实行科际整合——分后再合,合中有分,分合结合,互为前提,相反相成——于是,包括冠之以比较之名的各种边缘学科(又称"交叉学科")应运而生,如雨后春笋,从而形成20世纪的跨学科研究潮流,致力于文学与艺术、宗教、心理学、人类学等相关学科会通的比较文学,正是其中之一。比较文学致力于文学研究的文化整体认知与会通,就是促成文学研究超越自言自语,立足文化语境,置身文化系统,通过文学与相关学科的互证互释,实现文化视阈的文学认知,走向比较文化。

第三节 四际文学关系研究的内涵与外延

一、四际文学关系的三个层面及其谱系

(一)四际文学关系的三个层面

身为比较文学研究对象的另类异质的各种文学关系,就亲疏、本位而言,包括文学的本体关系与文学的外缘关系两个层次。显然,四际文学关系的语际关系、族际关系、国际关系属于内在的本体关系范畴,而科际关系则属于外在的外缘关系范畴。比较文学的学科属性——文学性与会通性,由此可见,可谓之"属性关系"。

就学科范畴而言,依据文学家族传统的文学理论、文学批评、文学史三大门类,文学关系又可以划分为四际文论的关系、四际批评的关系、四际文学史的关系,超越国别文学理论、国别文学批评、国别文学史局限的总体文论、总体批评、总体文学史赖以形成,简称"总体文学关系",由此构成范畴性关系层面。比较文学作为文学研究"第四只眼"的角色,由此可见,可谓之"范畴性关系"。

就研究方法、研究类型而言,四大属性关系之下,每种文学关系还可以继续划分为亲缘实证的、纵向历时性的传受变异关系,非亲缘实证的、横向共时性的异同比类关系,外求亲和的阐释发明关系,或称影响

实证关系、平行类比关系、交叉阐发关系,简称"三维文学关系",由此构成方法性关系层面。对旧有方法类型传受研究、比类研究、阐发研究、跨学科研究的包容与照应,由此可见,可谓之"方法性关系"。

文学关系的属性关系、范畴性关系、方法性关系三个层面,由表及里,层层深入,互动互应,相互证释,彼此发明。当然,三个层面中最适合作为中国化比较文学研究对象的代表的,或说最具认识论价值的,还是作为第一个层面的属性关系。因为作为第二个层面的范畴性关系的确立,目的在于彰显比较文学的角色。作为第三个层面的方法性关系,虽然也能反映比较文学的方法与特性,但是毕竟有限。因为在某种意义上,如同比较方法,属于所有艺术门类与人文学科所共有。再说又建构于属性关系与范畴性关系之下,远不如作为第一个层面的属性关系,既能够反映比较文学的对象、范畴与方法,又能够反映比较文学的学科属性与学科特性,而且与比较文学的研究方法、学科话语、学科特性等,彼此协调,有机统一。

(二) 四际文学关系的谱系

四际文学关系作为比较文学的研究对象,无疑意味着比较文学同时包含或兼有语言、民族、国家、学科等四种视角、立场与原则。换句话说,相同的文学现象,在比较文学这里有着立足四种视角、立场与原则的言说与解读。例如唐宋文学研究,研究佛典作为拼音文字的梵语音韵影响之下的唐宋文学对声律的追求,属于语际文学关系研究;研究佛学作为宗教影响之下所形成的唐宋文学引禅入诗与以禅说诗的现象,属于科际文学关系研究;① 比较唐宋文学与其影响下的日本文学的政治性与抒情性,属于国际文学关系或族际文学关系研究;② 这显然是"文学学"的其他三个学科文学理论、文学批评、文学史等难以做到,或并不具备的。仅此而言,足以表明比较文学作为一门"文学学"学科,独一无二。四际文学关系及其三个层面的相互关系所构成的谱系关系,如图表6所示:

---

① 参见钱仲联:《佛教与中国古代文学的关系》,卢蔚秋编:《东方比较文学论文集》,湖南文艺出版社1987年版。

② 参见[日]铃木修次:《政治性与抒情性:中日诗歌创作之比较》,宋红译,周发祥编:《中外比较文学译文集》,中国文联出版公司1988年版。

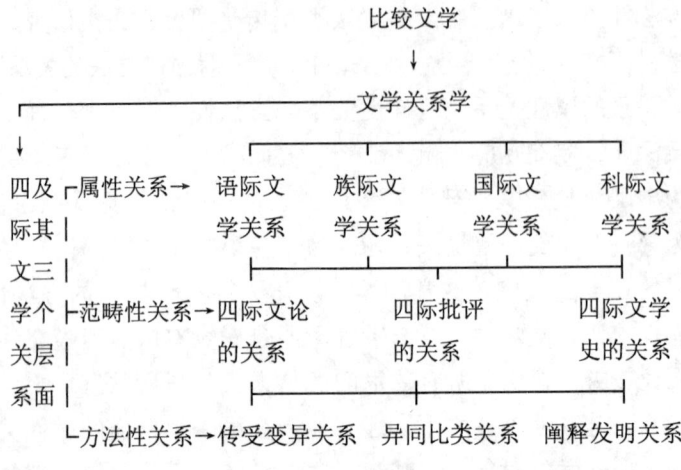

图表 6 《四际文学关系及其三个层面谱系图》

二、属性关系

(一) 语际文学关系

作为文学本体关系的"语际文学关系",或说"文学的语际关系",就是指不同语言的文学之间的关系,或说跨语言的文学关系,或说以语言的另类异质为视角、切入点的文学关系,甚至是不同民族或不同国别的文学关系。例如"字为媒":汉语文学与日语文学、朝鲜语文学、越南语文学之间的影响与接受关系,古希腊罗马文学与英语文学、法语文学、德语文学、俄语文学、西班牙语文学、意大利语文学之间的影响与接受关系。

如果说四际文学关系的三个层面之中,属性关系最具有代表性和认识论价值,那么属性关系中基于语言文字的同一性和差异性的语际关系,则是作为中国化比较文学研究对象的四际文学关系意义生长点。原来,一方面,作为世界四大文化圈的龙文化圈的形成,正是以语言文字为根本。对此,1950 年至 1965 年先后在越南西贡大学、河内博物馆、日本京都大学、香港大学等从事东方文化研究,足迹遍及柬埔寨、朝鲜、缅甸、泰国、印尼、印度、斯里兰卡等东亚与东南亚的各个国家的法国汉学家汪德迈(Léon Vandermeersch)指出:汉文化圈"不同于印度教、伊斯兰教各国,内聚力来自宗教的力量;它又不同于拉丁语系或盎格鲁—撒克逊语系各国，由共同的母语派生出各国的民族语言，这一区域的共同文化根基源自萌生于中国而通用于四邻的汉字。所谓汉文化圈，实际就是汉字的区域。汉文化圈的同一即'汉字'（符号signes）的同一。这一文化现象曾使赴日本的罗兰·巴尔特大为震惊。这个'符号'的亚洲是使其区别于亚洲其他文明区域的最显著的特点"①。为此，如前文所述，置身比较文学中国派建设的海外学者李达三，正是以推动"中—日—韩"的地区性文学运动为比较文学中国派的第二大奋斗目标。无独有偶，斯皮瓦克也曾建议国际比较文学协会建立"阿拉伯—波斯语系"、"南亚语系"、"非洲语系"、"中—日—韩语系"比较研究的委员会。② 另一方面，20世纪以来，欧盟、非盟、阿盟、东盟等区域性政治、经济、文化共同体纷纷建立，只有东亚缺席；20世纪西方文论与美学中的俄国形式主义、接受理论、符号学、结构主义等，莫不立足跨民族、跨国界的语言文字分析，视语言文字为人类文化的共同体，然而却局限于西方表音文字，与其共同构成当今两大文字类型的东亚汉字所代表的意音文字缺席。

（二）族际文学关系

所谓"族际文学关系"，或说"文学的族际关系"，就是指不同民族的文学之间的关系，或说跨民族的文学关系，或说以民族的另类异质为视角、切入点的文学关系，甚至是不同语言或不同国别的文学关系。例如20世纪中国的蒙古文学与满族文学对汉族文学基于语文媒介的认同与同化，阿拉伯文学与犹太文学基于地缘关系之同与基于民族和宗教关系之异。

族际文学关系与国际文学关系、语际文学关系，在民族、国家、语言同一的欧洲，往往是三是二也是一，只有在中国、印度、美国、加拿大、澳大利亚等多民族国家，族际文学关系才具有独立的意义。中国、印度等人口大国的海外华语文学、海外印度语文学，美国、加拿大、澳大利亚等移民国家的流散文学是其意义生长点，其典型特征与其说是双语，不如说是文化身份的双重性，身份认同是其主题词。海外华文文学的族际文学关系是中国化比较文学四际文学关系继"中—日—韩"文学

---

① ［法］汪德迈：《新汉文化圈》，陈彦译，江西人民出版社1993年版，第1—2页。
② Gayatri Chakravorty Spivak, *Death of a DisciPline*, *back cover*, New York: Columbia University Press, 2003, p. 4.

语际关系的又一意义生长点。

(三) 国际文学关系

所谓"国际文学关系",或说"文学的国际关系",就是指不同国别的文学之间的关系,或说跨国界的文学关系,或说以国家政治、文化、教育的另类异质为视角、切入点的文学关系,甚至是不同语言或不同民族的文学关系。国家概念的政治性,使异国文学的民族谱系关系,或说民族文学的跨国关系(不妨称之为"同根"关系),和异国文学的文化谱系关系,或说区域文学的跨国关系(不妨称之为"同源"关系),成为国际文学关系研究的意义生长点。前者例如中国的朝鲜族文学与"朝—韩"文学的关系,中国文学与美国、加拿大、澳大利亚、新加坡、印度尼西亚等海外华文文学的关系;后者例如"中—日—韩"文学关系的同一性与差异性,龙文化圈文学关系的国家因素等。

国际文学关系成就了比较文学学科,而国际文学关系植根于进化论的自我中心的民族主义视角,又反过来成为欧洲早期比较文学的污点。在某种程度与意义上,文学的国家意识是一种被现代文学及其现代性放大的意识,从而使国际关系成为现代文学研究不可或缺的视角,由此走向比较文学。例如现代中国文学的"国民劣根性"主题的西方渊源[①]等。

(四) 科际文学关系

作为文学的外缘关系的"科际文学关系",或说"文学的科际关系",就是指跨学科的文学关系,或说文学与相关学科之间的关系,或说以学科的另类异质为视角、切入点的文学关系,既可以是相同的语言、民族、国别的文学关系,也可以是不同的语言、民族、国别的文学关系。例如文学与宗教的关系,文学与历史的关系,文学与艺术的关系。

文学在古代中国被视为学问,意味着与历史、哲学同类,在孔子那里与言语并列;同时,《礼记》的诗、礼、乐又有着相同的教化功能与目的,意味着诗、礼、乐同类;在现代中国被视为语言的艺术,意味着只与音乐、绘画、雕刻同类。总之,在一部中国文学史中,文学与历史、哲学、艺术等相关学科属于一种剪不断、理还乱、挣不脱的关系。

---

① 参看[美]刘禾:《跨语际实践:文学,民族文化与被译介的现代性(中国,1900—1937)》,北京三联书店 2002 年版;周宁:《"被别人表述"国民性批判的西方话语谱系》,《文艺理论与批评》2003 年第 5 期。

这四种或四个层面的文学关系是彼此交叉与相互包容的关系，不可令其彼此孤立、割裂。只要是具有同源类同性、另类异质性、证释发明性的可比性，语际文学关系、族际文学关系、国际文学关系、科际文学关系中任何一种文学关系，都可以成为比较文学的研究对象。语际、族际、国际、科际文学关系对比较文学的学科属性的体现与坚持，就文学性来说，就是指语际、族际、国际、科际文学关系的文学本位性（例如跨语言、跨民族、跨国别的文学史关系不能脱离"文学的审美解读"而偏执于历史考据，乃至孤立进行，秦伯嫁女，买椟还珠；跨学科研究就是以相关学科作为"文学审美解读的工具、参照系"，反之则不然）。就会通性来说，就是指语际、族际、国际、科际文学关系的比较性与跨越性（例如跨语言、跨民族、跨国别、跨学科的文论关系不能脱离比较性、跨越性来泛论文论）。只有两个以上单位的文学关系才能构成跨越；被跨越的双方乃至多方本身就构成了比较关系；跨越的结果就是会通。当然，语际、族际、国际、科际文学关系之"际"即"关系"，本身便浸润与凸显着"会通"的意蕴与内涵。

三、范畴性关系

（一）四际文论的关系

不言而喻，所谓"四际文论的关系"，就是不同语言、不同民族、不同国别的文论之间的关系，以及作为学科单位的文论与相关学科之间的关系。四际文论的关系研究从而构成四际文论，由此成为总体文论的基础。例如所谓文学之所以成为文学，或说被作为文学来看待的"文学性"，应当是指可用于言说不同语言、不同民族、不同国别的文学，作为不同语言、不同民族、不同国别的文论共识的通用概念乃至范畴。反过来说，作为总体文论概念乃至范畴的文学性，既应当是不同语言、不同民族、不同国别的文论共识，无论是关于文学的理论假设还是关于文学的现象言说，也应当适用于不同语言、不同民族、不同国别的文学的言说。显然，总体文论概念乃至范畴的文学性，只能来自不同语言、不同民族、不同国别的文论的沟通、对话、整合，由此达成的共识，以及相关学科知识的诠释与印证。

（二）四际批评的关系

所谓"四际批评的关系"，就是不同语言、不同民族、不同国别的文学批评之间的关系，以及作为学科单位的文学批评与相关学科之间的关系。四际批评的关系研究从而构成四际批评，由此成为总体批评的基础。例如西方文学批评史上柏拉图与亚里士多德的"模仿"说，指的是诗人创作与戏剧表演，柏拉图的"哀怜"说则指的是观众的艺术接受心理，柏拉图因荷马史诗让神染上了人类的贪欲、说谎等各种毛病，要将诗人赶出"理想国"，他那"神只是善的因"的观念又是来自宗教神学；而中国文学批评史上《尚书》的"诗言志"说与《论语》的"兴观群怨"说则指诗人创作与读者应用，即读者诵诗言志乃至实现对社会现实的美刺。因此，涵盖中西文学批评的总体批评理论建构，势必要在西方文学批评所注重的文学创作、文学接受两大层面之外，考虑到中国文学批评所关注的文学应用的层面，同时借重心理学、宗教学等相关学科知识。总之，总体批评理论建构须立足不同语言、不同民族、不同国别的文学批评的关系，以及文学与相关学科的关系的研究。

（三）四际文学史的关系

所谓"四际文学史的关系"，就是不同语言、不同民族、不同国别的文学史之间的关系，以及作为学科单位的文学史与相关学科之间的关系。四际文学史的关系研究从而构成四际文学史，由此成为总体文学史的基础。总体文学史形态有二：一是以某种语言文学、民族文学、国别文学话语言说的一元总体文学史，这就是各国当下所谓"世界文学史"；二是整合不同语言、不同民族、不同国别的文学话语以达成共识，由其言说的多元总体文学史，这正是比较文学的追求。显然，多元总体文学史的写作须立足不同语言、不同民族、不同国别的文学史的关系研究及其话语模式转换。例如中国唐代诗僧寒山的诗，在中国文学史上向来没什么地位，而在美国文学话语模式观照之下，其文学史地位便得以提升，乃至在20世纪中期的美国知识分子和青年学子中掀起"寒山热"。[①] 又例如主流中国现代文学史的"光荣榜"，向来为"鲁（迅）、郭（沫若）、茅（盾）、巴（金）、老（舍）、曹（禺）"占据，钱钟书、沈从文、张爱玲都不入流，而在入乡随俗的华裔美籍学者夏志清《中国现代小说史》中，钱钟书的《围城》才是"中国现代文学史中写得最有趣、最细腻的小说，或许是最伟大的小说"；20世纪"30年代的中国作家；

---

① 参见钟玲：《寒山诗的流传》，钟玲：《文学评论集》，台湾时报出版公司1984年版。

再没有别人能在相同的篇幅内，写出一篇"沈从文的《静》这样"有象征意味如此感情丰富的小说来"；张爱玲《金锁记》是"中国从古以来最伟大的中篇小说"。① 同时，多元总体文学史的写作还须立足文学史与历史、政治、宗教等相关学科的关系研究。原来，不同语言、不同民族、不同国别的文学史写作，除了受到历史写作的共同原则的影响之外，还会受到政治、宗教的影响。例如当下的中国文学史写作都要"讲政治"，当下的阿拉伯文学史写作则受制于伊斯兰教"教规"的无形之手，而当下的美国文学史写作"学术自由"的外表之下却隐藏着"意识形态"的幽灵。

总体文论、总体批评、总体文学史正是总体文学得以形成的基础。显然，在某种意义上，总体文学要靠总体文论、总体批评、总体文学史来实现，或说总体文学的可操作性要由总体文论、总体批评、总体文学史来具体落实，因此而成为今后比较文学研究的发展方向。

文学理论、文学批评、文学史的四际关系的明确，一是明确与密切了作为文学理论、文学批评、文学史的四际关系研究的比较文学，与文学以及文学研究的三大门类文学理论、文学批评、文学史的关系；二是明确与密切了倾向文学史的语际、国际、族际关系研究的欧洲传受研究，与倾向文论的四际关系研究的北美比类研究对应互补的关系；三是揭示了偏执传受研究或偏执比类研究的局限；揭示了欧洲比较文学由对传受研究的专注发展到对国际文学史研究的定位，再到等同于排除审美分析的历史考证，北美比较文学由对比类研究的专注发展到对比较文论的热衷，再到混同于文学理论研究而走向泛文论的内在脉络。

四、方法性关系

（一）传受变异关系

所谓"传受变异关系"，就是文学信息在跨语言、跨民族、跨国界、跨学科的传受过程中所形成的信息传播、接受、媒介、变异关系。例如模仿、改编、移植、借用、翻译、评介、增殖、反损、误读等方面的实证关系。显然，传受变异关系继承了过去比较文学法国派传受研究的对象。但又不完全如此：他所涵盖的跨学科的传受变异关系，过去属于跨

---

① 参见〔美〕夏志清：《中国现代小说史》，复旦大学出版社2005年版。

学科研究的对象而非传受研究的对象。若保留或套用比较文学法国派传受研究的流传学、渊源学、媒介学三分法，传受变异关系即传播关系、接受关系、媒介关系，再加上由比较文学中国派跨文明研究总结的变异关系。

通常，不受语言、民族、国家、学科、文化限制的文学跨界传播、接受及其媒介、变异。既是一个过程也是一个整体，四个层面细分的意义在于学理性，方便言说，实践中的细分乃至有针对性的关注，则容易事与愿违，形成孤立与割裂。例如莎士比亚戏剧在现代中国的影响与现代中国对莎士比亚的接受显然是一回事，莎士比亚戏剧在现代中国的传受离开翻译、出版、评介等媒介作用又难以形成，中英文字意义的不对等等因素，又促使莎士比亚戏剧在现代中国的传受过程成为语言、人物形象、主题、题材的变异过程。换句话说，只问文学的跨界传受关系而不问其媒介和变异，或只管文学跨界的变异关系而对其媒介置之不理的研究，很难不是片面的。又如精神分析理论对 20 世纪西方文学的影响，20 世纪中国文学对马克思主义政治经济学的接受与应用等跨学科课题，道理同上。

（二）异同比类关系

所谓"异同比类关系"，就是文学研究过程中，基于求同显异、比物连类的目的，研究者人为建构的非事实联系的平等对等的语际、族际、国际文学关系。异同比类关系即过去比较文学美国派比类研究的对象。但也不完全如此：他将过去跨学科研究的内容留给了阐释发明关系。因为文学的本体关系跨界的求同显异、比物连类，有助于对文学本体的认识，本身可以是目的：异中求同，得以建构另类异质的国别文学/民族文学沟通、交流、对话的话语与平台，有助于另类异质的国别文学/民族文学众声合奏、和而不同、多元共生的世界文学研究及其文学史写作，有助于会通世界文学共同诗心与文心的总体文论乃至文学关系的总体研究；同中求异，有助于认识、把握另类异质的国别文学/民族文学的不同范式与特质，及其对世界文学的不同贡献；比物连类，有助于另类异质的国别文学/民族文学的互通互识，其本身就是另类异质的国别文学/民族文学的沟通、交流、对话。而文学的外缘关系即文学与相关学科的求同显异、比物连类，旨在相互证释、彼此发明，求同显异、比物连类的本身不是目的。文学与相关学科的求同显异、比物连类，只能明确文学与相关学科不同的哲学理念、认知模式、话语模式、思维模式等本身已经非常明确的问题，从而陷入为比较而比较的循环论证，无助于双方，尤其是文学的任何问题的解决；即使有此益处，那也是比较文化的内容。不受语言、民族、国家、文化限制，跨界的文学异同比类关系，具体包括非事实联系的异中求同关系、同中求异关系、异同互见关系三个方面。若沿用比较文学美国派比类研究的类型学、主题学、文类学、比较诗学分类，跨界的文学异同比类关系即体现为文论关系、主题关系、文类关系、类型关系。

（三）阐释发明关系

所谓"阐释发明关系"，就是文学研究过程中，基于阐释发明的目的，研究者人为建构的非事实联系、异同比类的平等对等的语际、族际、国际、科际文学关系。即过去的跨学科研究与阐发研究的对象，只不过是跨学科研究的传受关系已经划归传受变异关系。显然，不受语言、民族、国家、学科、文化限制，跨界的文学阐释发明关系与传受变异关系、异同比类关系，既有联系又有区别：传受变异关系与异同比类关系本身也是一种阐释发明关系。因此，在可比性的设定上，就要求考证传受、追查变异与求同显异、比物连类，也必须同时具有证释性。但是，在文学关系的层面，阐释发明关系显然是非事实联系与非实证的跨学科研究与阐发研究的直接目的；而对于传受变异关系与异同比类关系来说，则是间接的。由于文学与相关学科阐释发明的关系是单向的，阐发研究也包括单向阐发；同时具有的非事实联系、异同比类的因素，又难以包容于传受变异关系、异同比类关系，因此而形成一个独立的层面。具体说来，跨界的文学阐释发明关系主要包括三个层面：一是互为中心的自我本位关系。即在承认非我/他者的独立性的前提下，以自我为本位看待他者，建构自我与非我/他者的关系、非我/他者自身各元素之间的关系。二是互为中心的非我本位关系。即在坚持自我的独立性的前提下，以非我/他者为本位看待自我，建构并处理自我与非我/他者的关系、自我自身各元素之间的关系。三是互为中心的互为本位关系。即基于相互独立的前提，同时以自我与非我/他者为本位看待自我与非我/他者的关系，建构并处理自我与非我/他者及其自身各元素之间的关系。

第三章 文学研究的"第四只眼"

——中国化比较文学的目的、属性、可比性

第一节 "第四只眼":中国化比较文学的方向目的

一、比较文学:文学研究的"第四只眼"

(一)世界文学/总体文学、区域文学、国别文学/民族文学、比较文学

探讨比较文学的功能目的有个前提,那就是如同农民牧民自给自足,耕种的粮食、养殖的牛羊属于产品而非商品;商品是经过流通、交换的产品。写来自我欣赏或供小圈子的朋友、知音阅读的文字,属于作品而不是文学作品;文学作品是经过公开传播且被公众作为审美文本来接受的作品。从而得出一个结论:文学文本作为文学作品的价值与生命,就在于公开传播,在于被公众审美接受。因为没有经过公开传播,没能进入文学消费市场,不被文学消费者所接受的作品,根本就算不上文学,作为文学的生命与价值自然也就无从谈起。例如历代"悼亡诗"因其公开传播,被公众阅读接受,被他人研究而成为文学。反之,宋代柳永词若不是供天下青楼传唱,而仅仅是自我消遣或供某个相好的歌妓歌唱,且不被保存供后人阅读,便不能成为文学。同理,有关文学理论、文学批评、文学史文本作为"文学学"的价值与生命,同样在于公开传播,进入文学消费市场,被公众作为"文学学"的成果接受,被学界研究。例如南北朝时期北齐颜之推的《颜氏家训·文章篇》,因其公开传播,被学界作为"文学学"的成果接受与研究而成为文学研究成果。反之,无数仅供自家后代受教、遵从的"家训",即便具有丰富的文学史内容、文学批评案例,有关文学的见

解高明而独到,也算不上文学研究成果。

由此可以推断,如果说审美文本及其研究文本因其公开传播,进入文学市场,被公众接受而获得文学与"文学学"的价值与生命,或说作为文学与"文学学"的生命与价值因此而激活,那么,被地缘群体接受,进入区域文学/地缘文学层面的国别文学/民族文学及其研究,便意味着既定价值的提升与生命的升华。同理,被世界公众接受,进入世界文学/总体文学层面的区域文学、国别文学/民族文学及其研究,便意味着更大的既定价值提升与生命升华。没有人会反对,中国的《诗经》、《易传》(相传为孔子所作,又称《十翼》。我以为或许是孔子授《易》于门徒,门徒据老师的旨意并加入自己的理解而作,经再传弟子继续补充而成)、古希腊荷马的史诗、亚里士多德的《诗学》、古印度的《五卷书》、婆罗多牟尼的《舞论》、古埃及的《亡灵书》、英国的莎士比亚的戏剧、法国的巴尔扎克的"人间喜剧"、布瓦洛的《诗的艺术》、德国的黑格尔的《美学》等,正因其进入到文学消费的区域文学市场乃至国际文学市场,而较那些而仅仅分别为中国、希腊、印度、埃及、英国、法国、德国读者所熟悉的文学与"文学学"作品的生命力更强,文学与学术价值更高。如前文所述,促成国别文学/民族文学进入区域文学乃至世界文学/总体文学层面的正是比较文学,"文学学"自在其中。

换句话说,国别文学/民族文学、区域文学、世界文学/总体文学、比较文学研究,由此构成文学研究的四个视角或层面:国别文学/民族文学即以国家/民族为单位或立足点的文学研究,或以国家/民族的视角、立场、方法、原则来看待文学;区域文学/地缘文学即以地区为单位或立足点的文学研究,或以地区的视角、立场、方法、原则来看待文学;总体文学就是对所有的文学进行总体把握,就是以总体的、综合的、普遍性的视角、立场、方法、原则看待国别文学、区域文学;世界文学即全世界文学的意义不言而喻,同时包括以总体的、综合的、普遍性的视角、立场、方法、原则看待所有文学现象;比较文学即促成国别文学/民族文学之间、区域文学之间、文学与相关学科之间的会通,也就是以联系的视角、立场、方法、原则看待国别文学/民族文学、区域文学、世界文学/总体文学。例如:甲、文学本位研究:a. 国别文学/民族文学本位研究:《红楼梦》梦境对道家回归自然主题的象征隐喻;b. 区域文学/地缘文学本位研究:道家回归自然在龙文化圈文学中的主题意义;c. 世界文学/总体文学本位研究：作为文学表现对象的梦境；乙、超本位的文学关系研究：弗洛伊德精神分析理论观照下的文学之梦。由此可见，开阔国别文学/民族文学的视阈，达到区域文学乃至世界文学/总体文学层面的比较文学，正是文学研究的第四个视角或层面，我们称之为文学研究的"第四只眼"。

至此，比较文学与民族文学/国别文学、区域文学、总体文学/世界文学的联系与区别，一目了然：比较文学以国别文学/民族文学为基础，去达成区域文学乃至世界文学/总体文学的目的。但是，比较文学本身却不是区域文学，更不是世界文学/总体文学，只是文学族际关系、国际关系的总体把握与研究。当然，国别文学/民族文学、区域文学的有关问题，也势必因比较文学对文学族际关系、国际关系的总体观照而明确，或说比较文学并不拒绝对国别文学/民族文学研究、区域文学研究的直接介入。犹如苏州园林建筑中的（1）房屋亭榭、（2）假山水池、（3）关系结构、（4）作为一个整体单位的园林建筑等四个元素，国别文学/民族文学乃至区域文学即元素（1）与元素（2），总体文学/世界文学即元素（4），比较文学即联结元素（1）与（2）而成为元素（4）的元素（3）。显然，处于同一平台的国别文学/民族文学、区域文学、世界文学/总体文学与比较文学，前三者都具有共时性与静态性；比较文学则同时具有历时性与动态性，属于一种（联结国别文学/民族文学乃至区域文学走向总体文学/世界文学的）关系结构、方法、理念及其实践过程。

（二）文学理论、文学批评、文学史、比较文学

比较文学作为文学研究"第四只眼"的角色，对于国别文学/民族文学研究的文学理论、文学批评、文学史来说同样如此。国家/民族的文学理论、文学批评、文学史研究除了因超越本位中心而走向一般文论、一般批评、一般文学史之外，一方面，世界各国、各民族、各地区的文学理论、文学批评、文学史早已不再单纯，早已超越了国家、民族、地区的局限，成为多元因子的复杂集合。被认为是人类文明四大起源的埃及文明、印度文明、美索不达米亚文明，均中断了自己的传统而发生变异；华夏文明虽然传统犹在，也曾先后受到印度文明、西域文明、西洋文明的影响；作为占据当今世界文明中心地位的欧美文明及其源头，"希腊学习埃及，罗马借鉴希腊，阿拉伯参照罗马帝国，中世纪的欧洲又摹

仿阿拉伯，而文艺复兴时期的欧洲则仿效拜占庭帝国"①，遑论其他，文学自在其中。反之，若无视他国、他民族、他地区文学与文化的影响，各国、各民族、各地区文学理论、文学批评、文学史研究都将难以进行。例如：大的方面，印度佛教文化对中国古代文学的影响，西洋文化对中国现代文学的影响，中国古代文化对东亚、东南亚文学的影响等；小的方面，研究中国诗论中的"滋味"、"味外之味"、"象外之象"、"象外之意"、"妙悟"，离不开对禅宗与印度文论"味论"的探讨；解读日本紫氏部的《源氏物语》、鲁迅的《狂人日记》以及进行民族文学史定位，不能不提白居易及其《白氏文集》、果戈理及其《狂人日记》等。

另一方面，解铃还须系铃人。文学研究独立于文化研究，带来了微观认识的深入，同时也导致了自我孤立与隔绝，难以应对文学因表现复杂的人生与人性、历史与社会所具有的复杂性；同时，随着人类文明的发展，经济、政治、文化、教育、宗教等各方面的会通已经成为历史潮流，从而使基于学科设限的学科之间的会通成为必要。反之，若无视相关学科对文学的影响，或拒绝运用相关学科的知识来研究文学，各国、各民族、各地区的文学理论、文学批评、文学史研究同样难以进行。例如：文学曾经或至今作为宗教传播、政治教化、历史叙述、情感寄托、知识教育的工具、载体与途径而存在，宗教因素、政治因素、民族因素等非审美因素，至今仍在影响甚至决定着文学的主题与观念，从而使文学批评、文学理论、文学史写作都难以孤立于宗教、历史、政治、心理学之外。

总之，当今的文学理论、文学批评、文学史研究与比较文学相互依赖，共同构成开阔国别文学/民族文学研究视野的四个视角或层面。因此说，比较文学也是国别文学/民族文学研究的"第四只眼"：文学理论关注并研究国别文学/民族文学的规律、特性、方法、原则等；文学批评关注并解读国别文学/民族文学的文本、现象；文学史关注并研究国别文学/民族文学的发生、发展、演变，予以相应的定位；比较文学关注并研究国别文学/民族文学对他国家、他民族文学以及相关学科的信息传受及其变异关系；或以他国家、他民族文学与相关学科知识为参照系，从事国别文学/民族文学研究。

---

① ［英］罗素：《中西文化之比较》，《一个自由人的崇拜》，时代文艺出版社1988年版，第8页。

二、光大自我，知己知彼，超越本位，和而不同

（一）光大自我，知己知彼

人类总是本能地希望自己的生命能够万寿无疆，传统的中国人更是希望自己的生命得到他者的延续；无论是中国人还是外国人都希望自己的人生价值得到最大实现与光大。文学创作及其研究便被认为是其中的途径之一，故有中国的"太上有立德，其次有立功，其次有立言。虽久不废，此之谓不朽"的"三不朽"之说（《左传·襄公二十四年》）。曹丕的《典论·论文》进而将其落实到文章、文学，予以极力推举："盖文章，经国之大业，不朽之盛事。年寿有时而尽，荣乐止乎其身，二者必至于常期，未若文章之无穷。"如上所述，文学及其研究的跨国界/跨民族传受又是升华生命，提升价值的方法与途径。

文学及其研究的跨国界/跨民族传受同样根源于人类的本能，人类作为群体动物所具有的认识他人，被他人接受的需要。而认识他人，被他人接受又与接受他人、认识自我相对相成、相反相成。因此，《孙子·谋攻》说："知彼知己，百战不殆。"后世则有商场如战场、官场如战场、情场如战场之说；相关知识读物更是以军事话语予以表述，例如"房中书"，因此而常常被那些不谙中国传统文化者误以为兵书。千金易得，知己难求；理解万岁；《列子·汤问》所记俞伯牙与钟子期高山流水遇知音，更是成为传世套语。文学传受同样如此：没有哪位作家不希望被他国/他民族读者接受；没有哪位文学研究者不希望成为国际知名学者；没有哪个国家/民族的文学不愿意走向世界。促成并研究文学的国际/族际交流与会通，正是比较文学的应尽之责。也就是说，比较文学根源于人类光大自我，知己知彼，彼此接受的愿望及其满足。

（二）超越本位中心，走向和而不同

那么，如何实现知彼知己、彼此接受？那就是坚持互为本位与互为中心，超越自我中心乃至单方面的非我/他者中心。具体地说，在接受美学看来，作家创作与学者写作时，心中要有一个潜在的读者，并自觉地以读者为本位与中心，满足读者的阅读期待；如果作家希望自己的作品能够被他国/他民族读者接受，学者同时希望向他国/他民族推介本国/本民族文学，那么，其心目中的潜在读者便是他国/他民族读者。但是，以他国/他民族读者为本位与中心，同自我本位与中心的坚持相反相成，如

果因坚持他国/他民族读者本位与中心而牺牲自我的独立性,同化于他国/他民族读者的原则、意志,那么,自我为他国/他民族读者所接受的愿望与他国/他民族读者对非我文学的阅读期待也会因此而落空。作为文学研究者还远不止如此:考虑自己的成果如何被他国/他民族读者接受还是次要的,更重要的是研究他国/他民族文学在本国/本民族的传受、变异与本国/本民族文学在他国/他民族的传受、变异,以及由此形成的文学他国化、作为社会集体想象物的异国形象;研究他国/他民族与本国/本民族读者植根于民族文化传统的期待视野;为此而研究双方另类异质的民族文化传统及其异同等等。显然,要想正确地认识、促成、研究文学的跨文化传受及其变异,势必触及对非我的文化接受的自我本位与自我中心的问题,从而要求研究者首先放弃国家/民族文化的自我中心,承认他国/他民族文化的独立性,作到互为中心,只有如此,才能作到以他国/他民族文化为本位,最终实现互为本位的观照。例如:要想搞清现代欧美读者以《水浒传》的武松、李逵等为"冷血英雄"①,以《金瓶梅》的潘金莲等为男权的受害者,以《小二黑结婚》的三仙姑为热爱生活的生存自由的追求者等跨文化文学接受现象的所以然,就必须立足于欧美读者的欧美文化本位,促成中西文化审美期待的相互观照。这也正是比较文学学者的应尽之责与应有立场。

推而广之,作为一个整体的、处在国际文化交流与学科走向综合的语境之中的国别文学/民族文学研究与文学研究,以他国/他民族文学与他学科作为比较参照,以他国/他民族文学与他学科的视角、评价体系来看待、界定本国/本民族文学与文学;将国别文学史或民族文学史与文学定位,自觉置于世界文学史或总体文学史与文化系统之中,以世界文学/总体文学与文化的视角、评价体系对国别文学史或民族文学史与文学进行定位,同样是比较文学学者的应尽之责与应有立场。

原来,超越本位中心,实现互为中心,这正是中国文化传统的和而不同、多元共生观念。也就是说,放弃国别文学/民族文学中心与文学中心,并非放弃国别文学/民族文学的独立性与文学的独立性,同化于他国文学/他民族文学与他学科,而是放弃国别文学/民族文学单方

---

① Timothy C. Wong, *The Virture of Yi in Water Margin*, Journal of Oriental Literature 7, 1966, pp. 49 – 52. Wu Jack, *The Morals of All Men are Brothers*, Western Humanities Review 17, 1963, pp. 86 – 88.

面的自我中心，与以他国文学/他民族文学、他学科为中心相反相成，从而构成互为中心，虽然在相关语境下，自我与非我双方之中往往有一方的中心地位属于一种潜在形态；在坚持各自独立、互为中心的前提下，以我观人，以人观我，人我互观；坚持以自我为本位而承认非我的独立性，坚持以非我为本位而不丧失自我的独立性，坚持以双方为本位，体现双方的独立性，从而走向和而不同，多元共生。对此，比较文学责无旁贷。

三、会通共同的诗心与文心，寻求共同的文学规律

（一）寻求共同文论话语

要实现不受语言、民族、国别的限制，互为本位、和而不同、多元共生的文学对话，就必须有共同的文论话语。否则，解构强势文论话语、中心文论话语对非我文论话语的强权，与弱势文论话语舍己从人，以强势文论话语、中心文论话语为文论话语的结果，也只能是杂乱无章的众声喧哗，对话依然落空。显然，共同文论话语，既不应是单纯西方的或东方的，也不可能是超乎东方文论话语与西方文论话语之上却放之四海而皆准的（首先是人类基于相同的哲学理念、认知模式、话语模式、思维模式缺失的共同语言的缺失，英语虽然应用广泛，但是，禀承各自民族文化精神的中国人、美国人、印度人、阿拉伯人同讲英语，体现的观念也仍然分别是中国、美国、印度、阿拉伯的；其次是人类文明的多元异质，都使其成为不可能），而是世界各种文论话语的求同显异，互证互释，相互借重，相互认同，一体多元。这是因为，文学对话本不在于确立高低、优劣，中心、边缘，而在于交流、对话、会通，反之，具有高低、优劣，中心、边缘，主导、从属之分的文学对话，势必成为强势文学话语的独白。因此，作为文学交流、对话、会通的共同文论话语，不仅无须追求放之四海而皆准，反而应当强调其多元共生性，异质互补性。

共同文论话语显然同时包含概念术语、学科理论、文化范式等三个层面的意义。因此，共同文论话语的寻求，势必以各种异质文论概念术语的会通为起点，而以各种异质文论的意义生成、表述、解读法则的会通为终点。共同文论话语的一体多元，就是建构于多元（共生）基础上的一体，由此形成的多元文论话语所达成的文论意义生成、表述、解读

规则的共识，就是共同文论话语。我们要留心的是：多元文论的同一性与异质性相反相成，脱离异质性的前提，同一性便无从谈起；对同一性的肯定即是对异质性的肯定。

共同文论话语的寻求不仅是必要的，由刘若愚《中国文学理论》、宇文所安《中国文论读本》、王国维《人间词话》、钱钟书《管锥编》、《谈艺录》、曹师顺庆《中西比较诗学》、《中外比较文论史（上古时期）》等有关中外文论的会通，我们也看到了可能。上述学者及其成果，或是立足中国文学理论的总体把握与文本解读，令中西文论互证互释。例如刘若愚《中国文学理论》基于作者身为华裔学者的中国文化知识背景，为方便西方读者对中国文论的理解与接受，以己就人，运用西方文论注重系统阐述与知性分析的言说方式以及相应的概念、术语、理论，为西方读者解读中国文论的概念、术语、理论类型，且随时让双方的同类著作、相关思想形成相互印证，而又对中国文论所具有的难以明确定义的诗意性言说的特质予以关注，得到许多西方学者的认可。与之相反，宇文所安《中国文论读本》基于作者身为西方学者的西方文化知识背景，为了方便西方读者对另类异质的中国文论及其特质的把握，同样以己就人，完全采用中国传统的依经立义、正疏笺注①的话语模式，对中国文论的有关经典性著作予以解读，揭示其相关概念、术语的生成语境，让西方读者在由知其然到知其所以然的同时，实现两种知识结构的会通。或是立足中国文学理论的文本、术语、观念解读与创新，会通多种诗学话语。例如王国维《人间词话》就是运用西方文论的综合、分析方法，借鉴康德、叔本华的美学思想，修正中国文论的意象论由"意象"、"滋味"、"兴象"、"意境"、"妙悟"诸说一路发展而来的"兴趣"、"神韵"而提出"境界"说。极尽二元对应分析之能事，却又不事体系建构与抽象演绎，而采用传统的词话立足实践分析的论说形式。将中国文论的意象论由本质论推进到本体论层次予以终结，奠定了会通中外文论而实现中国古代文论现代转换的新方向。打通学科、异质文化界限，既是钱钟书《管锥编》、《谈艺录》等著作的研究方法，也是其追求，由此形成对"神韵"、"理趣"、"妙悟"、"通感"、"诗可以怨"等文论概念的中外会通。曹师《中西比较诗学》对中西文论"意境与典

---

① 作为中国传统的学术解读方式与言说方式的"正疏笺注"，系正义、疏证、笺注、批评、考证的简称。

型"、"和谐与文采"、"物感与摹仿"、"文道与理念"、"神思与想象"、"迷狂与妙悟"、"风格与文气"、"风骨与崇高"、"滋味与美感"等概念的求同显异,预示着这些概念经过会通之后而成为共同文论套语的可能。或是立足中国、印度、欧洲、阿拉伯等世界四大文论从微观到宏观的全面解读,会通四种文论话语。例如曹师《中外比较文论史(上古时期)》整体比较了力主摹仿与表现两种理论兼容的中国文论,提出"味论"与"韵论"的印度文论,聚焦"词与义",关注诗的语言技巧的阿拉伯文论,自亚里士多德、贺拉斯、芬奇、锡德尼直至布瓦洛,无不坚持摹仿理论,在浪漫主义时期则转向表现理论的欧洲文论之后,指出:"尽管世界各民族文论寻求艺术审美本质的途径不尽相同,但是,共同寻求文学艺术的审美本质这一点却是相同的,尤其应当指出的是,世界各民族文论从不同的路径,却发现了某些共同的艺术本质规律。例如,理论家们都发现,艺术美的奥秘,在于从个别中见一般,从偶然中见必然,在于'以少总多'、'象外之象'、'韵外之致',在于'暗示义',在于'有限之中达到无限境界的愉悦'。"[①]

(二) 寻求共同文学规律

比较文学作为语际、族际、国际、科际文学关系会通研究,就具体文本、现象集合而言,若是放弃对其同类性的寻求,那便容易沦为文学比附;就国别文学/民族文学集合来说,若是离开对共同文学规律的寻求,那便容易沦为文学统计。如何寻求文学共同规律?是否有此可能?其实,现代西方文论以及20世纪后期的西方比较文学混同于文论研究与文化研究的现象,已经给出明确的回答。

现代西方文论的精神分析、文学人类学、形式主义语言学、结构主义、解构主义、阐释学、符号学、女性主义、后殖民主义理论等,与传统西方文论的区别何在?显然在于视角与立场的不同:传统西方文论立足国家/民族的视角与立场,或是以国家/民族为单位从事文论研究;上述现代西方文论或是通过对潜意识、欲望的满足及其替代结构、集体无意识、意象原型的透视,或是通过对语言结构、语言与存在、意义的关系的分析,或是通过对性别意识、性别差异、文化压制、话语霸权的强调去研究文学,总之,全都视人类文学为单位整体,进行总体观照,而

[①] 曹顺庆:《中外比较文论史(上古时期)》,山东教育出版社1998年版,第174页。

对其语言、民族、国别差异忽略不计。由此一来，对上述理论的合理性的承认，便意味着对不同语言、民族、国别的文学，在潜意识、集体无意识、意象原型、语言结构、性别差异、文化霸权等方面的表现所具有的共同性的肯定。反之，只要我们愿意反现代西方文论忽略语言、民族、国别差异的假言判断之道而行之，通过对文学的潜意识、意象原型、语言结构、性别差异、文化霸权等方面的语言、民族、国别差异或特性的归纳分析，便不难窥见不同语言、不同民族、不同国别的文学在上述层面的共同规律。当然，形式主义语言学、结构主义、解构主义、阐释学、符号学有关人类文学共同现象与共同规律的跨语言、跨民族、跨国界认识和总结，因来自对西方表音文字以及由其书写的西方文学的分析，所以是否符合，或说在多大程度上符合中国意音文字以及由其书写的中国文学，还有待具体分析；同理，若是将弗洛伊德分析以具有"仇亲情结"的希腊神话为原型的西方文学而来的"俄狄浦斯情结"解读为世界文学的普遍性，恐怕值得商榷，因为中国文学的神话原型所具有的却是"认亲情结"。①

20世纪后期的欧美比较文学混同于文论研究与文化研究的现象，由国际比较文学协会年会的主题与论文不断被文论化，拥抱这种现象的代表人物佛克玛、迈纳（Earl Miner）、吉列斯比（Gerald Gillespie）曾先后担任国际比较文学协会主席等方面可见。在佛克玛等人看来，文论研究已经具有比较文学的意义，因此不必再去谈论比较文学理论及其作为独立学科的意义。因为现代西方文论对比较文学的介入，消解了比较文学原先强调的跨语言、民族、国别界限原则的必然性。世界文化交流为民族文化阐释提供了共同的语境，从而赋予文学研究以世界色彩。抛开现代西方文论对非西方文学观照的缺失以及将比较文学混同于文论研究与文化研究的合理性不说，这种现象本身说明，20世纪后期的西方文论研究与文化研究，已经或说试图将各国/各民族文学作为一个整体进行研究，对共同的文学规律的寻求自在其中。

其实，20世纪50年代出版的美国学者艾伯拉姆斯的《镜与灯》②，已经开始试图对文学的共同规律进行总体研究，归纳出艺术四要素：作家（艺术家）、作品、世界（宇宙）、读者（观众），使之构成一个以作

---

① 徐扬尚：《中希神话的"认亲情结"与"仇亲情结"》，《华文文学》2011年第4期。
② Abrams, M. H. *The Mirror and the Lamp.* Oxford, 1953; rpt. New York, 1958.

品为中心的三星拱月图形;满怀信心,认为任何严肃的批评家,不仅会承认一件作品中具有这四个要素,而且会特别看重其中的某一个要素:或者基于对作品与世界的关系的关注,强调作品对世界的摹仿,从而形成摹仿理论(再现理论);或者基于对作品与读者的关系的关注,强调作品对读者的影响,从而形成实用理论;或者基于对作品与作家的关系的关注,强调作品对作家精神世界的表现,从而形成表现理论;或者基于对作品自身的关注,强调作品体系的自足性,从而形成客观理论(文本理论)。毫无疑问,艾伯拉姆斯"艺术四要素理论"的视界并未完全达到西方以外的地方,因此并不能如其所愿,足以概括所有的批评理论,至少许多中国古代批评家及其作品均非如其所说,只特别看重某一种要素,模仿理论与表现理论也并非泾渭分明,所谓客观理论,在中国古代文论中并没有明确的类型表现,或者说与中国古代学者的文本批评难以对应。然而却不失借鉴意义。因此,美国学者吉布斯(Donald A. Gibbs)便撰文《阿布拉姆斯艺术四要素与中国古代文论》,借此分析中国古代文论。刘若愚的《中国文学理论》则对其稍作调整,以四要素相邻互动而构成的圆圈图形替换艾伯拉姆斯的三星拱月图形,分作形上理论、决定理论、表现理论、技巧理论、审美理论、实用理论六类,用于中国古代文论解读。解释说:"我从前将中国诗观分成四类,其中三类多少类似艾布拉姆斯所分类的西方实用理论、表现理论以及客观理论,而最后一类,我从前称为'妙悟主义者',而现在我宁称之为'形上主义者',似乎是特殊的。"① 叶维廉基于对艾伯拉姆斯"艺术四要素理论""是从西方批评系统演绎出来的,其含义与美感领域与中国可能具有的'模拟论'、'表现论'、'实用论'及其至今未能明确决定有无的'美感客体论',有相当历史文化美学的差距"的认识,在台湾东大版《〈比较文学丛书〉总序:寻求跨中西文化的共同文学规律》中,还是对其"略加增修,来列出文学理论架构形成的几个领域,再从这几个领域里提出一些理论架构形成的导向或偏重"。②

---

① [美]刘若愚:《中国文学理论》,杜国清译,江苏教育出版社2006年版,第13页注③。

② 温儒敏、李细尧编:《寻求跨中西文化的共同文学规律:叶维廉比较文学论文选》,北京大学出版社1987年版,第26页。

第二节　文学性与会通性：中国化比较文学的学科属性

一、坚持以文学为本位的文学性

如"绪论"所述，我对比较文学中国化须体现中国性的强调，与对比较文学须体现文学性的强调，互动互应、相辅相成、互证互释。而二者互动互应、相辅相成、互证互释的立足点，就在于超越意识形态而回归文学本体。对此，俄裔美籍语言学家雅可布逊（Roman Jakobson）反对非文学性而追求本体回归，具有消解意识形态动机的定义"使某作品成为文学作品的因素"，无疑为定义作为比较文学学科属性的文学性概念提供了现成的套式，那就是"比较文学之所以成为文学研究的因素"。鉴于雅可布逊对"文学性"的诠释及其言说语境，对20世纪末西方比较文学背离文学性的乱象，与中国比较文学如同文学及其研究，情愿不情愿地为意识形态所绑架的借鉴意义，有必要在此了解一下雅可布逊文学性定义的上下文："诗是美学功能的语言。文学研究的主体不是文学，而是文学性（literaturnost）；亦即：使某作品成为文学作品的因素。可是到目前为止，文学研究者往往和警察一样，为了逮捕一个人，把公寓里的所有的人通通抓起来，连路过的行人也不放过。同样的，文学史家不放过任何到手的材料：传记证据、心理学、政治、哲学。结果他们无法创造出文学的科学，仅仅产生了学科的综合体；文学作品只不过沦为这些学科——哲学史、文化史、心理学等——的不完美的、第二手的佐证材料。如果文学史希望发展成为一门学科，它必须认定文学的设计是它唯一的主角。"[①]

比较文学虽因从事四际文学关系跨越与会通，从而律属边缘学科、交叉学科，但是，又因跨越与会通的是文学关系，从而属于文学研究，属于"文学学"学科。比较文学与国别文学/民族文学及其文学史、文学批评、文学理论等其他文学研究学科有着相同的目的：都在于从事文学审美解读，围绕文学的审美分析而从事相关的考据，进行辞章研究，

[①] 引自张汉良：《"文学性"与比较诗学：一项知识的考掘》，《中国比较文学》2012年第1期。张文详细论述了雅可布逊"文学性"概念的来龙去脉，可参阅。

让文学更好地承载、表达、宣泄人类的情感意志，影响世道人心。只不过是，传统的文学研究学科关注的是作家、作品、读者、世界，文学思潮、流派、运动，国别文学/民族文学、世界文学/总体文学的形态、精神、历史及其走向，从事与之相关的解读、批评、研究；比较文学关注的是四际文学关系的传受变异关系、异同比类关系、阐释发明关系，予以跨越与会通，维护、彰显国别文学/民族文学的差异性，促进文学跨越四际，通过四际关系的沟通对话，求同显异，互证互释，寻求并建构会通的平台与共同文论话语。

比较文学的学科属性文学性，要求所有的文学比较，首先是文学，然后才是比较。为此，乔纳森·卡勒针对将比较文学引向文化研究的伯恩海默美国比较文学研究报告《多元文化时代的比较文学》，撰文强调比较文学应坚持以文学为中心，名之曰《归根到底，比较文学是比较"文学"》。① 跨学科的互证互释必须立足文学本位来展开，否则便不属于比较文学，或者说比较文学便不复存在。具体说来，那就是：在从事文学与相关学科的比较研究，立足求同显异，阐释发明的立场，或基于文化视阈，从事后现代主义、后殖民主义、女性主义、文学人类学、阐释学、现象学、符号学、接受理论研究时，目的在于解决文学的问题；相关学科与相关研究，都只能作为文学研究的比较参照系即工具而存在，一旦脱离文学本位，便脱离比较文学而进入其他学科。例如：同是研究文学与宗教的关系，从事《圣经》、《古兰经》的文学解读，旨在解读《圣经》、《古兰经》的文学问题属于比较文学，从事《圣经》、《古兰经》的宗教解读，旨在解读《圣经》、《古兰经》的宗教问题则属于比较宗教学；同是研究文学与历史的关系，从事《史记》、《伊利亚特》的文学解读，旨在解读《史记》、《伊利亚特》的文学意义属于比较文学，从事《史记》、《伊利亚特》的历史解读，旨在解读《史记》、《伊利亚特》的历史意义属于比较史学；同是对《红楼梦》之梦的解析，若旨在从事文学解读，便属于比较文学，若旨在进行心理分析，提取精神分析案例，便属于精神分析研究。当然，比较文学跨学科互证互释对文学本位的强调，并不妨碍进行互为本位的研究。

因此，在中国有许多从事跨学科研究，如文学与宗教、文学与心理

---

① [美]乔纳森·卡勒：《归根到底，比较文学是比较"文学"》，《中国比较文学通讯》1996年第2期。

学、文学与民俗学等，或从事后现代主义、后殖民主义、女性主义、文化人类学、阐释学、现象学、符号学、接受理论研究的学者，并不认为自己是在从事比较文学研究，尽管他们的许多研究成果也不是不符合比较文学的规则。因为他们自知没有以文学为本位的自觉意识。当然，这并不妨碍学界视其既符合比较文学规则，结论又属于或有益于文学研究的成果为比较文学。

不受语言、民族、国别限制的文学传受变异研究、异同比类研究，同样不能脱离文学的本位来进行，否则便不属于比较文学，或者说比较文学便不复存在。具体说来，那就是各种志在为国别文学/民族文学乃至民族文化论功摆好，运用自我的文学话语乃至文化话语，对他国/他民族文学进行格式化研究，由此形成的各种国别文学/民族文学乃至民族文化中心论；反之即是各种志在求证国别文学/民族文学乃至民族文化虚无、以己就人、削足适履的研究，由此形成的各种国别文学/民族文学乃至民族文化虚无论。因为文学研究的任务是美学分析，以及为此而开展的考据；而比较优劣高低，排定坐次，不仅不是比较文学，甚至不是文学研究的本分。换句话说，不是读者的阅读期待，而文学研究者首先是读者，文学研究也是为读者服务。当然，比较文学的传受变异研究的文学本位可以是显在的，也可以是潜在的。显在的就是为美学分析而开展的实证研究；潜在的就是为文学史写作与定位而进行的非美学分析的实证研究。

为此，欧洲比较文学自梵·第根《比较文学论》始，便极力突出主题学的地位，视文体、风格、题材、主题、典型、传说研究为比较文学的半壁江山。其中，由题材、主题、典型、传说构成的研究类型流传学（誉舆学）即主题学。① 北美比较文学也毫不犹豫地将主题学纳入其比类研究体系：哈利·列文（Harry Levin）为此撰文《主题学和文学批评》，韦斯坦因的《比较文学和文学理论》与约斯特的《比较文学导论》等均加以专门论述之时，责备主题学的声音也持续不断，且来自著名学者，不仅有克罗齐，也有巴登斯贝格、阿扎尔（Paul Hazard），乃至韦勒克、沃伦（Austin Whorf）。克罗齐、巴登斯贝格、阿扎尔认为主题学感兴趣的只不过是文学的材料而非文学本身，其目的几乎与文学研究的目的相反；韦勒克、沃伦的指责则直奔主题学的文学性缺失："它提不出任何问

---

① ［法］梵·第根：《比较文学论》，戴望舒译，吉林出版集团有限责任公司 2010 年版，第 63—73 页。

题,当然也就提不出批判性的问题。材料史是文学史中最少文学性的一支。"① 总之,学者们失望于主题学研究的是文学性缺失,复活主题学研究同样在于对文学性的坚持。

原来,文学本位意识的缺失,正是国际比较文学曾经经历的两次危机的根源。20世纪50年代,韦勒克等美国学者痛感欧洲比较文学的传受研究背离了文学本位,忽视了文学性,将比较文学导向文学外缘的实证研究,发出了比较文学面临危机的呼声。80年代,面对比较文学方向的再次外转,走向混同于文论研究与文化研究,依旧是韦勒克、雷马克、韦斯坦因、艾德礼等美国老学者,预感比较文学有被文论研究与文化研究湮没的危险,再次发声预警。

二、涵盖比较性、关系性、跨越性的会通性

在某种意义上,文学性与比较性正是比较文学的两条"宿命",只不过是比较文学的比较性已经超越对比、比照的意义,由求同显异、比物连类的"明比"层次,深入考证传受、追查变异、相互阐释、彼此发明的"暗比"层次,成为与关系性、跨越性互证互释、互包互孕的会通性。原来,致力于四际文学关系跨越与会通的比较文学,其比较性具体落实于关系性,而四际文学关系研究又意味着跨越,从而成为跨越性,跨越的结果是实现四际文学关系的会合变通,最终以体现会通性了结。

从名称到学科,比较文学的生成语境都注定其不能脱离"文学"与"比较",否则便真的意味着死亡。学科的死亡也必将消解名称的价值意义。国际比较文学的两次危机乃至中国比较文学的危机,既与此时此地的欧美比较文学与中国比较文学的文学本位的缺失有关,也莫不与身在其中的欧美比较文学与中国比较文学学者追求"不比较"的倾向有关。

当法国的诺埃尔与拉普拉斯在其《比较文学教程》(1816年)中首次使用比较文学术语时,"比较解剖学"、"比较语言学"等比较性学科早已诞生;特雷桑的《神话学与历史的比较》(1802年),德热朗多的《哲学体系比较史》,维莱尔的《比较色情》(1806年),索布里的《文学与绘画比较教程》(1810年)等早已问世;巴登斯贝格回忆说,1760年到1780年间,比较概念不仅在《外国杂志》、《文学年鉴》、《法兰西

---

① [美]韦勒克、沃伦:《文学理论》,刘象愚等译,三联书店1984年版,第300页。

信使报》中运用自如,文学比较研究的方法也被赋予完整的纲领:"对那些拥有文学的民族引以自豪的作家进行比较研究,也许是最适宜于孕育和培养大量人才的研究。"①

如"绪论"所述,正是这位为比较文学学科的形成立下汗马功劳的巴登斯贝格,当克罗齐等通过质疑、否定比较方法对于比较文学的专门性来质疑、否定比较文学学科时,也向比较文学的比较亮出红牌,由此将比较文学引向跨语言、跨国界的文学关系实证,强调比较文学不过是文学关系研究的压缩词组:"我们可以用它来表示连接各种文学'活的关系'这一研究工作。"② 从而将开放性的比较文学导向历史材料的实证研究。伽列在基亚《比较文学》初版序言中也明确提出:"比较文学不是文学比较。问题并不在于将高乃依与拉辛、伏尔泰与卢梭等人的旧辞藻之间的平行现象简单地搬到外国文学中去。我们不喜欢不厌其烦地探讨丁尼孙与缪塞、狄更斯与都德等等之间有什么相似与相异之处。"③ 继承老师的观点,基亚进而认定:"比较文学并非比较。比较不过是一门没起好名字的学科所运用的一种方法;我们可以更确切地把这门学科称为:国际文学关系史。"④ 结果,高举与比较划清界限大旗的巴登斯贝格,因其在美国哈佛大学、加利福尼亚大学开设的比较文学讲座(1939—1945年)陷入繁琐的考证而遭到美国学者的指责:说他所创立的"累赘而受限制的方法论"带来了比较文学的危机。

那么,比较文学到底是比较还是不比较?或者说法国学者主张的文学事实关系(Repports de fait 法文)的实证研究,到底是属于文学比较还是不属于文学比较?原来,巴登斯贝格等将比较文学定位于国际文学关系研究,不过是将法语 Littérature Comparée(比较文学)的相互关系层面予以放大、偏执。然而,却未能令比较文学逃脱比较的"宿命",从而说明,法国学者将比较文学诠释为跨语言、跨国界的文学关系研究,并无不当。因为法语 Littérature Comparée 与英语 Comparative Literature

---

① Fernand Baldensperger, *Vergleichende Literaturwissenschaft-Das Wort und die Sache*, H. N. Fügen, Vergleichende Literaturwissenshaft, Econ, 1973, p. 22.

② Fernand Baldensperger, *Vergleichende Literaturwissenschaft-Das Wort und die Sache*, H. N. Fügen, Vergleichende Literaturwissenshaft, Econ, 1973, p. 20.

③ J. -M. Crré, *Vorwrt zur Vergleichenden Literaturwissenshaft*, H. N. Fügen, Vergleichende Literaturwissenshaft, Econ, 1973, p. 82.

④ M. -F. Guyard, *La Littérature comparée*, Paris: PUF, 1965, p. 7.

（比较文学）共同的拉丁文词根 comparātīvus，既具有相互关系之意，又具有相互比较、相互对照之意。反之，任何事物二元以上的关系都构成一种比较的关系，对事物二元以上的关系的寻求与明确，本身就是在进行比较，更何况这种二元以上的关系具有跨越性？至此，巴登斯贝格、伽列、基亚等声称比较文学不比较，让我们看到了中国成语所描绘的骑虎难下：他们所谓的文学传受关系的实证研究，依旧属于文学比较，只不过是属于潜在的"暗比"而已。更何况，离开"暗比"的类同性确认的前提，他们又如何会想到去考证双方的影响、接受、媒介关系？总不至于逮着什么便去考证什么吧？基于此，布吕奈尔等人的《什么是比较文学》坚决要为"比较"恢复名誉："1951 年，我们对那种否定比较的作法感到奇怪！……奇怪的比较文学竟然是不比较的！教条无疑会束缚人。若象艾琼伯在他 1963 年出版著名的小册子（1977 年再版）所声称的那样：'比较不是理由'，假如比较不是比较文学存在的理由，那么它起码也提供了一种应该恰当使用的材料。在很多虚假的比较中，其中必然存在着导致发现一种影响或洞照想象空间的比较。比较文学的比较具有启发的作用。""比较文学既是文学，也不禁止比较。这是两个显而易见的道理，也是两个尽人皆知而又有必要在此加以重申的真理。因为一旦纠缠不清，便可能因此而把它们忘掉。"①

比较文学十分不幸，常常会重蹈覆辙。例如 20 世纪 50 年代后有关欧美学者对危及比较文学性命的作为学科属性的比较性"宿命"的触犯，便是对法国学者因抛弃比较性而导致比较文学危机之歧途的重蹈，虽说内容与立场不同：有关法国学者声称文学的传受关系实证研究不是文学比较，属于旗帜鲜明的叫板，名义上是主动的建构，实质上是被动的龟缩；而有关欧美学者推动比较文学走向与文论研究、文化研究混同，属于对比较文学的比较性的学科属性不动声色的消解。文论研究与文化研究的形式主义、结构主义、解构主义、接受美学、原型批评、精神分析、人类学、现象学、阐释学、符号学、女性主义、新历史主义、后现代主义、后殖民理论的相关研究成果，虽然属于文学研究，而且不受语言、国别、民族、学科的限制，但是，由于他们是在将不同语言、国别、民族的文学与不同学科作为一个整体来进行观照、研究，从而了消解了

---

① P. Brunel, Cl. Pichois, A. -M. Rousseau, *Qu'est-ce que la littérature Comparée*? Paris: Armand Colin, 1983, pp. 2 – 4.

不同语言、国别、民族文学之间的差异以及文学与相关学科之间的界限，从而使不同语言、国别、民族的文学之间、文学与相关学科之间并不构成互为本位、互为中心的、二元以上的事物之间互证互释、对应互补的比较关系。

20世纪中国比较文学在某种程度上为西方所化的"西方化"，也使混同于文论研究与文化研究的西方比较文学的不比较之风席卷中国：在台湾，欧美比较文学对文化研究与文论研究的趋同现象对比较性的暗中消解，与台湾盛行的单边主义阐发研究遥相呼应，遂成比较文学不比较之说。对此，董崇选撰文批评道："我经常从我们的比较文学家口中听到这样的谣传：比较文学实际上根本不作比较。我说'谣传'，因为我知道它无法证实。但是确实有人对这种说法信以为真，而且被它暗示的态度镇住了，以致当他们打算对文学作品进行比较时，再也不敢把两个作品放在一起加以比较。"① 如果说比较文学不比较之说在台湾属于谣传，那么，比较文学不是文学比较的命题，则被明确地印刷在大陆多部比较文学教科书中；如果说台湾的比较文学不比较之说基于阐发研究的不比较，那么，大陆的比较文学不是文学比较之说，则是以由跨学科研究以及由此发展而来的对文化研究与文论研究的趋同现象为基础。

那么，阐发研究与跨学科研究到底属于文学比较还是不属于文学比较？精神分析研究、文学人类学、女性主义批评、后殖民理论等现代文学理论，到底算比较文学还是不算比较文学？原来，所谓阐发研究与跨学科研究，就是以他国文论与方法或他学科的理论与方法来诠释文学现象，或拿本国文论与方法诠释他国文学现象，或相互阐释、彼此发明，归根结底还是在于为文学解读或国别文学解读提供一个非我的参照系，而参照即比较。其中的道理与法国学者主张的国际文学关系实证研究到底是比较还是不比较完全相同：不过是由另类异质的二元以上的事物求同显异、比物连类的"明比"，进入到相互阐释、彼此发明的"暗比"而已。总之，表面上看，阐发研究也好，跨学科研究也好，连同传受研究，都是不比较的，就此而言，说比较文学不是文学比较，确是实情；但在实质上，其双方乃至多方所具有的跨越性的比较关系都在劫难逃。

显然，精神分析研究、文学人类学、女性主义批评、后殖民理论等

---

① 董崇选：《比较文学能不作比较吗?》，《中国比较文学》1992年第1期。

现代文学理论研究，因其跨越意识、比较意识的缺失而与志在会通的比较文学无关；反之，具有明确的会通意识的精神分析研究、文学人类学、女性主义批评、后殖民理论等现代文学理论研究，则成为比较文学的有机组成部分。

总之，文学比较不等于比较文学，比较文学就是文学比较。不具有跨越性、会通性的文学比较不是比较文学，比较文学就是具有跨越性、会通性的文学比较。

第三节　中国化比较文学的可比性及其三原则与三要素

一、可比性的生成语境

如"绪论"所述，致力于语际、族际、国际、科际文学关系会通研究的比较文学，自打诞生之日起，便背负着因其跨语言、跨民族、跨国别、跨学科所具有的跨越性遭到单纯的文学对比的消解，以及由此形成的"以影响关系的可能作为影响关系的必然"所造成的"原罪"。

（一）非类不比，相同不比，异质难比，完全异质或完全相同无以比，与跨语言、民族、国别、学科文学关系会通研究的矛盾

根据孕育比较文学学科的二元对立统一的西方文化观念，作为文学对比，非类不比，相同不比，异质难比，完全异质或完全相同无以比。而跨语言、跨民族、跨国界、跨学科的文学比较，被比较的双方往往不是另类就是异质。于是，比较文学跨语言、跨民族、跨国界、跨学科的异同比类研究首先遭到质疑，被巴登斯贝格说成是"隐约相似的作品或人物之间进行对比的故弄玄虚的游戏"。基亚等因此而将没有影响实证关系的文学关系研究，一脚踢到比较文学的门外，令比较文学从属具有影响实证关系的文学关系研究。与之相关，中国学者所主张的跨异质文化的比较研究，也遭到质疑，其根据自然同样是所谓的非类不比，相同不比，异质难比，完全异质或完全相同无以比；或说异质文化与文化的异质，难以认定。时至今日，虽然韦斯坦因早已撰文《我们从何处来？我们在哪里？我们向何处去？》（1984年），反省《比较文学与文学理论》（1973年）"对把文学现象的平行研究扩大到两个不同的文明之间仍然迟

疑不决",认为"企图在西方和中东或远东的诗歌之间发现相似的模式则较难言之有理"①,对跨文明文学关系研究的不信任态度,进而关注东西方文学关系,但是德里达《友谊政治学》解构人类共同性的解构理论,则成为斯皮瓦克反同求异的比较文学观建构的基点②。在使跨文化文学关系的异质性得以突出与强调的同时,也使钱钟书的《谈艺录》立足"东海西海,心理攸同;南学北学,道术未裂"的文化认同的"打通",成为被怀疑的对象。③ 其实,就连跨文明或跨文化研究本身,同样遭到质疑,原因是文明或文化概念极为复杂多变,其内涵与范畴同样难以确定等。④ 总之是事到如今,还没有形成"没有问题"的比较文学学科定义,法国学者所主张的跨语言、跨民族/跨国别的国际文学关系的影响实证,以及台湾学者提出的阐发研究,自然也在劫难逃。

(二) 影响实证失之于"以可能为必然",乃至文化贸易清算,民族文化自恋与民族文化虚无

表面上,国际文学事实关系的影响实证,因其所具有的同源性和类同性而解脱了比较文学作为单纯的文学对比,非类不比,相同不比,异质难比,完全异质与完全相同无从比的"原罪",其实不然,随之陷入影响实证的"以可能作为必然"、文化贸易清算、民族文化自恋与民族文化虚无,才下刀山又入火海。虽然我们有种种证据表明 A 国作品与 B 国作品具有相似性,且也有种种证据表明,B 国作家受到过 A 国作家的影响,那么,是否就可以认定 B 国作家作品的相应特征就是受到 A 国作家作品的影响的结果呢?在逻辑层面,这显然属于"拿可能当必然"。曾经从事 20 世纪中外文学关系实证研究的陈思和,则对实证研究在现代中国文学研究中的可行性深表怀疑:"比如某作家声明或没声明过受某人的影响;或从作品中去寻找影响痕迹。做到后来就开始怀疑,这些东西并不足以成为证明,它对学术发展也没有提供新的东西。在 19 世纪或更

---

① [美] 韦斯坦因:《比较文学与文学理论》,刘象愚译,辽宁人民出版社 1987 年版,第 5—6 页。
② Gayatri Chakravorty Spivak, *Death of a DisciPline*, *back cover*, New York: Columbia University Press, 2003, pp. 29 – 31.
③ 方汉文主编:《比较文学学科理论》,北京师范大学出版社,2011 年版,第 409 页。
④ 参看曹顺庆等著:《比较文学论》,四川教育出版社 2005 年版,第 19—28 页;刘象愚:《关于比较文学学科基本理论的再思考》,汪介之、唐建清主编:《跨文化语境中的比较文学》,译林出版社 2003 年版,第 451—445 页。

早的时候,国际间联系比较少,影响研究脉络清楚,是很实用的方法,到20世纪初的五四时期,这种方法还勉强可用,某作家出过国,读过谁的书,也可以做点影响的文章,但到50年代的台港和80年代的中国就不行了,由于信息交流非常频繁,影响就无迹可寻了。"① 在那篇成为20世纪比较文学史转折点的标志性文章《比较文学的危机》中,韦勒克毫不留情地批评法国学者的传受研究:"试图将'比较文学'局限于文学的'外贸'清算,无疑是不幸的。如果是那样,比较文学的研究内容便会变得鸡零狗碎,成为互不相关的碎片,从而造成与有意义的整体的割裂。这种狭隘的比较文学学者,就只能研究渊源与影响、原因与结果,而无法从总体上把握艺术作品。因为没有哪部作品可以完全归结为外国的影响,或者被视为仅仅对外国产生影响的辐射中心。""比较文学的兴起是对19世纪学术界狭隘民族主义的反动,是对法、德、意、英等国许多文学史家的孤立主义的抵制。培育比较文学的是那些往往站在国家之间的十字路口,至少是站在一国边界上的人。"例如贝兹(Louis Betz)、巴登斯贝格、科修斯等都榜上有名。"然而,爱国主义的动机造成比较文学的一种现象:使法、德、意等国的许多比较文学研究成为文化功劳簿,竭力证明本国对于他国的多方面影响,或者用更加巧妙的办法证明,在吸收和理解外国大师名作方面,本国做的比其他任何国家都要好,以便尽可能多地增加民族文学的外贸收入。"② 如果说把握不好,传受研究容易陷入民族文化自恋的话,那么,由台湾学者古添洪与陈慧桦在《比较文学之垦拓在台湾·序》中总结并提出的,作为比较文学中国学派支柱方法的阐发法,则因其移中就西的立场而容易陷入民族文化虚无。在他们看来:"我国文学,丰富含蓄;但对于研究文学的方法,却缺乏系统性,缺乏既能深探本源又能平实可辨的理论;故晚近受西方文学训练的中国学者,回头研究中国古典或近代文学时,即援用西方的理论与方法,以开发中国文学的宝藏。由于这种援用西方的理论与方法,即涉及西方文学,而其援用亦往往加以调整,即对原理论与方法作一考验、作一修正,故此种文学研究可目之为比较文学。我们不妨大胆宣言说,这援用

---

① 《困惑与突破:比较文学理论与实践讨论会记录》,《中国比较文学》1995年第1期,第173页。

② René Welley, *The Crisis of Comparative Literature*, Proceedings II, Vol. One, p. 150, p. 153, p. 154.

西方文学理论与方法并以考验、调整以用之于中国文学的研究，就是比较文学中的中国派。"①

（三）比较文学"原罪"自我救赎的方法途径就是确立可比性

比较文学面对上述"原罪"只有两条路：一是自觉放弃；二是自我救赎。自我救赎的方法，那就是确立足以消解上述"原罪"的可比性。在哪里跌倒便在哪里爬起来。基于对百年比较文学实践的总结，根据如前文所述的传受变异关系、异同比类关系、阐释发明关系等文学关系的三个层面，以及由此确立的传受变异研究、异同比类研究、阐释发明研究的比较文学方法类型，比较文学的可比性就在于对同源类同性、另类异质性、证释发明性等"三要素"的明确与坚持。当然，随着比较文学研究对象、研究方法的更新，可比性三要素的具体的内涵也随之更新。然而，到此为止，问题不仅并未因此而解决，反而趋向恶化。因为跨语言、跨民族、跨国界、跨学科的文学关系异同比类研究作为单纯的文学对比所要面对的非类不比，异质难比的拦路虎依然存在，这里居然又以另类异质性作为可比性，自然让人莫明其妙。原来，在确立比较文学的可比性之前，首先要确立可比性赖以建构、运作、生效的前提与基础，那就是同一平台、同一标准、同一目标的"三同一原则"。"三原则"观照之下，无视比较文学作为四际文学关系研究的内涵，偏执单纯的文学对比，所谓非类不比，相同不比，异质难比，完全异质或完全相同无以比之说，其只知其一而不知其二的局限，便原形毕露。

二、可比性的三原则

（一）同一平台

如《庄子·德充符》所言："自其异者视之，肝胆楚越也；自其同者视之，万物皆一也。"也就是说：世界上的万事万物，求同莫不同，求异莫不异。原来，世界上根本就不存在完全相同与完全相异的事物。这是因为世界是一个有机整体，万事万物莫不相通相关，莫不具有共同性；万事万物又都是变化的，莫不是各自独立的另类或异质的个体。那么，如何求同显异？那就是将不同性质的事物捉置于类别的平台之上求其类同，谓之异质求同类；将不同类型的事物捉置于质别的平台之上求其同

---

① 古添洪、陈慧桦：《〈比较文学的垦拓在台湾〉序》，台湾东大图书公司1976年版。

质,谓之异类求同质。反之,也可以将相同性质的事物置放于类别的平台之上分辨其类别,谓之同质求异类;将相同类型性的事物捉置于质别的平台之上分别其质别,谓之同类求异质。也就是说,我们完全可以通过使另类异质事物处于由类别与质别所搭建的可供分门别类、异彩纷呈的平台之上,来确立其相互之间的比较关系。异质求同类例如:或说木与夜不比长短,因为二者虽具有自然事物的类同却性质不同,木之长短属于空间概念,夜之长短属于时间概念,但是,完全可以基于视觉的共同平台,比较木与夜的色彩,于是便有了漆黑的夜晚与黑漆漆的木头之说。同类求异质例如:或说智不与粟比多少,因为二者既另类又异质,智慧属于不可数的精神意识范畴,粟米属于可数的客观物质范畴,但是,完全可以基于功能用途的共同平台,比较智与粟(智慧与食物)对于人类生存的作用。同类求异质例如:或说鸟兽不与人类比美感,因为动物美感与人类美感虽然同属美感却性质不同,但是并不妨碍立足人类美感与动物美感的同类性平台,而比较求偶中的人类与动物美感表达的异质,同是取悦配偶,动物的表现属于自然本能,人类的表现属于主观能动性。由此可见,作为比较文学可比性的前提原则的"同一平台",就是移形换位,将没有联系的与分属不同体系的被比较的另类或异质的各种文学现象,捉置一处,将有联系与同属某种体系的被比较的同类或同质的各种文学现象引入规定的另类或异质的范围,使其构成比较参照、阐释发明关系。

　　我们通常所说的,或说为汉语"西说"者所津津乐道的,指向对比的非类不比,异质难比,其实是指不能"正比",但是并不表明不能"反比",例如《诗经·柏舟》:"我心匪鉴,不可以茹";"我心匪石,不可转也;我心匪席,不可卷也"。再说,比较文学之"比",意义不仅仅是"对比",更为重要的,也是汉语"比"的本义:是指事物之间所具有的平等、对等、亲近、亲密的关系。然而,全同无以比,全异难以比之说已成常识;早在战国时期公孙龙子便以擅长"合同异"、"离坚白"而闻名;更有热衷以西方语文为规范诠释中国语文,削足适履而又好钻牛角尖者,因此而拿立足辨异的英语"differentiation"概念诠释立足求同的汉语"异质性",对中国学者所主张的跨异质文化研究的"异质性"提出质疑。这就要求比较文学的文学比较须在通过移形换位确立的同一平台之上方可顺利进行;立足相同的话语范式、文学与文化类型而求异，立足相异的话语范式、文学与文化类型等而求同，同中求异，异中求同，求同与显异，相反相成，由此实现相互证释、彼此发明、对应互补，才具有可比性。

（二）同一标准

比较文学所致力的语际、族际、国际、科际文学关系会通，有了比较立足的"同一平台"还不行，还必须建构并执行"同一标准"。否则，韦勒克所批评的从事国际关系影响实证的法国学者，热衷文学贸易清算的现象，中外学者所批评的从事移中就西的单向阐发研究的有关港台学者乃至大陆学者，无视中西文化的异质性而导削足适履，陷入西方中心论与民族虚无的现象，东方学者所批评的有关西方学者，拿西方文论标准匡范东方文学与文论乃至否定东方文学与文论的话语霸权现象，中外学者所批评的拿相关学科的理论方法，例如精神分析与结构主义诠释文学而无视文学与相关学科的本质差异，从而导致牵强附会的现象等，依旧难以避免。由此可见，作为比较文学可比性的前提原则的"同一标准"，不是字面上所谓"固定标准"或"一个标准"，而是深层语义上立足共识的"共有标准"或"共享标准"，就是兼顾不同语言、不同民族、不同国别的文学以及相关学科，也就是被比较的双方乃至多方另类或异质的特性的标准。

韦勒克批评法国学者从事法国文学对欧洲文学的影响之类的影响实证，显然是反对其论功摆好的愿望与自我中心思想，而不包括以此梳理欧洲文学的国际关系，以此确立法国相关作家作品在法国文学史乃至欧洲文学史中的地位，以此解读18世纪法国文学影响之下的欧洲文学的相关作家作品、思潮流派。《诗经·鹤鸣》有言："他山之石，可以为错。"进而形成"他山之石，可以攻玉"的套语。人们反对现代以来有关中国学者拿西方文论的理论、方法来阐释中国文学，显然是反对其西方中心论与民族虚无，而不包括以此为中国文学的作家作品解读、中国文学史定位、中国文学的民族特质研究等提供他山之石。同理，人们反对有关欧洲学者拿西方文论标准解读东方文学与文论，显然是反对其以西方文论为法律来审判东方文学与文论之谬误的话语霸权，而不包括平等与对等的比较参照。套用法国当代思想家米歇尔·福柯的话说就是：在你强调西方文论是真理时，"你究竟想剥夺哪些种类的知识的资格。在你说'我运用的话语是科学话语，我是一个科学家'的时候,你想'贬低'哪一类说话和言谈的主体"①? 台湾学者颜元叔拿弗洛伊德的精神分析理论解读《闺怨诗》"自君之出矣,金炉久不燃,思君如明烛,中宵空自煎",以为"金炉"与"明烛"分别属于女性与男性的性象征,令学界哗然;② 而同是以精神分析理论解读小说《薛仁贵征东》、《薛丁山征西》与评剧《汾河湾》,认定薛氏父子作为白虎转劫的相互误杀,属于仇父恋母的"俄狄浦斯情结",又不无道理。③ 总之,作为比较文学可比性的前提原则的"同一标准",就是由比较研究的在场者移形换位,共同参与,共同制定,体现平等对等,互为中心的标准。例如中西悲剧比较的标准,既不能是单纯的西方文学《俄狄浦斯王》、《罗密欧与朱丽叶》等命运悲剧理念,也不能是单纯的中国文学《窦娥冤》、《梁山伯与祝英台》等人性悲剧理念,而应是二者的共同理念——真善美的毁灭与彰显。

(三) 同一目标

作为比较文学的四际文学关系会通研究,除了必须立足"同一平台",坚持"同一标准",还必须具有"同一目标"。意思并非是说要围绕事先设定的那个目标展开比较研究,如果课题涉及若干目标,应当围绕同一目标进行,而是说比较研究的目标符合双方的意愿,能够为双方所接受,对双方都具有积极意义。换句话说,比较文学的研究目标是被比较的双方共同的目标。具体地说,"同一目标"要求会通四际文学关系传受变异研究、异同比类研究、阐释发明研究的结论,既有利于信息放送者(émetteuis 法文)或被比较的甲方作家作品的解读及其文学史定位,乃至国别文学史写作,也有利于信息接受者(récepteurs 法文)或被比较的乙方作家作品的解读及其文学史定位,乃至国别文学史写作,最终有利于总体文学研究与总体文学史写作,而不能仅仅是为了满足从事比较者的单方面的意愿。总之,作为比较文学可比性的前提原则的"同一目标",要求比较文学研究者能够移形换位,走出自我中心或他者中心的圈子,树立互为中心的意识,寻求被比较双方的共识与共相。例如寒

---

① [法]福柯:《权力的眼睛》,严锋译,上海人民出版社1997年版,第220页。
② 黄维梁:《西方现代批评理论与中国文学研究》,深圳大学比较文学研究所编:《比较文学讲录》,陕西师范大学出版社1987年版,第130页。
③ 颜元叔:《薛仁贵与薛丁山:一个中国的伊底帕斯冲突》,《谈民族文学》,台北学生书局1975年版。

山诗对美国文学"垮掉的一代"的影响研究,虽然既有助于重新审视寒山诗的中国文学地位,又有助于"垮掉的一代"文学思想诉求的解读,但是,由此认识和解读二者作为"文明戏谑"的共相,才是课题的根本目标。

在作为比较文学可比性前提的"三原则"观照之下,回顾百年比较文学史,法国派传受研究、美国派比类研究、中国派跨文明研究的具体实践及其成功案例,其可比性显然体现为对同源类同性、另类异质性、证释发明性的坚持,由此构成比较文学可比性的"三要素"。

三、可比性的三要素

历史地看,比较文学可比性三要素分别生成于法国派的传受研究、美国派的比类研究、中国派的跨文明研究,但是,面对会通研究,却属于"全选全称"。作为三维文学关系研究的三个子类或三个层面的传受变异研究、异同比类研究、阐释发明研究,须同时满足可比性三要素的要求。如"绪论"所述,三维文学关系研究的三个层面也正是四际文学关系的四个子类与总体文学关系的三个子类得以落实的基础。兹分别叙述如下:

(一) 同源类同性

由法国派传受研究发展而来的传受变异研究,其研究对象是存在亲缘性的事实关联的四际文学间的信息传播、接受、媒介、变异关系,由此形成传播研究、接受研究、媒介研究、变异研究。文学信息的传受具有始点与终点两个端点,即信息发送者与接受者;媒介即介于始点与终点之间的中介点,即信息的传递者(intermèdiaires 法文);变异即是信息由始点经中介传递到终点发生的改变,即发送者发出的信息由传递者到达接受者那里所发生的改变。因此,无论是由信息传受的始点(发送者)经中介(传递者)追寻终点(接受者)进行传播研究,还是由信息传受的终点(接受者)经中介(传递者)追溯始点(发送者)进行接受研究,或者是追查信息传受的中介(传递者)、变异,其中的信息传受具有共同的源头,由此形成传受变异研究可比性的同源性。由此可见,同源性也正是志在考证文学影响、接受、传递的法国派传受研究的可比性。

由美国派比类研究发展而来的异同比类研究,其研究对象是不存在亲缘性的事实关联的语际、族际、国际文学的主题、题材、意象、文体、风格、类型、流派、运动、思潮、方法、理论、话语等相互关系研究，寻求其相似与契合、相异与互证，由此形成文论比较、主题题材比较、文体类型比较、思潮流派比较等。维系异同比类研究的就是类同：异中求同，须有同可求；同中求异，同是基础，由此形成异同比类研究可比性的类同性。由此可见，类同性也正是志在寻求语际、族际、国际的文学相似与契合的美国派比类研究的可比性。

由美国派的跨学科研究与中国派的阐发研究发展而来的阐释发明研究，其研究对象是基于不同本位与视阈的非亲缘性文学体系之间的双向阐释、彼此发明关系，相关学科对文学构成的单向阐释、发明关系，由此形成自我本位研究、非我本位研究、互为本位研究。这种不同语言、不同民族、不同国别文学体系与不同学科体系之间的相互阐释、彼此发明关系的建构，对"三同一原则"的坚持，由此形成阐释发明研究可比性的类同性。

（二）另类异质性

将作为比较文学研究对象的文学关系，定位于语际、族际、国际、科际关系，从而赋予四际文学关系及其研究的另类、异质性。通常，四际文学关系及其研究的另类、异质性越强，其可比性就越强。其中，异类的文学关系及其研究即同质文化体系内的四际文学关系及其研究，例如"龙文化圈"、"菩提文化圈"、"新月文化圈"、"斯芬克斯文化圈"等"世界四大文化圈"之内的语际、族际、国际文学关系及其研究，以及"四大文化圈"之内文学与人文学科乃至部分由人类精神意识所主导的社会科学学科的关系及其研究。反之，异质的文学关系及其研究即异质文化体系间的四际文学关系及其研究，例如"四大文化圈"之间的四际文学关系及其研究，以及"四大文化圈"之内文学与自然科学乃至部分以社会存在与结构为主体的社会科学学科的关系及其研究。

之所以说同一文化体系的文学与相关人文学科乃至部分社会科学学科同质，是因为文学研究与相关人文学科乃至部分社会科学学科都具有共同的精神意识层面，而同一文化体系的文学与相关人文学科乃至部分社会科学学科更具有相同话语范式与精神特质。反之，自然科学乃至部分社会科学学科主要以自然结构与存在、社会结构与存在为研究对象，研究方法被称之为科学方法，例如假设、实验、归纳、演绎、分析、综合等,事实证明,文学所具有的精神意识问题并不是这些自然科学方法乃至社会科学方法能够全部解答的。换句话说,自然科学方法乃至社会科学方法用于文学研究并非放之四海而皆准。这种自然科学乃至社会科学方法与文学之间的,自然存在与结构、社会存在与结构同精神意识的本质差别,也并不因文化体系的相同而改变,从而形成同一文化体系的文学与自然科学乃至部分社会科学学科的异质性。

在某种程度上,传受研究与比类研究理论都属于立足异类研究的比较文学理论,跨文明研究理论则属于立足异质研究的比较文学理论。

(三) 证释发明性

文学研究不同于不排除当事人个人的情感宣泄与精神寄托的文学创作与文学欣赏,文学研究有着明确的目的性,强调有益性。比较文学也不例外,例如陈受颐、范存忠等学者为何要考查元代戏剧纪君祥的《赵氏孤儿》在欧洲的传受及其变异?① 至少可以实现四个目的:一是为《赵氏孤儿》的文学价值评判提供依据与参照,为其文学史定位提供依据与参照;二是为受《赵氏孤儿》影响的欧洲作家作品的解读提供依据与参照;三是通过《赵氏孤儿》与其翻译、改编、借用、移植之作的比较,以及对其文化过滤、文学误读的研究,可以为解读并明确中西文学的不同话语范式与精神特质提供依据与参照;四是为由认识中西文学共同的创作规律、文学范式、接受心理等,到认识文学总体的创作规律、文学范式、接受心理等提供依据与参照。

同理,学者们之所以要比较中国的《窦娥冤》与古希腊的《俄狄浦斯王》两个毫不相干的戏剧,基于没有比较便没有鉴别的基本道理:一是可以为《窦娥冤》与《俄狄浦斯王》的解读与文学史定位提供一个另类异质的参照系,或者令其互为参照;二是可以从中认识中西悲剧的不同悲剧观念、叙述范式,进而认识总体文学的悲剧观念、叙述范式等,有利于准确理解王国维《红楼梦评论》所谓中国没有真正的悲剧说,经蔡元培、朱光潜、胡适、鲁迅、刘半农等现代知名学者的演绎,由此形成的所谓"中国无悲剧"说,实乃"热衷表现人性修养与节制的中国文

---

① 陈受颐:《十八世纪欧洲文学里的〈赵氏孤儿〉》,《岭南学报》1929 年第 1 期;范存忠:《〈赵氏孤儿〉杂剧在启蒙时期的英国》,北京师范大学中文系比较文学研究组编:《比较文学研究资料》,北京师范大学出版社 1986 年版。

学无热衷表现精神追求与崇高的西洋文学悲剧"说的简化表述。①

至于 20 世纪的中国学者,热衷拿西洋的文学话语来解读与言说中国文学,以及现代学者热衷拿心理学、人类学等相关学科的方法、理论来解读与言说文学,同样是在为文学解读或民族文学解读提供一个非我的视角、方法、参照系,由此发现就事论事、自我观照的文学解读或民族文学解读难以发现、难以言说的问题与道理,例如叶舒宪解读女娲、西王母等神话人物形象,《诗经·生民》的后稷、宋玉《高唐赋》与《神女赋》的高唐神女等具有神话色彩的文学人物形象,以及"云雨"、"鞋"、"孝"原型意义的《高唐神女与维纳斯》。②

综上所述,比较文学研究坚持同源类同性、另类异质性的可比性是非常必要的,但是却不够,如果不能体现证释发明性,导出有益的结论,也同样难以避免巴登斯贝格、伽列所说的似是而非、故弄玄虚,中国学者所说的浅层次比附,为比较而比较。换句话说,比较文学研究所谓浅层次的比附与深层次的比较的本质区别,就在于是否体现证释发明性,能否导出有益的结论。总之,三维文学关系及其研究的同源类同性与四际文学关系及其研究的另类异质性相反相成,前者以后者为前提与基础;又与证释发明性相辅相成,最终目的是实现三维文学关系、四际文学关系的证释发明性,导出有益的结论,由此构成比较文学可比性的三维,缺一不可。

比照《周易》的易一名三义,比较文学可比性的三要素同类性、另异性、证释性正是一种背出兼并行分训而同时合训的关系:证释性与同类性、另异性,并行分训;同类性与另异性,背出分训;同类性、另异性、证释性同时合训。

---

① 参见钱钟书:《中国古典戏曲中的悲剧》、姚一苇:《元杂剧中悲剧观初探》、黄美序:《十一部中西悲剧的比较》、陆润棠:《悲剧文类分法与中国古典戏剧》,李达三、罗钢主编:《中外比较文学的里程碑》,人民文学出版社 1997 年版,第 359—367 页、第 368—381 页、第 382—393 页、第 394—405 页。

② 叶舒宪:《高唐神女与维纳斯》,中国社会科学出版社 1997 年版。

中编

比较文学认识论

第一章 中国传统文化的"一元暨多元主义"
——中国化比较文学的学科话语

第一节 中西文化话语对应生成,互证、互释、互补

一、中西文化话语模式

以龙为象征隐喻的一元暨多元主义中国文化话语,以"江河(黄河与长江)文化"——内陆农耕文化为母体;孕育于天下为公、氏族同盟、王位推举、委任、禅让、个人特权不为组织、体系、法度所局限的传说中包括燧人氏、太皞(太昊)伏羲氏、炎帝神农氏、黄帝轩辕氏、少皞(少昊)穷桑氏、颛顼高阳氏、帝喾(帝俊)高辛氏、唐尧、虞舜、姒禹等在内的神圣时代(简称"'十神圣'时代");生成于天下为家,王爵世袭终身,枪杆子里面出政权,奴隶主贵族专制的夏商周三代(从孔子之说,简称"三代");强化于天下唯我独尊,帝王独裁专制的秦汉时代;发展于广泛接受外来文化补充的唐代;分化于佛教中国化、基督教传入、商业贸易兴起的宋代;困顿于异族统治的元代;回归于趋向文化自恋的明清时代;变异于刺激反应、救亡图存、师夷制夷的鸦片战争到新文化运动。以对中国民众生活形成决定性影响的一元暨多元、一体多元,二元相生相克、互包互孕,多元互为主导与中心,内容涵盖"太极阴阳模式"、"四季模式"、"五行模式"、"八卦模式"、"十二支模式"的"阴阳五行八卦模式"的成熟为标志。体现在话语模式上,那就是植根于意音文字汉字,立象尽意,象形会意,依经立义,比物连类,意义激发,语境成义,读象悟义的话语模式,习惯以非我的话语言说自我,以人说我,以物说人,以人证我,以物证人,以彼说此,互为中心,

我称作"习惯以非我的话语言说自我、互为中心的话语模式"。

以斯芬克斯为象征隐喻的一元暨中心主义的西方文化话语，以融会亚非欧三大洲的"两希（希伯来、希腊）文化"——海洋商业文化为母体；孕育于荷马史诗描述的个人特权受制于组织、体系、法度的氏族民主制"英雄时代"；生成于希腊奴隶主城邦制民主政治时代，强化于个人借助组织、体系、法度成就特权的罗马帝国专制政治时代；解放于个性自由得以恢复与强调的文艺复兴时代；发展于17、18世纪；创造了19、20世纪现代工业文明的辉煌。以对西方民众生活形成决定性影响的一元暨中心、二元对立统一、合作竞争、多元服从主导与中心的"基督教"定型为标志。体现在话语模式上，那就是植根于表音文字希腊文、拉丁文、英文、俄文等，意义假设，约定俗成，归纳演绎，描绘叙述，意义规定，词句成义，读音识义的话语模式，习惯以自我的话语言说非我，以我说人，以人说物，以我证人，以人证物，以此说彼，自我中心，我称作"习惯以自我的话语言说非我、自我中心的话语模式"。

文化母体的内陆文化与海洋文化，文字媒介的意音文字与表音文字，书写与言说的意义建构方式、表述方式、解读方式的立象尽意与意义假设，依经立义与约定俗成，语境成义与词句成义，读象悟义与读音识义，以人说我与以我说人，以物证人与以人证物，互为中心与自我中心等，中西文化话语模式的对应生成、互证、互释、互补关系，由此可见。对此，我在《中西文化话语比较》中已有详细论述，此处不再重复。

二、中西文化认知模式

一元暨多元主义的龙文化话语，体现在认知模式上，那就是青睐天人合德、物我为一、人己不二的天人物我合一，"正"因有"反"而生成、"反"因有"正"而成立、正反相互成就而成就事物的相反相成、相对相成、相辅相成，我称作"青睐天人物我合一、相反相成的认知模式"。

一元暨中心主义的斯芬克斯文化话语，体现在认知模式上，那就是青睐天人两性、物我两界、人己两立的天人物我自立，或合作或竞争、或与彼合作而与此竞争、物竞天择、适者生存的合作竞争成就事物的二元对立、强势主导、优胜劣汰，我称作"青睐天人物我自立、合作竞争的认知模式"。

中西文化青睐天人物我合一与青睐天人物我自立的认知模式的具体内涵，及其对应生成、互证、互释、互补关系，由中西神话原型可见：中国神话与传说的谱系结构，属于神出多门，多元共生，相辅相成，一元暨多元的"非亲缘结构"，"十神圣"等人类英雄暨人类始祖，多由凡人女子感自然界神灵"感孕而生"，神人自然三界相互交错，神鬼正邪互包互孕，人鬼神相互转化，"认亲情结"潜藏其中；西方神话传说的谱系结构，属于天下神灵是一家，家中有家，一神独大，一元暨中心的"亲缘结构"，统治佩尔修斯家族的赫拉克勒斯、埃及的始祖埃帕福斯、底比斯国王泽托斯、埃吉娜国王埃阿科斯、吕基亚国王萨尔佩冬、吕狄亚国王坦塔洛斯、克里特国王弥诺斯等人类英雄暨人类始祖，多由神与人"交配而生"，神人自然三界的界限明确，神正魔邪，神在上而人在下，神据优势而人处劣势，性质与等级泾渭分明，"仇亲情结"潜藏其中。因此，神与自然万物同形同性，人神自然相互生成与相互转化，人神万物同归于自然的中国神话与传说，可以说是"人的神化即神的自然化神话"；神与人同形同性，人仿生于神，实为神具有人形人性，神仿生于人的西方神话与传说，可以说是"人的神化与神的人化神话"。

中西神话传说青睐天人物我合一，相反相成，与青睐天人物我自立，合作竞争的不同认知模式，又具体体现于中西神话的谱系建构、宇宙生成、宇宙三界、认亲情结与仇亲情结等四个层面。对此，我在《中西文化话语比较》中同样有详细论述，且内容涉及除了神话之外的宗教、军事、文艺、教育等四大学科，并设立相关知识点，试图通过压缩句式的三言两语，将读者带入悬念，引起深思，那就是中国文化："一元暨多元的非亲缘结构的神谱"，"英雄始祖为自然界神灵感人类而孕育的英雄传说"，"神鬼正邪互包互孕的神人自然三界"，"人的神化即神的自然化神话"，"具有认亲情结的神话"；"善恶神鬼同祭共祀的宗教"，"与异教相反相成的宗教"，"多元化宗教"；"军政一体的军事"，"既追求胜利又不求胜利的军事"，"既追求损人利己又追求敌我双和的军事"，"认同的军事"；"热衷表现普通的人性、生活、和谐的文学艺术"，"追求中和的文学艺术"，"热衷塑造正人异像的文学艺术"，"热衷比德，美丑善恶，相反相成，天人物我，互为中心的文学艺术"，"热衷以人证我与以物证人的文学艺术"；"信息双向传递的启发式教学"，"有教无类、因材施教的教学"，"学养型教育"。西方文化："一元暨中心的亲缘结构的神谱"，

"英雄始祖为神人相交生育的英雄传说","神正魔邪等级界限分明的神人自然三界","人的神化与神的人化神话","具有仇亲情结的神话";"祭神灭魔的宗教","一神独大的宗教","与异教势不两立的宗教","一元化宗教";"作为政治的延伸的军事","追求胜利的军事","敌死我活的军事","对抗的军事";"热衷表现英雄与冲突的文学艺术","追求情感与道德极至的文学艺术","热衷塑造正人正像的文学艺术","热衷崇高、唯美,美化正义丑化邪恶并使之二元对立的文学艺术","以人和自我为中心的文学艺术","热衷以我证人与以人证物的文学艺术";"信息单向传递的讲授教育","模式化教育","知识型教育"。

三、中西文化思维模式

一元暨多元主义的龙文化话语,体现在思维模式上,那就是倾向意象思维、诗性思维、感悟思维、经验总结的人文性思维,圆象思维、全息思维、双向思维的太极思维,我称作"倾向人文思维、太极思维"的思维模式。

一元暨中心主义的斯芬克斯文化话语,体现在思维模式上,那就是倾向抽象思维、分析思维、演绎思维、假设实证的科学性思维,维度思维、单向思维、因果思维的逻辑思维,我称作"倾向科学思维、逻辑思维的思维模式"。

中西文化倾向太极思维与倾向逻辑思维的思维模式的具体内涵及其对应生成、互证、互释、互补关系,由反向思维对正向思维、双向思维对单向思维、经验总结对假设实证、太极思维对逻辑思维、人文思维对科学思维四个层面可见。

所谓"反向思维",就是于事反观的思维。因其与立足前瞻,热衷进取、改造,致力于创新、建构的常规思维取向相反,立足后顾,热衷去损、顺应,致力于回归自然、消解,故称"反向思维"。前瞻、进取、建构的常规思维,也因此而成为"正向思维"。中国文化的反向思维,声称反者道之动,弱者道之用,强调无用之用,追求去欲无为、返朴归真、和光同尘,致力于消解儒家的仁义礼智信乃至整个社会文明建构的老庄思想,是其代表。《论语》的观过知仁说,不知是知说,《礼记》的慎独说等,也莫不体现儒家思想的反向思维。宋儒的存天理灭人欲说,阳明心学的明心见性说,在某种意义上,正是宋明时期儒道释思想同归去欲的体现,反向思维自在其中。西方文化的正向思维,由希腊哲学立足假设的各种本原论可见:立足事物本原的假设,再由假设的本原派生事物,继而由事物与本原的关系,确定其本质乃至存在规律。犹如作画与观画,首先选定落笔处与着眼点,然后放手写去与放眼看去,尽情组合事物以成图与尽赏图画以成意象,画之规律与特性由此呈现。

中国文化的反向思维,其实是如同两个圆形相连而成,呈"过山车双向运动轨迹",穷上反下,相反相成,相对相成,相辅相成的"双向思维",我因此又称之为"过山车式思维"。在儒家那里,体现为行为哲学的有所为与有所不为相结合,用人哲学的论功、赏功与观过、罚过相结合,伦理哲学的倡导君臣父子与反对君不君、臣不臣、父不父、子不子相结合。在道家那里,老庄所谓反向,原是基于正向,与正向相反,故为双向。庄子讲坐忘、心斋,即忘我、丧我;与认同自然、同于自然,相对相成,相反相成,忘我、同化自然而有我。在墨家那里,体现为交相利与交相害。西方文化的正向思维,其实是如同两个三角形顶接而成,呈"跷跷板单向运动轨迹",此上彼下,非此即彼,中心主导边缘的单向思维,我因此又称之为"跷跷板式思维"。由具有代表性的亚里士多德"三段论"可见:立足假设的前提,然后予以演绎、归纳。对于中西文化的双向思维与单向思维之别,由法国学者阿里·玛扎海里《丝绸之路·中国——波斯文化交流史》有关中国人用两只眼睛看事物,而欧洲人则用一只眼睛看事物的一段记载、一个事例,可一叶知秋:"其他人同样也介绍了下面另外一种说法,它无疑是起源于摩尼教:'除了以他们的两只眼睛观察一切的中国人和仅以一只眼睛观察的希腊人之外,其他的所有民族都是瞎子。'(扎希兹:《书简:论黑人较白人的优越性》)……所以(波斯)国王(哈桑,1453—1478年)回答他说:'先生,当然如此。您当然知道一句波斯谚语:中国人有两只眼,同时法兰克人则只有一只。'""我们这样一来就可以理解安息—萨珊—阿拉伯—土库曼语中的一句话的重大意义:'希腊人只有一只眼睛,唯有中国人才有两只眼睛。'"①

中国文化"过山车式"的双向思维又是太极思维的特征。以《阴阳鱼太极图》为徽标的太极思维,阴阳两极,对应反生,互动运行,穷上

---

① [法]阿里·玛扎海里:《丝绸之路·中国:波斯文化交流史》,耿升译,中华书局1993年版,第329页、第376页。

反下。例如生死，生同时意味着死，生命的巅峰同时意味着衰退。如果我们将生命看作百岁线段，那么，10岁既意味着生命线增加（由诞生成长）10岁，又意味着生命线减少（离死亡接近）10岁，生命就是生与死的互动过程，起点最终回归终点；五十岁的生命巅峰，同时意味着衰老的接踵而至。因此，太极思维也是动态思维、圆象思维。又例如得失，超出生活需要的财富与非生活需求的政治权力的得，同时意味着生命自由的失，因为财富需要打理——想方设法将他人财富占为己有，同时防备自己财富的流失，权力需要经营——想方设法将他人权力夺为己有，同时防备自己权力的丧失。西方文化"跷跷板式"的单向思维又是逻辑思维的特征。所谓"逻辑思维"，就是"人们在认识过程中借助于概念、判断、推理反映现实的过程。它和形象思维不同，以抽象性为其特征，故亦称'抽象思维'"①。

中国文化的太极思维，在某种意义上又是人文思维。《阴阳鱼太极图》虽然晚出，太极概念及其思维却早已存在，且与八卦同体共生。《易传·系辞》说：《易》有太极，太极生两仪，两仪生四象，四象生八卦。八卦乃伏羲观象于天，观法于地，观鸟兽之文与地之宜，近取诸身，远取诸物，立象尽意而作，以此实现人文建构。由此可知，与八卦同体共生的太极思维，属于意象思维、感悟思维、经验总结。因其属于中国人文建构的思维方式，我谓之"人文思维"。与之相对应，西方文化立足假设、演绎、归纳、实证的逻辑思维，正是科学研究的思维方式，为此，我谓之"科学思维"。除了经验、感悟与假设、推理，人文思维与科学思维的区别还在于：前者强调知行合一，例如先秦的孔子、孟子、老子、庄子、墨子，既是儒家、道家、墨家思想的开创者、理论建构者，也是实践者。后者立足知与行、假设与实证、理论建构与社会实践两分，对立统一，例如古希腊的柏拉图，则只是其"理想国"的设计者而非建设者；有所的科学定理，在未经实践验证之前都属于假设，只有经过实践验证，方成为扬弃谬误的定理乃至真理。

四、中西文化哲理模式

一元暨多元主义的龙文化话语，落实于哲学理念及其形态结构模式，

---

① 《辞海》，上海辞书出版社1989年版，第2765页。

那就是一元事物由多元因子构成、多元事物复归一元形态的一元暨多元，事物的二元结构"显二含三"，成就于二元因子对应反生的互包互孕，我称作"一元暨多元、二元互包互孕的哲理模式"。

一元暨中心主义的斯芬克斯文化话语，落实于哲学理念及其形态结构模式，那就是一元的强势主导多元的弱势、多元的边缘因子服从一元的中心因子的一元暨中心，事物的二元结构相互依存，相互转化，成就于对立统一，我称作"一元暨中心、二元对立统一的哲理模式"。

一元暨多元论与一元暨中心论不过是中西文化传统的主流，并非中国文化只有前者而西方文化只有后者。本体论与认识论的一元论、二元论、多元论、中心论，同样存在于中西文化之中。反之，一元暨多元论在中国文化与一元暨中心论在西方文化中，并非是在所有的时候与所有的层面都处于主流或中心地位，对此，须具体问题具体分析。为此，我特意在"以非我的话语言说自我"与"以自我的话语言说非我"的中西文化话语模式之前加"习惯"二字，在"天人物我合一"与"天人物我自立"的中西文化认知模式之前加"青睐"二字，在"人文思维"与"科学思维"的中西文化思维模式之前加"倾向"二字，以此明确并强调其相对性。总之，中西文化话语的一元暨多元主义对一元暨多元主义之说，不过是一种通过区别认识与言说事物的策略，不可固执。

中西文化一元暨多元与一元暨中心的哲理模式的具体内涵及其对应生成、互证、互释、互补关系，由哲学的物我主客关系及其在美学中的体现可见：

孔子及其门徒解读《易经》作《易传》，其《系辞下》说："古者包牺氏之王天下也，仰则观象于天，俯则观法于地，观鸟兽之文与地之宜，近取诸身，远取诸物，于是始作八卦，以通神明之德，以类万物之情。"《系辞上》又说："子曰：'书不尽言，言不尽意。'然则圣人之意，其不可见乎？子曰：'圣人立象以尽意，设卦以尽情伪，系辞焉以尽其言。'"由此形成"难言/言（书不尽言，言不尽意）—不言/象（言以立象，立象尽意）—言不言/意（意以象尽，意在言外）"的意义建构方式及其"正—对—合"三元谱系结构。在老子看来，人世间强调有为进取，行道德、仁义、礼乐之教，结果造成对人性、社会正义、自然和谐的破坏。所谓"大道废，有仁义；智慧出，有大伪；六亲不和，有孝慈；国家昏乱，有忠臣"（《老子·十八章》）是也。于是反世间仁义礼乐之道而行之，主张无为去欲，所谓"绝圣去智，民利百倍；绝仁弃义，民复孝慈；绝巧弃利，盗贼无有"（《老子·十九章》）是也。显然，老子的无为并非不作为；绝圣去智，清心寡欲，同样属于作为。原来，老子的无为作为自然之道，乃圣人、社会、自然的最高境界：顺其自然，无为而无不为。所谓"圣人为而不恃，功成而不处，其不欲见贤"（《老子·七十七章》），"天之道，不争而善胜，不言而善应，不召而自来，绰然而善谋。天网恢恢，疏而不失"（《老子·七十三章》）是也。由此形成"言（世人立言）—不言（老子去言）—言不言（天与圣人不言而有言）"意义建构方式及其三元谱系结构。孔子在《论语·阳货》中有"天何言哉？四时行焉，百物生焉，天何言哉"之教，在《易传·系辞上》中有"书不尽言，言不尽意"、"圣人立象以尽意"之教，在《论语·宪问》有"有德者必有言"之教，在《左传·襄公二十五年》中有"《志》有之：'言以足志，志以足言。'不言，谁知其志？言之无文，行而不远"之教，由此形成"言（有德者必有言）—不言（言不尽意，立象尽意）—言不言（天不言而以四时与百物为言）"的意义建构方式及其三元谱系结构。中国文化立足"言—象—意"之辨，体现为显二含三的"正—对—合"三元谱系结构的"言—不言—言不言"意义建构方式，由此奠定。影响所及，进而形成由先秦立象尽意说"言不尽意（言/难言/意/正）—立象尽意（不言/不直言/象/对）—意以象尽（言不言/意象/合）"、先汉赋比兴说"叙物言情（言/言情/情/正）—索物托情（不言/不言情/物/对）—触物起情（言不言/言物见情/情物/合）"、六朝刘勰意象说"情以物兴（言/言情/情/正）—物以情观（不言/不言情/物/对）—符采相胜（言不言/言物见情/情物/合）"、唐王昌龄意境说"了然境象（言/言境/境/正）—张意处身（不言/不言境/意/对）—神会于物（言不言/意与境会/意境/合）"、明金圣叹化境说"心纸皆有局有思（言/心/正）—心无局无思而纸有（不言/物/对）—心纸皆无而读者有（言不言/心物/合）"、清代王国维境界说"有我境界（言/我/正）—无我境界（不言/物/对）—意境两浑（言不言/意境/合）"等，共同体现审美意象（意境、境界）建构的"言—不言—言不言"、"物（我）—我（物）—物我"、"正—对—合"的意义建构方式。①

---

① 徐扬尚：《中国文论的意象话语谱系》，中国社会科学出版社2012年版，第29—33页。

从宗教哲学的天神中心说、一神独大说、天堂地狱说，到古希腊自然哲学的各种本原说，再到近代哲学强调精神决定物质的唯心主义与主张物质决定精神的唯物主义，西方哲学莫不强调物我主客两分，二元对立统一。总之，西方哲学总体上是以对立冲突作为事物的存在方式。具体包括热燥与冷湿、运动与静止、变易与永恒、杂多与单一、个性与共性、特殊性与普遍性、肉体与灵魂、自我与超我的对立冲突等。如果说中国的儒道释学说的嬗变，具有依经立义的特征，那么，西方哲学无论是在整体上还是某个学派的嬗变，则具有"弑父"的特征。由此形成立足"言—意"之辨的"言（言可尽意）—在（语言是意义的存在）"与"主（主体、主观）—客（客体、客观）"意义建构方式及其"正—反"二元体系结构。具体体现在文论上，由美国学者艾布拉姆斯综观西方文论史所提出的"艺术四要素理论"可见。其《镜与灯》说：文学作品发挥作用的主要因素有四个：世界、作品、艺术家、读者。① 对此，美国学者吉布斯诠释说，古往今来的西方批评家，基于不同的侧重而建构不同的批评理论：注重世界及其与作品的关系者，强调艺术对世界的摹仿，由此形成摹仿理论；注重作品自身者，看重的是艺术作品的体系自足，由此形成客观理论；注重作家及其与作品的关系者，视艺术作品为作家内心世界的外显，由此形成表现理论；注重读者及其与作品的关系者，则关注读者对作品的接受或作品对读者的影响，由此形成实用理论。② 作者与作品、作者与读者、作者与世界、作品与读者、作品与世界的两分及其一元中心、二元对立关系，显而易见。③ 德国学者提出的接受理论，为突出与强调读者阅读的自主性乃至对文本意义建构的参与，不惜割断作品与作者、作品与世界的关系，进而形成的文本批评，干脆割断作品与作者、读者、世界的关系，将其孤立对待，其一元中心、二元对立的哲理模式，可谓登峰造极。

---

① ［美］艾布拉姆斯：《镜与灯：浪漫主义文论及批评传统》，北京大学出版社 1989 年版，第 5—6 页。

② ［美］吉布斯：《阿布拉姆斯艺术四要素与中国古代文论》，张隆溪选编：《比较文学译文集》，北京大学出版社 1982 年版，第 205 页。

③ 参见徐扬尚：《中国文论的意象话语谱系》，中国社会科学出版社 2012 年版，第 9—10 页、第 21—22 页。

第二节 比较文学根源于西方文化话语的百年困惑

一、第一阶段：传受研究

(一) 基于名与实孤立和对立的名不副实，基于行为与目的孤立和对立的研究对象不明确，导致结论的不明确

比较文学在西方之所以诞生之后便背上名不副实的罪名，本来事出有因，却无人为之洗刷，莫不在于单向思维。比较文学植根于世界文学，志在超越文学研究的语言、民族、国别局限，建构新的文学关系的意愿，显而易见，也得到广泛认同。因此，至少是当伽列、基亚等法国学者将比较文学定位于国际文学关系史，尤其是布吕奈尔等将比较文学研究对象明确定位于各种文学关系时，比较文学概念已经是名副其实；不巧的恰恰是伽列、基亚、布吕奈尔等，也同样坚持认为比较文学名不副实。反之，如果有关学者具有双向思维，不妨反问：最初使用比较文学概念的"始作俑者"，当初到底出于什么考虑？不难发现，法语 Comparée 与英语 Comparative 共同的拉丁文词根 comparātīvus 具有相互关系的意义。法语与英语比较概念所具有的相互关系的意义之所以会成为不被认可的过去，当然还是取决于西语语义"弑父"的变革，而令"现在"与"过去"构成二元对立关系的，正是西方文化一元暨中心主义的认识论。

巴登斯贝格、伽列、基亚等法国比较文学学者之所以坚持文学传受关系的实证研究，而将文学比类关系的非实证研究拒之门外，将比较文学导向排斥美学分析的实证研究，是因为前者的研究对象与结论相对明确，方法的选择具有必要性，而后者并非如此，也莫不是将学术研究与方向目的割裂开来，使之二元对立的体现。当然，比较文学的研究对象与结论能够明确，研究方法具有必要性最好；反之，如果能有利于民族文学/国别文学的文本解读与文学史定位，有利于跨语言、跨民族、跨国界的文学交流与对话，有利于共同文学规律的寻求与共同文学话语的建构，能够导出有益的结论，是否应当允许研究对象与结论的不够明确，或相对的不够明确？答案显然是肯定的。

（二）基于名与实割裂的并无实际意义的学科细分，基于因果思维的结论建构于假设且排斥美学分析的主题学

在克罗齐看来，当时的德国比较文学研究与德国文学史研究，无论是研究对象还是研究方法，并无实质性的区别，因此说致力于国际文学关系史研究的比较文学，不过是并无实际意义的学科细分。这种指责，无论科赫等德国比较文学者愿不愿意接受，如果属实，都失之于名与实的割裂，因为无论是因实赋名还是因名赋实，都只能是名实相称。如果说克罗齐的上述指责属于见仁见智的问题，那么，克罗齐以传受研究的主题学将结论建构于假设之上，且"以可能为必然"，以原因之一为唯一，作为立论的依据，则让科赫等无言以对，让韦勒克等折服。无须赘言，意义假设、归纳演绎，正是西方文化的话语模式，因果思维、逻辑思维，正是西方文化的常用思维模式。反之，传受研究的主题学，如果不是将来自对考据的归纳演绎的相关结论作为必然结果，且作为唯一的原因，而是作为一种可能，作为原因之一，即使属于假设也未尝不可，未必就毫无意义。

克罗齐、巴登斯贝格、阿扎尔、韦勒克等人极力反对传受研究主题学专注材料分析而忽视文学本身，而有关学者之所以如此抉择，又是因为在他们看来，来自考据的结论明确而可靠，在证据与结论之间建构的是因果关系，而美学分析则难免见仁见智，显然失之于线性的、单向的因果思维。传受研究排斥美学分析的缺失，也正在此。

（三）基于二元对立统一的总体文学与比较文学的机械划分，二元国际文学关系研究的机械规定

梵·第根对比较文学与总体文学的区分，伽列、基亚等法国学者对一一对应的国际文学关系研究的二元关系定位等，之所以被韦勒克、雷马等美国学者视为机械，因其失之于二元对立、孤立割裂、单向思维的认识论，结果陷入为分类而分类，为定位而定位，不言而喻。因为事物是相互联系的，具有系统性，对事物的分类及其指称不过是为了认知与诠释的方便；反之，也正是为了全面而完整的认知与诠释事物，往往又必须将其放回系统语境，恢复此事物与彼事物的联系。总之，比较文学与总体文学的分类，国际文学关系的细分等，应当以肯定与依托其系统性为前提。

如此看来，反对比较文学与总体文学的机械区分，反对国际文学关系的机械划分，显然是正确的。然而，若是因此而反对这种区分的本身，显然同样属于二元对立、孤立割裂、单向思维的认识论，因为这种区分的本身也包含合理的区分，所谓合理的区分就是分而不分，分与不分互为因果：叙事中分类诠释而观念上则视之为一体。就像韦勒克、沃伦的《文学理论》对待文学与文学史、文学理论、文学批评之分的态度：基于事物的系统性，文学本来难以孤立地区分为文学史、文学理论、文学批评，而这种三分法又的确带来了认知与诠释的方便，因此令其分与不分，互为前提与基础。

（四）基于一元暨中心、二元对立统一的民族主义、自我中心论的世界主义，沦为中心化世界主义

比较文学本来生成于解构民族主义与中心化世界主义的整体观照的意愿，作为学科诞生的两个标志性人物，第一部《比较文学》专著的作者波斯奈特与第一份《比较文学杂志》的主编梅茨尔（Hugo Meltzl 又译作梅兹尔、梅尔兹），如达姆罗什所说："两人都试图进行与主流文学和文化研究模式不同的民族主义和世界主义的研究。从文化和体制的边界出发，波斯奈特和梅尔兹理解世界文学如何会轻易地转向它的对立面，成为强权视角下的更高层次的民族主义。民族主义与世界主义之间有问题的相互作用在比较文学的母体学科历史语文学中已经充分显现出来。""梅尔兹认为歌德的世界文学（Weltliteratur）的世界主义观念被迫服务于狭隘的民族主义关怀。……希望将歌德的世界文学观念从对民族文学吸收外国影响并在外国发生影响的强调中解放出来。"① 不幸的是，法国传受研究正是建构在这种中心化的世界主义理念之上，前面所说巴登斯贝格、伽列、基亚等法国比较文学学者之所以坚持实证研究而排斥比类研究，是因为前者的研究对象与结论相对明确，方法的选择具有必要性，只是表面现象，实际上是受当时盛行的植根进化论认识论的一元暨中心主义民族主义动机影响的结果，从而使法国传受研究的歌德世界主义意愿成为民族主义及其法国中心论、欧洲中心论的外衣。如前文所述，巴登斯贝格干脆以文学影响的清算作为比较文学的意义生长点，说是比较

---

① ［美］大卫·达姆罗什：《一个学科的再生：比较文学的全球起源》，尹星译、陈永国校，达姆罗什等主编：《新方向：比较文学与世界文学读本》，北京大学出版社 2010 年版，第 41 页、第 43 页。

文学就"是一种仲裁,一种清算,它将为新的、人道的、有生命的、文明的信念开辟道路"①。传受研究对帝国主义殖民入侵的回避,则引起《文化与帝国主义》作者阿拉伯裔美国学者爱德华·赛义德(Edward Said)的强烈不满,称其为"帝国主义的比较文学"。得到印度裔美国学者娜塔莉·梅拉斯的关注与认同:"这种方法中没有对帝国主义的批判,没有注意到占领和武力镇压的关系。"②

二、第二阶段:比类研究

(一)固执于意义假设的意义建构方式的学科名称,依旧名不副实,乃至发酵为学科定位的茫然

传受研究阶段基于名与实彼此孤立和对立的比较文学的名不副实,到了比类研究阶段,在娜塔莉·梅拉斯等人看来依旧如此,乃至发酵为学科定位的茫然。这当然不是她们的个人问题,而是西方比较文学界,至少是美国比较文学界的问题。娜塔莉·梅拉斯十分痛苦地陈诉:当你面对他人"你究竟比较什么"的疑问对"比较"的不认可,"你可以再得意不过地用'文学'或'文化'回答这个问题,但你又对这个动词感到犹豫:比较的行为究竟能在哪种意义上说明这个学科的工作"?当年库珀曾经回避用比较文学称其主持的比较文学项目,"严格地把'比较'当作客体即文学的一个属性,发现这是一个'假冒的术语'与说'比较土豆'、'比较外壳'没什么两样。"随后,"韦勒克把'比较'看做一种实践行为的特点或'比较方法'……提出把这个学科的名称改为普通文学。"到了伯恩海默的报告,"比较已经不再是一个错置的形容词或一种分析方法,而是一个空间。……但是,如果名词'比较'与一个包容性空间的关联清楚地勾画了出来的话,那么,表示实践或行为的动词'比较'的意思就模糊了"③。

娜塔莉·梅拉斯的陈诉,症结有三:一是纠结于比较词语的名词、

---

① Fernand Baldensperger, *Vergleichende Literaturwissenschaft-Das Wort und die Sache*, H. N. Fügen, Vergleichende Literaturwissenshaft, Econ, 1973, p. 33.
② [美] 娜塔莉·梅拉斯:《比较的理由》,陈永国译,达姆罗什等主编:《新方向:比较文学与世界文学读本》,北京大学出版社2010年版,第70页。
③ [美] 娜塔莉·梅拉斯:《比较的理由》,陈永国译,达姆罗什等主编:《新方向:比较文学与世界文学读本》,北京大学出版社2010年版,第52—54页。

动词、形容词词性及其用法，想要明确定位于某种词性、某种用法，明确其所指而不得。二是纠结于意义假设、约定俗成的意义建构方式。既然是意义假设、约定俗成，那么早期比较文学家及其著作所赋予比较文学词语及其学科致力于各种文学关系研究的用法与意义，就应当构成比较文学词语与学科的既定用法与意义，遗憾的是：对于比较文学词语及其学科，欧美学者却是各有各的设想，或说别人的设想都不是自己想要的，总是难以达成共识，实现约定俗成。如此意义建构方式，最终使欧美比较文学如同文学、美学等词语定义及其学科定位，陷入永无止境的争论与茫然。

（二）单向思维的无限跨界，使比类研究的学科定位失之宽泛且无所约束

法国学者之所以将具有跨越性与会通性的比较文学局限于国际文学关系的实证，原因之一就是有感于跨越性与会通性所带来的宽泛，因此势必对艾德礼、雷马克等有关跨国界与跨学科的比较文学学科定位持保留意见。就是将比较文学从法国学者的狭隘中解放出来的韦勒克等，也同样质疑跨国界与跨学科的比较文学学科定位的宽泛。伯恩海默的《跨世纪的比较文学》研究报告将比较文学的中心由文学移向文化的建议，实质上是在为美国比较文学走向泛理论与泛文化，最终消解比较文学学科推波助澜，因此为曹师顺庆等中国学者所批评；就连跨学科也因失之宽泛而被刘象愚质疑。斯皮瓦克在颠覆立足去异求同的宗国文学向藩国文学单向跨越、单向渗透的"旧比较文学"的同时，主张反其道而行之，建构立足反同求异的藩国文学向宗国文学的反向跨越、反向渗透的"新比较文学"，特别强调"比较文学必须永远跨越边界"，虽然"跨越边界是一个有问题的事情"①，却未能给出必要的限制。不能不说，正是欧美比较文学的这种不受限制的跨越，由传受研究的跨语言、跨国界到比类研究的跨学科、跨文化，再到斯皮瓦克的藩国文学向宗国文学的反向渗透、反向跨越，带来娜塔莉·梅拉斯所陈诉的比较文学名称定义与学科定位的茫然。究其根源，则在于单向思维的思维模式。双向思维告诉我们：凡事须有所为而有所不为，若是无所不为必将无所作为。如前

---

① Gayatri Chakravorty Spivak, *Death of a DisciPline*, *back cover*, New York: Columbia University Press, 2003, p. 16.

文所述，比较文学研究的跨越与会通，必不能脱离以文学为中心的文学性即学科属性，不能背离文学关系跨越与会通的用其无用的无用之用学科特性。

（三）世界主义意愿依旧扭曲，比类研究依旧成为帝国主义情结的诉求

在颠覆法国派及其传受研究的法国中心论、欧洲中心论的基础上建构起来的美国派及其比类研究，却又陷入西方中心论。典型表现有三：首先，眼中只有西方文学与文化，而无视世界文学与文化。这类现象早在第一阶段已经存在，第二阶段不仅继续存在而且变本加厉。诚如雷马克在《比较文学在大学里的处境》中所说：有关美国学者以为，以欧美文学为语境与言说对象的美国大学的文学课，其实就是比较文学，比较文学因此失去存在的必要；同理，有关美国学者以为，以西方文化为语境与言说对象的现象学、诠释学、符号学、心理分析、接受理论、结构主义等现代文论，其实就是比较文学，比较文学因此失去存在的必要。如此等等，眼中只有西方文学与文化，而没有世界文学与文化。其次，将西方文学与文化等同于世界文学与文化。对此，安田朴的发言《中国比较文学的复兴》指出：真正的问题是要考虑一下，当人们不了解阿拉伯文学的全部，不了解印尼、中国、日本、印度、黑非洲各国等等文学的全部时，他们有权使用比较文学的头衔吗。第三，以西方为中心，对国际比较文学进行格式化。例如佛克玛等欧美学者以欧美学者不再提比较文学学派为由，极力反对中国学者提比较文学学派等，无视双方的不同语境，尤其是学派概念在中西文化中的不同内涵；基于美国立足另类文学关系研究的比较文学与文论研究、文化研究的混同，而宣扬比较文学"取消论"，无视中国、印度、埃及等国家立足跨文明的异质文学关系研究的比较文学的不同特性等。如此西方中心论的一元暨中心主义观念，不言而喻。

伯恩海默的《跨世纪的比较文学》研究报告，提出放弃欧洲中心论，将比较文学研究的目光移向全球的对策，无疑是国际比较文学第二阶段所取得的进步之一。然而，由于许多西方学者缺少平等和对等的意识，使其从事东西文学与文化的比较，成为西方文学与文化的独白：除了以西方文学与文化为中心，干脆就不了解非西方文学与文化。这也正是赛义德"东方学"所说的，西方学者心目中的东方不过是一种西方人的自以为是加上荒诞臆想的东方的根本原因之所在。如此语境之下的东

西文学比较，具体到中西文学比较，以韦斯坦因为例：他的《比较文学与文学理论》所谓远东国家无文学分类之说，显然是对中国文学的无知。据其日后勇于改正错误的学者态度，似乎只是因为对中国文学无知而与西方文化的自我中心的意识无关。其实不然，否则，既然想就中西文学比较发言，何不事先熟悉中国文学？既然不熟悉中国文学，即使进行中西文学比较，也完全可以拿中国文学作为西方文学的参照系，而不必就中国文学本身发言。由此可见，美国学者若要真正放弃欧洲中心论，将比较文学研究的目光移向全球，促成中西文学的对话、交流、互证、互释，只有从潜意识上改变其对传统的青睐天人物我自立、合作竞争的认知模式与习惯以自我的话语言说非我的话语模式的偏执，象宇文所安等学者那样，认真研读中国文献，熟悉由"十三经"、"二十五史"、"先秦诸子文集"等古典文献奠定的中国文化话语。

（四）反一元性、同一性的多元性、差异性研究，偏执偏枯

斯皮瓦克反对一元性、同一性、去异求同的"旧比较文学"，倡导多元性、差异性、去同求异的"新比较文学"。殊不知，事物的一元性和多元性、差异性和同一性相对生成，离开一元性、同一性，多元性、差异性无从体现。例如：因为有了体现多元性、差异性的民族文学、民族主义，才会有体现一元性、同一性的世界文学、世界主义；反之，没有民族文学、民族主义，世界文学、世界主义便不复存在。如果事物只有差异性而没有同一性，那么相对非人而言的，由不同性别、种族、年龄、阶级等各类人构成的"人"的概念就不能存在，换句话说，"人"的概念言说的就是各类人的同一性。因此，无论是以汉字为代表的意音文字还是以希腊文、拉丁文及其演化而来的英文、法文、俄文等拼音文字，其术语、概念建构，通常都体现为对应生成。斯皮瓦克反对一元性、同一性、去异求同，偏执多元性、差异性、去同求异的"新比较文学"，也因此失去立足之境。虽然孤立地看，她对所谓"旧比较文学"的批判十分到位，由此建构的"新比较文学"也不无见地，因此而在美国学界享有声誉。

歌德的世界文学观念生成于一个追求同一性的世界主义时代，基于此，韦勒克解读歌德的世界文学观念时，才一方面强调歌德的世界文学是要每个民族都将在这样一个全球性大合奏中演奏自己的声部，另一方面又强调这是一个非常遥远的理想，没有任何一个民族愿意放弃它的个

性。反之,韦勒克为何坚持说世界文学的形成,必须以民族文学放弃各自的个性为前提,而不能多元共生、和而不同?原来正是受一元暨中心主义的西方文化集体无意识机制的结果。

三、第三阶段:跨文明研究

(一)单边主义的"阐发法"、"学派过时论"、"学科取消论"的一元暨中心观念

台湾学者提出的单边主义"阐发法",有关中国学者对欧美学者的"学派过时论"与基于比较文学混同于文论研究、文化研究的"学科取消论"的附和,其西方中心论立场显而易见。西方中心论对于西方学者而言属于后殖民意识,而对于中国学者而言则属于被后殖民意识。这种被后殖民意识又根源于一元暨中心观念。所谓"援用西方的理论与方法,以开发中国文学的宝藏。由于这援用西方的理论与方法,即涉及西方文学,而其援用亦往往加以调整,即对原理论与方法作一考验、作一修正"的阐发法①,西方中心意识不言而喻。同理,学派概念在中西文化中具有不同的意义,儒道墨法等先秦诸子百家之分,就是学派之分,儒家之中又有强调师承的子思学派,清代桐城派即强调学术倾向的桐城学派,何来过时之说?因此,如果说有关中国学者的"学派过时论"并非对欧美学者的附和,而是英雄所见略同,那么,二者之同也同样是一元暨中心观念的体现。至于有关中国学者的"学科取消论"对中国比较文学研究不同于西方比较文学研究的文化语境的无视,依旧难脱对欧美学者一元暨中心观念的认同之嫌。因为欧美比较文学混同于文论研究与文化研究的前提,是其欧美文化语境及其文学与文化的另类整合,而中国比较文学研究则倾向跨文明,立足不同文明的异质性。

(二)民族文化话语和自我本位的缺失,使国际文学对话成为空谈,"本土化"的理论建构成为缺失

对于近代以来立足全盘西化或者拿来主义的中西文学与文化交流,曹师顺庆提出了文论失语与文化失范的"失语症"之说。② 我最近研究《木兰诗》的"扑朔迷离"、《文心雕龙》的"风骨"有关现代解读也发

---

① 古添洪、陈慧桦:《〈比较文学的垦拓在台湾〉序》,台湾东大图书公司1976年版。
② 曹顺庆:《文化病态与文论失语》,《文艺争鸣》1996年第2期。

现：有关现代中国学者包括海外华裔学者，运用西方文化话语解读中国古代文学与文论的结果，的确是不中不西的失语，且不必说港台学者杨牧与颜元叔分别拿结构主义、精神分析理论对乐府诗"公无渡河"与闺怨诗"自君之出矣"的阐发研究。"失语症"的要害并非是拿西方的理论方法、概念术语、话语模式解读中国文学，而在于这种解读丧失了中国文学与文化的本位，缺席应有的中国文化话语模式的参照，从而陷入西方中心论的削足适履。反之，如同钱钟书的《管锥编》、《谈艺录》以中国文学与文化为本位，以西方理论方法、概念术语、话语模式为参照系，显然可收他山之石之效。由此可见，下述反对意见便不辩自明：或说既然是西方文化话语也是话语，我们运用西方文化话语模式解读中国文学，便不是失语；或说用西方理论方法、概念术语、话语模式向西方传播中国学术，是为了便于西方读者接受，有益无害；或说建构中国文学与文化话语，首先必须认同并学习作为世界文学与文化中心话语的西方文学与文化话语。问题是，如此作为，必须以坚持中国文学与文化的本位为前提。正是因此，钱钟书等人的中国文学研究才会坚持以中国文学为本位，而以西方理论方法、概念术语、话语模式为他山之石，而非以西方理论方法、概念术语、话语模式为刀俎，而以中国文学为鱼肉。也正是因此，以西洋语法切割中国语文的《马氏文通》至今为学界诟病。显然，全盘西化与"失语症"，正是坚持西方文化非此即彼、一元暨中心、二元对立观念的结果。具体到中国比较文学的理论建构，早期的比较文学教科书多为对欧美同类教科书理论体系的借用；后期的比较文学教科书再借用前期的教科书；中国学者虽在学科界定上思考良多，回归中国文化语境，植根中国文化话语者却至今难得。

（三）译介学及其"绝大多数的误译与漏译都属于无意识型的创造性叛逆"说的"一元暨中心"观念

作为比较文学媒介学范畴的翻译研究，主要是指文学翻译，而翻译学的内容则包括文学翻译和非文学翻译。比较文学的媒介学和翻译研究，翻译学和比较文学的翻译研究，显然是大概念与小概念、包涵与被包涵的关系。但是有关《比较文学》教科书却以译介学代替媒介学。有关学者也许会辩解说：我所说的译介学就是指媒介学，是翻译与介绍的简称。这种辩解显然也让人心存疑虑：一是该教科书的"译介学"章节，并不包含翻译研究之外的内容；二是被译介学替换的媒介学，是一个由梵·

第根创造,众所周知,且已经被广泛接受的概念。再说,该教科书"译介学"章节同时提到的,演义由法国社会学家埃斯卡皮(Robert Escarpit)拈出,用来指语言转换的翻译即"创造性叛逆(creative treason)"之说而来的"绝大多数的误译与漏译都属于无意识型的创造性叛逆"说①,作为汉语表达,也值得商榷。埃斯卡皮解释说:"说翻译是叛逆,那是因为它把作品置于一个完全没有预料到的参照体系里(指语言);说翻译是创造性的,那是因为它赋予作品一个崭新的面貌,使之能与更广泛的读者进行一次崭新的文学交流;还因为它不仅延长了作品的生命,而且又赋予它第二次生命。"② 这种醉翁之意不在酒的解释容易理解,但是,要说类似将"二八女"译作"十八岁女孩儿"之类的误译也属于创新,未免给人一头雾水,遍查汉语字典找不到相关的解释(如果作品内容涉及法庭陈述:是十六岁还是十八岁,直接关系到公民权的裁定与案件量刑等)。当然,这属于被"绝大多数"排除在外的"例外",尽管如此,翻译并非只是忠实原文意义与否的问题,还有个能否完整传达原文意义的问题,不能完整传达原意并不等于有意背叛,只是欲忠实而不能而已,由此造成的误译与漏译的意义丢失,无论如何也说不上有什么创造性可言。对此,周蕾讨论后殖民语境的跨文化翻译的文章《译者、背叛者;译者,悲悼者(或文化间等值的梦想)》指出:作为正向翻译的西方语言到非西方语言的翻译,后者需要通过调整乃至改造才能适应前者;作为逆向翻译的非西方语言译到西方语言,或说"低劣"语言到全球语言或现代化语言的翻译,则无需调整与改造。也就是说,在传统的翻译实践中,无论是正向翻译还是逆向翻译,西方语言始终是衡量翻译的标准,非西方语言的表达总是要依据西方语言来判断其准确与否。③至此,我只能说这一切都根源于有关学者的一元暨中心观念,一切唯西说是从,也不管其汉语表述是否说得通。相关事例不胜枚举,总之,到目前为止,比较文学学科史上的种种困惑,追根求源,大多在于一元暨中心主义观念。其实,我这么说既不稀奇也未夸大其词,因为比较文学

---

① 陈惇、孙景尧、谢天振主编:《比较文学》,高等教育出版社1997年版,第147页。
② [法]埃斯卡皮:《文学社会学》,王美华、于沛译,安徽文艺出版社1987年版,第137页。
③ Rey Chow, *Translator, Traitor; Translator, Mourner (or, Dreaming of Intercultural Equivalence)*, New Literary History, 2007, 37: 565-580.

不仅生成于一元暨中心主义的西方文化语境，而且中国比较文学至今也未能完全脱离一元暨中心主义观念的无形机制。

第三节　中国文化话语对比较文学百年困境的解脱

综合前文所述，百年比较文学的种种困惑，大多根源于作为比较文学生成语境与言说语境的西方文化及其一元暨中心主义话语。而与之对应互补的中国文化及其一元暨多元主义话语，对于百年比较文学则具有消解困惑、拯救危机之功用，直至成为中国化比较文学实现理论体系建构的学科话语。

一、变历史包袱为发展资本

百年比较文学的理论建构三阶段及其三大学派，作为不容否认与忽视的"过去完成时"的存在，其相互关系如何？应当如何看待？如前文所述，韦勒克等美国学者显然是将传受研究与比类研究理解为破旧立新的"对立"与"否定"关系，有关中国学者在提出跨民族与跨文化之说的同时，也显然是对法国派与美国派的跨国界乃至跨学科持否定态度；虽然是日后的法国派传受研究与美国派比类研究走向共和，并为中国派跨文明研究所包容，但是由克罗齐对法国派传受研究考据的结论生成于假设的质疑，远浩一等对美国派比类研究跨国界的质疑，曹师顺庆等对美国派比类研究理论设限宽泛失控并走向泛文论与泛文化的质疑，刘象愚对中国派跨文化研究立足异质性的中西文化比较失之狭隘的质疑等，至今仍是有待破解的悬案。如果说在某种意义上，上述质疑都不无道理的话，那么，法国派的传受研究、美国派的比类研究与中国派的跨文明研究都属于带病上路，美国学者对法国派的兼容并包，中国学者对法国派与美国派的兼容并包，因其不彻底而难以自圆其说。

一元暨多元主义的学科话语一旦确立，比较文学上述进退维谷的困境立刻解脱，相关问题随之明朗。一元暨多元，二元相辅相成、相反相成、对应互补的一元暨多元主义观念，一方面要求作为国际学科或独立学科的比较文学的"一"，暨其构成要素各国比较文学的"多"；作为国际学科或独立学科的比较文学的各构成要素的"多"，又要服从、回归作为理论体系建构的"一",即比较文学理论建构的国际共识。另一方面要求作为国际学科或独立学科的比较文学的理论体系的"一",其构成要素各国比较文学之间,既谋求基本共识又坚持个性,从而形成相辅相成、相反相成、对应互补、互证互释的多元共生。

具体到比较文学理论建构三阶段及其三大学派,一方面,国际比较文学由生成于不同时期的欧洲文化、北美文化、中国文化语境的传受研究、比类研究、跨文明研究共同构成,这是不可否认也无法改变的事实;作为一门国际性学科的比较文学,也应当属于各国比较文学的众声合奏,多元共生。在比较文学这部乐章中,无论是传受研究,还是比类研究,或是跨文明研究,在身份上都是平等的,互为中心,互为主导,互为他者;允许传受研究对传受实证、比类研究对科际整合、跨文明研究对中西文学比较的不同偏重与爱好。反之,三大学派的各种中心论、民族自恋、民族虚无、谋求对他者的格式化以实现自我张扬、追求被他者格式化以实现自我提升的企图,都是有害无益的,也是必须加以反对的。当然,"多元"的传受研究、比类研究、跨文明研究又必须回归到作为国际学科的比较文学的"一元"之下,谋求乃至达成研究对象、研究方法、方向目的、学科属性、学科特性、学科话语的基本共识。

二、使学科定义完善自足

一元暨多元主义的学科话语机制下的会通研究谱系,研究对象、方法、类型,学科特性、属性,正是互证互释、互为因果、互动互应的一体五面:传受变异关系、异同比类关系、阐释发明关系即研究对象;改"某某关系"为"某某研究",即研究方法;再改"某某研究"为"某某学",即研究类型,三者共同体现了比较文学务虚用无,致力于无用之用的学科特性;作为比较文学学科属性的会通性也自在其中,难免给人以"重复之感"。当然,会通研究理论谱系一以贯之的逻辑性,也由此可见。

一元暨多元主义学科话语的明确,将使比较文学真正成为一门研究对象、研究方法、方向目的、学科特性与属性等,既明确而又统一的独立学科,使中国比较文学成为具有实质意义的国际比较文学第三阶段。一元暨多元主义学科话语机制下的中国比较文学,应该是,也必然是:

一方面,一元暨多元,二元互包互孕、相反相成、相对相成。作为国际学科的比较文学的"一",暨其构成要素各国比较文学的"多";作为独立学科的比较文学的各构成要素的"多",又要服从、回归作为理论体系的"一";作为独立学科的比较文学的理论体系的"一",要求其构成要素的多,相互之间互动互应、互证互释、对应互补。

作为一门国际性学科的比较文学,属于各国比较文学的众声合奏、多元共生。在比较文学这部乐章中,各国比较文学的身份都是平等的;互为中心,互为主导,互为他者;大家的发言权、研究成果、理论方法,都应受到同等的尊重与对待;允许各种合理的观念、方法、类型同时存在,允许各自侧重与爱好;各种中心论与民族自恋与优越感,各种以自我的比较文学观念、理论、方法对非我的比较文学进行格式化的企图,都是有害无益的,也是必须加以反对的。

而各国比较文学的"多元"因子,又必须回归到作为国际学科的比较文学的"一元"之下,遵从其共同的学科设限:共同的研究对象、方向目的、学科属性、可比性、学科特性、学科话语。任何脱离文学关系的研究对象,脱离文学的中心,脱离无用之用的学科特性,脱离服务文学解读、文学史写作和共同诗学与对话平台的建构,导出有益结论的方向目的,为比较而比较的研究,都将被视为非比较文学研究。

作为一门独立学科的比较文学,研究对象、研究方法、方向目的、学科属性、可比性、学科特性、学科话语等各要素之间,将构成对应互补、互证互释的关系:如"绪论"所述,既定的另类异质四际文学关系的研究对象,会通文学内外关系,令其互证互释的方向目的,决定了会通研究的研究方法;文学关系研究旗帜下的传受变异关系、异同比类关系、阐释发明关系等三大文学关系,与会通研究旗帜下考证传受、追查变异的传受变异关系研究,求同显异、比物连类的异同比类关系研究,相互证释、彼此发明的阐释发明关系研究等三大子方法类型间的互动关系,顾名思义;涵盖开放、包容性、边缘、整合性、比较、参照性、跨越、会通性的无用之用的学科特性,正具体体现在另类异质的四际文学关系会通研究之中;体现无用之用的四际文学关系会通研究,又是由一元暨多元的学科话语一以贯之。

另一方面,比较文学研究中被比较的双方,属于平等对等、互为中心、互证互释、相反相成的关系;如"绪论"所述,无论是比较文学的会通研究与传统治学方法,还是比较文学与传统学科及其相关学科之间,莫不如此。

作为比较文学研究的文学比较，其平等对等原则，不单要求异同比类研究，被比较双方构成平等对等的关系，不以优劣评判为目的，同样要求传受变异研究，其传播与接受的双方构成平等对等的关系，不以债权清算为目的。因为比较的本身不是目的。这也正是主张"多元主义"的艾德礼《世界文学的再现》的观点。

比较文学研究中的平等对等，不是不要中心或消解中心，而是以互为中心替代单纯的自我中心与非我中心。为了解决哪方面的问题，哪方面便是比较研究的中心，另一方面就是参照系；如果为了同时求证双方，那么，双方便互为中心。这是就比较研究的语境而言。在认知理念上，凡是被比较的双方，都是互为中心，互为参照（系）的平等对等关系，双方均无高低优劣、主次轻重之分。因此，比较的过程中，任何旨在褒扬一方而贬低另一方，以一方为刀俎而以另一方为鱼肉的做法，都是违背比较文学认知方式的。

比较研究被比较的双方的互为中心，互为参照（系），从而构成互证互释、相反相成的关系。无论是比较的目的在于任何一方，另一方同样可以因此得到证明与诠释。而跨民族语言文化的沟通、对话、交流也好，民族文学、国别文学研究服务于作家作品的解读与定位的比较也好，更不用说世界文学中的求同显异，以及民族文学、国别文学史与世界文学史的互证互释，被比较的双方只能是互证互释的关系。至此，我相信艾德礼对建构共同诗学与以人诠我的疑虑，会自然消解。艾德里的《世界文学的再现》写道："东西方文学存在着共同的领域，我们可以合理合法地寻找能把它们结合在一起的原则和性质，但如果把一种文化的标准用于另一种文化，那就不合理了。"①

虚实相生，有无相成。用空虚、用闲置、用无用、用难以用、用不可用、用反用损，以空虚、闲置、无用、难以用、不可用、反损为用，基于用实有、用贤能、用精华、用增益，用可用、好用，以实有、贤能、精华、有用、可用、好用、增益为用；穷上反下，有用之用的极至便是无用之用。没有民族文学/国别文学研究，没有与文学相关的各个学科，便没有相应的文学关系，致力于无用之用的比较文学跨文明与跨学科的

---

① 引自陈惇等主编：《比较文学》，高等教育出版社1997年版，第29页。

各种文学关系的会通研究,将难以实现,这门学科也就成为空中楼阁;虽然比较文学独到的会通研究,其作用是假设、考证、分析、归纳、综合、演绎、推理等传统治学方法无法替代的,但是,会通研究又必须借助假设、考证、分析、归纳、综合、演绎、推理等传统治学方法,来实现自己的功能,达到目的。

三、消解过去的种种疑问与纠葛

一元暨多元主义的比较文学学科话语告诉我们:首先,比较文学的中国化或说中国化比较文学,就是中国比较文学学者用汉语汉字言说与书写移植自西方,生成于西方文化语境,体现西方文化话语的比较文学时,令其贯彻中国文化话语。这种学科话语转换,立足二元对应互补、相反相成、相对相成,而非苏其康所担心的二元对立、非此即彼、彼此否定。同理,比较文学中国学派对中国文化话语的贯彻不仅并不排斥别人,而且是与他者的相互依存,没有美国派与法国派之说便没有中国派之说,中国派之说的全部意义就在于为中国比较文学明确一个"身份",而非佛克玛所理解的制作一个"护照"。反之,如果说中国派与法国派、美国派有什么不同,那就是中国派不是排斥别人,而是包容别人。具体地说,中国学者在强调跨文明,关注文学变异时,不是否定法国学者的传受研究与美国学者的比类研究,而是包容二者,以此作为跨文明理论体系建构的基础。于是,一个相关的问题也随之明确:季羡林强调比较文学要讲点功利性,就是有益于中国文学的文本解读与作家作品文学史定位,而非法国派确立债权国的民族主义;范存忠强调比较文学可以增加民族自豪感,并不是以贬低别人为前提的民族文化自恋,而是世界各民族都可以通过比较文学研究增加自豪感与自信心。

其次,本土化与全球化、民族性与世界性、一元化与多元化、同一性与差异性、国别文学与世界文学、民族文学与总体文学乃相反相成的关系,而非二元对立的关系。这既是中国派不同于法国派与美国派,也是钱钟书"盖人共此心,心均此理,用心之处万殊,而用心之途则一。名法道德,致知造艺,以至于天人感会,无不须施此心,即无不能同此理,无不得证此境"之说①,不同于斯皮瓦克反对"旧比较文学"的去

---

① 钱钟书:《谈艺录》,中华书局1984年版,第286页。

异求同所建构的反同求异的"新比较文学"的根本之所在。换句话说，肯定文学差异性、区域特色，热衷文学差异性、区域特色研究，不应以否定文学同一性及其研究为前提，反之亦然。

第三，中国学者对以实毁名的佛克玛坚持让文化研究与文论研究替代比较文学，巴丝奈特坚持让广义的翻译研究替代比较文学的反对，实际体现了西方文化以三代天神乌兰诺斯、克罗诺斯、宙斯的弑父神话为原型，"弑父"的二元对立、不破不立的意义建构方式、表述方式、解读方式，同中国文化以伏羲立象尽意作八卦、孔子及其门徒解读《易经》作《易传》的神话与传说为原型，"依经立义"的不易与变易相反相成的意义建构方式、表述方式、解读方式的碰撞。与之相关，法语comparée与英语comparative概念的名不副实与汉语比较文学概念的名实相称，同样体现了弑父与依经立义的中西文化话语碰撞：如前文所述，如同汉语的"比"字，法语与英语比较文学共同的拉丁文词根comparātīvus，既具有相互关系之意，又具有相互比较、相互对照之意，因西方文化喜新厌旧的意义建构方式、表述方式、解读方式，从而使有关持比较文学概念名不副实之说的西方学者对此置之不理。

第四节 "一元暨多元主义"：中国化比较文学的学科话语

如"绪论"所述，作为比较文学学科话语的"一元暨多元主义"，具体体现为天人合德、主客为一、体用不二、无用之用"四大理念"，贯彻于以非我的话语言说自我的话语模式、天人物我合一的认知模式、太极思维的思维模式、一元暨多元的哲理模式"四个层面"。

一、以非我的话语言说自我的话语模式

勃洛克满怀会心地说：虽然"专业比较文学家的人数相对讲不多。我们有理由认为，他们现在对文学研究作出的贡献比他们按人数比例应该作出的要大得多"。但是，"有些出色的比较文学研究成果是由国别文学专家做出的。当前，大部分从事比较文学研究的学者都不是正式的比较文学家。这一局面可能会逐步改变，但是眼前这是完全可以理解的"。"另一方面，我们看到任何治文学的学者，不管他的专业是什么，至少在

部分程度上是比较文学家或者应该是比较文学家,如果他彻底研究课题,比较文学赋予国别文学研究以广度和深度;未来的岁月中也是这样。"①类似现象与前景,在中国却被钱念孙解读为比较文学即将消亡:"今天比较文学所特别强调的内容,在明天必将成为每个文学研究者理应具备的起码素质。在这种情况下,比较文学必将逐渐被取代、被消融的道路,即比较文学将消融在各类具体的文学研究,如古典文学、现代文学、当代文学、文学理论或小说研究、诗歌研究之中。"② 结果,勃洛克所说的现象,四十年后的美国依然故我,钱念孙"诅咒"的中国比较文学,二十年后反而成就国际比较文学的第三阶段。原来,这正是根源于比较文学,或说是中国化比较文学习惯以非我的话语言说自我、互为中心的话语模式的"宿命"。具体体现为主客为一、体用不二、无用之用的如下三个方面。

(一) 成就他者与以他者成就自我的意义建构方式

致力于四际文学关系研究,促进另类异质的文学对话,会通共同诗心与文心,寻求共同的文学规律的比较文学,如同媒婆与桥梁,以成就民族文学/国别文学研究、总体文学/世界文学研究为己任。反之,自居客位,自我为用,自视为无用,成就他者,以他者为主,以他者为体,以他者为有用,正是比较文学反客为主,反用为体,自我做主,"以无用为大用,自我实现的价值所在,或说比较文学通过成就他者实现成就自我。换句话说,若是没有民族文学/国别文学需要沟通、对话、交流的诉求,没有人们需要了解他族文学/他国文学以及由此形成的总体文学/世界文学的诉求,没有文学研究对相关学科理论方法的凭借以及研究相关学科对文学的影响的诉求,比较文学就将失去存在的必要,或说其存在价值将难以实现。也就是说,主客为一,自居客位,体用不二,自我为用,无用之用,自视为无用,是实现反客为主,反用为体,以无用为大用的前提与基础。主客为一、体用不二、无用之用的成就他者与以他者成就自我,由此成为比较文学的意义建构方式。

具体的比较文学研究,传受变异研究在彰显强势民族文学/国别文学

---

① [美]勃洛克:《比较文学的新动向》,施康强译,干永昌等编选:《比较文学研究译文集》,上海译文出版社 1985 年版,第 201 页、第 199—200 页。
② 钱念孙:《比较文学消亡论:从朱光潜对比较文学的看法谈起》,《文学评论》1990 年第 3 期。

的成就或有用时,不要忘记其有用的成就离不开弱势或无用的民族文学/国别文学的参与,正是无用的弱势民族文学/国别文学的文学接受,成就了有用的强势民族文学/国别文学的文学传播,其实,有用的文学传播与无用的文学接受属于相互成就。同理,比较文学的传受变异研究,无论是以文学传播研究或传播方为体而以文学接受研究或接受方为用,还是以文学接受研究或接受方为体而以文学传播研究或传播方为用,均属于体与用相互成就。因此,传受变异研究必须坚持平等的原则,反对债权思想。这也正是巴丝奈特所谓广义的翻译研究关注"重写"非我话语的藩国文学、区域文学、后殖民文学、旅行文学、女性文学的意义之所在。异同比类研究与证释发明研究之所以有存在的必要,就在于民族文学/国别文学的文学解读与文学史写作,既需要他族文学/他国文学与他学科的参照,也离不开民族文学的族际关系与国别文学的国际关系的叙述。反之,比较文学相对民族文学/国别文学的优势,就在于民族文学/国别文学研究属于自我观照,比较文学属于以人观我,为民族文学/国别文学研究提供一个非我的参照系,其实是自我观照与以人观我相结合,因此必须坚持对等的原则,反对自我中心论,提倡事实上属于互为中心的非我中心。

就比较文学学者而言,何谓比较文学学者?照理,应该是指既拿比较文学的方法、理念从事文学研究,又从事比较文学学科理论建构的学者。然而事实上哪个国家都没有这种规定,既有从事比较文学理论建构的比较文学学者,也有从事比较文学应用研究的比较文学学者。一方面,比较文学作为一种理念、一种方法,不可避免地为其他学科学者所具有;另一方面,致力于四际文学关系研究的比较文学学者,其研究成果不可避免地体现为国别文学研究,或属于文学理论,或属于文学史等相关学科。尤其需要说明的是:比较文学学者应用比较文学理念与方法的高度自觉,往往令其研究成果对比较文学理念与方法的体现,反而没有非比较文学学者的成果那么明显。例如我们研究《红楼梦》贾宝玉与林黛玉的自杀、《水浒传》好汉对异性的冷漠、鲁迅《阿Q正传》民族劣根性的非我言说的成果,无论有没有详细而系统地引述弗洛伊德的精神分析、西方女性文学批评、美国来华传教士明恩溥及其《中国人的气质》,甚至没有相关字样,对贾宝玉仇父心理与林黛自恋心理、梁山好汉女性观、《阿Q正传》民族劣根性的探讨,都已经在实质上进入到证释发明研究与传受变异研究,从而形成非比较文学学者的成果往往较比较文学学者的成果更像比较文学成果的现象。也就是说,比较文学的内行与外行及其研究成果的名与实,相反相成,互为体用。

(二) 言说他者与以他者话语言说的表述方式

如果自我审视、自我评价、自言自语的民族文学/国别文学乃至文学研究,属于言说自我与自我言说,那么致力于四际文学关系研究,通过民族文学/国别文学的传受变异关系与异同比类关系、文学与相关学科的证释发明关系来言说民族文学/国别文学乃至文学的比较文学研究,便属于言说他者与以他者话语言说。例如比较文论有关中国文论意象论以及由此形成的"意象话语"分析,对印度情味论以及由此形成的"情味话语"的影响的引入与借重,有关中国现代文学的现实主义与浪漫主义理论的分析,对西方文论模仿/典型论以及由此形成的"形象话语"的影响的关注与借重,有关汉唐文学史定位与分析,对印度佛学的外来影响与中国文学在龙文化圈的际遇的引入与借重。如果说民族文学/国别文学乃至文学研究的言说自我与自我言说是自我为主,是民族文学/国别文学乃至文学研究之体,属于务实,那么民族文学/国别文学乃至文学的四际关系研究的言说他者与以他者话语言说便是立足主客为一,反客为主的非我为主,是立足体用不二,反用为体的民族文学/国别文学乃至文学研究之用,属于立足无用之用,以务虚之无用为大用的务虚。主客为一、体用不二、无用之用的言说他者与以他者话语言说,由此成为比较文学的表述方式。

言说他者自然离不开应用他者的话语言说,后者较前者更为难得,这也正是比较文学研究区别于国别文学研究的不同点之一。比较文学以他者话语言说,无论是言说自我还是言说他者,都属于双语互动,即自我的文化话语与非我的文化话语的相互证释、彼此发明,只不过是当以他者话语言说自我或他者时,自我的文化话语潜隐,但是却在无形中形成对他者话语的检测而已。这也正是古添洪对他与陈慧桦提出的移中就西的阐发法,既为中国学者所乐用,又取得了可观的成绩,却遭到中外学者一致反对的迷惑不解之处,以及大陆学者修正移中就西的单向阐发为移中就西与移西就中相结合的双向阐发的原因之所在。以他者话语言说的话语互动,在叶维廉那里被表述为"两个模子"的运用及其"共相"寻求。叶教授指出:"'模子'的寻根探固的比较和对比,正可解决了法国派和美国派之争，因为'模子'的讨论正好兼及了历史的衍生态和美学结构行为两个方面。"着重强调："'模子'的自觉在东西比较文学的实践上是非常迫切的需要，尤其在两方的文化未曾扩展至融合对方的结构之前。""当我们用浪漫主义的范畴来讨论李白或屈原时，我们不能只说因为屈原是个'悲剧人物，一个被放逐者，无法在俗世上完成他的欲望，所以在梦中、幻境中、独游中找寻安慰'，他便是一个道道地地的浪漫主义者，这种观点就是只知其一，不知其二，把表面的相似性（而且只是部分的相似性）看作为一个系统的全部。设若论者对浪漫主义的'模子'有了寻根的认识，他或许会问更加相关的问题。屈原这一'追索'的形象及西方浪漫主义认识论的追索，在哪一个层次上可以相提并论？——虽然屈原的作品中并无相当于西方的现象与本体之间飞跃的思索。在这种情形下，'模子'的自觉便可使论者找到更基本更合理的出发点。"①

（三）解读他者与以他者话语解读的解读方式

如果说自我本位、有用之用的民族文学/国别文学，同自我成就与成就自我的意义建构方式、自我言说与以自我话语言说的表述方式相适应的，是自我解读与以自我话语解读的解读方式，那么，主客为一、体用不二、无用之用的比较文学，同成就他者与依靠他者成就自我的意义建构方式、言说他者以实现言说自我与以他者话语言说的表述方式相适应的，就是解读他者与以他者话语解读的解读方式。例如钱钟书打通古今中外文学界限以及文学与相关学科界限的《读〈拉奥孔〉》、《通感》、《诗可以怨》，可谓三篇范文，《管锥编》可谓代表作。夫唱妇随，杨绛的《李渔论戏剧结构》也拿亚里士多德诗学理论来解读与印证李渔的戏剧理论。又如"绪论"所述，王国维《人间词话》借用西方的本质/现象、主观/客观、理想/现实二元对立观念，解读中国传统的意象论，实现其涵盖能入的有我之境、能出的无我之境、既入且出的两浑之境的境界说"显二含三"的"正—对—合"三元谱系建构。

由此可见，这种主客为一、体用不二、无用之用的以己就人、非我中心的通过解读他者以实现解读自我与以他者话语解读，本质上属于叶

---

① ［美］叶维廉：《东西比较文学中"模子"的应用》，温儒敏、李细尧编：《寻求跨中西文化的共同文学规律》，北京大学出版社1988年版，第15页、第16—17页。

维廉所说的主客为一、互为中心的"双模方式",因为当解读者解读他者与以非我话语从事文学解读时,其民族话语只是由前台(主位)退隐幕后(客位)而非缺席或退位,或说也根本就不能缺席或退位,不然,便会造成"失语"。如上所述,当有人无视中国文学的人/神、现实世界/理想世界同为"此在",二元相反相成的哲理模式,与西方文学人/神、现实世界/理想世界一为"此在"一为"彼在",二元对立的哲理模式的本质差异,将屈原与李白解读为浪漫主义作家,由此陷入"失语"。如"绪论"所述,王国维无视《红楼梦》贾宝玉的通灵石出身及其下凡历劫——带着对人间富贵温柔生活的无限向往,前往人间走一遭,结果乘兴而来,败兴而归,从中体验到人性与生命自由缺失的人间生活,简直不是人过的日子——的文本意义,套用席勒、叔本华以"剩余精力"为指标的"天才"说,以为贾宝玉的悲剧属于"精力过剩"之天才的悲剧,结果陷入"失语";刘若愚无视中国文化天/人、物/我、主/客、对应生成、相反相成的哲理模式与西方文化天/人、物/我、主/客,对立生成、对立统一的另类异质,套用艾伯拉姆斯"艺术四要素批评范式",将中国文论分为表现理论、再现理论等,结果陷入"失语"。近现代以人读我,类似王国维、刘若愚这样的大家"失语"的案例,还有朱光潜等,其以西方文学为标本,以西方话语为天条的"中国无史诗"说、"中国无悲剧"说,"现在看来这些纯粹是虚假的问题"。①

二、天人物我合一的认知模式

中国化比较文学由主客为一、体用不二、无用之用的成就他者与以他者成就自我的意义建构方式、言说他者与以他者话语言说的表述方式、解读他者与以他者话语解读的解读方式,共同构成的习惯以非我的话语言说自我、互为中心的话语模式,之所以成为可能与必要,如钱钟书《谈艺录·序》所说:"东海西海,心理攸同;南学北学,道术未裂。"②"钱说"所坚持的正是中国文化传统的青睐天人物我合一、相反相成的认知模式。换句话说,对"钱说"的质疑,莫不根源于对中国文化传统的青睐天人物我合一、相反相成的认知模式的误读。中国化比较文学青

---

① 周小仪、童庆生:《比较文学研究在中国的发展及其意识形态功能》,达姆罗什等主编:《新方向:比较文学与世界文学读本》,北京大学出版社2010年版,第95页。
② 钱钟书:《〈谈艺录〉序》,中华书局1984年版,第1页。

睐天人物我合一、相反相成的认知模式的具体内涵，由如下三方面可见。

（一）跨界整体认知，同一性与差异性相对相成、相反相成

出于宗教传播与接受、殖民入侵与流散、强势文化辐射与弱势文化虚纳等各种原因，由此带来的不同语言、不同民族、不同国别的文学交流，由来已久。随着人类认知世界及其事物的不断深入，学科不断细分，又因不同时期、不同地区学科分类的目的不同，从而使文学与相关学科或分或合。对新文学的接受，如同结婚乃至再婚，自我的文学及其文学观与他者的文学及其文学观之间，旧的文学及其文学观与新的文学及其文学观之间，势必构成挥之不去的比较。而这种比较又必须立足不同语言、不同民族、不同国别的文学之所以成为文学的"文学性"，不同的人文学科之所以成为人文学科的"人文性"之上，从而使相应的文学研究必须跨越相应的语言、民族、国别文学界限以及文学与相关学科的界限予以整体认知。巴丝奈特所谓替代比较文学的广义的翻译研究，超语言、超民族、超国家的区域文学、后殖民文学、旅行文学、女性文学研究等，正是这种整体认知的结果。

不过，中国化比较文学所谓跨界整体认知，乃一元性与多元性、同一性与差异性的相对相成、相反相成，而非或关注共性而无视个性，或关注差异而无视相似的偏执一端，强调世界文学的一元性乃国别文学的多元性基础上的求同，国别文学的差异性乃世界文学的同一性语境下（相对他国文学）的显异。也就是说，中国化比较文学坚持通过多元性的国别文学来认知一元性的世界文学，通过世界文学的同一性来认知国别文学的差异性。质疑钱钟书《管锥编》、《谈艺录》的打通研究忽视了中外文学的异质性，其实属于对中国文化传统认知模式同一性与差异性相对相成、相反相成的误读：殊不知如同老庄立足世人对有用的强调，习惯用有，从而提出与之相对的用无，强调无用之用，并非片面主张无用之用，钱钟书打通中外文学的求同，正是立足中外文学的差异之上。如果没有民族文学/国别文学差异，也就用不着打通民族文学/国别文学的界限，如果本来就在一处，自然就用不着捉置一处。所谓"东海西海，心理攸同；南学北学，道术未裂"，正是基于东海与西海的心理差异、南学与北学的自我设限，而寻求其会通。这里的"同"与"未裂"并非指作为"此在"的固有的同与联系，而是指打通相关界线，或说解放遭到"异"与"割裂"的压制之后，由"彼在"转化为"此在"的同与联系。对此,《管锥编》写道:"正(庄子)《天下篇》所谓:'天下之治方术者多矣,各以其有为不可加矣。古之所谓道术者果恶乎在?……天下多得一察焉以自好,譬如耳目鼻口各有所用,不能相通。……道术将为天下裂。'……言术之相非者各有其是,道之以分者原可以合。《全晋文》卷四六傅玄《傅子》曰:圣人之道如天地,诸子之异如四时,四时相反,天地合而通焉。"① 反之,比较中西悲剧的差异性,就是立足中西悲剧之所以成为悲剧的"结局悲惨且令人惋惜的故事"的同一性,来讨论前者例如《俄狄浦斯王》、《罗密欧与朱丽叶》主人翁的命运或机缘因子与后者例如《孔雀东南飞》焦刘坟前枝结连理、《梁山伯与祝英台》梁祝死后化蝶的结局"补偿机制"等差异性。朱光潜等人的"中国无悲剧"说之所以陷入"失语",就在于以西方悲剧为标准看待中国悲剧,从而造成对中西悲剧同一性的否定,如同以西方白种人为标准,认定世界上的非白色人种不是人。

(二) 以历时性为经,以共时性为纬,定位比较认知的时空

如前文所述,娜塔莉·梅拉斯对伯恩海默的比较文学报告提出的"比较的空间"提出了质疑:"时间化的比较把多种文化作为认识客体,因为进化的层面允许对其加以区别;它容忍世界上的全部差异,只要这些差异都在等级的天平上占据固定的位置。比较的空间就其跨越延伸的性质而言是包容性的,在最初的时刻将否定对这种时间统一的否定,从全球地理撤回这种区别性的进化等级,正如人们会为揭示这样的空间而撕去歪曲的时间面纱一样。因此,所有文化似乎都像费边所强调的——都是同时的,或'真正共时的'。……如果空间激发了比较,它也同样搅乱了认识论的作用。"②

如果说法国派植根进化论、实证主义、历史相对主义的传受研究,属于由时间激发,历时性的比较认知体现为时间化的比较,美国派植根全球主义、文化多元主义、文化相对主义的比类研究,属于由空间激发的共时性的比较认知,体现为空间化的比较,那么植根一元暨多元主义的中国化比较文学,涵盖传受变异研究、异同比类研究、阐释发明研究的会通研究,便属于由时空激发的历时性兼共时性的比较认知,体现为

---

① 钱钟书:《管锥编》第一册,中华书局1979年版,第390页。
② [美] 娜塔莉·梅拉斯:《比较的理由》,陈永国译,达姆罗什等主编:《新方向:比较文学与世界文学读本》,北京大学出版社2010年版,第78—79页。

时空化的比较。历时性兼共时性的比较认知不但要求传受研究追求时间性的求同，比类研究追求空间性的求同，而且要求传受研究同时关注空间性的差异，异同比类研究同时关注时间性的差异，从而走向传受变异研究与异同比类研究，同归求同显异。前者例如"西方殖民者的中国国民性观念的旅行：明恩溥《中国人的气质》对鲁迅《阿Q正传》的影响"这类课题，作为传受变异研究，既要关注认定中国人"精神麻痹"、"缺乏同情心"的《中国人的气质》与塑造"精神麻痹"、"缺乏同情心"之典型人物阿Q的《阿Q正传》历时性的影响与接受，体现为时间化的比较，又要同时考虑到鲁迅在日本接受明恩溥影响的共时性空间因素，尤其是明恩溥关于中国国民性思考的宗教话语与鲁迅国民性思考的政治话语的共时性空间因素，从而体现空间化比较。具体地说，明恩溥的宗教话语就是宗教入侵的前提：无论是真是假，都必须给出"中国国民性需要基督教拯救"的理由，如同《西游记》第八回，如来佛祖为了在南赡部洲传播其教旨，便给其扣了"贪淫乐祸，多杀多争，正所谓口舌凶场，是非恶海"的大帽子。① 鲁迅的政治话语就是"民族虚无—救亡图存—文学救国"的前提：以批判国民性的文学改造国民。② 后者例如"面对他者编纂文学史：中国影响下的早期日本双语文学与古希腊影响下的古罗马双语文学的比较"这类课题，作为异同比类研究，既要考虑共时性非亲缘关系的早期日本双语文学与古罗马双语文学的求同，体现为空间化比较，又要同时关注历时性的中国语言文学影响日本语言文学的文化外求与古希腊语言文学影响古罗马语言文学的文化入侵的动机差异，从而体现为时间化比较。③ 当然，这种由时空激发的历时性兼共时性的比较认知，也可以是显与隐相反相成。

（三）通观圆览，全息圆象，循环认知

中国化比较文学比较的时空认知，具体体现为以钱钟书为现代典范的通观圆览、全息圆象、循环认知。所谓通观圆览，拿钱钟书解读前贤

---

① 徐扬尚：《明清经典小说重读：寻找失落的传统》，中国社会科学出版社2006年版，第103页。

② 参看［美］刘禾：《国民性理论质疑》，王晓明编：《批评空间的开拓：二十世纪中国文学研究》，东方出版社1998年版，第156—185页。

③ 参看［美］韦布克·德尼克：《两面神既来则安：面对他者编纂文学史》，尹星译、陈永国校，达姆罗什等主编：《新方向：比较文学与世界文学读本》，北京大学出版社2010年版，第128—135页。

之作的话说，就是无障无偏的圆照、周道、圆觉。《管锥编》论《典论·论文》指出："'善于自见'己之长，因而'暗于自见'己之短。犹悟与障、见与蔽、相反相成；《荀》曰'周道'，《经》曰'圆觉'，与《典论》之标'备善'，比物此志，皆以戒拘守一隅、一偏、一边、一体之弊。歌德称谈艺者之'见'曰：'能入、能遍、能透'（die Einsicht, Umsicht und Durchsicht）；遍则不偏，透则无障，入而能出，遮几免乎见之为蔽矣。"钱钟书以为，曹丕的自见之论可补曹植非作者不能评之说之偏，进而推举刘勰圆照之见："《文心雕龙·明诗》论作者'兼善'与'偏美'曰：'随性适分，鲜能通圆'，《知音》论评者亦曰：'知多偏好，人莫圆该……会己则嗟讽，异我则沮弃，各执一隅之解，欲拟万端之变。……故圆照之象，务先博观。'……'圆照'、'周道'、'圆觉'均无障无偏之谓也。"① 由此可见，通观圆览即全息圆象。而全息圆象又来自循环认知。《管锥编》说："乾嘉'朴学'教人，必知字之诂，而后识句之意，识句之意，而后通全篇之义，进而窥全书之指。虽然，是特一边耳，亦祇初桄耳。复须解全篇之义乃至全书之指（'志'），遮得以定某句之意（'词'），解全句之意，遮得以定某字之诂（'文'）；或并须晓会作者立言之宗尚、当时流行之文风、以及修词异宜之著述体裁，方概知全篇或全书之指归。积小以明大，而又举大贯小；推末以至本，而又探本以穷末；交互往复，庶几乎义解圆足而免于偏枯，所谓'阐释之循环'（der hermeneutische Zirkel）者是矣。"② 例如中国文论的"意象话语"比较研究，一方面通过意象概念的既定的字词意义，意象概念意义生成的神话原型，意象概念意义的时代变形例如兴象、意境、象外象、化境、境界，意象论的外来因子例如印度古文论与佛教文化情味论的影响，意象论的他国际遇例如在日本、朝鲜、美国的传受变异等，来认识中国文论的意象范畴乃至"意象话语"，进而通过中国文论的"意象话语"与印度文论的"情味话语"、西方文论的"形象话语"的比较，认识中国文论"意象话语"的特性。与此同时，反过来通过对中国文论意象话语的整体认识，来把握《易传》伏羲立象尽意作八卦，孔子及其门徒立象尽意解读《易经》作《易传》的意象原型，把握刘勰所谓意象、殷璠所谓兴象、王昌龄所谓意境、司空图所谓象外象、金圣叹所谓化境、

---

① 钱钟书：《管锥编》第三册，中华书局1979年版，第1052—1054页。
② 钱钟书：《管锥编》第一册，中华书局1979年版，第171页。

王国维所谓境界的意义，把握六朝"意象同位（立象尽意、意生于象，托意于象、象生于意）"的意象概念到唐宋"意象出位（意生象下、意生象外、象外之象、意出象位）"的兴象概念、意境概念、象外象概念的印度古文论与佛教情味论影响，把握日本化用中国文论意象论所形成的幽玄说、心姿说、境趣说及其"幽玄话语"，朝鲜借用中国文论意象论所形成的天机说、意趣说、悟境说及其"天机话语"，美国文论变异中国文论意象论所形成的汉字诗学、意象派诗论、旋涡主义等。①

三、太极思维的思维模式

中国化比较文学习惯以自我的话语言说非我、互为中心的表述模式与青睐天人物我合一、相反相成的认知模式，在思维模式上莫不体现为强调事物二元相反相成、互包互孕、穷上反下的人文思维、太极思维倾向，无须赘述。现就国别文学/民族文学与世界文学/总体文学、中心文学/宗国文学与边缘文学/藩国文学、文学传播与文学接受、国别文学/民族文学研究之有用与文学关系研究之无用的关系，分析如下。

（一）国别文学与世界文学、中心文学与边缘文学、文学传播与文学接受、有用与无用的穷上反下、阴阳反生

愈是民族的就愈是世界的。国别文学/民族文学向世界文学/总体文学贡献的正是其民族特色；世界文学/总体文学的特性来自对国别文学/民族文学特性的集合与归纳。也就是说，国别文学/民族文学民族性的高度发展使其成为世界性。当今世界已经很难找到不曾与他国文学/他民族文学发生关系的绝对单纯的国别文学/民族文学。而人们往往容易忽视了当国别文学/民族文学研究走向全面与深入，即能遍能入时，随之进入世界文学/总体文学研究，具体落实于国别文学/民族文学的语际、族际、国际关系研究。反之，世界文学/总体文学细致深入的研究必然走向国别文学/民族文学研究，或说体现为语际、族际、国际文学关系的世界视阈/总体观照的国别文学/民族文学研究。

殖民文学、宗国文学等中心文学的穷上反下、阴阳反生，具体情形有二：或是被强势的他者同化，或是同化弱势的他者。总之是最终走向与他者混生，成为第三者。殖民文学、宗国文学在消灭他人的同时也消

---

① 参看徐扬尚：《中国文论的意象话语谱系》，中国社会科学出版社2012年版。

解了自己。因为文学读物可以消灭，语言文字也可以消灭，但是深入人心，作为"过去时"的边缘文学/藩国文学的题材乃至审美观、价值观，尤其是社会习俗乃至话语方式，便无法消灭，其势必不同程度地体现于殖民文学、藩国文学作家的作品之中。前者例如蒙古人、满清人征服中原之后的蒙古语言文学、满族语言文学，最终反而为强势的汉语言文学所同化，成为中国文学的边缘语言文学，蒙古文学与满族文学成为蒙汉与满汉双语文学；后者例如罗马人征服希腊之后的罗马语言文学，渗透、征服同时意味着反向渗透、反向征服，结果成为希腊罗马双语文学。换个说法，蒙古语言文学、满族语言文学对汉语言文学的征服，罗马语言文学对希腊语言文学的征服，同时体现为前者对后者的接受。因此，在某种意义上，文学征服与接受没有最后的赢家，也没有最后的输家。如果我们愿意如同斯皮瓦克将民族主义的文学传受研究解读为殖民主义的文学进军与渗透，那么这种文学进军与渗透本身也就会意味着一种自我解构：由此得到的结论是，国别文学/民族文学在进军与渗透他者的同时，也被他者反向进军与反向渗透。

如果说胡适等现代学者"接受了明恩溥关于中国国民性的观点，把比较文学研究看做是改造国民性工程的一部分"①，那么这种对有用的极端追求最终适得其反，因造成胡适等现代学者比较文学研究成果的学术价值缺失从而成为无用；如果是因比较文学研究无益于弘扬"新中国文学"而造成比较文学研究在20世纪50年代至70年代的被排斥，那么对有用的极端强调正是造成20世纪50年代至70年代的中国对比较文学研究无所用功的根源。反之，正是被民族文学/国别文学研究视为无用、弃置不用的四际文学关系研究，最终建立深化与升华民族文学/国别文学研究之大功，成为大用，也成就了比较文学的话语空间。

（二）国别文学与世界文学、中心文学与边缘文学、文学传播与文学接受、有用与无用的相反相成、互为中心

无我原非你。国别文学/民族文学与国别文学/民族文学的相反相成、互为中心，一方面令国别文学/民族文学研究借助他者的视角、立场，以及与他国文学/他民族文学的关系反观自身，文学研究借助相关学科的理

---

① 周小仪、童庆生：《比较文学研究在中国的发展及其意识形态功能》，达姆罗什等主编：《新方向：比较文学与世界文学读本》，北京大学出版社2010年版，第85页。

念、方法反观自身，自我观照与以人观我、自言自语与以人说我、自我求证与以人证我相结合，成为必要；反之，国别文学/民族文学研究的自言自语、自我观照、自我求证，因缺少必要的参照系往往难以言说、难以自见、难以自证。另一方面令殖民主义的宗国文学、民族主义的中心主义弘扬自我，选择保护藩国文学、边缘文学的路径而非消灭他们，殖民主义与人文主义、民族主义与世界主义相反相成，成为必要；反之，当藩国文学、边缘文学被消灭之后，成为世界文学的宗国文学、中心文学的国别文学/民族文学特色便为世界性所消解。至此，我们便不难理解：第一阶阶段受进化论推动的欧洲传受研究，为何"梅尔兹认为歌德的世界文学的世界主义观念被迫服务于狭隘的民族主义关怀"，① 民族主义动机又是何以披上世界主义的外衣。

文学传播与文学接受的相反相成、互为中心关系通过接受理论告诉我们：文学传播的成功得益于文学接受。换句话说，正是文学接受使文学传播得以实现，因为一个没有接受能力或学习他人的习惯的国家/民族，难得接受他国文学/他民族文学，再说文学接受的效率也与接受者的接受能力成正比。因此，宗国文学对于藩国文学、中心文学对于边缘文学的态度，应当是感恩而非自大；反之，藩国文学、边缘文学面对宗国文学、中心文学也无须自卑。欧洲文学传受研究中的民族主义与近代中国文学接受研究中的民族虚无，除了表明自恋自大与自卑自虐，难以解读出其他意义。

比较文学致力于四际文学关系会通的无用与国别文学/民族文学研究致力于国家文学/民族文学的作家作品解读与文学史写作的有用的相反相成、互为中心，要求比较文学一方面要始终明确其文学关系研究的边缘学科角色，充分利用国家文学/民族文学以及相关学科的研究成果开展研究，而不要有意无意地染指别人的工作，鸠占鹊巢。如同20世纪末的欧美比较文学，不是走向文学理论，便是走向文化研究。斯皮瓦克所谓"比较文学必须永远跨越边界"，也必须在四际文学关系的范畴内进行，若是超越这个范畴，还真的会成为"有问题的事情"。另一方面要以四际文学关系研究及其会通方法的无用为大用，充分体现其促使国家文学/

---

① ［美］大卫·达姆罗什：《一个学科的再生：比较文学的全球起源》，尹星译、陈永国校，达姆罗什等主编：《新方向：比较文学与世界文学读本》，北京大学出版社2010年版，第43页。

民族文学走向世界文学/总体文学，实现国家文学/民族文学研究的深入细致，能遍能透，既知其然而又知其所以然之功能。

四、一元暨多元的哲理模式

同理，中国化比较文学习惯以自我的话语言说非我、互为中心的表述模式，青睐天人物我合一、相反相成的认知模式，倾向人文思维、太极思维的思维模式，又共同体现为一元暨多元、二元互包互孕的哲理模式，无须赘述。这里也只就国别文学/民族文学与世界文学/总体文学、文学传播与文学接受、国别文学/民族文学研究之有用与文学关系研究之无用的关系，作如下分析。

（一）国别文学与世界文学、中心文学与边缘文学的一元暨多元

如前文所述，要想弄清至今令许多学者都转不过弯来，既试图与比较文学"划清界线"却并不反对比较文学的"钱钟书现象"，还得从钱钟书所立足的太极思维一元暨多元、二元互包互孕哲理模式入手。在与西方系统论互证互释的一元暨多元、二元互包互孕哲理模式看来，如老子所言："道生一，一生二，二生三，三生万物。万物负阴而抱阳，冲气以为和。"（《老子·第二十四章》）所有事物都是一个自足的系统，一个多元集合，进而与相关事物构成相应的系统与集合。就学问来说，钱钟书说："人文科学的各个对象彼此系连，交互映发，不但跨越国界，衔接时代，而且贯串着不同学科。由于人类智力和生命的严峻局限，我们为方便起见，只能把研究领域圈得愈来愈窄，把专门学科分得愈来愈细。"[①] 从而需要打通各种界限。也就是说，学科分类在于方便认知与研究，拘泥分类则形成认知与研究的遮蔽，因此须分而不分，走向会通。总之，钱钟书之所以主张打通研究而否认其打通研究为比较文学，并非是要否定比较文学，而是不认可现代以来造成"学者每东面而望，不睹西墙，南向而视，不见北方，反三举一，执偏概全。将'时代精神'、'地域影响'等语念念有词，如同禁咒"[②] 的方法与学科设限及其偏执，削足适履以西释中，以及有关学者对立足东西文化比较的东西文化特征及其差异的固执，说"这种近似东西文化特征的问题，给学者们弄得澜

[①] 钱钟书：《诗可以怨》，张隆溪、温儒敏编选：《比较文学论文集》，北京大学出版社1984年版，第44页。

[②] 钱钟书：《谈艺录》，中华书局1984年版，第304页。

污了,我们常说,某东西代表地道的东方化,某东西代表真正的西方化;真实的那个东西,往往名符其实,亦东亦西"①,因此不肯将其学术研究归于比较文学乃至任何移植自西洋的学科名目而自名打通研究。虽有"我是中国古典文学的研究者"②之说,其被视作比较文学代表作的《管锥编》研究的"中国古典文学",也显然也不是指现代中国移植自西方的所谓由诗歌、散文、戏剧、小说构成的"文学",而是取其中国传统之义,内容指向经(例如《周易正义》、《毛诗正义》)、史(例如《左传正义》、《史记会注考证》)、子(例如《老子王弼注》、《列子张湛注》)、集(例如《太平广记》、《全上古三代秦汉三国六朝文》)。

国别文学/民族文学与世界文学/总体文学、文学与相关学科的关系莫不如此。在一元暨多元、二元互包互孕的哲理模式看来,如前文所述,至今众说纷纭的世界文学的基本意义有三:一是身份、地理层面,由某种国别文学/民族文学话语或区域文学话语言说,作为世界各国文学/各民族文学集合的世界文学,每个国别文学/民族文学的身份同等重要,相互之间并无大小、主次、优劣之分。二是规律、特性层面,由某种国别文学/民族文学或区域文学话语言说,体现世界各国文学/各民族文学共同规律与同一性的世界文学。三是质量、价值层面,由某种国别文学/民族文学或区域文学话语言说,作为世界各国文学/各民族文学优秀作家及其作品的集合的世界文学。既然时至今日的世界文学不得不由某种国别文学/民族文学或区域文学话语言说,那么言说者就应当具有明确的一元暨多元、二元互包互孕、互为中心的意识,在寻求世界文学的同一性的同时,承认各国文学/各民族文学的差异性,令二者相反相成。赛义德及其"东方学"与后殖民主义理论试图解构的正是欧美学者以自我的话语言说非我,体现为一元暨中心、二元对立统一、自我中心的世界文学。与之相对应的总体文学的三层意义:一是身份、地理层面,由各国文学/各民族文学的共同话语言说,作为世界各国文学/各民族文学集合的世界文学,每个国别文学/民族文学的身份同等重要,相互之间并无主将优劣之分。二是规律、特性层面,由各国文学/各民族文学的共同话语言说,

---

① 钱钟书:《中国古有的文学批评的一个特点》,北京大学比较文学研究所编:《中国比较文学研究资料1919—1949》,北京大学出版社1989年版,第45页。
② 钱钟书:《古典文学研究在中国》,《钱钟书研究》第二辑,文化艺术出版社1990年版,第4页。

体现世界各国文学/各民族文学共同规律与同一性的世界文学。三是质量、价值层面，由各国文学/各民族文学的共同话语言说，作为世界各国文学/各民族文学优秀作家及其作品的集合的世界文学。由此可见，世界文学与总体文学的区别就在于言说者及其文学话语的身份。至于如何实现各国文学/各民族文学共同话语对世界文学的言说，那就是开展广泛的国际对话与合作。

原来，体现一元暨多元、二元互包互孕的哲理模式的世界文学，正是比较文学的两位先驱梅茨尔与波斯奈特试图通过比较文学所寻求的世界文学。通过对梅茨尔与波斯奈特的比较文学观的研究，达姆罗什由此认为："当前比较文学向全球或星际视野的扩展与其说意味着我们学科的死亡，毋宁说意味着比较文学学科建立之初就已经存在的观念的再生。"①

（二）国别文学与世界文学、文学传播与文学接受、有用与无用的二元互包互孕

愈是民族的就愈是世界的之说，其国别文学/民族文学与世界文学/总体文学的关系，暗含一个二元互包互孕的"显二含三"的"正—对—合"三元谱系结构："本国/本民族文学（正）—他国/他民族文学（对）—世界文学/总体文学（合）。"这个结构在国别文学/民族文学之间的传播与接受过程中，体现得更为明显："传播（正）—接受（对）—移植/化用/变异（合）"或"接受（正）—渊源（对）—移植/化用/变异（合）。"也就是说，甲文学传播到乙地或说被乙地文学接受，无论主流是移植还是化用或是变异，甲文学都不再是过去的甲文学，乙文学也不再是过去的乙文学，由此形成二者互包互孕的结合体。例如前文所述，日本、朝鲜、美国文论分别化用、借用、误读中国文论的"意象话语"建构其"幽玄话语"、"天机话语"、"汉字诗学"。换句话说，中国文论的"意象话语"到了日本、朝鲜、美国，便不再是原来的"意象话语"，而中国文论"意象话语"播种生成的日本文论"幽玄话语"、朝鲜文论"天机话语"、美国文论"汉字诗学"，则活跃着"意象话语"的基因。②

其实，传受变异研究的这种二元互包互孕的"显二含三"的"正—

---

① [美]大卫·达姆罗什：《一个学科的再生：比较文学的全球起源》，尹星译、陈永国校，达姆罗什等主编：《新方向：比较文学与世界文学读本》，北京大学出版社2010年版，第41页。

② 徐扬尚：《中国文论的意象话语谱系》，中国社会科学出版社2012年版，第34—35页。

对—合"三元谱系结构,同样存在于异同比类研究与阐释发明研究:"甲文学(正)—乙文学(对)—互证互释的甲乙文学(合)","文学(正)—相关学科(对)—相关学科言说的文学(合)"。当甲文学进入与乙文学乃至丙文学的比较视阈之后,其文本解读与文学史写作都将融入他者的眼光、理念、方法等因子,从而形成互文性。同理,当文学进入与相关学科的比较视阈之后,其文本解读与文学史写作都将融入相关学科的眼光、理念、方法等因子,从而形成互文性。总之,二元及其以上的文学比较,本身意味着互包互孕的新结果的生成。

因此,无论是传受变异研究还是异同比类研究以及阐释发明研究,其宗旨既非单纯的求同乃至去异求同,也非单纯的求异乃至反同求异,而是求同显异,只不过通常是一显一隐而已。反过来说,脱离一元化语境的多元化与孤立于差异性研究之外的同一性研究,都难免陷入偏执偏枯。

四际文学关系研究的无用之用与国别文学研究的有用之用相对生成,也莫不构成二元互包互孕的"显二含三"的"正—对—合"三元谱系结构:"无用(正)—有用(对)—无用而有用(合)。"一方面是四际文学关系研究的无用之用(正);另一方面是国别文学研究的有用之用(对);再一方面是深化与升华国别文学研究的四际文学关系研究的无用而有用。例如国别文学研究的《西游记》研究,通常视其非作家作品研究的他国际遇与外来影响研究等为无用,因此置之不顾。而"作为孙悟空的印度原型的《拉麻传》哈奴曼研究"显然对《西游记》解读不无深化之功①,"《西游记》及其主人公孙悟空的他国际遇研究"②,显然有益于《西游记》文学生命力的升华以及文学史定位,从而使《西游记》的外来影响与他国际遇研究成为看似无用而实则有用的无用之用。又如在国别文学研究看来,《红楼梦》的花袭人形象解读,用不着扯上契诃夫《宝贝儿》中的宝贝儿,可是,当花袭人对贾宝玉的忠心到底是爱的体现还是奴性的体现的认定难以定夺时,引入同样属于爱与奴性互包互孕

---

① 参见胡适:《〈西游记〉考证》(节录)、陈寅恪:《〈西游记〉玄奘弟子故事之演变》、吴晓铃:《〈西游记〉和〈罗摩延书〉》、季羡林:《〈西游记〉里面的印度成分》,郁龙余编:《中印文学关系源流》,湖南文艺出版社1979年版,第7—11页、第63—68页、第134—148页、第239—247页。

② 参见王丽娜:《中国古典小说戏曲名著在国外》,学林出版社1988年版。

的宝贝儿做参照系，情由立刻明朗：宝贝儿是爱谁便做谁的奴隶（三任丈夫与儿子），做奴隶是爱的方式，以被爱者的人格意志为自我的人格意志，奴性是爱的体现，而花袭人则是跟着谁（先跟贾母后跟贾宝玉）便爱谁，爱是做奴隶的方式，以主子的利害得失为自我的利害得失，爱是奴性的体现。①

---

① 参见徐扬尚：《爱与奴性：宝贝与花袭人比较》，中国人民大学报刊复印资料《红楼梦研究》1988年第4期。

第二章 一元暨多元主义的"无用之用"
——中国化比较文学的学科特性

第一节 "无用之用"三义

比较文学作为独立学科，与众不同或说足以令其别具一格的学科特性何在？学界有种种诠释，例如作为学科一般性质的"可比性、开放性、宏观性"与作为发展中特性的"边缘性、跨界性、包容性"之说①；另有"开放性、前卫性、综合性、跨越性"之说②；又有"开放性、综合性、族际性、语际性、科际性、比较性"之说③。虽是众说纷纭，但对边缘性、跨越性、包容性的强调却基本一致。

从认识论和方法论的角度讲，比较文学学科特性的总结与归纳，我考虑有两条原则应当遵循：首先是应当体现特别，具有个性化。即使不能回避我有人有，也应当是其他学科无足轻重而得到比较文学的突出与强调，并赋予新的内涵的东西。其次是应当体现学科理论体系的整体性与相关性，与研究对象、研究方法、学科话语、方向目的诸要素一脉相承，相互印证。

据此，结合另类异质的四际文学关系的研究对象、会通研究的研究方法、一元暨多元主义的学科话语、促成文学交流与对话的方向目的，印证比较文学的百年历史，我将比较文学的学科特性总结为：开放、包容性，边缘、整合性，比较、参照性，跨越、会通性等，共同体现为无用之用。其实，比较文学务虚、用闲、用空、用反、用损的

---

① 孟昭毅：《比较文学通论》，天津人民出版社2000年版，第20—31页。
② 刘献彪、刘介民主编：《比较文学教程》，中国青年出版社2001年版，第16—19页。
③ 张铁夫主编：《比较文学教程》，湖南人民出版社2001年版，第144—152页。

研究对象——文学关系，以及务虚、用闲、用空、用反、用损的研究方法——会通研究的确立，已经使其致力于无用之用的学科特性浮出水面。或如"绪论"所述，已经决定其无用之用的学科特性。

基于社会偏执偏爱有用之用：贵有、贵实、贵刚、贵动、贵强、贵能、贵正、贵益，用有、用实、用刚、用动、用强、用能、用正、用益的习惯；道家祖师老子，反向思维，通观圆览，拈出无用之用：贵无、贵虚、贵柔、贵静、贵弱、贵否、贵反、贵损，用无、用虚、用柔、用静、用弱、用否、用反、用损，使之相反相成。《庄子》、《列子》、《淮南子》等道家著作，以及《公羊传》、《文子》、《颜氏家训》等多有阐发，从而成为道家植根于无为哲学并与其相辅相成、互证互释的最具影响力的哲学理念；也是《孙子》等兵书的重要理论思想，中国文化极具个性化的哲学理念之一，乃至对世界哲学的一大贡献。只是自中国文化"西方化"的近代以来，随着人们成王败寇、弱肉强食、优胜劣汰意识的与日俱增，逐渐被社会乃至学界遗忘而已。老庄无用之用的哲学理念如今被闲置不用，几乎被遗忘的遭遇，则反过来成为其理论价值的证明：当今社会，现代文化只知有用之用而不知无用之用，从而未能真正懂得与运用有用之用①。道家乃至中国传统哲学与有用之用彼此关联、互证互释、互相发明的无用之用的意义，具体体现为如下三个层面。

一、用其虚无、闲置、不用

《老子·十一章》："三十辐共一毂，当其无，有车之用。埏埴以为器，当其无，有器之用。凿户牖以为室，当其无，有室之用。故有之以为利，无之以为用。"开创中国哲学的"无用之用"学说。《淮南子·说山训》："鼻之所以息，耳之所以听，终以其无用者为用矣。物莫不因其所有，而用其所无。以为不信，视籁与竽。"与《老子》互证互释：都说的是事物的空虚、虚无之功用。《庄子·徐无鬼》："知足之于地也践，虽践，恃其所不蹍而后善，博也。"《文子·上德》："足所践者少，其不践者多；心所知者寡，其不知者众。以不用而能成其用，不知而能全其知也。"《淮南子·说山训》另有走与手、飞与尾之连类："走不以手，

---

① 有感于此，2012 年度诺贝尔文学奖获得者莫言，其获奖"答谢词"以"文学没有什么用处便是它的用处"结束，可与"绪论"相对有用之用的国别文学研究等，比较文学属于无用之用说互证互释。

缚手，走不能疾；飞不以尾，屈尾，飞不能远。物之用者，必待不用者。……物固有以不用而为有用者。……物固有以不用为大用者。"则说的是闲置、不用的事物之功用。洪迈《容斋续笔》连类《老子》、《庄子》、《学记》、《淮南子》，追本求源，有感而发："庄子论'无用之用'，本老子：'三十辐共一毂，当其无，有车之用。'《学记》：'鼓无当于五声，五声勿得不和；水无当于五色，五色勿得不章'，其理一也。今夫飞者以翼为用，系其足则不成飞；走者以足为用，缚其手则不成走。为国者其勿以无用待天下之士则善矣！"双关无用、无能与闲置、不用。

现实生活中最好用闲、用虚、用无、用假，懂得贵闲、贵虚、贵无、贵假，以不用、无用为用者，莫过于兵家。例如《孙子》的"攻其无备，出其不意"（《始计》）；"故善攻者，敌不知其所守；善守者，敌不知其所攻。微乎微乎，至于无形；神乎神乎，至于无声，故能为敌之司命"（《虚实》）；"故夜战多火鼓，昼战多旌旗，所以变人之耳目也"（《军争》）；"不战而屈人之兵，善之善者也"（《谋攻》）等，已成后世兵家套语。与之相关，兵家也常常以故意闲置不用的手段，造成对将士的激励，俗称"激将法"。《三国演义》的诸葛亮对关羽、张飞、黄忠、魏延等都屡试不爽；题为李靖撰《李卫公问对》卷下载："太宗曰：'卿尝言李勣能兵法，久可用否？然非朕探御，则不可用也，他日太子治若何御之？'靖曰：'为陛下计，莫若出勣，令太子复用之，则必感恩图报，于理有损乎？'太宗曰：'善！朕无疑矣。'"后世宫廷，父亲贬弃而儿子重用，代不乏人。如果说"激将法"适用于我方，"激怒法"则适用于敌方。通过本不具有杀伤力的骂阵、羞辱，激怒敌人，令其失去理性，以至自取其败。此类事例仅一部《三国演义》便举不胜举，最为经典的莫过于诸葛亮骂死王朗。声东击西，围魏救赵，多设或少设锅灶，造成假相以迷惑敌人，令其轻进，乃孙膑解赵围、擒庞涓之计；明修栈道，暗渡陈仓，避实击虚，乃刘邦得以摆脱西蜀之困，挺进中原，夺取项羽天下之计等，莫不在于用虚、用无、用假。

借他人无用之尸，还自我有用之魂；以他人无用之尸为载体，去实现自我的意志与目的的"三十六计"之一"借尸还魂"，作为兵家套话，应用得最多的不是战场而是官场，最典型的事例莫过于专权的宦官、权臣对儿皇帝的利用，前者对于后者，要的就是其无知、无能、无用，以便为自己所用。

《孙子·军形》："善战者之胜也，无智名，无勇功。"以无功无名为善战者的最高境界。托名黄石公的《三略》反其道而用之，以功名利禄令文武之士甘愿赴死为用兵之道："夫用兵之要，在崇礼而重禄。礼崇则智士至，禄重则义士轻死。""夫用人之道，尊以爵、赠以财，则士自来。接以礼、励以义，则士死之。""《军势》曰：'使智，使勇，使贪，使愚。智者，乐立其功；勇者，好行其志；贪者，邀趋其利；愚者，不顾其死。因其至情而用之，此军之微权也。'""《军势》曰：'使义士不以财。故义士不为不仁者死；智者不为暗主谋。'"所谓礼就是礼遇，礼贤下士；如果诱导义士甘愿赴死的钱财利禄属于实的话；那么诱导智能之士甘愿赴死的礼遇显然属于虚。《三国演义》诸葛亮感先主刘备的知遇之恩，鞠躬尽瘁，死而后已，有没有死于礼遇的虚名之嫌？可与荷马史诗《伊利亚特》并读：屠城灭国的特洛伊战争，竟然祸起三位天神天后赫拉、女战神雅典娜、爱与美女神阿芙罗狄忒争夺"第一美女"的虚名。她们不仅制造了战争而且令战争的双方欲和不能。而以一只写着"送给最美丽的女神"字样的金苹果挑起三位女神之争者不和女神埃里斯，之所以出此下策，原来又是因不满未能应邀参加佩琉斯与忒提斯的婚礼的虚荣。如果说特洛伊战争仍祸起虚荣的"一只金苹果战争"，那么典出《晏子春秋·谏下二》的"二桃杀三士"成语，则是"无用之用，桃子杀人"：作为杀人的工具，桃子显然是无用的。

与以虚名、礼遇令义士甘愿赴死，以虚名、礼遇令义士甘愿被驱使相反相成的是，礼事名宿，用其虚名，沽名钓誉，感召天下。《周礼·大宰》载："以八统诏王御万民。……六曰：尊贵。"郑玄注："尊天下之贵者。孟子曰：'天下之达尊者三，曰：爵也，德也，齿也。'"例如：吕后挫败刘邦欲废其庸懦之子刘盈的太子之位而另立的策略，就是请出当时名宿"商山四皓"随侍刘盈，其用意显然不在于用其贤能，而在于用其名望为刘盈贴金：得民心，顺民意；康熙、乾隆不惜费钱财盛办"千叟宴"，其目的显然不在于令百岁老人为其安邦治国，只不过要借此树立自己尊贵尊长、顺民心、得民意的形象。风气所及，以致历代开国皇帝都不乏尊贵故事。

"枪杆子里面出政权"的中国封建政治可谓"兵法政治"，兵法与政治学两位一体，以名死士从而成为"天子重英豪，文章教尔曹；万般皆下品，只有读书高。……自小多才学，平生志气高。别人怀宝剑，我有笔如刀"（宋汪洙《神童诗》）的科举制、"仕而优则学，学而优则仕"（《论语·子张》）之教化的基本精神，故有"穷书生"、"安贫乐道的知识分子"、"穷清高的知识分子"、"怀才不遇的知识分子"、"苦闷象征的知识分子"之说。对此，焦循《易余籥录》说："《列子·杨朱篇》引周谚云：'田父可从杀'，余则云：'学究可欲杀。'"可与德国民间传说浮士德的故事及其相关文学作品并读：知识分子浮士德，皓首穷经，埋头学术研究，反而是越钻研问题越多。结果，或说当人们发现他时已是一具骷髅；或说为了实现自己的愿望，不惜以死后灵魂归魔鬼所有为约定，求得其帮助。

所谓礼教吃人、杀人，所利用的就是虚无的功名、名节机制。如果说诸葛亮死于刘备的礼贤下士、用人不疑，那么屈原则死于礼贤下士之求不得的苦闷；如果说屈原、诸葛亮，还有或说殉清或殉知识分子的独立自由意志或殉美而自沉于昆明湖的王国维，都是死于自愿，那么为流言所杀的阮玲玉则是被杀。表面上看来，杀死阮玲玉的流言乃群众舆论暴力，实际上在策划者那里，依旧是利用虚无的名节杀人。

文章表述与艺术表现以空虚、虚无、闲置、不用为用的事例，同样是举不胜举，例如：书画中的留白、布局的技巧，属于典型的用虚、用无、用闲，不言而喻；陆机《文赋》追求"课虚无以责有，叩寂寞以求音"；皎然《诗式》追求"文外之旨；司空图《与极浦书》、《诗品》追求"象外之象，景外之景"，乃至"不著一字，尽得风流"；为欧阳修所称道的梅圣俞，追求"状难写之景，如在目前，含不尽之意见于言外"等；空中音、象中色、镜花水月、象外之象等，更是成为后世文论套语。古代文献通过文字的减笔、增笔，在相关人物姓名、称谓前空格等以示尊讳；《春秋》等历史文献通过"不书"、"不言"、"不称"的"春秋笔法"以示贬抑的"不言大义"等，正是中国古代的一种无用之用表述方式。在某种意义上，杜预《春秋左氏传序》所谓"一曰微而显：文见于此，而起义在彼"；"二曰志而晦：约言示制，推以知例"；"三曰婉而成章：曲从义训，以示大顺"；"四曰尽而不汙：直书其事，具文见意"；"五曰惩恶而劝善：求名而亡，欲盖而章"的"春秋五例"，作为一种叙事策略，关键就在于用虚用无，以空闲为用。

二、用其不常用、不轻用、难以用

有关事物之所以不常用、不轻用、难以用，以致不用、无用，往往是因为过于有用、过于宝贵、难以把握、难以应用、不愿轻用。如《列子·汤问》所说卫国孔周有宝剑三柄："一曰含光，视之不可见，运之不知有。其所触也，泯然无际，经物而物不觉。二曰承影，将旦昧爽之交，日夕昏明之际，北面而察之，淡淡焉若有物存，莫识其状。其所触也，窃窃然有声，经物而物不疾也。三曰宵练，方昼则见影而不见光，方夜见光而不见形。其触物也，骉然而过，随过随合，觉疾而不血刃焉。"以至于"传之十三世矣，而无施于事。匣而藏之，未尝启封"。来丹借来向黑卵报杀父之仇，"黑卵之醉偃于牖下，自颈至腰三斩之。黑卵不觉。……来丹知剑之不能杀人也，叹而归"。孔周的三把宝剑因过于锋利，如同抽刀断水水更流，杀人不觉而不能杀人，以致无用。

屈原等贤能之士怀才不遇，报国无门，往往或因在上者武大郎开店，嫉贤妒能，或因在上者不乐恃才傲物，刚正不阿，直言犯上，以致碍于难用而不用。韩信、彭越、萧何之于刘邦，因才见用，而刘邦对其先用而后杀或下狱，是刘邦用其难用，也足见刘邦并非明君。对此，《李卫公问对》卷下继前引文写道："太宗曰：'李世勣若与长孙无忌共掌国政，如何？'靖曰：'勣，忠义臣，可保任也。无忌佐命大功，陛下以肺腑之亲，委之辅相，然外貌下士，内实嫉贤。故尉迟敬德面折其短，遂引退焉；侯君集恨其忘旧，因以犯逆，皆无忌至其然也。陛下询及臣，臣不敢避其说。'太宗曰：'勿泄也，朕徐思其处置。'太宗曰：'汉高祖能将将，其后韩、彭见诛，萧何下狱，何故如此？'靖曰：'臣观刘、项皆非将将之君。当秦之亡也，张良本为韩报仇，陈平、韩信，皆怨楚不用，故假汉之势，自为奋尔。至于萧、曹、樊、灌，悉由亡命，高祖因之以得天下。设使六国之后复立，人人各怀其旧，则虽有能将将之才，岂为汉用哉？臣谓汉得天下，由张良借箸之谋，萧何漕挽之功也。以此言之，韩、彭见诛，范增不用，其事同也。臣谓刘、项皆非将将之君。'"由此可见，唐太宗用长孙无忌亦属用其难用。与刘邦类似，标举唯才是用，英雄不问出身的曹操，用祢衡、杨修、孔融等当时名士，先用后杀，祢衡虽死于他人之手，曹操也难脱借刀杀人之嫌，实是属于用其难用而非用其虚名。

如果说李世民是用其难用的历史典范，那么诸葛亮与宋江便是用其难用的小说人物典范。《三国演义》诸葛亮对刚愎自用的关羽与恃才傲世的魏延的用其难用，由诸葛亮多次靠"军令状"令关羽服从自己的命令；魏延当初杀主公韩玄投靠刘备，诸葛亮即明确指出，背主求荣者当杀，念其勇武而留他不死，后虽再犯军令依然放过不究，有感于自己死后无人能制，故定计杀之可见。《水浒传》梁山泊好汉显然以亡命江湖者为主体，其难用较刘邦、李世民的部属有过之而无不及。可是韩信、彭越、萧何等不是对刘邦不忠，便是遭刘邦猜忌与毒手；不管出于何种原因，李世民毕竟曾杀死侯君集、刘洎，降罪杜正伦、房玄龄、尉迟敬德，贬降李世勣等。而如同李世民，宋江拥有部属的爱戴，除了曾鞭打李逵并令其陪同自己喝毒酒死去，却不曾处死或降罪部属。尤其难得的是，令梁山好汉集而不散的梁山精神，就是人尽其才，物尽其用；平等、独立、自由、民主。①

　　《三国演义》中诸葛亮因马谡纸上谈兵，失守街亭，大军远离，身边无人，逼不得已唱"空城计"的用险，正是基于其一生谨慎，从不肯轻易用险（例如他与魏延之间或主张出祁山伐中原以求稳妥，或主张出斜谷伐中原以求速成之争辩），才得以迷惑对其有着深度了解的司马懿，"侥幸"成功，正是用其不轻用、难以用。当今之世，各国无不以核武器为至宝，无非因其杀伤力、破坏性过大，以致不轻用而无用。核武器拥有国以此威慑敌国，树威世界，又无非用其难用与不可轻用、价值连城的珠宝、古玩的收藏、占有者，因珠宝、古玩过于宝贵而秘不外露，以致无用。收藏、占有者借此满足占有欲，炫耀财富，又无非用其无用。小说《百年孤独》的俏姑娘因其过于完美而令（以马孔多小镇为代表的）龌龊的人间不配拥有，作者马尔克斯只好让其升天了事。

三、用其无可用、不可用，以反损为用

　　《庄子·人间世》立象尽意："是不材之木也，无所可用，故能若是之寿。……山木自寇也，膏火自煎也。桂可食，故伐之；漆可用，故割之。人皆知有用之用，而莫知无用之用也。"追根求源，庄子这种以无可用、不可用、反损为用的思想，正与老子的"反损哲学"一脉相承："为学日益。为道日损。损之又损，以至于无为。无为而不为。取天下常以无事，及其有事，不足以取天下。"（《老子·四十八章》）"反者道之动。弱者道之用。天下万物生于有，有生于无。"（《老子·四十章》）儒

---

① 徐扬尚：《明清小说经典重读：寻找失落的传统》"上编：讴歌独立、自由、平等、抗争"，中国社会科学出版社2006年版。

学经典《公羊传》在主张以反损为权变方面，则与老庄以反损为用的思想殊途同归："何贤乎祭仲？以为知权也。……权者何？反于经然后有善者也。……行权有道：自贬损以行权，不害人以行权；杀人以自生，亡人以自存，君子不为也。"(《公羊传·桓公十一年》)

正是这种用其无可用、不可用，以反损为用的观念，造就后世庸俗无能者，反而因其无能无德亦无害而官运亨通，乃至受到重用的庸人政治。太监相对于常人的劣势是不男不女，一无所有，爱情、婚姻、家庭、香火，乃至性别、思想，彻底丧失。其实，也正是其优势之所在：家庭、香火、思想的丧失，使其成为帝王的附属物，成为帝王较父母、子女、后妃等至亲最爱更为信任的人，利用其对付权臣、后宫与外戚，乃至父子；性无能，使其获得除帝王之外，所有男人都不能享有的通行后宫的方便，直至太监专政的一人之下、万人之上。所谓欲有所得，须有所损。

如果说官运亨通的无能者与深得帝心乃至权倾朝野的太监只是等到得志时方知无用之用，属于无心插柳的话，那么，秦大将王翦率领大军出征，为消除嬴政的疑心，边行军边派人向其邀赏，以示自己只在意功名富贵而无意于权力的异志，则属于有意为之。无独有偶，刘邦征讨韩信，萧何留守京师，刘邦放心不下，常派人以慰问为名，探查萧何是否有异志，于是，萧何对之以广置田产，贪图享乐，步了王翦的后尘。王莽为假装清正廉明，甚至不惜杀子，令其偿还被其所杀之奴隶性命。这是历史掌故，现实生活中，由低贱求好养的"狗剩"、"丫头"等乳名，"没心肝的"、"作死的"等打情骂俏语可知，反向思维，以贱为贵、反恨为爱等无用之用的观念，在中国可谓深入人心。

如前文所述，无用之用乃中国兵法的亮点，以无可用、不可用为用，用反用损，自在其中。这正是《六韬·文伐》所阐释的利用、迎合、贿赂敌方的贪婪、淫乐、爱慕虚荣、骄傲自大等弱点，从而打败敌方的文伐思想：或"因其所喜，以顺其志。彼将生骄，必有奸事"；或"阴赂左右，得情甚深。身内情外，国将生害"；或"辅其淫乐，以广其志。厚赂珠玉，娱以美人。卑辞委听，顺命而合。彼将不争，奸节乃定"；或"养其乱臣以迷之，进美女淫声以惑之，遗良犬马以劳之，时与大势以诱之，上察而与天下图之"等。这段文字冠之以"文王问太公曰：'文伐之法奈何？'太公曰：'凡文伐有十二节'"，即上引如此这般。后儒虽疑之，而文王与武王文伐纣王之事，《韩非子》、《史记》等也言之凿凿；

更有文种、范蠡帮助越王勾践,以贿赂吴国骄君奸臣,助其淫乐,耗费国力,阴复国仇,正是典型的文伐事例,从而形成贿赂政治与受虐政治,与上文所说的庸人政治、太监政治同根并生,相辅相成。

"三十六计,走为上计",在中国可谓妇孺皆知。虽然很少有人知道其出自《南齐书·王敬则传》,更不知此前陈王植《请招降江东表》就有"善战者不羞走",嵇康《声无哀乐论》中就有"吾闻败者不羞走"之说。但是,打仗逃跑,在全世界都莫不是羞耻的行为,为何反而成为上策?原来,打仗的目的,首先是为了保护自己。换句话说,自我保护比打败敌人更为重要;且逃跑保全自己,还可以卷土重来。反之,一百仗胜九十九,一次失败便前功尽弃,令九十九胜全无意义。因此,嵇康紧接"吾闻败者不羞走"之后说:"所以全也。"古希腊人可谓英雄所见略同——"不胜者且走,以便再斗",深得古罗马人认同;后世意大利谐诗"死得其正,一生有耀;逃及其时,余生可保",正可连类。① 这种不计羞耻的上计,显然属于以无能为用,其难能可贵,也就可想而知。

政治、军事、历史与现实生活中的无用之用事例,自然为文学提供了素材。例如《三国演义》的孙权,故意用关羽以为不中用、不可用的陆逊接替中用、可用的吕蒙对付关羽,来麻痹关羽,可谓无用之用的一箭双雕。难得的是诸葛亮对刘备"善哭"的无用之用:以此成功地回绝了鲁肃讨还荆州;搞定孙夫人,协助刘备逃离东吴,回到蜀国。当然,刘备与《水浒传》的宋江都有自我运用"善哭"的无用之用的技能。②

陆机《文赋》:"彼榛楛之勿剪,亦蒙荣于集翠;缀《下里》于《白雪》,吾亦清夫所伟。"以为作文之道也是红花须绿叶扶,主题篇章,警句庸句,高潮低谷,相反相成,开中国文论"用其无用论"之先声。王渔洋《苕溪渔隐丛话》前集传九引《潜溪诗眼》:"老杜诗凡一篇皆工拙相半,古人文章类如此。皆拙固无取,合其皆工,则峭急而无古气,如李贺之流是也";吴可《藏海诗话》:"东坡诗不无精粗,当汰之。叶集之曰:'不可!其不齐不整中时见妙处,乃佳'";张戒《岁寒堂诗话》卷上:"王介甫只知巧语之为诗,而不知拙语亦诗也;山谷只知奇语之为诗,而不知常语亦诗也"等,无不是陆机知音。钱钟书《管锥编》会通

---

① 钱钟书:《管锥编》第三册,中华书局1979年版,第1093—1094页。
② 徐扬尚:《明清小说经典重读:寻找失落的传统》下编:戏谑、反讽与解构,中国社会科学出版社2006年版。

中外:"17、18世纪西方名家论诗亦云:'通篇皆隽语警句,如满头珠翠以至鼻孔唇皮皆填嵌珍宝,益妍得丑,反不如无';又云:'诗中词句必工拙相间,犹皇冕上之金刚钻,须以较次之物串缀之';一大小说家自言夹叙夹议处视若沉闷,实有烘云托月之用,犹宝石之须镶边。盈头盖脸皆珠宝之喻,可与谈艺另一喻合观:'人面能美,犹藉明眸,然遍面生眼睛,则魔怪相耳'。19世纪一大诗人概以一语曰:'诗之长篇者匪特不能竟体悉佳,亦不当耳'。"①

遗憾的是,庄子的"书籍糟粕论"之所以被人视作其"彻底反文明"的证据,正是基于对其以无用为用的表述方式的无知。庄子以难以尽言语之意义的书籍以及难以尽道之意义的言语为道的糟粕,即书籍与道乃糟粕与精华的关系。什么是糟粕?豆糟、酒糟、米糠是也。那么没有豆糟、酒糟、米糠,何来豆浆、酒、米?庄子的糟粕乃与精华相对之意非常明白,并非说糟粕就是坏,就是要不得,而是说在某种意义上,人类要的是有用的精华,弃的是无用的糟粕,而没有无用的糟粕作载体、工具,有用的精华将难以得到或实现。《庄子·外物》比物连类:得意忘言,得兔忘蹄,得鱼忘筌。意与言、兔与蹄、鱼与筌的关系不正是如此么?

由此可见,无用之用、用其虚无、以不用为用、用其反损,与有用之用、用其实有、以能用为用、用其正益,有无相生,虚实相成,对应互补。故《庄子·人间世》山木有不材之喜,而《庄子·山木》雁则有不材之悲:"庄子行于山中,见大木枝叶盛茂,伐木者止其旁而不取也。问其故,曰:'无所可用。'庄子曰:'此木以不材得终其天年。'夫子出于山,舍于故人之家。故人喜,命竖子杀雁而烹之。竖子请曰:'其一能鸣,其一不能鸣,请奚杀?'主人曰:'杀不能鸣者。'明日,弟子问于庄子曰:'昨日山中之木,以不材得终其天年,今主人之雁,以不材死;先生将何处?'庄子笑曰:'周将处乎材与不材之间。材与不材之间,似之而非也,故未免乎累……'"《庄子·外物》有有用之用与无用之用之辩:"惠子谓庄子曰:'子言无用。'庄子曰:'知无用而始可与言用矣。天地非不广且大也,人之所用容足耳。然则厕足而垫之,致黄泉,人尚有用乎?'惠子曰:'无用。'庄子曰:'然则无用之为用也亦明矣。'"对

---

① 钱钟书:《管锥编》第三册,中华书局1979年版,第1199—1200页。

于有用与无用的相反相成,《墨子·亲士》也有所认识:"今有五锥,此其銛,銛者必先挫;有五刀,此其错,错者必先靡。是以甘井近竭,招木近伐,灵龟近灼,神蛇近暴。是故比干之殪,其抗也;孟贲之杀,其勇也;西施之沈,其美也;吴起之裂,其事也。故,彼人者,寡不死其所长。故曰:太盛难守也。故,虽有贤君,不爱无功之臣;虽有慈父,不爱无益之子。是故不胜其任,而处其位,非此位之人也;不胜其爵,而处其禄,非其禄之主也。良弓难张,然可以及高入深……"兵法所谓以无形制有形,一方阵势无形的变化莫测,正是得益于另一方阵势有形的僵化;诸葛亮"空城计"的用无、用险,正是得益于其平时用实、谨慎。王剪、萧何的自求无用、无志,基于其或运筹帷幄,攻城灭国,且大权在握的有用、有志。文学艺术的下里巴人、空白缺失、模糊平淡的无用之用,正依赖与阳春白雪、完整充实、精确出奇的相反相成。

第二节 "无用之用":比较文学的学科特性

一、研究对象、研究方法、可比性的务虚、用闲、用空

如前文所述,相对于民族文学/国别文学以及文学及其相关学科明确、具体的研究对象:作品、作家,国家、民族,学科理论、学者等,作为比较文学的研究对象,另类异质的四际文学关系等各种文学关系之"关系",既看不见也摸不着,却又无处不在,显然属于虚设;在比较文学尚未诞生之前,文学关系对于文学研究,既无足轻重也从不为人注意,显然属于闲置、不用。由此可见,各种文学关系的会通研究,直指无用之用第一个层面的意义,恰如老子所说的用其所无的车之用,属于用其空虚、虚无、闲置、不用。明确相应的文学关系,有助于文学解读、民族文学史定位与写作,尤其是世界文学史的写作,反之,将难以进行;改变相应的文学关系,将会改变对问题的看法、研究的结论。例如:我们说莎士比亚、歌德、巴尔扎克是伟大的作家,到底属于哪个层次的伟大作家?为什么说他们伟大?将其置入国际文学关系,便一目了然:是英国、德国、法国的伟大作家,还是欧洲的伟大作家,或者是世界的伟大作家,在民族文学/国别文学乃至世界文学史上享有何种地位,由其跨民族/跨国界的影响与接受,及其对共同诗学话语的体现说话;反之,研

究欧洲中世纪文学、中国的唐代文论，必然离不开对中世纪文学与基督教、唐代文论与佛教的关系的明确，否则难以进行。

与之密切相关，作为比较文学的研究方法，会通研究的传受变异研究、异同比类研究、阐释发明研究，借以实现的假设、考证、归纳、综合、演绎等方法，也正是其他学科所应用的研究方法，具有明确的可操作性，但是会通本身，同样既看不见也摸不着，属于务虚，以空虚、虚无、闲置、不用为用；在比较文学尚未诞生之前，会通研究对于文学研究，也同样既无足轻重又从不为人注意，显然属于闲置、不用。其实，致力于会通四际文学关系的比较文学，百年历史所体现的开放、包容性，边缘、整合性，比较、参照性，跨越、会通性，也莫不属于务虚，用其虚无。也正是因此，以致让人觉得比较文学"什么都是（什么学科都研究）"，"又什么都不是（不限定于某种既定学科）"从而"可有可无"，甚至是"无事生非"，成为"无用学科"。

正是基于比较文学研究对象与研究方法的务虚，比较文学成为少有的令在场学者难以对其定义，部分学者甚至放弃对其定义的学科之一。不知是谁，为了弥补比较文学由务虚所带来的不确定性，首先提出可比性的问题。然而，可比性无论是在于求同，还是在于求异，或求同显异，无论是在同类同质的文化体系内进行，还是在另类异质的文化体系中进行，无论可比性如何确定，他都难逃务虚的宿命：异也好同也罢，只可言传、意会而难以清晰而准确地诉诸观感，划定界限。

二、研究方法的难以用与不可轻用

比较文学无用之用第二个层面的意义，由百年来学者们对传受变异研究、异同比类研究、阐释发明研究的可靠性、可行性的坚持与慎用可见。

例如陈寅恪、钱钟书无疑都是会通研究的圣手，也都是不反对比较文学的，由陈寅恪的《与刘叔雅论国文试题书》与张隆溪的《钱钟书论比较文学》可证。可是，他们都认为比较文学方法不好驾驭，因此不可轻用，更不可滥用。他们以身作则，谆谆告诫之余，对当时传受研究与比类研究被滥用的现象不无微词。

陈寅恪在《与刘叔雅论国文试题书》中写道："即以今日中国文学系之中外文学比较一类课程言，亦只能就白乐天等在中国及日本文学上，或佛教故事在印度及中国文学上之影响及演变等问题,互相比较研究,方符合比较研究之真谛。盖此种比较研究方法,必须具有历史演变及系统异同之观念,否则古今中外,人天龙鬼,无一不可取以相与比较。荷马可比屈原,孔子可比歌德,穿凿附会,怪诞百出,莫可追诘,更无所谓研究之可言矣。"① 除了陈寅恪局限于当时比较文学观念以传受研究为能、排斥比类研究之外,对比较文学研究应当严谨、慎用的强调,自在其中。

钱钟书对自我定位的打通研究的操作非常慎重:之所以以会通中外古今鸡零狗碎的材料与文化现象,昭示人类共同的诗心、文心为终极目的,而不肯百尺竿头,给出系统论证与理论建构,以致被后人求全责备,便是因为在他看来,后者难免大而无当,似是而非,为楼易塌,从而宁缺毋滥。钱钟书的打通研究无疑超越了比较文学的范畴,走向文化打通;而比较文学的会通研究自在其中。将钱钟书视为比较文学学者,将《管锥编》视为比较文学著作,不免唐突;而钱钟书对其打通研究与比较文学会通研究的刻意区分与强调,显然根源于他对比较文学会通研究被滥用的不满,开近代中国阐发研究之风气的王国维,其《红楼梦评论》移中就西的单向阐发,就曾招致钱钟书指责,其余的人更不在话下。

季羡林更是因此而苦口婆心地"劝年轻的同行们:要把比较文学看得难一点,再难一点;越看得难,就越有好处"②。前文再三提到的"x+y模式"、"三段论模式",在比较文学研究中也因此而成为看似简单,实则知易行难的大智若愚式研究方式。

三、比较文学以不用、无用、反损为用

比较文学无用之用第三个层面的意义,主要体现在材料应用、关注的对象、对相关学科的方法与理论成果的借用,以及研究内容上。

那些被传统的文学研究与相关学科轻视、遗弃、遗忘的鸡零狗碎、不成系统的边角料,却被比较文学看好,用作以小见大,举一反三,顺溪寻江,见树思林。对此,钱钟书在《读〈拉奥孔〉》中写道:"也许有人说,这些鸡零狗碎的小东西不成气候,而且只是孤立的自发的见解,

---

① 陈寅恪:《金明馆丛稿二编》,上海古籍出版社1981年版,第228页。
② 季羡林:《比较文学之我见》,《比较文学与民间文学》,北京大学出版社1991年版,第370页。

够不上系统的、自觉的理论。不过,正因为零星琐碎的东西易被忽视和遗忘,就愈需要收拾和爱惜;自发的简单见解正是自觉的周密理论的根本。"① 那些被传统的文学研究、文学史忽视、轻视的非著名作家作品、文学乃至文化现象,却被比较文学一视同仁,因其被传统的文学研究、文学史忽视、轻视,其应用价值反而在研究著名作家作品、文学乃至文化现象之上。例如:由寒山诗与美国文学"垮掉的一代"的传受变异关系,看中国文学对西方文学的影响,乃中美文学关系研究的热门话题,而在当今的唐代文学史读本中,根本就没有寒山的地位,其诗作为美国读者所热衷的平易,在中国读者眼里,几乎视同庸作的表现。2006 年前后执教于四川大学的德国冯铁所研究的课题,由沈从文的《阿丽思中国游记》与卡洛尔的《阿丽思漫游奇境记》,林玉堂(林语堂)的《萨天师语录》与尼采的《查拉图斯特拉如是说》,陈铨的《浮士德游中国记》与歌德的《浮士德》,看中德文学的传受变异与异同比类关系,其中涉及的三部中文作品,在现代中国文学史读本中同样没有地位,就连三位作家也不在权力文学史的"鲁、郭、茅、巴、老、曹"之列,尤其是陈铨,当今青年读者很少有人知道他是作家,中文科班出身的学生,也只知道他是现代中国文学史中的反动流派"战国策派"的代表之一,且不论是否有人读过他的《浮士德游中国记》。那些作为相关学科(例如哲学、历史、地理、宗教)典籍的边缘因素,乃至妨碍中心话语表达的"糟粕"的文学因素,同样被收入比较文学的主菜单。例如:本为地理著作的《水经注》,却成为游记经典,本为占卜之书的《易林》,却因诗文因素而流传不废,这都是比较文学从事跨学科互证互释的绝好材料。

比较文学对相关学科研究方法与理论成果的借用,只求有益、可用,而不回避其在本领域的过时与无用。最为突出的事例就是比较文学对各种早已过时甚至被视为错误的宗教观念、理论,乃至巫术,以及有迷信之称的风水、命相观念、理论的借用等。因为相关学科的观念、理论,到了比较文学这里即成为参照系,成为工具,因而不排除"废物"利用。

毫无疑问,另类异质的不同语言、民族、国别的文学对话与交流中出现的文本意义、文学现象的误读、反读、变异、捐弃与文学史地位的

---

① 张隆溪、温儒敏编选:《比较文学论文集》,北京大学出版社 1984 年版,第 1 页。

贬损，正是比较文学关注的对象，甚至是重点对象，因为与民族文学研究的对应互补，正是比较文学的基本立场。而树立经典、建构典范，又正是民族文学研究与文学史定位的惯常行为，例如法国文学研究及其文学史对经典作家作品巴尔扎克及其《人间喜剧》、雨果及其《巴黎圣母院》、《悲惨世界》的推崇，与对18世纪浪漫主义文学理论话语的建构；比较文学正好反其道而行之，关注"非经典"、"非典范"的他国际遇，例如寒山诗在现代美国的流行，与经典、典范的他国贬损，例如中国现代文学"六大家"及其作品与中国的现实主义文学理论话语在欧美的不同际遇。

四、致力会通与互补而非解构与对抗，以边缘为中心的无用之用

比较文学无用之用与有用之用的相反相成，使其跨越、会通而非消解、解构、大同的特性得以明确与强调。比较文学跨越研究的目的，就是走向和而不同的会通而非千篇一律的大同，而会通则依赖跨越而非消解、解构来实现。这是因为：一方面，比较文学的会通，以认可造就各种文学关系的各种建构与界限，而非消解不同民族文学的异质，解构各种建构与界限为前提。换句话说，各种文学关系是虚无、无用，因各种文学、学科的实有、有用而有，没有各种文学、学科的自我设限与分门别类，便没有各种文学关系。具体说来，没有异质的民族文学/国别文学、文学与相关学科、文学与文化的建构与分门别类，便没有其相互关系可以研究。另一方面，历史的发展虽有相似性却不可重复，民族文学/国别文学的异质，学科的细分，已经成为现实与过去，而且，人类文明的进化与各种异质文明纷呈，学科细分，同步前进，所谓天下之事，合久必分，分久必合，指的是否定之否定，而非重复倒退。因此，实现异质文学沟通、交流、对话，消解由学科细分所导致的封闭、割裂、孤立、隔绝的方法途径，就是跨越各种界限，走向会通，而非消解民族、国别文学的异质，解构各种建构与界限。相对于有用之用的传统学科，无用之用的比较文学独立存在的价值意义，也就不言自明。

第三节 比较文学无用之用学科特性四要素

如上所述，关于比较文学无用之用的开放、包容性，边缘、整合性，比较、参照性，跨越、会通性等八项四组要素，学界论述较多，只是未论及其无用之用。对其无用之用，简述如下。

一、开放、包容性

比较文学的开放、包容性，除了体现了以跨文明与跨学科为原则的比较文学的本质要求之外，也是其在不断发展的过程中逐渐形成的"本质特性"。其中，包容乃开放的前提与基础；包容又以虚我以待为前提与基础；开阔的视野与胸怀，则是虚我以待的前提与基础；当然，开阔的视野与胸怀又离不开自信，而自信则来自于"学科之根本"——明确的研究对象、研究方法、学科话语等共同构成的圆融自足的学科谱系。不具有包容性的所谓开放，不是单方面的以己就人、自我虚无，就是单方面的以人就我、自大自恋；所谓包容，就是虚怀若谷，海纳百川，大地不成低谷，难以走江河；而缺乏自信的谦虚，其实就是自卑，或穷上反下，由此导致自大。百年比较文学是如此，中国文化传统的前两次转型也是如此。

百年比较文学，在学科理论建构上，总是以开放、包容的精神与胸怀，面对其他学科的方法、理念、成果，对其他同行，尤其是前人的方法、理念、成果，实行拿来主义，海纳百川，为我所用，保证其理论建构的前卫性，始终与时代潮流、人类文明的发展同步。如果说欧洲学者将文学研究的视野拓宽到跨国界文学关系史研究，并确立究渊源、辨流传、查影响、重实证的传受研究方法，促成比较文学的诞生，是其受益于实证主义、科学主义认识论与方法论的结果的话；那么，北美学者不仅将欧洲学者一一对应的传受研究，拓宽到以一对多、以多对多的比类研究，而且将比较文学研究的触角伸展到相关学科，建立跨学科研究的方法类型；中国学者的比较文学理论建构，不仅吸收了传受研究与比类研究，会通研究的提出，也正是以一元暨多元的中国传统文化话语为学科话语，广泛吸收世纪之交人文学科与社会科学界的诸多研究成果的结果，这些显然都具体、直接地体现、印证了比较文学的开放性与包容性。

换个角度看，当比较文学的独立地位遭到克罗齐等学者的颠覆时，有关法国学者的以退为进，令比较文学当时本已不受语言、民族、国别、学科限制的文学关系研究，龟缩为一一对应的传受研究，不能不说体现了法国比较文学的自信缺失。法国派虽然已经明确了比较文学的研究对象——文学关系，研究方法——实证研究，哲学理念——进化论、实证主义、唯科学主义，但是，却断送于"自我（法国、欧洲）中心论"的心虚：对自我中心、自我彰显的坚持，使有关法国学者遭到质疑时，难免心虚，从而放弃对比较文学体系自足的追求，进三步退两步，将本应开放的国际文学关系研究，局限于一一对应，将本应全方位进行的文学比较，局限于影响实证。当比较文学走向泛文化与泛理论时，有关美国学者或放弃对文学本位的坚持，走向比较文化，或放弃对学科设限，走向无边主义，不能不说体现了美国比较文学试图囊括一切的自大，当然，这种自大的根源，则是对比较文学的自卑。无边主义的比类研究，最终使有关美国学者感到力不从心，与时俱进的美国传统，使有关美国学者自觉与不自觉地以顺应泛文化与泛理论的时代潮流，来掩饰其对比较文学的自信缺失。当年有关法国学者的心虚，有关美国学者根源于自卑的自大，在中国比较文学界都有相应的反应：单向阐发研究的提出，显然植根于20世纪的民族文化虚无的语境；如同《红楼梦》的贾探春，深切感受到，外面看起来轰轰烈烈的比较文学，时刻都是末日光景的学者，大有人在；却又不同于探春，哪怕是当家数日，也励精图治，这些在场学者则以哀叹（消解他人的比较文学建构）为能事。

百年比较文学，在实际运作中，也总是以开放、包容的精神与姿态面对其他学科的方法、理念、成果，从而使其研究层面与研究成果享有学术上的前卫性。就此而言，比较文学是一门没有围墙，设限虚拟，变易与不易相反相成的学科：凡是具有一元暨多元的精神理念，运用会通研究的方法，从事四际文学关系研究的学者，我们都接纳为同行；同理，体现比较文学精神理念与方法的四际文学关系研究成果，我们都将其归入比较文学范畴；凡是能够有益于比较文学研究的相关学科的方法、理论、成果，我们都兼容并蓄。由此导致复兴后中国比较文学的一大景观：自1985年至2005年的中国比较文学学会的八届年会中，一是人数逐届增加，由一百人左右到近三百人；二是每届年会都有不低于百分之四十的新面孔。

其实，开放、包容性也正是比较文学对事物发展的普遍规律的遵循。正如西方马克思主义者哈伯马斯所言：任何一种思想、一种知识、一种文化，一经形成体系或系统，便陷入定位与自我设限，就意味着走向封闭与老化。新生的出路在于与他系统的沟通、对话、交流，通过与他系统的比较,以非我的眼光进行自我审视、批判、解构,再通过吸收他系统的有利因素,进行自我调整,走向重构。也就是说,只有具有开放性与包容性的事物,才会不断地走向新生与发展。然而,开放、包容性对于比较文学来说,又是一柄双刃剑:既因此而得以面对山重水复,勇往直前,终至柳暗花明;又因此常常被人怀疑、指责。如前文所述,如今早已登堂入室,成为二级学科、高校汉语言文学专业的主干课程,建立了博士后流动站与上百个博士点、几百个硕士点的中国比较文学,十五年前曾因此被人指责为"四无学科",靠他学科的票友唱戏,靠他学科的成果装门面。仅由上述每届中国比较文学学会的年会上都会出现大批新面孔而言,票友之说,其实正是一个如何看待的事实。大量浅薄而不能导出有益结论的"X+Y模式"、"三段论模式"的所谓比较文学成果,鱼目混珠,在所难免。

此时,如下问题已是不辨自明:比较文学的开放性、(基于用其虚无的)设限虚拟,包容性、亲和性,不等于无原则、无规范,因为开放、设限虚拟、包容、亲和的本身,就是比较文学区别于其他学科的,比较文学之所以成为比较文学的原则、规范,即本质特性。总之,开放,虚我以待;包容,兼容并蓄。比较文学的开放、包容性,就是要以空虚、虚无为用。

为此,乔纳森·卡勒十分赞赏苏源熙"使比较文学成为'重新构思知识秩序的试验场'"之说,进而认为:"对世界文学发生兴趣,将其作为包含多重可能性、多种形式、多重主题、多种话语实践的包容性场域是可能的。……比较文学正是作为一种话语实践和一套形式的可能性,因而也是作为一种诗学的文学研究的恰当场所,而现在尤为如此;与迄今为止以前的比较文学实践中的情形相比,这种文学研究被赋予了更加广博的知识、更多的可能性。这一点对于新一代比较文学学者而言尤其构成一种挑战。"① 在强调比较文学的开放、包容性的同时,强调比较文学的用其难用之意,也十分明确。

二、边缘、整合性

相对开放、包容性的本质特性,边缘、整合性正是比较文学作为一

---

① [美]乔纳森·卡勒:《比较文学的挑战》,生安锋译,《中国比较文学》2012年第1期。

门独立学科的"角色特性",从而有边缘学科、交叉学科之称。其中,比较文学的边缘性除了具有传统的"非中心"意义之外,还具有"使之边缘"意义,而这层意义又是以整合性为前提与基础;比较文学的整合性,在其捉置一处,使之会通的常用意义之外,也具有和而不同的学科意义。

在某种意义上,也正是比较文学开放、包容的本质特性,决定了比较文学的边缘、整合的角色特性。所谓学术上的中心与边缘之分,本来就是相对的,尤其是在世界政治、经济、文化走向多元化与全球化,学科走向交叉与综合的当今时代,学科之间可谓互为边缘、互为中心;比较文学的边缘性,也因此获得使之成为边缘的意动用法:令被会集一处的异质的民族文学/国别文学、文学与相关学科,互为边缘、互为中心。例如:当代中国"女性写作"的西方女性批评理论渊源研究,历史小说中的史料增损研究,科幻小说对科学思维的应用研究,插图本文学作品中的插图研究等,前者显然是叙述的中心,后者则成为证释前者的边缘因素,分别丧失其在西方文学批评、历史、科学、绘画研究中的中心地位。

相对传统的文学、语言学、史学、哲学、宗教学、心理学等学科而言,比较文学的边缘性,则意味着比较文学学科身份的年轻。因此,在20世纪末的中国,人们不难听到来自传统学科学的好为人师者对比较文学读者的"谆谆教导",不难看到比较文学的学科归属总是被呼来喝去,先是与文学理论联袂登台,后是与世界文学组成二级学科,科研立项与评奖,此处划归中国文学而彼处又划归外国文学,经常感受到评价机制对比较文学的漠视,例如中国人民大学的报刊复印资料就没有《比较文学》。而在某种意义上,年轻又意味着少一分陈规陋习,少一分被权力异化的危险,多一分创新精神,多一分青春活力,代表着希望、(向中心)进取与未来(今天的边缘正是明天的中心),也因此而成为20世纪末中国的"显学"。

整合,就是包容基础上的整合。异质文明民族文学/国别文学的整合,文学与相关学科的整合,文学与文化的整合,不仅是现象的整合,更重要的是特质的会通。至此,如下问题也就不辨自明:比较文学意义上的文学模仿、借鉴、改编、移植、翻译与科际整合,与抄袭式改写、打乱原作的剪辑式剽窃,具有本质的不同,前者是一种再创造:模仿、借鉴、移植的部分必将成为新作品的有机整体；翻译、改编必将创造出新的文本意义；相关学科的方法、理论、成果作为文学研究的参照系统，必将导出有益的结论；文化研究的成果与结论，必须同时有益与适用于文学，以服务于文学研究为出发点。反之，则不属于比较文学的模仿、借鉴、移植、翻译、改编、科际整合与文化研究，或者不能成为比较文学的研究对象。

整合，意味着被整合的相关学科本来角色的丧失（例如：处于以文学为本位的互证互释关系的文学与宗教、文学与哲学、文学与历史、文学与心理学等，既非文学也非宗教、哲学、历史、心理学，而是比较文学），意味着比较文学的角色缺失，陷入"不伦不类"。人们因此而有当比较文学什么都是时，便什么都不是的担心，从而对其可比性三令五申。反向思维，比较文学角色缺失的劣势，未尝不可以转化为众美归一、价值利用、全息圆象的优势。比较文学之博广，相对于有关学科之精深，未尝不是一种优势：如同独奏与合奏，商品生产与流通，处理问题的单一视角与多重视角，后者自有其众美归一、价值再创造、全息圆象的价值意义。虽说博而难精，广而难深，但不等于说博就不精，广就不深，反之，博后之精，广后之深，正是事物的最高境界。说到底，化劣势为优势，变不足为长处，比较文学及其学者的成就，在很大程度上取决于对相关学科与他人成果的利用，难以实现除了本学科理论建构之外的体系创新，独立于他人成果之外的观点创新，但是，比较文学开阔文学研究的视野，促进异质文学的沟通、交流、对话，实现民族文学/国别文学解读与世界文学史写作的全息圆象等方面的功用，却是其他学科所难以替代的。总之，边缘，即用其边缘，使之边缘；整合，即融通、会合，又意味着角色缺失。比较文学的边缘、整合性，就是要用其不能、无能。

三、比较、参照性

比较，无疑是比较文学赖以成为独立学科的意义生长点，比较文学的传受变异研究、阐释发明研究，赋予作为各学科通用方法的比较以异同比类研究的"阳比"——对比之外的"阴比"意义——参照，从而成为比较文学的"方法特性"。换句话说，求同显异、比物连类即比较，考证传受、追查变异、相互阐释、彼此发明即参照；比较即参照，参照就是比较；只不过是异同比类研究的比较呈"阳性"，已被关注、利用，传受变异研究、阐释发明研究的参照呈"阴性"，则被闲置、不用而已。

综观传受研究、比类研究、阐发研究、跨学科研究、会通研究，似乎只有比类研究，旨在求同显异，互证互释，例如"人生关怀：世界文学经典的共同主题：《红楼梦》与《百年孤独》、《静静的顿河》、《等待戈多》的比较"①，"《吴越春秋》及其范蠡、《三国演义》及其诸葛亮与《老人与海》及其桑提亚哥：追求人生价值自我求证者及其赞歌"等，属于典型的文学比较研究，其实是假象：上述所有方法类型，无不属于文学比较研究，只不过是有潜在比较与显在比较、"阴比"与"阳比"之分而已。

在跨文明与跨学科的前提下，表面上看来，传受研究是谈文学影响与接受，跨学科研究是谈文学与相关学科的相互作用、相互借鉴与相互利用，阐发研究是谈文学现象与理论或理论与理论间的相互阐发，会通研究在于会通异质文学、文学与相关学科互证互释，维护异质文学的差异性，促进异质文学间的沟通、对话、交流，均非进行文学比较，其实都是在进行文学比较。

研究者确定传受研究对象的过程，就是一个比较的过程，即由"阳比"到"阴比"的过程。对于影响关系的确立，在法国有种认同率较高的观点：一位作家及其作品，如果显示出某种外来的效果，而这种效果又是其本国文学传统及其本人的发展无法解释的，那么，我们可以说这位作家受到了外来的影响。在这里，对某位作家受到了外来影响的认定，正是对某位作家及其作品与某外国文学进行求同显异的比较结果。印证以海明威的"冰山理论"，这种认定影响关系的比较，显然是潜在的"阴比"；而这种"阴比"正是建立在对某位作家及其作品与某外国文学进行求同显异，以至发现其相似性或共同性的显在的"阳比"基础之上。例如关于"白居易《长恨歌》对紫式部《源氏物语》的影响"的"阴比"关系的确立，必然来自对双方的异同比较"阳比"：在发现双方之同的"阳比"基础上，进一步追寻双方影响与接受的"阴比"关系。

再说，无论是传受研究、比类研究、跨学科研究，还是阐发研究、

---

① 徐扬尚：《金庸解读》，武汉大学出版社2001年版，第2—7页。

会通研究，必须是二元或多元的；而无论是二元（一一对应）比较还是多元（以一对多、以多对多）比较，其间都只能是由参照物与被参照物构成的参照或互为参照系的"阴比"关系，参照即比较。例如：谈歌德对法国文学的影响，如果旨在对歌德的世界文学史地位进行定位，那么，这里的法国文学就成了参照系；反之，如果旨在认识法国文学的作家作品或某种文学现象，那么歌德就成了参照系。又例如：谈西方女性主义批评与中国道家的女性意识，如果旨在移中就西，那么西方女性主义批评就成了参照系；如果旨在移西就中，那么中国道家的女性意识就成了参照系；如果旨在相互阐发，那么二者就互为参照系。再如谈精神分析与文学，显然，精神分析就是我们了解、研究、把握文学的参照系。又如会通异质文学及其文学史，被会通的双方本身便构成了一种互相比较、互为参照的"阴比"关系。也就是说，上述方法都属于潜在的比较"阴比"。总之，比较即参照，参照即比较；阳性的比较，因阴性的参照的加入而丰富、圆满。比较文学的比较、参照性，就是要以闲置、不用为用。

四、跨越、会通性

比较文学的跨越、会通性，是由学科内容、范畴、原则决定的学科特性。与同时具有先天与后天成因的开放、包容性，比较、参照性不同，比较文学的跨越、会通性与生俱来，我因此称之为"生成特性"。

比较文学在欧洲诞生，即被法国学者界定为国际文学关系史，确立其跨语言与跨国界的比较原则；美国学者继之拓展为跨国界与跨学科；中国学者又进一步开拓为跨文明与跨学科。由此可见，比较文学的跨越性始终如一。如前文所述，跨越各种界限的目的，就是走向另类异质的民族文学/国别文学、文学与相关学科、文学与文化的会通，另类异质的民族文学/国别文学、文学与相关学科、文学与文化和而不同的会通，依赖跨越来实现。显然，跨越各种界限的文学会通研究，远比自我观照、自说自话的民族文学/国别文学研究、文学研究更为难能：视野、胸怀要开阔，要有一元暨多元、互为中心、互为他者、相反相成的意识；知识背景要宽，要熟悉他国/他民族文学与相关学科的知识；要懂得反向思维、圆象思维，懂得以人观我、以人证我、互证互释，用其无用。以王国维《人间词话》所谓能入故能写之，能出故能观之的既入且出，不入不出为境界，例如钱钟书的《读〈拉奥孔〉》、《通感》、《诗可以怨》、

《管锥编》。总之,跨越,非消解、解构各种界限而达到会通的目的;会通,非消除、否定民族文学/国别文学个性而走向世界文学的大同。比较文学的跨越、会通性,就是要用其难能。

第三章 什么是、是什么、为什么是辨析
——中国化比较文学理论建构的切入点

第一节 "什么是"与"是什么"辨析

一、"什么是"与"是什么":两种不同的概念与表述方式

当今各类汉字出版物,无论在哪种语境下都将"什么是"与"是什么"、"何谓"与"谓何"混为一谈,用来相互替代的现象,屡见不鲜。这种现象同样出现在英文 What is 汉译中:或翻译作"什么是",或译作"是什么"。其实,虽非所有语境,但在相应语境下,这是两种完全不同而绝对不能混为一谈,或相互替代的概念与表述方式;在相应语境下往往体现为使用的恰当与否。二者的不同含义,主要体现在如下三个层面。

(一)"什么是"通常指对事物、思想、学说的理论设限,"是什么"通常指对事物、思想、学说的存在现象诠释

"什么是"通常用于对事物、思想、学说的理论设限或说下定义。"是什么"通常用于对事物、思想、学说的存在现象(包括作为"现在时"的"存在"与作为"过去时"的"历史")、规律特性的诠释或说做判断。在相应语境下,二者不能混为一谈,例如:若问"人是什么"?我们对之以"人是动物(乙是甲)"(1),或"人是灵长类动物"(2),或"人是直立行走,会思考、制造并使用工具,具有丰富情感的灵长类动物"(3),或"人是能够认识他者与自我,能够驾驭外物与自我反省,能够创造文明的高级动物"(4)等都没有错。但是,绝对不能倒过来说"动物是人(甲是乙)",或说"灵长类动物是人"。即使说"直立行走,会思考、制造工具并使用工具,具有丰富情感的灵长类动物是人"也值得商榷。因为大猩猩、猴子不仅直立行走,也会简单地使用工具取食与

进食，猩猩、猴子、狮子、豺狼、蜂蚁等也有婚姻、等级、王权制度、社会分工乃至情感世界。就连看似成立，"能够认识他者与自我，能够驾驭外物与自我反省，能够创造文明的高级动物就是人"的表述，也是一个未经证实的假设：人类至今不能，或说尚不能证实其他灵长类动物是否能够认识自我与自我反省，是否拥有自己的文明，情感类动物的情感世界到底如何。逻辑学谓之大概念（甲）与小概念（乙），前者包含后者（乙是/属于甲，张三是/属于中国人），反之则不然（甲不是/不属于乙，中国人不是/不属于张三）。上述关于"人"的四项表述与判断的"全选全称"，便构成"什么是人"的答案，即对"人"的概念排他法的定义：直立行走，会思考、制造并使用工具，具有丰富情感，能够认识他者与自我，能够驾驭外物与自我反省，能够创造文明的灵长类高级动物就是人，或说只有人。

（二）"什么是"的理论设限决定于"是什么"的存在现象，反过来规范"是什么"的存在现象

"什么是"的事物理论设限决定于"是什么"的存在现象。这是人类文化的发生规律：对于任何一种思想、一种学说、一门学科来说，都是先有事物、思想、学说的存在现象"是什么"，然后才有事物、思想、学说的理论设限"什么是"；而理论设限一经形成，即经过系统化建构之后，在具有概括性或抽象性的同时，又具有前瞻性；反过来规范存在现象，干预"是什么"。换句话说，理论设限来源于事物、思想、学说的存在现象，不能脱离事物、思想、学说的存在现象而形成、存在；但是，理论设限一旦形成与确立，便具有相对的独立性，具有独立研究的价值与意义，从而导入对一整套抽象的关于事物、思想、学说的"什么是"与"是什么"的假设性、概念性、实用性原则的探讨。也就是说，理论设限后于与根源于事物、思想、学说的存在现象而形成，即由事物、思想、学说的存在现象决定；事物、思想、学说的理论设限与存在现象，又是相互制约、互为前提、互为因果的关系。

（三）"什么是"的理论设限为设限者自我见解的对象化，"是什么"的存在现象诠释乃诠释者非我的真实表述

"什么是"作为"现在时"与"将来时"的某种事物、思想、学说的理论设限，本身便是探讨的过程及其结果；"是什么"作为"过去时"

的某种事物、思想、学说的存在现象诠释，存在现象的"合理性"则无须讨论，也不容讨论。回答"什么是"，即对某种事物、思想、学说的存在现象进行理论设限，完全属于一种人为活动，属于言说对象即理论设限者的思想见解。理论设限本身不仅是理论设限者的见解对象化，也是理论探讨的过程，对某种事物、思想、学说的理论设限，就是探讨的结果。回答"是什么"，即诠释某种事物、思想、学说的存在现象，则属于一种非人为活动，属于言说对象即不以诠释者思想意志为转移的存在现象。诠释者所要做的就是力求诠释的周到、公正、真实、贴切。也就是说，理论设限容许见仁见智的讨论，其本身便属于讨论；现象诠释则避免见仁见智，唯求周到、公正、真实、贴切。理论设限虽然寻求共相，追求共识，但是，萝卜青菜，各有所爱，众说纷纭，各执一端，也是常事；现象诠释则只有周到、公正、真实、贴切与否及其程度差别，而不允许情人眼里出西施，众说纷纭而各执一端的存在，否则，有人便有欠周到，或偏执、掩盖、歪曲乃至抹杀或杜撰存在现象之嫌。而存在现象，无论是历史还是现实，又都是不能偏执、掩盖、歪曲、抹杀、杜撰的。

二、"什么是比较文学"与"比较文学是什么"：学科设限与学科史诠释

与汉语"什么是"、"是什么"的不同意义相对应，英文 What is Comparative Literature? 翻译成汉语，或译作"什么是比较文学"？或译作"比较文学是什么"？虽然所指只能归一（由其具体语境确定），但是其能指有二，在相应的汉语语境之下，同样属于两种完全不同，绝对不能混为一谈，或相互替代的表述方式。二者的不同含义，相应体现在如下三个层面。

（一）"什么是比较文学"通常是指学科设限，"比较文学是什么"通常是指学科史诠释

"什么是比较文学"通常用于对作为一门学科的比较文学进行理论设限即学科设限、下定义；"比较文学是什么"通常用于诠释、判断作为一门学科的比较文学的渊源流变等存在现象及其规律特性，即研究现状描述与学科史叙述。因此，若问"比较文学是什么"？完全可以说：比较文学就是文学研究的一元暨多元主义认识论；或是文学研究的国际

视野，开放胸怀，对话姿态，跨越与会通意识；或是一元暨多元、多元共生、和而不同的世界文学观念；或是不受语言、民族、国家、学科限制的文学关系会通；或是由四际文学关系学、总体文学关系学、三维文学关系学构成的会通研究方法；或是致力于无用之用的文学关系研究的交叉学科或边缘学科。也就是说，无论是全面诠释比较文学的既定形态，还是依据相应视角，立足相应层次诠释比较文学的历史与现状，都不会错。不同于问"什么是比较文学"，旨在对作为一门学科的比较文学进行学科设限，对其研究对象、研究方法、学科属性、学科特性、可比性、方向目的、学科话语等予以界定。由此可见，英文 What is Comparative Literature 到底是译作"什么是比较文学"还是译作"比较文学是什么"，不可不加以区别对待；反之，在将汉语"什么是比较文学"与"比较文学是什么"译为英文 What is Comparative Literature 时，同样有必要做相应的调整，或给予相应的说明。对此，袁鹤翔的如下表述显然可供参考："也许我们不必为东西方比较文学下定义，而只需对我们正在做的研究工作进行描述。我们应当将'比较文学是什么'（What comparative Literature is）这一规定性陈述换成一个描述性的问题：'什么是比较文学'（What is comparative Literature?）某些方法学上的探讨也许有助于回答这个问题。"①

（二）"什么是比较文学"的理论设限决定于"比较文学是什么"的存在现象，以开放性应对存在现象的不断发展

"比较文学是什么"的存在现象决定"什么是比较文学"的理论设限的文化生成规律告诉我们：比较文学的学科设限及其概念的形成，是对比较文学存在现象的总结与抽象，属于约定俗成。作为约定俗成的概念、学科设限，最初的约定俗成被称之为本义与早期定义，日后存在现象的发展所赋予的意义，则被称之为引申义与发展定义。任何一种概念、学科设限既定的本义与早期定义通常都只有一个，不断生成的引申义与发展定义则有若干个。不仅是任何一种概念、学科设限的引申义、发展意义都会随着存在现象的不断发展而不断产生或被弃置不用，就是概念、学科设限的本义、早期定义，也会随着存在现象的发展而被人遗忘或遗

---

① 袁鹤翔：《东西比较文学：其可能性之探讨》，李达三、罗钢主编：《中外比较文学的里程碑》，人民文学出版社 1997 年版，第 33 页。

弃，代之以人们耳熟能详、使用频率高的引申义、发展定义。因此，将概念、学科设限后来的引申义、发展定义与本义、早期定义等同起来，或追求二者吻合，或以后者否定前者，莫不违背存在现象决定理论设限的文化生成规律。"比较文学"概念、学科设限也正是如此。

  作为一门学科的比较文学，不是、也不可能事先便有一整套抽象的关于"什么是比较文学"与"比较文学是什么"的假设性、概念性、实用性原则，而是根源于歌德的世界文学（德文 weltliterature）观念，经过斯宾塞的社会进化论与孔德的实证主义哲学以及科学主义的推波助澜而生成。它的萌发与形成有如下标志：（1）比较文学杂志（匈牙利梅茨尔编《比较文学杂志》[1877年]、《国际比较文学学会会刊》[1877年]、德国科赫编《比较文学杂志》[1887年]）的出版；（2）比较文学理论著作（英国波斯奈特《比较文学》[1886年]）的出版；（3）比较文学讲座（维勒曼 [Villemain] 在巴黎大学的演讲 [1829年]、桑克蒂斯在拿波里大学的讲座 [1861年] 等）的设立。① 就是波斯奈特以文学进化的过程作为比较文学研究对象的《比较文学》，尽管他自称"第一个阐述了这门新学科的方法与原则，不仅在英国，而且在世界上"②，事实上也是他与梅茨尔奠定了比较文学反中心化世界主义的全球视野，如哈佛大学达姆罗什（David Damrosch）所说："他们都为真正的全球比较提供了重要的早期模式，甚至他们研究项目的衰落也为我们提供了直到今天仍然值得注重的宝贵教训。"③ 但是，想必绝大多数学者都不会认为这就是一部成熟的比较文学理论著作。真正说得上有理论、有方法、有体系的比较文学理论著作，还是梵·第根的《比较文学论》。但是，自从波斯奈特的《比较文学》出版之后，人人都知道作为一门学科的比较文学是指什么，到梵·第根写作《比较文学论》时，他明确意识到，就是想改变不尽如人意却应用十分普遍的"比较文学"旧名称而另易更有根据的新名称，已属徒劳。

  存在现象决定理论设限，本身意味着比较文学的学科设限必然滞后

---

① 徐扬尚：《中国比较文学源流》，中州古籍出版社1988年版，第56—58页。
② [美] 韦斯坦因：《比较文学与文学理论》，刘象愚译，辽宁人民出版社1987年版，第217页。
③ [美] 大卫·达姆罗什：《一个学科的再生：比较文学的全球起源》，尹星译、陈永国校，达姆罗什等主编：《新方向：比较文学与世界文学读本》，北京大学出版社2010年版，第41页。

于存在现象：既不能滴水不漏地反映比较文学研究现象的方方面面，更不能反映学科设限形成之后新的存在现象。虽然并不妨碍学科设限根据存在现象生成与发展的相应规则对其展开预示，具有前瞻性，但是这种预示必然以假设为前提与基础。英文 theory（理论）因此而定位于探讨某一领域所需要的一整套假设性、概念性、实用性原则，这些原则规定这方面探讨的总体轮廓。从而说明：好的学科设限就是能够通过不断调整自我设限来包容新的存在现象的非封闭性的学科设限，如《老子》所言："大成若缺，其用不弊。"反之，真是逻辑严密，滴水不漏，针对性强，追求放之四海而皆准的学科设限，其生成之日往往也正是其过时之时。

（三）"什么是比较文学"的学科设限为设限者的见解对象化，"比较文学是什么"的存在现象诠释乃诠释者的非我表述

"什么是比较文学"的学科设限，作为设限者的见解对象化，势必因为不同国家、不同民族、不同时代的设限者所禀赋的时代精神乃至认识论的不同，而形成不同的学科设限，由此形成实证主义、唯科学主义、民族主义、历史相对主义的一元暨中心主义及其逻辑思维机制之下的法国派，新人文主义、全球主义、文化相对主义、文化多元主义的一元暨中心主义及其逻辑思维机制之下的美国派，一元暨多元主义及其太极思维机制之下的中国派；又因不同国家、不同民族、不同时代的设限者的立场乃至理论凭借不同，而形成同一学派学者见解的不尽相同，从而出现安田朴对法国学派主流学科设限的批判、巴丝奈特与斯皮瓦克对法国学派与美国学派主流学科设限的解构、中国学者关于不受语言、民族、国家、学科限制的文学关系会通研究的"一跨"、"两跨"、"三跨"、"四跨"之说。与时俱进，百家争鸣，过去是、现在是、将来也必然是比较文学学科设限的常态表现。"比较文学是什么"作为比较文学的存在现象诠释，要求历史叙述与现状描述力求周到、公正、真实、贴切。虽然诠释不可避免地会受到诠释者看待问题视角、立场、方法的影响，但是应当尽量置身事外。具体地说，历史叙述既不能凭着个人好恶，好者夸之，恶者毁之乃至抹杀，也不能以今害古，拿当下的价值观判断三十年前、五十年前乃至百年前比较文学的是与非，而应当回归当时的文化语境，考虑到社会共识，还原历史真实；现状描述既不能凭借个人好恶，好者夸之，恶者毁之乃至抹杀，也不能借古非今，以古说为绳索，

绑架比较文学的现实与未来，而应当具有发展眼光，求同显异，令各种见解互动互识，互证互释，相辅相成，相对相成，相反相成。

第二节 "什么是"、"是什么"与"为什么是"辨析

一、"什么是"、"是什么"与"为什么是"：存在论与认识论

如上所述，无论是通常用于对事物、思想、学说的理论设限、下定义的"什么是"，还是通常用于对事物、思想、学说的存在现象、规律特性的诠释、作判断的"是什么"，通常都是指事物、思想、学说是什么样。即通常所说的事物、思想、学说之"其然"。对"什么是"与"是什么"的认识，便形成"知其然"；对"什么是"与"是什么"的思考与言说，便是事物、思想、学说的存在论或说本体论。那么，这些事物、思想、学说等，为什么是这样、这些，而不是那样、那些？反过来说，为什么这样、这些便符合某种事物、思想、学说的学科设限，而那样、那些便不符合？为什么这样、这些便属于某种事物、思想、学说，而那样、那些则不是？由此形成对"什么是"与"是什么"之"为什么是"，即通常所说的事物、思想、学说之"其所以然"的追问。对"为什么是"追问的回答与认识，便形成"知其所以然"；对"为什么是"追问的回答与认识的言说，便是事物、思想、学说的认识论。

然而，并非所有的关于事物、思想、学说"是什么"与"什么是"的"知其然"思考与言说都属于存在论，只有"知其然"的思考与言说上升到"为什么是"的"知其所以然"的追问，方成为存在论。具体地说，对作为存在现象的事物的认识与判断属于事物认知，由此形成思想；系统性的思想及其言说便形成学说，由一套假设性、概念性、概括性、实用性、前瞻性原则构成的学科设限，自在其中；追问与回答"为什么是"，"知其所以然"的思想与学说，就是存在论。总之，存在论离不开认识论的成全；而认识论离开具体的事物、思想、学说的理论设限与存在现象诠释乃至方法建构，也将因失去载体而难以体现，无从把握。

从认知学的角度看，人类对自然、社会以及人类自身乃至自我的认识，都是由知其然、是什么（样子）到知其所以然、为什么是（这个样子），这是人类的认知规律。由此形成知识结构的事物认知、思想与学

说、本体论与认识论三阶段；进而形成文化教育的中小学教育、大学教育、研究生教育的三级体制。中小学教育作为初级教育，主要是对学生进行寓教于乐，"知其然"的认知教育，让学生了解事物、思想、学说的"是什么"与"什么是"，不问"为什么"，重在知识记忆。大学教育作为高等教育，教学重心便由认知教育的"知其然"，转移到学理教育的"知其所以然"，了解事物、思想、学说的"为什么"，由认知事物的现象到认识事物的本质。研究生教育作为专业教育，教学重点再次转移：由学理教育转向创新教育。学生的任务就是培养从事知识创新的理论、方法、观念，学会并初步实践研究事物的"所以然"，由事物的现象"是什么"追求其成因"为什么"，直至事物发展的规律特性。也就是说，知识记忆的素质教育，中小学阶段是关键；知识激发的创新教育，研究生阶段是关键；大学教育阶段作为承前启后的专业教育，兼顾并协调认知教育与创新教育。

二、"什么是比较文学"、"比较文学是什么"与"比较文学为什么是"：比较文学的存在论与认识论

同"什么是"、"是什么"与"为什么是"的不同意义相对应，无论是指比较文学学科设限、下定义的"什么是比较文学"，还是指比较文学的渊源流变等存在现象及其规律特性的诠释、作判断的"比较文学是什么"，都是指比较文学之"其然"、是什么样。对"什么是比较文学"与"比较文学是什么"的认识，便形成"知其然"；对"什么是比较文学"与"比较文学是什么"的思考与言说，便是比较文学的存在论或说本体论。那么，比较文学为什么是这样而不是那样？为什么是这些而不是那些？反过来说，为什么这样、这些便符合比较文学的学科设限，而那样、那些便不符合？为什么这样、这些便属于比较文学，而那样、那些便不是？由此形成对"什么是比较文学"与"比较文学是什么"之"为什么是"，即"其所以然"的追问。对"比较文学为什么是"追问的回答与认识，便形成"知其所以然"；对"比较文学为什么是"追问的回答与认识的言说，便是比较文学的认识论。

比较文学存在论的形成离不开认识论的提升；比较文学认识论则具体落实于存在论与方法论。因此，比较文学的学科特性，与其说属于存在论，倒不如说属于认识论。没有进化论，难以想象波斯奈特会建构

"从氏族到城市，从城市到国家，从以上两种到世界大同"的比较文学研究顺序；① 没有实证主义与唯科学主义，难以想象法国派的传受研究会立足影响实证而排斥美学分析；没有成为西方文化集体无意识的逻各斯中心主义与逻辑思维，难以想象反法国派及其传受研究欧洲中心论的美国派及其比类研究会堕入西方中心论；没有成为中国文化集体无意识的太极多元主义与太极思维，难以想象立足反传统与学习西洋时代潮流冲击之下的 20 世纪中国文化语境的中国比较文学，会追求异质文明文学的异质互补，相辅相成，相对相成，相反相成。

由"知其然"到"知其所以然"的认知规律，使比较文学本科、硕士、博士三级课程教学的任务得以明确定位与分工：本科课程，以教师讲授为主。可全面而简洁地介绍比较文学的名目、学科定义、研究对象、研究方法、学科属性、学科特性、可比性、学科话语诸要素以及学科的来龙去脉即学科史，配以研究案例分析。重在讲"是什么"，满足"知其然"，放过"为什么"，不问"所以然"。陈述而非论述，对比较文学的研究方法与类型、学科史的相关论争等不作深入探讨，更无须展开论述。各种研究类型的案例分析由主讲教师在课堂上自主进行。教材正文不宜过长，条理不宜过杂，陈述不宜过深过细，最好能够以附录形式配以必要的中西相互印证的关键术语注释或集释，让有关比较文学术语意义的全面诠释只见西语语义而不见中文语义，例如大谈比较文学概念的法语、英语、德语、俄罗斯语、意大利语、西班牙语的意义，就是不谈汉语的意义及其生成的现象成为历史，再附以参考书目。硕士课程，课堂讲授与讨论相结合。放过"是什么"，在本科课程的基础上，全面论述而非陈述比较文学的名目、学科定义、研究对象、研究方法、学科属性、学科特性、可比性、学科话语之"所以然"、"为什么"，将其提升到本体论、方法论、认识论的层面。立足中西文化传统解读中西比较文学的学科话语；立足中国文化三次转型及其外求的语境来认识中国比较文学的渊源流变及其规律、特性。博士课程，重在问题分析与研究，围绕导师提出的学科理论建构问题、学科前沿问题、学科热点问题，学生自主思考、分析、研究，导师点拨。无论是学科理论建构的本体论研究，还是具体操作的方法论研究，最终须深入到认识论层次。

---

① ［英］波斯奈特：《比较法和文学》，周纯译，干永昌等编选：《比较文学研究译文集》，上海译文出版社 1985 年版，第 384 页。

"什么是比较文学"与"比较文学是什么"的辨析还告诉我们:如前文所述,比较文学是走向世界文学/总体文学舞台的民族文学/国别文学,是正在由民族文学/国别文学扮演各自角色的世界文学/总体文学。也就是说,民族文学/国别文学通过比较文学之手描绘其(世界文学舞台的)形象,显现其特色,世界文学/总体文学通过比较文学之手描绘其蓝图,显现其存在。在某种意义上,没有比较文学便没有世界文学/总体文学。因此完全可以说,世界文学/总体文学就是比较文学。反之,比较文学则不是世界文学/总体文学。

第三节 "什么是"、"是什么"与"为什么是"辨析的意义

一、有助于重新认识比较文学基于名实之辨的"无理论"、"无边论"、"取消论"与"消亡论"

比较文学的百年史,可谓挣扎在死亡线上的百年史。致命的打击乃至颠覆便有四次:首先是克罗齐质疑比较文学作为学科存在的理由,说是不能设想没有独到方法的比较文学,如何能够成为独立学科的"无理论";其次是勃洛克主张取消比较文学学科设限的"无边论";再次是佛克玛、伯恩海默等人以为文艺理论与文化研究与比较文学已经走向重合,没有必要再提比较文学的"取消论";最后是巴丝奈特声称,强调跨语言与跨国界,研究对象不明,理论设限不足的比较文学,事实上已经为跨语言与跨国界,研究对象明确,具有系统理论建构的广义翻译研究所取代的"消亡论"。其实,这是个基于存在现象与理论设限的关系所形成的名实关系的问题。比较文学的名实之辨,立场选择有二:一是"名实相称",分为实立名的"因实赋名"与名至实归的"因名赋实";二是"名实相背",分唯实论的"以实毁名"与唯名论的"以名毁实"。

(一)名实相称:因实赋名的波斯奈特、巴登斯贝格与因名赋实的梵·第根、伽列、基亚

我再三强调:无论是拉丁文及其发展而来的英文、法文还是汉文,比较都是建立在事物关系之上的,从而具有参照对比与事物关系的双重含义。因此,波斯奈特《比较文学》毫不迟疑地为国际文学关系研究赋予"比较文学"之名,说"评论家业已证明,我们文学的历史不能单独

用英国的原因来解释，恰如英国的语言或人民的起源不能这样解释一样。他业已证明，每一个国家的文学是一个中心，这个中心不仅吸引本国的力量，而且吸引国际的力量。我们感谢他使我们看到一眼如此广阔、如此千变万化、如此充满错综复杂的相互作用的发展过程；这是用比较法研究文学的一个方面"。"我们采用社会生活逐步扩展的方法，从氏族到城市，从城市到国家，从以上两种到世界大同，作为我们研究比较文学的适当顺序。"①

如同季羡林基于对比较文学需要讲功利性，即我所谓证释发明性的比较文学可比性的强调，曾经严厉批评中国比较文学未能导出任何有益的结论的"X＋Y模式"的浮浅比附，巴登斯贝格基于比较文学"促成'新人文主义'：'比较主义'的努力所要达到的，是一种仲裁，一种清算，它将为新的、人道的、有生命的、文明的信念开辟道路"的价值追求，曾经严厉批评法国乃至欧洲当年缺乏真实性的"印象式"的浮浅比附，通过否定来实现肯定，由此认为，圣伯夫使用的压缩词组"比较文学"是"一个合适的用语，也可能是最合适的用语"，② 因实赋名。至于巴登斯贝格比较文学观的民族主义动机，须另当别论。

当然，我们说为实立名，因实赋名，存在现象决定理论设限，约定俗成，并不是说概念乃至理论设限一经约定俗成便一成不变，而是说因实赋名与因名赋实相对相成、相反相成：约定俗成的概念与理论设限，其指称对象与方法，即所属学科的研究对象与研究方法，都会随时随地变化，由此形成概念的引申义与学科的发展。因此，梵·第根基于对"比较文学"之名早已约定俗成的强调，认为要改变应用十分普遍的"比较文学"旧名称，而另易更有根据的新名称，已属徒劳，因名赋实，从而将比较文学引向并不排斥比类研究的传受研究："真正的'比较文学'的特质，正如一切历史科学的特质一样，是把尽可能多的来源不同的事实采纳在一起，以便充分地把每一个事实加以解释是扩大认识的基础，以便找到尽可能多的种种结果的原因。"③

---

① ［英］波斯奈特：《比较法和文学》，周纯译，干永昌等编选：《比较文学研究译文集》，上海译文出版社1985年版，第378—379页、第384页。
② Fernand Baldensperger, *Vergleichende Literaturwissenschaft-Das Wort und die Sache*, H. N. Fügen, Vergleichende Literaturwissenshaft, Econ, 1973, p. 20.
③ ［法］梵·第根：《比较文学论》，戴望舒译，吉林出版集团有限责任公司2010年版，第4—5页。

面对克罗齐对比较文学比较方法的颠覆性质疑，伽列说："比较文学并非文学的比较"，而是"文学史的一个分支，致力于跨国界的精神关系的研究，……研究不同民族文学的作家作品、灵感，乃至生平的实际关系"。① 基亚师说："比较文学并非比较。比较不过是一门没起好名字的学科所运用的一种方法；我们可以更确切地把这门学科称为：国际文学关系史。"② 他们强调比较文学之"比较"，并非被人们误解的参照对比而是事物关系，显然同样属于因名赋实，我们知道，事物关系同样属于"比较"一词的应有之义。

（二）名实相背：以实毁名的克罗齐、佛克玛、巴丝奈特与以名毁实的勒洛克

反梵·第根、伽列、基亚因名赋实之道而行之的克罗齐，与其说是基于欧洲比较文学的种种不尽如人意，而否定比较文学作为独立学科的必要性，倒不如说是基于一种以实毁名的"名实观"而否定比较文学：因为克罗齐首先强调，参照对比的比较方法，不过是一种各门学科通用的研究方法，不能以此建立一门学科。随后法国学者强调比较文学并非文学对比，而是国际文学关系史研究，克罗齐又说他看不出来德国文学史研究与德国文学关系史研究有何不同。总之，面对比较文学的种种不尽如人意，如果说巴登贝格、伽列、基亚等选择了治病救人，那么克罗齐便选择了一棍子打死。表面上看，与克罗齐有所不同，佛克玛、伯恩海默等当欧美比较文学走向比较文化与文学理论研究时，主张以文化研究与文学理论研究代替比较文学，巴丝奈特面对跨语言与跨国界的区域文学、后殖民文学、旅行文学、女性文学研究等广义上的翻译研究的日益兴起，与强调跨语言与跨国界的传统比较文学日益冷落时，主张以广义的翻译研究替代比较文学，属于顺应事物的发展，但是本质上同样属于以实毁名。之所以说他们属于以实毁名，是因为他们完全可以象巴登斯贝格、梵·第根、伽列、基亚、安田朴、艾德礼、韦勒克、雷马克等人一样，致力于治病救人，通过调整理论设限使比较文学实现名副其实，名至实归，而不是一毁了之。如果说他们有什么不同，那就是佛克玛、

---

① J. -M. Crré, *Vorwrt zur Vergleichenden Literaturwissenshaft*, H. N. Fügen, Vergleichende Literaturwissenshaft, Econ, 1973, p. 82.

② M. -F. Guyard, *La Littérature comparée*, Paris：PUF, 1965, p. 7.

巴丝奈特典型地体现了根源于西方文化一元暨中心主义话语，以三代天神乌兰诺斯、克罗诺斯、宙斯的弑父为原型的"弑父情结"及其话语方式：破旧立新，不破不立，破与立对立统一，为实现其文化研究与翻译研究的理论建构，便毁灭比较文学理论建构。

比较文学在欧美之所以会走向泛文化，与勃洛克等人鼓吹"无边论"不无关系。面对"不久前才进入大学圈子，它却可以被看作人文学科中最具活力、最能引起人们兴趣的科目之一"的比较文学，勃洛克的态度是任其发展而不加限制，说："除了展示一个广阔的前景的必要性，我以为任何给比较文学下精确、细致的定义，把它上升为一种准科学体系或者把比较文学家同其他学者分开的企图，都是不妥当的。""我不相信比较文学有朝一日会变成'建立在方法论基础上的一门语文学分支'。如果我们想给比较文学下一个严密的定义，或者把它归纳在一种科学或一种文学研究体系里面，我们必将得不偿失。""比较观点作为一种文学前景，对任何攻读文学的学生都是开放的。它要求掌握几种语言和文学并具备适宜作比较研究的才能，但是我们不能因此把这个前景局限于比较文学教授和他们的学生。"① 结果造成以名毁实：基于对"比较文学"名目指称的跨语言、跨国界、跨学科的文学关系研究所具有的开放性的固执，从而使比较文学因缺少必要的学科设限而混同于文化研究。殊不知，难道不是文科学者或学生人人可以乃至人人必须研究或学习国别文学、语言学、历史、哲学，而并不妨碍文学、历史、哲学成为一门学科么？殊不知，概念与学科设限之名，就是对事物现象和学科现象之实予以限定性指称与立规矩。

二、有助于明确比较文学在高校人文学科教学中日益重要的作用

（一）比较文学有利于高校人文学科"所以然教学"

依据认知规律，中小学教育的任务与目的，是教授与学习事物现象及其理论设限的"其然"：是个什么样子，即"是什么"；大学教育的任务与目的，是教授与学习事物现象及其理论设限的"所以然"：为什么是这个样子，即"为什么"。高校的文科教学，就是"所以然教学"，绝

---

① ［美］勃洛克：《比较文学的新动向》，施康强译，干永昌等编选：《比较文学研究译文集》，上海译文出版社1985年版，第185页、第197页、第199页。

对不能让汉语言文学专业的中外文学课、历史专业的中外历史课、哲学专业的中外哲学课,成为中学教学内容的重复与加大剂量;让翻译教学只知翻译要求译文忠实原文意义,译文词义与原文词义对等,而不知不同语文意义建构方式、表述方式与解读方式的转换与变通,否则,便难以实现"所以然教学"。

如果中学《语文》讲百篇古诗文,大学《中国古代文学》课程不过是讲千篇古诗文;中学《语文》讲屈原、李白属于浪漫主义,杜甫、曹雪芹属于现实主义,大学《中国古代文学》课程讲屈原、李白的浪漫主义、杜甫、曹雪芹的现实主义也是点到为止,教师不讲,学生自然难以了解屈原、李白的浪漫主义到底有何个性,是如何形成的,似乎天下的浪漫主义、现实主义作家作品都只具有相同的特点,而不存在个性特征,所有的浪漫主义、现实主义作家作品都具有相同的激情,运用相同的想象、夸张、拟人或象征、隐喻、怨刺手法等。具体现实是,难得有大学《中国古代文学》教师,更不用说中学《语文》老师会告诉学生:浪漫主义与现实主义理论本身原来是"非我"的,具体应用时应具体问题具体分析,谨防堕入一概而论的削足适履。

如果《文学理论》课程只是讲源自欧洲的意识形态理论或欧美新批评理论,学以致用,无异于用他国法律审判我国公民。如果中外文学史课程不过是将所有的作家作品,按照时间顺序与相应的分类,进行排列组合,那种阶级、时代、环境三要素决定论的模式化分析,显然是在将学生导入歧途:不仅令其相信一个作家的思想与风格,由其阶级出身、生活的时代环境、经历决定,而且会相信二者之间是必然的因果关系。

如果大学的中外历史课程沦为中学《历史》内容的机械重复与仔细啰嗦;如果那种将文学专业学生导入歧途的阶级、时代、环境三要素决定论的史学观,在历史专业的历史教学中重现,据此,教师只告诉学生:法西斯是个不好的东西,乃时代与社会的必然。遇到渴望求知的学生连问:为何法西斯只在德、意、日出现?为何在今天的欧洲、日本,法西斯也阴魂不散?得到的也不过是教师的一脸茫然。

如果大学《哲学》教材不过是中学《政治》课本的放大。后者讲世界是物质的,物质是运动的,运动是有规律的,运动是绝对的,静止是相对的。物质决定意识,物质是第一性的,意识是第二性的。坚持物质决定意识是唯物主义,反之则是唯心主义;唯物主义是正确的,唯心主义是错误的。事物是一分为二的，这叫辩证法；事物是矛盾的，是矛盾的对立统一；矛盾有主要矛盾与次要矛盾之分，主要矛盾决定次要矛盾等。前者还是讲这些东西，只不过是后者的字数是前者的数十倍。对此，学生难免会怀疑：哲学话语是人类的理论话语，作为人类的思维、意识，应当首先关注人类自身，应当以研究人类的本质特性为基点，对人性、人之所以为人、人应当如何为人（生存）等问题进行诠释，这才是哲学的第一命题。如果人类连自身的问题都没能解决，还奢谈什么生存的世界问题？而教师则不置可否。根据上述理论，将同属于中国文化传统的一元暨多元哲学的儒家与道家哲学，分别定位为积极的入世哲学与消极的出世哲学，也同样难以面对学生的不断追问：为什么？必须么？

如果翻译教学只强调翻译要求译文与原文的意义对等与忠实，而不知道不同的语言，尤其是异质文明的不同语言，其词汇与概念意义根本就无法实现对等；即使知道并重视这层意义，若仅仅具有翻译规范、技巧与相应的词汇、概念的知识，而没有相应的由哲学、历史、心理学、民俗学、人类学等构成的文化知识，便难保不会出现任继愈在《大中华文库》编纂出版座谈会上所讲的"一句翻译搞得外宾一头雾水的故事"："在一次外交宴会上，中方官员对外宾说：'慢慢吃，吃好。'翻译就译成'请你吃慢一点'。搞得外宾一头雾水。"[1]

（二）人文学科的"所以然教学"离不开比较文学

显然，高校文科教学若要实现"所以然教学"，就必须走出对单一的、线性的、非此即彼的、因果必然的单向思维、逻辑思维方式；主导服从，中心边缘，非此即彼，矛盾斗争，对立统一的一元暨中心哲学观念；就事论事，当局者迷，只见树木，不见森林，瞎子摸象，断章取义的教学方法的固守。随着经济全球化、政治多元化、学科走向综合的时代背景与潮流的形成，上述弊端更加突出与彰显。而要克服上述弊端，走出困境，真正实现"所以然教学"，就必须具有、懂得与运用比较文学的跨文明与跨学科的会通研究方法、一元暨多元的哲理模式、天人物我合一的认知模式、以非我的话语言说自我的话语模式、太极思维的思维模式。例如：

---

[1] 《博士生论文质量下降让人忧》，2005年9月1日《光明日报》；2005年9月7日《报刊文摘》。

尽管是解读一首普普通通的《木兰诗》，不仅需要教师有中国文化，尤其是哲学的素养，而且要懂得会通文学与哲学的关系。因为木兰战胜还乡，战友们在惊诧于她那瞒天过海的女扮男装的高超技艺的同时，不免为自己与木兰同征十二年，竟然不识木兰是女郎的"有眼无珠"感到"羞愧"。随后，木兰"安慰"战友的话，即属于对阳刚阴柔，男动女静的中国传统哲学的言诠："虽然说雄兔好动，雌兔好静，很容易分辨，但是，那是闲着无事儿，雌兔守柔处静，雄兔当静不静的时候。当雄兔与雌兔双双奔跑着，雌兔的守柔处静让位于雄兔的好动，或说其柔静为运动所掩盖，得不到体现，你又将如何分辨其雄雌呢？同理，虽然说男子刚毅好动，女子温柔闲静，很容易分辨，但是，我们是在行军打仗，不断地运动啊！你没能看出我是女子，不是非常自然么？"①

而要准确地解读李白的《行路难》，就不仅需要教师有相关的诗词知识与中国文化，尤其是哲学素养，懂得会通文学与哲学的关系，而且要有相应的宗教与心理学知识，懂得会通文学与宗教、心理学的关系；其功成身退的主题，更是来自于对中国历史与政治的思考，若不将其置于春秋至汉代的历史与政治背景下解读，势必造成断章取义。《行路难》第三首的结联"长风破浪会有时，只挂云帆济沧海"，之所以至今被误读为以匡世济民、建功立业为终极追求，便是这种欠缺的体现。一方面，就诗词欣赏而言，《行路难》三首的前两首都是在感叹功成身退的明智，与功成身不退的悲剧。第三首结联表达的正是诗人对植根穷上反下的太极思维的功成身退的肯定与向往：如果有一天，我得以实现建功立业之志，我便选择功成身退，放舟沧海。另一方面，李白的思想既受儒家思想影响，也受道家思想的影响。更何况在当时，儒道释早已呈三教合一、相反相成、互包互孕之势。其游仙诗即其心理思想的写照。再一方面，作为因放达而被现代学者贴上浪漫主义的西洋标签的诗人，其话语总是以自我为中心，以我观人，推己及人，以我观物，推人及物，六经注我，至于对单一的匡世济民，建功立业的追求，显然不属于其叙事范式。②

要深入细致地解读德、意、日法西斯的成因，离开对政治、历史、哲学、生物、心理学等众多学科的整合，离开换位思维、反向思维，则

---

① 徐扬尚：《从"扑朔迷离"看古文立象尽意的言说方式：兼论现代古文解读方式的"西化"》，《东方论坛》2009年第4期。

② 参见徐扬尚：《试析李白〈行路难三首〉主题》，《驻马店师专学报》1989年第2期。

难以做到。反之，将达尔文物竞天择、适者生存、优胜劣汰、弱肉强食的生物进化论，与尼采的超人哲学，即被德国人解读为屠杀弱者，无须怜悯的权力意志论，以及强调事物的一元暨中心、二元对立统一，追求事物的本质意义与完美，追求自我彰显、自我中心，追求主导支配地位的一元暨中心的西方文化话语并读，便不难理解德国法西斯对犹太人、日本法西斯对支那人发动圣战的血腥与残忍。

　　依据上述哲学，对积极的儒家哲学与消极的道家哲学的认定，以及对所有的入世哲学与出世哲学的认定，显然都不能自圆其说。因为这是两种相反相成的生活态度与生存方式，在理论上无所谓谁是谁非，好坏对错。正面前行叫前进，（以）退（为）进也是前进；生命本身就是一个（细胞不断）死亡的过程。至于非此即彼，一元暨中心，二元对立统一的两分法，在现实生活中也会常常不灵：在虐恋者那里，原来是痛快同体：痛感即是快感；打是亲，骂是爱；爱有多深，恨有多深；被伤害即是被爱。在太监那里，失去（人性）即是拥有（对帝王的亲近，被帝王信任）；无能（没有攻击性，没有性功能）即（令帝王放心、信任，甚至重用的）优势。其实，在正常人那里，也莫不如此，拥有意味失去：恋爱对象、婚姻关系的确立，意味着失去对无数非恋爱对象、爱人表达爱情与接受他们的爱情的机遇与权力；拥有一个职位，意味着失去拥有其他职位的机遇与权力。许多事物并非非好即坏，都是中性的；许多人既说不上是好人、朋友，也很难说他就是坏人、敌人；许多事物在许多时候与许多地方，都是多元共生，互为前提、他者、主导、中心、互包互孕、互证互释，相反相成、相辅相成。这正是比较文学应有的一元暨多元哲学理念。

　　任何一位中国人对客人说："请（您）慢吃。"意思都非常明确，就是要客人尽情享用食物。表达了主人对客人的亲近与友好。而要讲出个所以然，那就得了解中国人反"洋快餐"追求饮食速度之道而行之的追求饮食质量的生活观念，"食不厌精，脍不厌细"（《论语·乡党》），以及汉语立象尽意，以慢吃之意象隐喻享用之意义的意义建构方式。要将这句话翻译准确，没有相应的中国历史知识与文化知识，显然难以胜任。与此连类，中国人对客人说："请（您）慢走。"意思就是让客人注意安全，以慢走的意象隐喻安全的意义，表示主人十分在意客人的安全，表明主人对客人的亲近与友好。要将上述两句客套话明白无误的翻译给西方客人，就必须懂得中国文化青睐天人物我合一与西方文化青睐天人物我自立的认知模式的差异，进行相应的习惯以非我的话语言说自我与习惯以自我的话语言说非我的话语模式的转换。这便是后文所要讲的比较文学学科话语的问题。

总之，在经济全球化，政治多元化，社会网络化，学科走向综合，民族文化世界化，世界文化民族化的当今时代，要实现高等教育的"所以然教学"，便离不开比较文学。为此，法国将比较文学规定为"取得大学教师资格的国家考试——'会考'（agregation）的文科应试者的必考科目"①，显然是明智之举。此外，学科越分越细，因此而导致学术研究的瞎子摸象的现实，与事物"分久必合，合久必分"（《三国演义》谈社会发展规律语）的发展规律，也使文学研究走向综合的比较文学成为必然。

关于中国化比较文学理论建构的立足点，中国比较文学与西方比较文学，即比较文学的西方化与中国化之辨，"绪论"已有详细论述，此处不赘述。

---

① ［美］约斯特：《比较文学导论》，廖鸿钧等译，湖南文艺出版社1988年版，第1页。

下编

比较文学方法论

第一章 无规矩不成方圆，法无定法，登岸舍筏

——中国化比较文学研究方法"三段论"

第一节 无规矩不成方圆，不言难知，无言不立

《尚书·尧典》："诗言志，歌咏言。"《左传·襄公二十五年》："志有之，言以足志，文以足言。不言，谁知其志？言之无文，行而不远。"《左传·襄公二十四年》："大上有立德，其次有立功，其次有立言，虽久不废，此之谓不朽。"合称"三不朽"。俗话说：无规矩不成方圆。乡间俚语说：痴人不说，乖人不知。如此等等，都是对言说的肯定与强调。所谓人类文明，其精神层面，在某种程度上，就是人类在认知、诠释自然、社会事物，包括人类自身的问题，适应、利用自然、社会事物，以及适应、建构人际关系、人物关系，求生存、谋发展、劳动创造的过程中而进行的种种不得已或想当然的言说及其设限。一言以蔽之：在某种意义上，文明即人类的交际及其禁忌，也就是言说及其设限。比较文学自在其中。

一、无规矩不成方圆的比较文学方法论意义

就比较文学的学科设限而言，结合百年史，无规矩不成方圆，不言难知，无言不立的方法论意义，其所指包括四个层面：

第一，比较文学百年史表明：没有学科设限，比较文学学科便难以成立，也无从让人学习、应用、研究、发展；反之，便不会有学科理论建构的三个阶段，以及象征三阶段的传受研究体系、比类研究体系、跨文明研究体系。因此，作为一门独立学科，比较文学应当具有相对独立或说相对稳定而明确的研究对象，具有体现自身特性乃至专门的研究方

法，具有足以统率全局的哲学理念，具有明确的立足点或说学科属性与特性，具有明确的主体资格要求乃至操作规则，总之是具有明确而稳定，可供人学习、应用、研究、发展的学科设限。这正是强调学科设限者的强烈要求，也是比较文学教学的需要。

第二，虽然主张比较文学学科应具有相应的理论建构者占了多数，至少在中国比较文学界是如此，但是，真正知难而上，能够致力于比较文学理论建构者却是少数。在中国，多数人出于教学及其教材编写的需要，杂学旁收而无所创新。无论中外，得到多数国内学者认同的局部理论建构就已经非常难得，得到国内学者广泛认同的系统理论建构更加少有，且慢说得到国际学者广泛认同的系统理论建构。结果，恰恰是在上述问题上，比较文学因设限不足而长期陷入捉襟见肘与求全之毁：一是名称、概念本身便词不达意，名不副实。二是缺乏相对独立的稳定而明确的研究对象。三是缺乏体现自身特性的乃至专门的研究方法。四是缺乏足以统率全局的哲学理念或说认识论。五是学科属性往往被忽视甚至被弃置不顾，学科特性也未能明确定位。六是主体资格与操作规则因要求苛刻而脱离实际，纸上谈兵。总之，比较文学缺乏明确不变，具有可操作性的学科设限。

第三，比较文学界对上述问题的认识不足，众说纷纭，外行或外界对比较文学的误解，尤其是各种误解所体现的文人自恋与相轻，其实本身就涉及看问题的方法论的问题。

第四，我们在思考、解答、消解上述各种针对比较文学学科设限的内省、关注、质疑、颠覆的时候，本身就要遵循相应的方法与程序，选取相应的视角与切入点，遵循相应的原则与立场，体现相应的哲学理念，运用相应的方法，进行相应的理论设限。换句话说，本身就是在讲比较文学的方法论。或说不讲方法论，方法论自在其中。

二、比较文学因学科设限不足而常常捉襟见肘

（一）比较文学名不副实，研究对象不明，研究范围失控，研究方法通用，文学研究不研究文学，没有理论，缺少必要的哲学基点，为翻译研究所替代

如前文所述，由法国资深比较文学学者巴登斯贝格、基亚、巴达庸、布吕奈尔，美国资深比较文学学者韦勒克、勃洛克等对比较文学名目的

分析可知，比较文学诞生后，很快成为名不副实、词不达意、不尽如人意的孽根祸胎，麻烦不断的成长之路，注定其"问题学科"身份，正所谓名也不正，言也不顺。由黄人、胡适、章锡琛、傅东华、戴望舒等人追求直译的汉译，也是将错就错，将本来具有文学关系与民族文学对比双重意义的法文 Littérature Comparée 与英文 Comparative Literature 概念译作"比较文学"与"比较的文学"，① 将其植根于拉丁文词根 comparātīvus 的固有意义文学关系研究，引向狭隘的文学对比。

准确地说，研究对象不明、范围失控的是美国学者立足比类研究，与中国学者立足跨文化研究的比较文学定义；法国学者立足传受研究的比较文学定义，不是对象不明，遗憾的是，梵·第根明确宣称：比较文学排斥美学分析。在韦勒克等许多学者看来，也就是说，作为文学研究的比较文学却不研究文学。伽列、基亚等也完全认同梵·第根的观点。梵·第根还将比较文学局限于一一对应的超越语言、国别限制的文学影响实证，而将多元对应的文学关系实证划归总体文学。这在韦勒克等美国学者看来，除了体现其强行分类的意志，再也读不出其他的道理。艾德礼、雷马克的比较文学定义，就连他们自己也承认失之宽泛。雷马克说："比较文学要是成为一个几乎可以包罗万象的术语，也就等于毫无意义了。"② 韦斯坦因也深有同感，认为雷马克对比较文学的界定"把研究领域扩展到那么大的程度，无异于耗散掉需要巩固现有领域的力量。因为作为比较学者，我们现有的领域不是不够，而是太大了"③。欧美学者立足西方文化的比较文学也最终走向与文论研究、文化研究的混同，被巴比奈特《比较文学：批判性的介绍》归入翻译门下，说"作为一门学科的比较文学已经过时。跨越文化界限的女性研究、后殖民主义理论、文化研究等，整体上改变了文学研究的面貌。从现在起，我们应当将翻译看作一级学科，其中含有比较文学"④。中国学者的比较文学定义，既

---

① 徐扬尚：《胡适：中国比较文学研究的早期倡导者》，《中国比较文学通讯》1991年第2期。胡适在倡导比较文学研究时用的"比较的文学研究"之说。
② [美] 雷马克：《比较文学的定义和功用》，张隆溪译，张隆溪选编：《比较文学译文集》，北京大学出版社1982年版，第6页。
③ [美] 韦斯坦因：《比较文学与文学理论》，刘象愚译，辽宁人民出版社1987年版，第25页。
④ Susan Bassnett, *Comparative Literature: A Critical Introduction*, Oxford: Blackwell, 1993, p. 161.

有反对美国学者的跨国界代之以跨民族者，也有反对跨民族而认同跨国界者，既有认同跨学科并强调跨文化者，也有反对跨学科与跨文化者，而跨语言、跨民族、跨国界、跨文化的要求，显然又相互抵触，相互消解。刘象愚不仅颠覆了由中国学者确立的跨文化原则，同时颠覆了由法国学者与美国学者分别确立的跨国界、跨学科原则。

在以国家命名或说以国家为单位的国别文学之外树立比较文学，显然容易让人误以为比较文学的立足点在于比较方法的独到性。这无论是否就是比较文学学科开创者的本意，反正克罗齐是这么理解的，并就此给比较文学当头一棒。为此，法国学者将比较文学导向局限于国际文学关系史实证，或许有令研究对象独到而切实可靠，以此作为比较文学学科的立足点，从而拯救比较文学学科之意。美国学者当初继承欧洲比较文学的跨语言与跨国界，进而提出跨学科，或许有寻求独到的比较文学方法之意，而当伯恩海默等认同比较文学与跨语言、跨国界、跨学科的文论研究、文化研究的混同之后，显然表明，他们也不再认为比较文学有方法上的独到性。

如果说基亚是认定比较文学理论建构吃力不讨好，进而知其不可为而不为的代表，那么韦勒克就是主张取消比较文学理论设限，也就是取消比较文学学科设置的代表，乐黛云则是欲寻求比较文学理论建构而不得，进而知其难为而达天知命、顺其自然的代表。同时，他们都不认为比较文学的方法具有独到性，其中，乐黛云所说的与意识形态密切相关的理论，我理解或许就是建构于陈思和所说的哲学基点之上的认识论。在陈思和看来，认识论的哲学理念缺失，正是制约中国比较文学乃至作为国际学科的比较文学向前发展的理论建构的不足。巴丝奈特声称比较文学作为一门学科已经过时的理由之一，就是当翻译研究已经形成系统理论建构时，而比较文学还在为其是否能够成为一门学科争论不休。

（二）法国派传受研究结论事先假设，以可能为必然，美国派比类研究混同于文论研究与文化研究，中国派跨文化研究因缺乏代表性成果而成为纸上谈兵，又因主体资格操作规则要求苛刻而陷入混乱

克罗齐之所以能够一棒子便将欧洲传受研究打翻在地，就在于他击中了当事人也难以否认的要害，逼得他们改弦更张。克罗齐1903年发表于《批评》的《比较文学》指出：不仅是比较方法作为一种普通研究方法，无助于划定一种研究领域的界限；而且，德国学者科赫及其主编的

《比较文学史杂志》等从事的比较文学史研究,与普通的国别文学史研究也并无差别。其实,这还是表面现象。更为重要的是:所谓国际文学关系史的比较研究,不过是在将一种"假设"变成"事实"。"从逻辑上说,比较方法由什么组成呢?我做过一项对特定事实的研究,在初步审查我占有的证据、文件时,我未找到导致能澄清事实确切特征的思路。例如,原始希腊人的家庭是怎样的状况?为了获得结论,我研究了有充分材料的类似情况,选定一个或几个原始家庭的典型。获得这些类型后,我用它们建立一些假设,解释我所占有的关于希腊家庭的数据和文件;通过对数据和假设的比较考察,并在此基础上着手新的研究时,我成功地确定最具可然性的假设,在广泛论证的某些条件下,这种假设将变成被证实的事实。"比较文学虽然定位于"在多种文学之范围内探索并研究文学的思想或题材,并跟踪它们的盛衰、变化、发展和相互影响",但是,传受研究所从事的国际文学关系实证"没有完全告诉我们文学创作的全部组成材料,实际上,它研究和调查的仅仅是文学因袭,而忽视了和文学创作起源同样重要,甚至更重要的社会要素一面。由此产生了所谓渊源研究的过火倾向,一些学者自以为这样就解释了一部文学作品,但是实际上他们都只不过是追溯了文学创作之前的一些事实,仿佛创作仅仅是由这些动手之前的事实组成似的,或者更糟,仿佛所提到的这些事实是唯一必须考虑的东西"。克罗齐最后真诚希望:美国《比较文学杂志》超越欧洲传受研究的局限,达到"历史——美学的综合研究",开拓比较文学的新天地。①

20世纪60年代后的西方学界,形式主义、结构主义、解构主义、接受美学、原型批评、精神分析、人类学、现象学、阐释学、符号学、女性主义、新历史主义、后现代主义、后殖民理论……潮水般地席卷而至,向理论界与比较文学界冲来,从而使比较文学原有的理论设限失去了对现实的必要指导、规范与前瞻,并将比较文学导向文论研究与文化研究。对此,佛克玛认为,文学理论已经具有比较文学的意义,因此也就没有必要继续谈论比较文学理论乃至比较文学学科。由时任美国比较文学学会会长的伯恩海默主持的题为《多元文化时代的比较文学》(1993)的研究报告,也提出两条对策:一是放弃欧洲中心论,将目光

---

① [意]克罗齐:《比较文学》,王锦园译,《中国比较文学》1988年第2期。

移向全球；二是将研究中心由文学移向文化。① 结果招致韦勒克、雷马克、韦斯坦因、艾德礼等老一代美国比较文学学者的尖锐批评，认为所谓新理论并无新意，不过是在术语掩盖下玩弄老方法，无补于比较文学的开拓；新理论否认美感经验，脱离现实，不做好坏评价，瓦解作品，沦于文字游戏，无补于实际批评，是新虚无主义。其中，尽管韦勒克也曾有意无意地模糊比较文学与文学理论的界限，但是在布吕奈尔等人看来，"比较文学和文学理论之间"的关联，在韦勒克和沃伦的《文学理论》中"还是没有断开"。② 乔纳森·卡勒则直接质疑文化研究的出路："当比较文学将如此多不同的文化纳入自己的研究范围时，就已经变成了一个范围广大、无法操控（unmanageable）的事业；当文学与其他社会产品和文化产品之间的边界被消抹，当比较文学学者也开始研究电影、电视、流行文化、广告和各种各样的文化表现形式时，该学科所要面对的材料绝对多得令人窒息（completely overwhelming）。"③ 曹师顺庆则建设性地提出以跨文化方向替代泛文化。④

复兴于20世纪80年代的中国比较文学，迅速顺应欧美比较文学混同于文论研究与文化研究的潮流，以至有学者形容说，只要提起某种理论，就必然属于比较文学，而且有"四无学科"说：没有自己的理论，没有权威与有影响的成果，没有科班出身的学者，没有专业的教学与研究队伍。"四无学科"说虽有求全之毁的嫌疑，但是却无法否认这种现象不同程度的存在。⑤ 尤其是代表性成果方面，一部20世纪中国学术史与王国维、陈寅恪、辜鸿铭、钱钟书、周汝昌的学术实践证明：基于中西文化的另类异质，中国学者很难在西方文化研究领域领先于西方本土杰出学者。上述学者，尤其是中间三人，因此虽精通多种西方语文却专注中国文化研究；被反复引用乃至津津乐道的《人间词话》、《管锥编》、《谈艺录》，不仅属于中国文化研究，而且遵从的是中国传统的依经立义

---

① Charles Bernheimer, *Comparative Literature in the Age of Multiculturalism*, Baltimore: The Johns Hopkins University Press, 1995, pp. 42–43.
② [法]布吕奈尔等：《什么是比较文学》，葛雷、张连奎译，北京大学出版社1989年版，第156页。
③ [美]乔纳森·卡勒：《比较文学的挑战》，生安锋译，《中国比较文学》2012年第1期。
④ 曹顺庆：《泛文化还是跨文化》，《新华文摘》1997年第4期。
⑤ 徐扬尚：《中国比较文学源流》，中州古籍出版社1998年版，第336—337页。

的话语模式。言外之意，中国比较文学研究要想出优秀成果，最好是立足中国文化语境，贯彻中国文化话语，以他民族文化为参照，通过中外文学的互证互释，解读中国文学，重写中国文学史，建构中国文论体系乃至中国比较文学理论体系。不幸的是，以来自外国文学、现代文学、文艺学三个学科的学者为主体的 20 世纪末中国比较文学界，中国文化语境的立足点与中国文化话语的根本，为大多数学者及其研究成果所缺失，从而使具有代表性的比较文学研究成果的产生成为奢望。

什么人才配从事比较文学研究？应当如何从事比较文学研究？我们尚未听说其他文学研究学科的学者有什么入门资格与专门的准备，但是比较文学研究的入门资格与基本要求，却由来已久，最主要的是应懂得多门外语并能够读原文，应当拥有第一手资料。梵·第根说：比较文学学者"必备之具的第一件便是通许多种语言。并不是说比较文学家非是博言学家不可；并不是说他应该像语言学家一样地科学地认识各种方言。但是他应该能够流利地读和他的研究有关系的许多国家的文学作品的原文"①。基亚说："比较文学工作者应该读懂多种语言。这样才有条件直接查阅与其项目有关的外国著作，才能从中得到益处。"也为中国比较文学来自外语系的学者所认同："对比较文学研究者来说，必须熟练阅读几种外语。欧洲学者一般要求掌握十种语言（Dekaglottismus），作为比较文学研究者的必备条件之一。"② 作为传受研究理论的建构者之一，基亚进而强调比较文学研究应当拥有第一手资料，为此而应当懂得"怎样拟订一个项目的书目提要"。③ 殊不知，上述西方学者对比较文学研究者的资格要求属于对从事外国文学学者的要求，因为比较文学在西方以研究外国文学为主，或说其成员主要来自外文系而非民族文学系，而在中国，比较文学学者则主要来自外文知识修养有限的中文系且不局限于外国文学学科，这就使复兴期及其以后大量的中国比较文学研究成果，难入"法眼"：并非在第一手资料与阅读原文的基础上形成的研究成果。在"文人相轻，自古而然"的中国，比较文学在外行或外界学者那里，因此而名声不佳乃至颜面扫地，也就见怪不怪了。

---

① ［法］梵·第根：《比较文学论》，戴望舒译，吉林出版集团有限责任公司 2010 年版，第 43 页。
② 李赋宁：《什么是比较文学？》，《外国文学研究》1981 年第 1 期。
③ ［法］基亚：《比较文学》，颜保译，北京大学出版社 1983 年版，第 5 页。

第二节 法无定法，各有各法

虽说"名不正，则言不顺；言不顺，则事不成"（《论语·子路》），无规矩不成方圆，不言难知，无言不立，可是，一部人类文明史又同时表明，"道可道，非常道；名可名，非常名"（《老子·第一章》），法无定法，各有各法。乡间俚语说：杀猪杀屁股，各有各的杀法儿。《老子·第四十五章》说："大成若缺，其用不弊。大盈若冲，其用不穷。大直若屈；大巧若拙；大辩若讷。"以此类推，最好的规矩不是完美无缺的规矩，而是看似残缺，从而形成让人超越、创新、发展的自由空间，其功德不弊不穷的规矩。无规矩，无所设限，再成功再有用的经验与方法，也只能自我应用，自生自灭。如同终生斲轮的轮扁那高超的斲轮之技，父不传子，兄不传弟，难以相互学习。人类文明的传播与发展也因此步履蹒跚。然而，无论是不能变通的死规矩，哪怕是完美无缺，还是不知变通的唯规矩，即通常所说的循规蹈矩，都会适得其反：不仅不能保持规矩的长久性与普适性，反而会使规矩因自我封闭而走向衰亡，在实践中则陷入作茧自缚，削足适履。一言以蔽之：无规矩不成方圆，不言难知，无言不立，与法无定法，各有各法，相反相成。比较文学也正是如此。

比较文学百年发展史表明：没有学科设限，比较文学学科难以成立；也正是因学科设限不足，以至有如上所述的捉襟见肘。但是，比较文学的学科设限又是发展、变通、兼蓄并包、吐故纳新的。理论建构的种种不足，又反过来为理论发展的变通与创新提供了空间，否则，生成于欧洲文化语境下的比较文学便不会或不能在北美接受与传播，尤其不会或不能在异质于欧美文化的亚洲接受与传播；便不会有学科理论建构的三个阶段。上述由学科设限的不足而招致的各种怀疑、指责乃颠覆，其求全之毁也由此可见。

一、法无定法的比较文学方法论意义

结合比较文学，法无定法，各有各法的字面含义有四：
第一，变则通，通则久。变化是事物的本质，变通是事物的法则。

任何法则都是对历史与现实的总结、归纳、设限,或说是针对既定的历史与现实而作的总结、归纳、设限,而任何理论法则一经系统化,形成自我设限,就意味着封闭、老化与过时,从而失去对发展中的现实的指导与规范作用,只有对其进行符合现实要求的解构与重构,才能满足现实不断发展的需要。反之,变通是事物成功的途径。所谓无欲则刚,有容乃大,此之谓也。大海之大,得益于包容、认同的胸怀。包容、认同的过程就是不断变化的过程。《老子》所谓大成若缺,大盈若冲,大直若屈,大巧若拙,大辩若讷,莫不如此:大成成于缺,大盈成于冲,大直成于屈,大巧成于拙,大辩成于讷。相反相成:缺而求成,冲而求盈,屈而求直,拙而求巧,讷而求辩,穷则思变是也。因此,《周易正义》有易一名而三义之说。不变的三才之道,其本质及其存在方式就是不断地变化。

第二,书不尽言,言不尽意。一是语言文字对事物存在,尤其是存在规律与存在意义的诠释是有限的,难以尽显其各种情状,穷尽其所有意义,展现其规律奥妙;二是语言文字符号及其意义(能指、名)与诉说者的本义(所指、实)之间,也存在着距离,或偏或倚,不能准确地表达其意义,甚至形成谬误(错位)。从而使语言文字及其书写与言说的随机应变成为可能与必要。

第三,事物的本质、规律是先天的,社会的规矩、法则是人为的,如何作为,在人不在规矩;规矩、法则是死的,人却是活的。无论是制定规矩、创设法则的个人乃至整个人类,对自然、社会以及自身的认识都是在不断提高与发展的,从而赋予规矩、法则的可塑性与灵活性。

第四,不仅是不同的时代有不同的规矩、法则,而且是不同的民族、国家、地区也有不同的规矩、法则。俗话说:十里不同俗;去年的黄历看不得。

比较文学的百年历史正是如此:欧洲学者不受语言与国别限制的国际文学关系研究,开阔了传统的文学研究即国别文学/民族文学研究的视野,令文学研究的传统学风为之一变;当其强调事实关系影响实证的传受研究,走向文学关系的外缘研究,并堕入法国中心论、欧洲中心论之后,北美学者回归文学本体,对非事实关系实证的跨国界与跨学科文学关系研究领域的开拓,又令比较文学的传统学风为之一变;当其比类研究因局限于同质的西方文化体系而堕入去异求同的西方中心论，又因其与立足西方文化语境的国别文学/民族文学研究似曾相识，从而使其独立存在的价值意义遭到怀疑，并走向与立足西方文化语境，跨语言、跨国界的文论研究、文化研究相混同之后，中国学者立足跨文明研究，对不受语言、民族、国家、学科限制的国际文学关系的另类异质性的强调，又令比较文学的传统为之一变。从欧洲到北美再到中国，由强调不受语言、国别限制的国际/族际文学关系研究，到强调跨国界与跨学科的文学关系研究，再到强调另类异质的四际文学关系会通研究，比较文学学科定位的层层递进，新陈代谢，比较文学教学与研究的遍地开花，百家争鸣，和而不同，可谓法无定法，各有各法的原则的具体体现。

二、坚持法无定法的比较文学方法论意义

（一）有助于深化对比较文学的名称、方法、哲学理念等学科设限的认识

比较文学的名目、概念如同所有的术语、概念，其意义由本义与引申义两部分构成，而引申义永远处于不断生成之中。在不同语文中，比较文学的本义与引申义又不尽相同，而所有语文的比较文学概念本义与引申义，都莫不生成于约定俗成。比较文学所谓名不副实之说，显然是指其作为所指之实，未能实现作为能指之名的约定俗成；反之，如果其所指之实得以实现能指之名的约定俗成，其所指便自动生成新的引申义，成为能指。比较文学概念被学界不断注入各种意义的过程，也就是其新的意义走向约定俗成，形成新的引申义的过程，名不副实是其必然；当其新的意义约定俗成之后，所谓名不副实之说也随之消解。当国际文学关系研究、超越国家与学科界限的文学关系研究、另类异质的四际文学关系研究分别成为欧洲、北美、中国的多数学者共识时，三地的比较文学名不副实之说也随之消解。其实早在1931年，梵·第根便明确指出：比较文学"这个名称在法兰西，人们用这个名称已有一个世纪了……现在，它的名称是已经十分普遍，所以想改了这旧名称，而另易更有根据的名称，已差不多是徒劳之事了"[①]。随着历史的发展，比较文学概念还

---

① ［法］梵·第根：《比较文学论》，戴望舒译，吉林出版集团有限责任公司2010年版，第3页。

会被来自不同文化背景的比较文学学者不断地注入各种新的意义。当然，比较文学所谓约定俗成的意义是相当宽泛的，反之，若是求全责备，就连文学概念的明确界定，如今也还是个问题，因此而有英国学者伊格尔登《文学理论导读》之问：何谓文学？结论是已有的文学定义五花八门，莫衷一是。

一方面，比较文学方法不是固定不变而是不断发展的，曹师顺庆将法国派传受研究、美国派比类研究、中国派跨文明研究比喻为三重涟漪，正是对其彼此增进而非彼此消解的关系的明确与强调。① 在思辨的层面，所有作为对过去的现象与实践的归纳、总结的理论、方法都是过时的，就连整个人类文明也是如此，但是，过时或不合时宜并不意味无用、不能用。因此，相继明确传受研究、比类研究、跨文明研究等比较文学方法的种种不足，进而提出新的方法是非常必要的，但是却不能将过时的方法全盘否定，彻底抛弃，而应当有限继承，在此基础上开拓创新。另一方面，不同地区、不同文化语境的比较文学研究，研究对象与研究方法也不尽相同，虽然存在国际共识，往往也会各有侧重，从而形成比较文学的三大学派及其三种方法类型，以及印度、阿拉伯、埃及、南非、日本、巴西等国家地区比较文学研究的不同侧重，他们都是国际比较文学的有机组成部分。各种方法类型应当彼此尊重其各自的选择与侧重，以求对应互补，而不应当要求他人以自己为中心，或以自己为范式去框范甚至否定他人。

欧洲传受研究与北美比类研究的生成、发展，与当时当地盛行的进化论、唯科学主义、实证主义、新人文主义、全球主义、文化多元主义认识论不无关系。显然，上述认识论都不足以成为国际比较文学的共同理念，而作为国际比较文学的学术理念即学科话语则应当能够包容上述认识论。虽说上述认识论或早已过时，或在实践中捉襟见肘，甚至步入歧途，但比较文学依旧需要科学精神、实证精神、全球视野、多元主义的认识论，只不过是需要服从学科话语机制。

就比较文学学科设限而言，要追求理论建构的完美无缺乃至放之四海而皆准，势必如同勃洛克所言："如果我们想给比较文学下一个严密的定义，或者把它归纳在一种科学或一种文学研究体系里面，我们

---

① 曹顺庆等：《比较文学学科理论研究》绪论，巴蜀书社2001年版，第1—18页。

必将得不偿失。"① 原来，按照中国老庄的观点乃至金无足赤、人无完人的大众理念，世界上本来就没有完美无缺。因为大善大美就是具有不断补益空间的残缺的善与美；反之，残缺之美的补益到尽善尽美之时，便是穷上反下。按照《周易正义》不易与变易相反相成的观念，放之四海而皆准的规则之所以能够放之四海而皆准，原来正是通过自身的不断调整与变化来适应四海的各种状况，有如秩序不变的天地四时，构成天象、地理、四季交替的本质及其存在方式就是变。那么，我们为何还要去苦心追求比较文学理论建构的完美无缺乃至放之四海而皆准呢？也正是在这个层面上，我们才不难理解乐黛云的感慨："我很怀疑比较文学有没有一个固定的理论，过去我们服从一个统一的意识形态，人为意识形态所异化，已经吃够了苦头，为什么还要造一个理论来限制我们。"② 请读者留意这两个短语："一个固定的"，"一个统一的"。

（二）有助于深化对比较文学混同于文论研究与文化研究的现象，乃至比较文学已为翻译研究所替代之说的认识

由上述可知，立足法无定法、各有各法的方法论原则，比较文学的学科设限正是一个随着时代的发展而不断更新，允许立足不同文化语境而自成一格的一体多元的开放体系。也即是哈贝马斯所说的一个不断建构、解构、重构的体系。具体到欧美比较文学与文论研究、文化研究走向混同的现象：一方面表明，比较文学的国际视野与比较方法日益为包括文论研究与文化研究在内的人文学科所青睐；另一方面表明，比较文学的学科设限未能跟上现实的发展，有待调整。因此，顺水推舟地将比较文学导向比较文化是不负责任的；拒绝比较文学在文论研究与文化研究领域的拓展也过于保守；正确的做法应当是坚持其学科属性，即作为文学研究"第四只眼"的文学性与由四际文学关系的研究对象确立的作为边缘学科或交叉学科的会通性，强化其学科特性，即由开放、包容性，边缘、整合性，比较、参照性，跨越、会通性共同体现的无用之用，调整其可比性，即在强调同源、类同性与另类、异质性的同时，提出证释

---

① [美] 勃洛克：《比较文学的新动向》，干永昌等编选：《比较文学研究译文集》，上海译文出版社1985年版，第197页。
② 《对比较文学理论建设的再思考》，《中国比较文学》1995年第2期。

发明性的要求，以适应新的形势与变化。

巴丝奈特之所以说比较文学已经过时，应当让位于翻译研究，是因为在她看来，区域文学、后殖民文学、旅行文学、女性文学话语均不具有原创性，不过是其他文本话语的重复、重构、重写，莫不可以归结到广义的翻译研究名下。具体地说，区域文学是重写民族文学与文化的产物，后殖民文学是重写宗国文学与文化的产物，旅行文学是重写域外文学与文化的产物，一种女性文学是重写另一种女性文学的产物，其性质与重复、重构、重写源语言文本的翻译并无不同，属于翻译的变形。而这种变形翻译又莫不跨语言、跨国界、跨学科进行，从而成为事实上的比较文学与比较文化研究，或说已经切切实实地取代了以跨语言、跨国界、跨学科的文学关系研究为能事的"旧比较文学"。如上所述，显然属于不争的事实，然而，是让上述广义的翻译研究取代比较文学，还是让比较文学通过调整研究对象与可比性，强化学科属性，与时俱变，走向跨文化，从而实现对上述广义的翻译研究的包容，则大可商榷。其实，如"绪论"所述，巴丝奈特执意让上述广义的翻译研究取代比较文学，不过是西方理论建构的求异思维与"弑父方式"的体现。

第三节　登岸舍筏，得意忘言

如何实现无规矩不成方圆，不言难知，无言不立，与法无定法，各有各法的相反相成？其结果又将如何？《易传·系辞上》说：书不尽言，言不尽意。圣人立象以尽意。《庄子·外物》说：筌者所以在鱼，蹄者所以在兔，言者所以在意。因此，话语与文本解读应做到得鱼忘筌，得兔忘蹄，得意忘言。佛家谓之登岸舍筏。《论语·为政》说：从心所欲，不逾矩。一言以蔽之：无规矩不成方圆与法无定法的方法论的最高境界，就是得意忘言，登岸舍筏，从心所欲，不逾矩。比较文学理论建构及其实践同样如此。

换句话说，（1）无规矩不成方圆，不言难知，无言不立；（2）法无定法，各有各法；（3）得意忘言，登岸舍筏，从心所欲，不逾矩，正是比较文学乃至整个人文学科方法论的三段论，或说三项基本原则。

一、得意忘言的比较文学方法论意义

（一）得意忘言，登岸舍筏：理论设限及其实践的最高境界与终极目标

既然所有的学科都不能没有理论设限，而任何理论设限又都是有缺陷的，一经形成便意味着封闭、僵化，走向老化、过时，而且言之在意，那么在具体应用中，便只有得意忘言一条路可走了。其实，由得意忘言，实现从心所欲，不逾矩，正是理论设限及其实践的最高境界，也是其终极目标。就像王国维整合前人意象说、意境说、妙悟说而拈出的境界说，以能入为有我之境，以能出为无我之境，而以能入能出、既入且出的意境两浑之境为最高境界。《人间词话》说："诗人对于宇宙人生，须入乎其内，又须出乎其外。入乎其内，故能写之。出乎其外，故能观之。入乎其内，故有生气。出乎其外，故有高致。"① 入其内能写宇宙之事物、人生之情怀，得其情形；出其外能观宇宙人生之奥妙。由入其内到出其外，先入其内后出其外，从而实现以神制形的既入且出、意境两浑。这种意境两浑的美学境界，可与《孙子》所谓"形人而我无形"（《虚实》）、"不战而屈人之兵，善之善者也。故上兵伐谋，其次伐交"（《谋攻》）、"故善战者之胜也，无智名，无勇功"（《军形》、无阵无形、无兵无武、无功无名的兵法境界相互印证。王国维境界说的意境两浑，就是既入且出的不入不出、无入无出。无入无出之无，正是老庄道家思想的出发点与归宿："善行无辙迹。善言无瑕谪。善数不用筹策。善闭无关楗而不可开。善结无绳约而不可解。"（《老子·第二十七章》）《左传》如同《老子》、《庄子》，以出凡入圣为人生的最高境界，谓之：圣达节。

就比较文学来说，实现比较文学自觉的学者，就是不为比较文学的各种设限所束缚，能够化用比较文学观念与方法的学者；优秀的比较文学研究成果，就是不为比较文学的规矩所束缚，能够化用比较文学的观念与方法，导出有益的结论，充分实现可比性的成果；在中国，移植欧美比较文学的最终目的，就是实现西方比较文学的本土化，即实现立足中国文化语境，贯彻中国文化话语的比较文学理论建构，为中国学者的文学解读包括对世界文学的解读提供新的视野、方法与途径。

---

① 况周颐、王国维：《蕙风词话·人间词话》，人民文学出版社1960年版，第220页。

(二）实现得意忘言，登岸舍筏，从心所欲，不逾矩，关键是忘却、舍弃、反损、权变，不为理论设限所遮蔽、束缚

王国维境界说不入不出、无入无出的意境两浑，正是以能入的有我之境、能出的无我之境为前提与基础。反之，没有有我的能入，便没有无我的能出，所谓既入且出、不入不出也就成为无源之水、无本之木。因此，实现意境两浑的关键就是能出，能出者自然能入。只有做到能入能出，方可与言不入不出、无入无出。《孙子》基于不战而屈人之兵，指出："故上兵伐谋，其次伐交，其次伐兵，其下攻城。"言外之意，不要提到战争与胜利就是杀人、攻城、灭国，其实最好的战争与胜利就是消解杀人、战争、胜利，即没有杀人、攻城、灭国的战争与胜利；部队作战讲究的是阵势，取胜的关键就是出奇制胜，在控制对方形势的同时隐藏自己的形势不被对方控制。《老子》达到善与无的境界的方法就是损，就学问之道而言，就是与日俱增与日俱损相反相成，增的是知识，省的是各种违背自然规律的有所作为的欲望："为学日益。为道日损。损之又损，以至于无为。无为而无不为。"（《第四十八章》）就是忘我："圣人无常心，以百姓之心为心。"（第四十九章）《庄子》对《老子》的认同不仅在于倡导神与物游，天人物我合一，同样强调通过忘我来达到这一境界："颜回曰：'回益矣。'仲尼曰：'何谓也？'曰：'回忘仁义矣。'曰：'可矣，犹未也。'他日复见，曰：'回益矣。'曰：'何谓也？'曰：'回忘礼乐矣。'曰：'可矣，犹未也。'他日复见，曰：'回益矣。'曰：'何谓也？'曰：'回坐忘矣。'仲尼蹴然曰：'何谓坐忘？'颜回曰：'堕肢体，黜聪明，离形去知，同于大通，此谓坐忘。'仲尼曰：'同则无好也，化则无常也，而果其贤乎！丘也请从而后也。'"（《大宗师》）《管子》与《老子》、《庄子》英雄所见略同，主张舍己法物："因也者，舍己而以物为法者也。"（《心术上》）《左传·成公十五年》：子臧所谓"圣达节，次守节，下失节"之节，即古人所说的权变。

权变之说可与郑玄所谓易之三名的变易并读，乃中国传统文化的重要概念，受到诸子百家、三教九流众口一声的推崇。《文子·道德》说："上言者，常用也；下言者，权用也。唯圣人为能知权。……夫先迕而后合者之谓权，先合而后迕者不知权，不知权者，善返丑矣。"《孟子·离娄下》举例说明："男女授受不亲，礼也；嫂溺援之以手，权也。"《韩诗外传》卷二记孟子论卫女说："常谓之经，变谓之权，怀其常经而挟

其变权,乃得为贤。"《公羊传·桓公十一年》:"何贤乎祭仲?以为知权也。……权者何?反于经然后有善者也。……行权有道:自贬损以行权,不害人以行权;杀人以自生,亡人以自存,君子不为也。"

就比较文学来说,比较文学学者若要实现比较文学研究的自觉,就是要在实践中忘记即变通,或说超越比较文学的各种设限;中国比较文学要实现西方比较文学的本土化,就是要忘记即变通,或说超越西方比较文学的既定规矩。

(三)有所设限,设言立矩,又是得意忘言,从心所欲,不逾矩的前提与基础

或说早知今日又何必当初?既然要忘却理论设限,当初又何必辛辛苦苦地建构、掌握?原来,道家所谓大智若愚,说的是真正的智者给人的印象就像傻子。但是傻子的无知无识是天生的自然状态;智者的无知无识则是经过艰深的智慧修炼,穷上反下,重归自然的状态。古人所谓抱婴儿、赤子之心,就是此意。佛家所谓顿悟,也是如此。南禅祖师慧能强调顿悟,与重苦修传统的北禅分庭抗礼,并不是反对修行,而是反对苦修对教条戒律的固执,因为对教条戒律的固执,往往会造成秦伯嫁女,买椟还珠;心中无一物的顿悟境界,作为专心致志或放达的结果,终归有某种方法与途径来实现专心致志或放达,且有个过程,没有天生之佛。王国维境界说所谓既能写又能观、既有生气又有高致、以神制形、意境两浑的无入无出境界,正是建立在能入能写而有生气的有我之境与能出能观而有高致的无我之境两重境界之上的第三重境界。也就是说,只有实现能入能写而有生气的有我之境后,方可进而追求能出能观而有高致的无我之境,然后才有望进入无入无出、能写能观、既有生气又有高致、以神制形的意境两浑之境。《孙子·谋攻》所谓的伐谋、伐交也好,伐兵、攻城也好,莫不有章可依、有法可行。所有的兵法无不强调因势利导、随机应变,而各种《兵法》的存在,本身说明,变以不变为前提,变生于不变,不变成于变。颜回之所以能够忘却仁、义、礼、乐,达到坐忘的境界,正是其熟知并模范遵从仁、义、礼、乐的结果。王安石《临川集·再答恭深父论〈论语〉、〈孟子〉书》:"天下之理固不可以一言尽。君子有时而用礼,故孟子不见诸侯;有时而用权,故孔子可见南子。"孔子的权变正是基于对礼的遵从。庄子虽然以书为糟粕(书为言之糟粕,言为道之糟粕),宣称书不尽言,言不尽意,并不妨碍他借

《庄子》寓言立象，设象喻意（道）。《老子》所谓为学日益，为道日损，终归有所学，有所损。司马迁《史记·自序》述其父谈道家的无为而无不为："其本以虚无为本，以因循为用，无成势，无常形，故能究万物之情。"还是有势与形，只是无定势与常形而已。对于权变与设限的关系，冯用之《权论》解释说："夫权者，适一时之变，非悠久之用。……圣人知道德有不可为之时，礼义有不可施之时，刑名有不可威之时，由是济之以权。……设于事先之谓机，应于事变之谓权。机之先设，犹张罗待鸟，来则获之；权之应变，犹荷戈御兽，审其势也。"（《全唐文》第四〇四卷）柳宗元《断刑论》以为："经非权则泥，权非经则悖；是二者、强名也。"（《全唐文》第五八四卷）

就比较文学来说，比较文学学者若要实现对比较文学学科设限的变通或说超越，中国比较文学要实现西方比较文学的本土化，首先是比较文学须建构学科理论，西方比较文学须具有相应的理论建构；其次是比较文学学者须熟悉并掌握比较文学的学科理论；中国比较文学学者须熟悉并掌握西方比较文学的理论建构。

二、强调得意忘言的比较文学方法论意义

（一）有助于深化对比较文学"消亡论"、有关学者不认可其比较文学学者身份之说、"x+y模式"、"三段论模式"、"比较文学大家谈运动"的认识

巴丝奈特的比较文学"过时论"，换个说法就是"消亡论"。这种论调在20世纪80年代中国比较文学的复兴期便已出现。说"今天比较文学所特别强调的内容，在明天必将成为每个文学研究者理应具备的起码素质。在这种情况下，比较文学必将逐渐被取代、被消融的道路，即比较文学将消融在各类具体的文学研究，如古典文学、现代文学、当代文学、文学理论或小说研究、诗歌研究之中……在未来的发展中，比较文学作为一门学科已经完成自己的历史使命，它的名称和定义只能作为'纪念品'而保存在历史的记忆里"①。首先得说：这是大实话，其真实性如同说人总是要死的，无可辩驳。不过还得说：这是杞人忧天。没有人会因为人总是要死，或说明白了这个道理之后便不活了。如果出现杞

---

① 钱念孙：《比较文学消亡论：从朱光潜对比较文学的看法谈起》，《文学评论》1990年第3期。

人忧天乃至自杀的情况,被世人视其为人格障碍也就不言而喻。反之,明知比较文学学科设限常常捉襟见肘乃至整个学科都将消亡仍旧坚持者,也就实现了得意忘言,登岸舍筏,从心所欲,不逾矩。

在中国比较文学界与"消亡论"密切相关的是:中国比较文学没有学术权威与代表性成果之说,复兴期中国比较文学开口就是王国维、朱光潜、钱钟书,闭口就是《人间词话》、《诗论》、《管锥编》、《谈艺录》,恰恰有证据表明:朱光潜、钱钟书根本就不认可其比较文学学者身份;王国维则死无对证。同样不认可其比较文学学者身份的还有许多从事文学与艺术、文学与宗教、文学与心理学等跨学科研究的学者。殊不知:理论建构及其实践的方法论三原则,体现在学科发展上形成三个阶段;体现在具体学者身上同样表现为三个阶段。第一阶段,学科知识乃至各种知识相对缺乏,观察、分析、解决问题,按图索骥,照葫芦画瓢,循规蹈矩。第二阶段,随着文化知识的不断积累,学术境界逐渐形成,学术研究慢慢登堂入室,走向左右逢源,得心应手。第三阶段,学术境界形成,学术研究水到渠成:高屋建瓴,扫荡六合,超越语言、民族、国别、学科等各种设限及其局限,会通中外古今,一虑而百至,一通而百通,从而进入大学者的境界。换句话说,在人文学科研究方面,学问到了第三阶段,便只有层次之分而没有学科之别。韦勒克那看似主张比较文学"无边论"乃至取消比较文学学科的表白——"对我个人来说,希望只是简简单单地称文学研究或文学学术研究"①,其立足点及其合理性正在此处。在当代中国学者中,钱钟书无疑当得起大学者之称。被比较文学学者称道的《管锥编》、《谈艺录》等,打通了多种学科与中外古今的界限,前者的研究对象就包括《周易》、《诗经》、《左传》、《史记》、《老子》、《列子》、《易林》、《楚辞》、《太平广记》、《全上古三代秦汉三国六朝文》等,除了文化学,将其归入文史哲任何一个学科都是乱贴标签。作为作家与学者,钱钟书在《管锥编》中屡次明确表示喜欢前者而鄙视后者。更主要的是:钱钟书痛感20世纪中国学术反传统而崇西洋,基于一元暨中心主义的科学思维、逻辑思维,学科越分越细,学问越做越专,却往往陷入专而不通,瞎子摸象的现象,中流砥柱,著述不仅采用传统的正疏笺注的解读方式与言说方式,而且明确贯彻传统的

---

① René Welley, *The Crisis of Comparative Literature*, Proceedings II, Vol. One, p. 155.

基于太极思维的一元暨多元哲理模式，坚持跨界打通。总之，《管锥编》、《谈艺录》不是比较文学研究，比较文学研究自在其中；钱钟书不就比较文学，比较文学却就钱钟书。学问成果，取其一面而论之，后世称以文明为糟粕，强调名可名、非常名、道可道、非常道的老庄为哲学家、思想家，称《老子》、《庄子》为哲学、文学乃至道教经典，同样不曾得到他们的认可，如果他们在天有灵，也势必不肯接受。基于人生、学问、学科发展三阶段，在当今信息社会，完全可以说，所有的文学研究，只要实现超越自我本位的高屋建瓴，都势必走向比较文学；比较文学研究，只要实现超越自我本位的通观圆览，便势必走向比较文化研究。比较文学功成之日，就是研究者的学术境界升华之时；如果说比较文学学科总有功成身退或说寿终正寝之日，那也是所有人文学科同化于文化研究之时。因此说，真正的比较文学学者，已不仅仅是比较文学学者；真正的比较文学研究成果，已不仅仅是比较文学成果。立足理论建构及其实践的方法论三原则，所有的人文学科的理论建构，都不过是立象之言，尽意之象，既是认知的对象，也是超越的对象，且认知的目的就是为了最终的超越。因此说，比较文学理论建构的最终目的，就是实现对理论建构本身的超越，忘掉比较文学的种种设限；而移植西方比较文学理论建构的初衷，就在于培育中国比较文学的理论建构。功成不居，正是《老子》所谓天地与圣人之道。

同理，处于复兴期的中国比较文学，按图索骥，循规蹈矩的"x + y 模式"、"三段论模式"、"比较文学大家谈运动"的泛滥，[①] 自然而然；如果没有第一阶段的浅薄，便没有第二阶段的深刻，更不会有第三阶段的从心所欲，不逾矩。即使整体的中国比较文学的这种现象有所改观，也必将改观，但对于初学者，基于各种原因，便难以避免。更何况大智若愚，大学者许多启人心智的见解，往往也是来自于"x + y 模式"、"三段论模式"？显然，比较文学研究成果的浅薄，并非"x + y 模式"、"三段论模式"、"比较文学大家谈运动"本身的错，而在于止步于此，不再追求，甘心浅薄，指出中西文学"惊人的相似"、"深刻的差异"之后，便万事大吉。殊不知，中西文学的求同，须立足于中西文化另类异质的显异，目的在于寻求中西文学的共同规律。反之，只要研究成果的结论

---

① 徐扬尚：《中国比较文学源流》，中州古籍出版社1998年版，第270—278页。

有益，又何必耿耿于方法的名分乃至学科归属？季羡林反对的也正是体现为"x+y模式"、"三段论模式"，没能体现可比性之证释发明性的比附，而非"x+y模式"、"三段论模式"本身。其实，方法和程序本身并无高低对错之说，伊夫·谢弗勒正是将"接受/影响"研究归结为"x 和 y"的公式："'x 和 y'的公式根据下述情况改变其模式：（影响研究）'作者/作品 x 在国家 y'，或（接受研究）'接受者 x 面对一部作品/全部作品 y'。这些公式还可以进一步细分。"随后强调："这里抽象描述的操作方法，正是比较文学家从事的那类研究工作所应用的方法。……对于比较文学家来说，具体反映在采用至今仍然未过时的'x 和 y'的最低公式。"① 布吕奈尔等同样是以"'x 和 y'公式"来言说影响研究的类型："尽管题目和内容有千差万别，但所有研究机运、成就、影响、来源的工作可以归结为一种统一的类型：x 和 y。和 y 一样，x 可以任意地意味着：一个大洲，一种文化，一个国家……或者只是一篇作品，一个段落，一句话，一个词。在两个变数之间没有任何固定的比例，没有任何界限：这种比例和界限既不是时间性的，也不是空间性的，因此，表面上成果也是五花八门的。"②

（二）有助于深化对比较文学三大学派与学科理论建构三阶段之说的认识

如前文所述，对于比较文学的三大学派之说，基于对民族主义的担心，20 世纪与 21 世纪之交的欧美比较文学界的反对声逐渐升高，随之在中国引起共鸣，从而使中国学者致力于比较文学中国派的理论建构突然成为不合时宜。显然，作为叙述策略，用于指称学术思想、方法、类型的学派，本身与民族主义无关，让比较文学的三大学派与民族主义联系起来的是法国派、美国派、中国派的国别。虽说是三大学派并非国别比较文学的标签，与民族主义也不构成因果关系，但是，植根进化论认识论的比较文学的世界文学意愿，的确孳生出法国中心论与西方中心论；19 世纪与 20 世纪的中国文化外求，的确导致民族虚无与民族自恋的两极对垒；韦勒克《比较文学的危机》的确被人作为美国派的宣言书或美

---

① [法] 伊夫·谢弗勒：《比较文学》，王炳东译，商务印书馆 2007 年版，第 76—180 页。
② [法] 布吕奈尔等：《什么是比较文学》，葛雷、张连奎译，北京大学出版社 1989 年版，第 83 页。

国派向法国派的挑战书,令当事人耿耿于怀,说"这篇论文引起了无休止的争论,而且恐怕也引起了无穷无尽的误解。而尤其使人感到苦恼的是有人试图制造一个所谓美国比较文学观和法国比较文学观的争端。当然我所争论的并不是针对一个国家或是一个地区的学派,而是针对一种方法,不是为了我、为了美国而争论"①;韦斯坦因证据确凿地说:苏联与日本有关西方影响的传受研究,曾激起民族主义的打压;认为比较文学研究的目的与意义,就在于证明中国文学不如西方文学,或说现代中国文学只是西方文学影响的结果,既是比较文学在中国至今受到外行或外界轻视乃至打压的原因,也是"文革时代"比较文学遭到全面禁止的原因;三十年来,比较文学研究能够激发民族自豪感之声,在中国比较文学界的确至今不绝;中国派成为有关学者的意识形态话语权口号,也的确是不争的事实……总之,比较文学的学派之说常常会被人用作抒发民族主义情怀的借口,从而引起有关学者对中国比较文学的意识形态功能的反思。② 问题是:提倡学派的比较文学学者不等于民族主义者,不提倡学派也未必就能杜绝比较文学的民族主义。因此,民航不会因为发生了"9·11事件"而停业或改用别的运输工具,真正的比较文学学者也完全没必要因为害怕被利用与被牵涉而强迫自己做契诃夫笔下"装在套子里的人"。

原来,率先提出学派之说的是欧美学者③,于今率先反对学派之说的还是欧美学者,这无可厚非。但是,己之不欲便施于人,因此而反对中国学者继续使用学派之说,尤其是从事名正言顺的中国派理论建构,显然误读了三大学派之说的汉语意义及其文化语境。

首先,使用强调事物二元相反相成、相辅相成,多元共生、和而不同的汉语言说方式的中国学者,言说的比较文学三大学派,与比较文学理论建构三阶段相辅相成,三大学派之间相辅相成、和而不同,与旨在强调对抗的民族主义风马牛不相及。对此,曹师顺庆指出:"纵观全世界比较文学发展史,我们可以看到一条较为清晰的比较文学学科理论发展

---

① René Welley, *The Crisis of Comparative Literature*, Proceedings II, Vol. One, p. 150. [美]韦勒克:《比较文学的名称与性质》,黄源深译,干永昌等编选:《比较文学研究译文集》,第157页。

② 周小仪、童庆生:《比较文学研究在中国的发展及其意识形态功能》注[7],达姆罗什等主编:《新方向:比较文学与世界文学读本》,北京大学出版社2010年版,第82—97页。

③ [美] A. O. Aldrige 著:《比较文学的目的和远景》,胡耀恒译,台湾《中外文学》1974年第2卷第9期。

的学术之链。这条学术之链历经影响研究、平行研究和跨文化研究三大阶段，呈累进式的发展态势。""后来的理论虽新，但并不取代先前的理论。""在这'涟漪式'结构中，每一个'涟漪'都代表着学科发展的某一个阶段。迄今为止，比较文学学科理论至少有三大发展阶段，第一阶段在欧洲，第二阶段在北美洲，第三阶段在亚洲。"① 反之，我们不难发现，说是中国派的理论建构就是要与法国派、美国派分庭抗礼，显然属于一种强调事物二元对立、合作竞争的西语言说方式，或说西语言说方式影响之下的所谓现代汉语言说方式。

其次，如"绪论"所述，苏其康说：美国学者与法国学者向来称自己为美国派与法国派。但是，大陆与台湾却同时流行着关于法国派与美国派都是别人叫出来的，所谓法国派、美国派的名称为后来研究者所总结，中国派却是自己叫出来的或事先树立之说。② 显然有在此加以澄清的必要，梵·第根《比较文学论》评介戴克斯特时指出："他的知识之广博和精密，因而使他长久以来就做了比较文学的法国学派的首领。"随后谈到在巴登斯贝格的影响下，法国的比较文学博士论文日益增多时，梵·第根又说："它们证明了比较文学的法国学派的光辉和吸引力。"③ 雷马克在《比较文学的定义和功用》中明确写道："我们姑且把这部分学者概称为'法国学派'"；"美国'学派'和法国'学派'都赞同我们的这一部分定义。"④ 论文本身告诉我们：此时的美国派如同梵·第根《比较文学论》所谓法国派，显然属于学派理论建构阶段。换句话说，立足理论建构而非实践总结的比较文学的法国派与美国派，正是梵·第根与雷马克首先叫出来乃至事先树立的。恰恰相反，中国派才是由他国学者——任教港台的美籍学者李达三首先叫出来的，且以英文发表。李达三一再指出："60 年代末期，鉴于当时学术界弥漫的西方'法国'或'美国'学派观点，我有意采用了'中国学派'这一术语以引发兴趣和

---

① 曹顺庆等著：《比较文学学科理论研究》，巴蜀书社 2001 年版，第 1—2 页。
② 《"比较文学中国化"座谈会纪要》，台湾《文讯月刊》1985 年第 17 期；严绍璗：《双边文化关系研究与"原典性的实证"的方法论问题》，《中国比较文学》1996 年第 1 期；乐黛云等：《比较文学原理新编》，北京大学出版社 1998 年版，第 62—63 页。
③ ［法］梵·第根：《比较文学论》，戴望舒译，吉林出版集团有限责任公司 2010 年版，第 22 页、第 23 页。
④ ［美］雷马克：《比较文学的定义和功用》，张隆溪译，张隆溪选编：《比较文学译文集》，北京大学出版社 1982 年版，第 1 页。

讨论，尤其想促使西方人士跨过边界看远一些。"① "我在1977年发表的一篇英文论文中第一次使用了比较文学'中国学派'（Chinese School）这一新词，而后在1978年以中文出版的《比较文学研究之新方向》一书中再次引用。"② 其在台弟子古添洪与陈慧桦的《〈比较文学的垦拓在台湾〉序》（1976年）继承师说，并将其定位于移中就西的单向阐发研究。再说，就师生对中国派的定位而言，所谓移中就西的阐发研究，显然有以他人为刀俎而以自我为鱼肉、背离本土化的立足点之嫌。也因此遭到许多学者的批评以及乃师的断然否定："古添洪、陈慧桦对此概念的论述代表了一种极端的看法，他们认为：'援用西方文学理论与方法并加以考验、调整以用之于中国文学的研究，是比较文学的中国派。'"③ 即使阐发研究由单向改为双向，也同样不能构成中国派的根基，因为凡是具有民族文化传统且另类于欧美比较文学传统的民族比较文学，例如印度、埃及、阿拉伯、巴西、日本、南非的比较文学，都将走上阐发研究之路。尤其是印度比较文学，其阐发研究理念一开始就是双向阐发。再说，古添洪与陈慧桦所谓阐发研究似乎并不包括相关学科理论对文学的阐发，且"各种艺术的相互阐发"观念，早已作为《比较文学与文学理论》的专章，由韦斯坦因提出。总之，阐发研究既无新意又无文化个性，只能是中国派的方法之一而绝非根基。倒是李达三提出的立足民族性的中国派应为中庸派之说，反而具有发中国派之先声的历史意义。李达三所谓建构中国派以期与法美学派分庭抗礼之说，虽然属于强调事物二元对立、合作竞争的西语言说方式，但是他的中庸派之说却无意间避开了中国派之说的民族主义嫌疑，他为中国派拟定的五大目标，显然也是反民族主义的。④ 为此我一再强调，三大学派及其中国派之说，在中国早已属于一种达到简洁、方便且具有涵盖性的叙述策略。

总之，比较文学三大学派也好，比较文学理论建构三阶段也好，比

---

① ［美］李达三：《下世纪最佳文学研究：比较文学研究与中国学派》，王晓路译，《中外文化与文论》第1辑，四川大学出版社1996年，第99页。
② ［美］约翰·迪尼：《中西比较文学理论》，刘介民编译，学苑出版社1990年年版，第285页。
③ ［美］约翰·迪尼：《中西比较文学理论》，刘介民编译，学苑出版社1990年版，第285页。
④ ［美］李达三：《比较文学中国学派》，周树华、张汉良译，台湾《中外文学》第6卷第5期，1977年。

较文学方法论的三大体系也好,发展至今,正是国际比较文学界得意忘言,登岸舍筏,从心所欲,不逾矩的结果。相对传统的国别文学研究的自我本位、自我观照、自言自语,不受语言、国别限制的国际文学关系研究,无疑是一大进步与对相关设限的超越,视野更加开阔,结论也更加全面;相对不受语言、国别限制,强调事实联系的国际文学关系实证的传受研究,主张跨国界与跨学科的文学关系研究,将非事实联系的文学关系纳入研究范围的比类研究,无疑又是一大进步与对相关设限的超越;相对立足于求同立场而求异,强调跨语言、民族/国家界限的传受研究,与强调跨民族/国家、学科界限的比类研究,倡导以超越自我本位的国际视野,开放、包容的胸怀,沟通、对话的姿态,坚持一元暨多元的学科话语,从事不受语言、民族、国别限制,另类异质的各种文学关系的会通研究,无疑又是一大进步与对相关设限的超越。

第二章 传受研究、比类研究、跨文明研究体系

——中国化比较文学研究方法创新之基础

第一节 传受研究体系

一、传受研究的基本内涵

如前文所述,波斯奈特《比较文学》所谓"我们采用社会生活逐步扩展的方法,从氏族到城市,从城市到国家,从以上两种到世界大同,作为我们研究比较文学的适当顺序"①,已经掂出植根生物进化论的文学进化研究方法论。但是,作为早期比较文学或欧洲比较文学方法论之集大成,还是梵·第根《比较文学论》掂出的传受研究及其三大子方法:流传学、渊源学、媒介学。一言以蔽之,传受研究即二元国际文学关系的考证传受,追查变异。

在梵·第根那里,比较文学的对象,就是本质的研究各国文学作品的相互关系。具体说来,就是研究跨越语言界线的文学影响所构成的传播、接受与媒介关系。"整个比较文学研究的目的,是在于刻划出(文学传播与接受的——引者注)'经过路线',刻划出有什么文学的东西被移到语言学的界限之外这件事实。""在一切场合之中,我们可以第一去考察那穿过文学疆界的经过路线底起点:作家,著作,思想。这便是人们所谓'放送者'。其次是到达点:某一作家,某一作品或某一页,某一思想或某一情感。这便是人们所谓'接受者'。可是那经过路线往往

---

① [英]波斯奈特:《比较法和文学》,周纯译,干永昌等编选:《比较文学研究译文集》,上海译文出版社1985年版,第383—384页。

是由一个媒介者沟通的：个人或集团，原文的翻译或模仿。这便是人们所谓'传递者'。"① 由放送者出发，或说以放送者为起点，追寻某个作家作品，或某个国别文学等，在国外的成就、际遇、声誉，例如被模仿、借用、移植、改编、评论等被接受的情况，称为"流传学"。反之，由接受者出发，或说以接受者为起点，追溯某个作家作品，或某个国别文学的主题、题材、思想、风格等，与国外文学的渊源关系，称为"渊源学"。而由中介者出发，或以中介者为起点，探讨两国文学传播与接受赖以形成的居间作用者，例如学者、作家、批评家、出版商、旅行者、传教士、留学生等，包括翻译、介绍、评论、出版等方式与途径，称为"媒介学"。

传受研究实践，又逐渐形成包括主题学、文类学、形象学、思想史研究、思潮流派研究等在内的几种主要方法类型：主题学植根于德国民俗学研究，既备受关注又富于争议。梵·第根的《比较文学论》以题材、主题、典型在不同国别文学中的渊源流变的实证研究为主题学，也即是流传学。具体范畴包括：（1）局面与传统的题材；（2）实有的或空想的文学典型；（3）传说与传说的人物。基亚的《比较文学》则在"题材和传说"的论题下，讨论了（1）民间传说，（2）背景，（3）一般的典型，（4）古代传说中的典型，（5）历史人物，（6）文坛的传说等问题。法国《拉罗斯百科全书》以为："主题学是比较文学惯于探索的领域，譬如某一神话（俄狄浦斯、伊尼德），某心理典型或社会典型（修女或盲人），某文学人物（唐璜），某些历史上大人物（拿破仑、苏格拉底），某些环境或物件（莱茵河流域、某城市）的影响的消长。"② 布吕奈尔等著的《什么是比较文学》第六章"主题法和主题学"，分主题研究为（1）文学神话研究、（2）母题研究、（3）主题研究三类；分主题研究的模式为（1）个人主题、（2）时代主题、（3）永久主题三类，逐类加以检讨。

文类学在梵·第根《比较文学论》中作为"文体与作风"，专章讨论，认为作品考察应由形式入手，而形式往往来自国别文学传统，而传

---

① ［法］梵·第根：《比较文学论》，戴望舒译，吉林出版集团有限责任公司2010年版，第37页、第46页、第39页。

② 《法国〈拉罗斯百科全书〉（1978年版）》，谢靖庄译，干永昌等编选：《比较文学研究译文集》，上海译文出版社1985年版，第421页。

统本身往往又来自外国,因此,比较文学家应当去探讨作家作品艺术形式的外国渊源及其革新,并加以解释。总之,文类学就是关于文体与文学类型的跨语言与跨国界的流传与假借研究。在基亚的《比较文学》中,文类学以"文学类型的命运"为研究对象,"方法就是:(1)给文学类型下定义";"(2)要验证借鉴——可能是直接的,也可能是间接的";"(3)评价文学类型和作者之间的相互作用"。①布吕奈尔等著的《什么是比较文学》第七章"诗学",则以"文学形态学"为题,讨论了作品构成形式、措词方式、文学转换的现象学等问题。然而,由于布吕纳介用生物学概念术语,死板地套说文类学的不良影响,文类学在法、英、意等国的发展受到抑制,而在德国与苏联,尤其是后者得到发展。对此,安田朴指出:"文学是用词和句构成的,因而照我的看法,我们对那门应该成为我们研究基础的'比较文体学'研究得很不充分。……社会主义世界的比较学者在比较文体学方面做得尤其出色——我特别记得阿列克谢耶夫和日尔蒙斯基——因此,比较文学看来是走在正路上。"②

形象学的奠基者是伽列。他在强调比较文学应注重事实联系探讨的同时,强调应注重探讨各国别作家作品之间的相互理解,游记、想象之间的相互诠释。基亚《比较文学》则以第八章专门讨论"人们所看到的外国",说"不再追求抽象的总括性影响,而设法深入了解一些伟大民族传说是如何在个人或群体的意识中形成和存在下去的"。并为之欢呼:"一个广阔的天地正向研究者们敞开着。把它开拓出来以后,可以帮助各民族在承认各自的幻想的基础上更加相互了解。"③布吕奈尔等的《什么是比较文学》认识到,"形象研究是比较文学最近的一种方向",以为"形象是加入了文化的和情感的、客观的和主观的因素的个人的或集体的表现。任何一个外国人对一个国家永远也看不到象当地人希望他看到的那样。这就是说情感因素胜过客观因素"。④ 提出形象学基本原则的则是法国学者巴柔及其《比较文学概论》,形象学主要是指一部作品、一种文学中的异国形象研究,此是后话。

---

① [法]基亚:《比较文学》,颜保译,北京大学出版社1983年版,第11页。
② [法]艾金伯勒:《比较文学的目的、方法、规划》,干永昌等编选:《比较文学研究译文集》,上海译文出版社1985年版,第110页。
③ [法]基亚:《比较文学》,颜保译,北京大学出版社1983年版,第106页、第115页。
④ [法]布吕奈尔等:《什么是比较文学》,葛雷、张连奎译,北京大学出版社1989年版,第89页。

思想史的说法由梵·第根《比较文学论》提出。成为基亚《比较文学》第七章"国际上的各种大思潮：思想·学说·感情"的话题：虽然"哲学、宗教和所谓文学之间的交流，界限往往是不明确的"，但"这其间存在着一个共同领域，即伟大思想和伟大文风交错的地方。在这个领域里，哲学家和比较文学工作者所享有的权力是相等的"。"既然文学能传播和激发最抽象的思维体系，那么比较文学工作也可能、同时也应该为人类的思想史带来一种不可替代的贡献。""对这许许多多的思潮，人们不仅可以从个别的地方，而且可以从整个欧洲来进行观察。在欧洲这块土地上，这些思潮曾启发过无数虽受到语言阻隔，但由于共同的政治和文学的理想而结合在一起的有才华的作家。把民族间的偏向和欧洲整个一代人的共同因素分辨清楚，表现出某种文学对另一种文学的各种影响；说明每一次这样的伟大运动的情况，只有比较文学工作者才能担负起这个责任来。"① 布吕奈尔等的《什么是比较文学》第四章"思想史"，主张放弃对思想史概念的哲学与教条的解读，取其广泛意义，"即把它作为一种简便的工具，用以表示除了审美享受之外的抽象认识和思考，或是一种感情状况的精神表现"。②

在思潮流派研究方面，做出贡献的是勃兰兑斯的《19世纪文学主流》、梵·第根的《欧洲文学中的浪漫主义》、普拉兹的《浪漫的痛苦》等。他们以欧洲文学的思潮流派的渊源流变为言说对象，广泛涉及法、德、英、意等各国的文学思潮与浪漫主义。

二、传受研究的方法论贡献与困境

传受研究客观上为推动文学研究走向科学的假设与实证的因果思维，用事实说话，尤其是推动国别文学/民族文学研究走向超越自我的局限，实现以国际/族际与非我的眼光，以人观我，起到了不可否认的作用：首先，传受研究超越了国别文学/民族文学研究孤立地、局部地看问题的局限，走向联系地、整体地看问题。将作家的文学思想与宗教思想、哲学思想、政治思想等联系起来研究；将作品的主题、题材、人物、形象、

---

① [法]基亚：《比较文学》，颜保译，北京大学出版社1983年版，第92—93页、第104—105页。

② [法]布吕奈尔等：《什么是比较文学》，葛雷、张连奎译，北京大学出版社1989年版，第118页。

意象放置到国际文学/族际文学层面研究;将作家的文学史定位与作品的文本意义解读与其在他国/他民族文学中的渊源流变及其声誉地位联系起来,使国别文学/民族文学成为生成世界文学/总体文学的元素,世界文学/总体文学成为言说国别文学/民族文学的语境。换个角度讲,传受研究超越了国别文学/民族文学研究自我观照的局限,在国别文学/民族文学研究中引入非我的参照系,实现以他人的视角、立场、原则、话语来观照自我、证明自我、诠释自我(简称"以人观我、证我、诠我"),赋予国别文学/民族文学解读以国际/族际意义。如前文所述,拥有共同的拉丁文词根的法语 Comparée 与英语 Comparative 概念,均具有相互关系、相互比较、相互对照之意,立足国际/族际文学关系研究的传受研究,突出并强调了比较概念的事物关系的内涵,将其后台意义相互关系,推上前台,深化了比较方法。考据的科学实证方法的引入,使其比较方法更加严密。

然而,传受研究的形成与发展过程充满了内忧外患。主题学曾相继遭到巴尔登斯贝格、阿扎尔、克罗齐、韦勒克等著名学者的反对;文类学既受到布吕纳介的威胁,又为克罗齐所坚决抵制;反对形象学的人则有艾金伯勒、韦勒克、约斯特等。如果说韦勒克在国际比较文学学会第二届年会(1958 年)上宣读的《比较文学的危机》论文是对传受研究的全面批判,那么克罗齐在《批评》1903 年第一期上刊登的《比较文学》论文,则是对传受研究乃至以此为基础的比较文学学科的全面颠覆。总之,传受研究的方法论缺陷,如同其贡献,不可否认。抛开主题学、文类学、形象学等方面的种种争议与细节不足不提,上述两篇文章告诉我们,就方法论而言,传受研究的致命缺陷如下。

首先是如"绪论"所引述,克罗齐说:"比较方法不过是一种研究方法,无助于划定一种研究领域的界限,对一切研究领域来说,比较方法是普通的,但其本身并不明确表示什么意义"。"这种方法的使用十分普遍……并没有它的独到、特别之处"。说起国际文学史,"实际上,科赫注意到,德国文学史生来就是比较的,……我看不出单纯的'文学史'与'比较文学史'之间有什么差别;只不过是加上'比较'这一冗词之后,表明自己不想说明,真正完整的文学史要是认识到自己的全部领域及自己必须完成的全部任务的话,应该有什么样的先决条件"。[①] 德

---

① [意] 克罗齐:《比较文学》,王锦园译,《中国比较文学》1988 年第 2 期。

国学者霍斯特·吕迪格（Horst Rüdiger）告诉我们，克罗齐的这种认识，其实是许多欧洲学者的看法：在联邦德国，就有"许多颇有影响的文学史家们长期以来不承认比较文学的地位，直到今天，某些传统语言文学系的代表人物仍把比较文学视为大学文学课程中可有可无的东西"，是因为在他们看来，"大多数传统的文学系科其实在本质上都具有'比较性'。古典语言系一贯研究希腊和拉丁文学，罗曼斯语系则研究法语、意大利语、西班牙语、葡萄牙语、罗马尼亚语以及其他几种语言的文学，英语系研究英国和美国文学，斯拉夫语系研究俄语、波兰语、捷克语、塞尔维亚语以及别的一些语言的文学，日耳曼语系虽然在文学系科中多半是自成一体，但至少与荷兰语和斯堪的纳维亚语研究很接近"。吕迪格由此得出结论："特别的任务和方法并没有使比较文学成为一种独立的科学。它仍然有赖于与传统文学研究密切合作，对传统的文学研究作些补充，或变更其思考方法；它通过交叉研究的成果抵制各'学科'的孤立化，而又并不因此而自命为'总体文学研究'或'超级学科'。"①

其实，在克罗齐那里，远非吕迪格所说的那样简单。克罗齐在证明比较文学的普通与常用时，顺手将传受研究所宣扬与依赖的科学的实证主义连根拔起。他对传受研究所依赖的考据、归纳、综合等科学的比较方法立足于"可然性的假设"的质疑及其现身说法，让反对者懂得，他克罗齐作为学术权威并非浪得虚名，也不是靠行政命令让大家服从自己的反比较文学意志。他感同身受地说："从逻辑上说，比较方法由什么组成呢？我做过一项对特定事实的研究，在初步审查我占有的证据、文件时，我未找到导致能澄清事实确切特征的思路。例如，原始希腊人的家庭是怎样的状况？为了获得结论，我研究了有充分材料的类似情况，选定一个或几个原始家庭的典型。获得这些类型后，我用它们建立一些假设，解释我所占有的关于希腊家庭的数据和文件；通过对数据和假设的比较考察，并在此基础上着手新的研究时，我成功地确定最具可然性的假设，在广泛论证的某些条件下，这种假设将变成被证实的事实。"② 将假设当成事实，将通过假设建构的范式，当作公式去套解文学现象，不能不说这是西方学术研究的致命缺陷，无论它存在于那个学科。如同建

---

① ［德］吕迪格：《比较文学的内容、研究方法和目的》，张隆溪译，张隆溪选编：《比较文学译文集》，北京大学出版社1982年，第17页、第21页。
② ［意］克罗齐：《比较文学》，王锦园译，《中国比较文学》1988年第2期。

构于假设基础之上的资本主义市场经济、自由贸易体制与集体主义政党专制、个人总裁体制,由于忽略了人类的贪婪,而必然导致由 2008 年华尔街金融海啸引发的世界性背离市场经济规律的经济危机,与由 20 世纪末东欧解体引发的世界性背离大众立场原则的政治危机,建构于假设基础之上的整个西方学术,也都将难逃学术危机的"宿命",只不过时间早晚的问题。总之,学术危机并非比较文学的专利。

韦勒克虽然并非克罗齐全面颠覆比较文学的同路人,却对其上述分析深信不疑:"19 世纪学界原有的肯定态度、虔信对一切事实的积累(希望用事实的砖块来建造巍峨的学识金字塔)、相信按自然科学的模式根据因果关系来解释一切,就受到了意大利的克罗齐、德国的狄尔泰诸人尖锐的挑战。"他不仅认同克罗齐对传受研究方法的解构,而且由此认定,比较文学要想成为独立学科,就得有自己专门的研究方法。为此不无遗憾地说:"我们学科的处境岌岌可危,其重要标志就是未能明确的具体的研究内容和专门的方法论。巴登斯贝格、梵·第根、伽列和基亚所提出的纲领性意见并未能完成这个基本任务。他们把过时的方法论包袱强加给比较文学研究,使其受制于 19 世纪陈腐的事实主义、唯科学主义和历史相对主义。"① 原来,传受研究正是基于对比较方法相互关系科学实证的强调而将文本解读及其美学分析拒之门外。对此,克罗齐说:"比较文学在多种文学之范围内探索并研究文学的思想或题材,并跟踪它们的盛衰、变化、发展和相互影响。……这类研究只能归入单纯的繁琐考证一类,从未进行有机的研究,本身从未引导我们去认识一部文学作品,从未让我们触及艺术创作的至关重要的内心和中枢。……按照上述观念,比较文学甚至没有完全告诉我们文学创作的全部组成材料,实际上,它研究和调查的仅仅是文学因袭,而忽视了和文学创作起源同样重要,甚至更重要的社会要素一面。"② 将传受研究追求国际文学关系研究的科学实证,与排斥美学分析、脱离文学本位的矛盾,和盘托出。

韦勒克进而暴露了传受研究受历史相对论与爱国主义的影响,以及追求世界文学的宏大视野、良好意愿与研究文学贸易乃至坚持自我彰显、自我中心的矛盾。对此,他毫无保留地批评了法国派传受研究局限于文学贸易交往,鸡零狗碎,无济于事,热衷论功摆好,陷入文化自恋的狭

---

① René Welley, *The Crisis of Comparative Literature*, Proceedings II, Vol. One, p. 149.
② [意]克罗齐:《比较文学》,王锦园译,《中国比较文学》1988 年第 2 期。

隐性。①

第二节 比类研究体系

一、比类研究的基本内涵

综合韦勒克的"比较文学是一种没有语言、伦理和政治界线的文学研究"②，艾德礼的"比较文学是从超越一国民族文学的角度或者从与其他一门或几门知识学科的相互关联中，对文学现象进行研究"③，吉布斯的"在多数人看来，比较文学就是超越了单一的民族文学范围的文学研究，而它主要关心的是不同的文学之间的实际联系：它们的起源、影响、传播媒介等，始终围绕着关系这个题目。然而比较文学也包含着这样一种内容：对相互之间毫无联系的文学进行比较"④ 等各种说法可知，比类研究在方法论上，就是超越语言、国别、学科、伦理、政治等各种界限的并无实际关联的文学关系研究。一言以蔽之，比类研究即对各类文学以及文学与相关学科的求同显异，比物连类。

如果说传受研究强调二元国际文学关系的影响实证，局限于欧洲文学乃至西方文学，那么比类研究则倾向多元国际文学关系无缘而有故的求同显异、互证互释，将视野扩大到世界文学，尤其是东方文学。体现在主题学方面，有韦斯坦因的《比较文学与文学理论》第六章"主题学"、约斯特的《比较文学导论》第五部分"母题、典型、主题"。前者首先回顾了主题学在 19 世纪末陷入僵化的实证主义，为此而饱受克罗齐、巴登斯贝格、梵·第根等人的非难，是惯用语研究的产生，为其复活创造了生机的发展史。重点介绍了比利时图松及其论文《比较文学中的主题研究和方法论》、德国弗兰采尔及其著作《题材、动机、象征研

---

① René Welley, *The Crisis of Comparative Literature*, Proceedings II, Vol. One, pp. 149–150.
② [美]韦勒克：《比较文学的名称与性质》，黄源深译，干永昌等编选：《比较文学研究译文集》，上海译文出版社 1985 年版，第 144 页。
③ 引自[美]克莱门茨《比较文学的渊源和定义》，黄源深译，干永昌等编选：《比较文学研究译文集》，上海译文出版社 1985 年版，第 228 页。
④ [美]吉布斯：《阿布拉姆斯艺术四要素与中国古代文论》，龚文庠译，张隆溪选编：《比较文学译文集》，北京大学出版社 1982 年版，第 205 页。

究》、美国列文及其论文《主题学与文学批评》对主题学的复活之功。以此为基础,具体讨论了主题、母题、典型、形势、特性、意象、惯用语等及其相互关系。基本观点是:主题的统一性存在于一切现存的文学形式的最小公分母中。一个题材的公分母是对其外在的形态起核心作用的各种母题的结合。题材只有被分解成部分(母题)时才能被确认。母题与形势有关,从形势中来,只有母题可以作抽象的结合,而形势却是顺序的,形势像母题一样,可以用许多方式组合成无数的星座;主题则与人物有关,通过人物具体化。主题的范围比母题窄,从属于母题,典型则比主题更具有普遍性,因而更适合比较文学的类比研究。特性与意象若非达到象征的高度,便不能进入意义的层面,只能算是附属成分;只有被有意识地重复或起微妙作用的衔接时,才能成为主题学的研究对象。特性研究本身的意义不大,只有通过有代表性的要点提升到母题的层面才会走向前台。意象同样微不足道,只有成为单一作品的主导动机时才有意义。对比较文学有实际价值的还是惯用语,内容包括独创性、传统、模仿研究。①

在文类学方面,韦斯坦因《比较文学与文学理论》第五章"体裁"、约斯特《比较文学导论》第四部分"类型与形式"、韦勒克、沃伦《文学理论》第十四章"文体和文体学"等,都是这方面的成果。《文学理论》认为:文体学无论算不算独立学科,都有自己明确的研究对象,首先涉及人类口语的范畴。由此出发,文体学研究比文学,甚至比修辞学的研究范围都要大。文体学将成为文学研究的一个主要部分,因为只有文体学的方法才能界定一件文学作品的本质。方法有二:"第一个方法就是对作品的语言做系统的分析,从一件作品的审美角度出发,把它的特征解释为'全部的意义',这样,文体就好象是一件或一组作品的具有个性的语言系统。第二个方法与此并不矛盾,它研究这一系统区别于另一系统的个性特征的总和。这里使用的是对比的方法。"② 接下来所举事例,从李利、斯宾塞、弥尔顿、霍普金斯,到卡莱尔、梅瑞狄斯、佩特、亨利·詹姆斯等人文体风格的分析,再到德国学者的"心理文体学"论题,显然是以整个西方文学为言说语境,无论是相互关联的还是不相关

---

① [美]韦斯坦因:《比较文学与文学理论》,刘象愚译,辽宁人民出版社1987年版,第121—147页。

② [美]韦勒克、沃伦:《文学理论》,刘象愚等译,三联书店1984年版,第193页。

联的语言系统、文体风格系统的比较,无疑都是其比较文体学的研究对象。第十七章"文学的类型"则讨论了西方文类学研究的历史与文类学的内涵及其价值、意义。他们对有关悲剧史的观念:"象悲剧史这样的书只能采用一种双重的方法来写,那就是,用所有悲剧都具有的共同特征来规定'悲剧'的定义……"这里至少涉及所有欧洲悲剧的类比,得到韦斯坦因的高度评价:"在我们所见到的多数教程和概论中,体裁理论不是完全被忽略,就是受到某种轻视。但韦勒克和华伦(Warren)的《文学论》(第十七章)是一个明显的例外。"韦斯坦因不仅关注文体及其名称的跨民族流传与变异,而且留心"两种文学体裁甚或两种文学类型的区别,由于术语的发音或拼写相似而变得模糊不清"所形成的串义;不仅主张研究东西方文体的实际联系,例如影响、移植与变异,而且主张进行东西方文体的类比。遗憾的是,他不仅认为"把深深扎根于某一特定的历史——地理环境中的体裁从一种文化移植到另一种文化是不可能的",而且认为"比较文类学中进行的单纯对比,……东方的学者似乎能比他们西方的同行受益更大,因为在远东国家中,迄今为止还没有按照类属对文学现象进行过系统的分类"。① 在思潮流派比较方面,同是以西方文学为言说对象的雷马克《西欧浪漫主义的定义和范围》和韦勒克《批评的各种概念》、《辨异:续批评的各种概念》等论文,已经将着眼点放到了对西方浪漫主义、现实主义、古典主义、象征主义、巴罗克等文学思潮、运动、概念、术语的求同显异、互证互释上。

虽然说在某种程度上,以西方文论为言说对象的欧洲文论研究本身就是比较的,本身就属于跨语言与跨民族的比较文论,例如克罗齐的《美学》、《阿里奥斯托、莎士比亚和高乃依》、梵·第根的《欧洲文学中的浪漫主义》等,但是,基于对影响实证的片面强调,排斥美学分析的传受研究自然将比较文论排除在比较文学之外,从而使比类研究的比较文论拥有开拓之功。艾伯拉姆斯的《镜与灯》在比较西方文论的基础上提炼出作家、作品、读者、世界等艺术四要素,进而总结出由于批评家们对艺术四要素的不同侧重而形成的模仿理论、实用理论、表现理论、客观理论等四类理论。孟而康(Earl Miner 又译作厄尔·迈纳)的《比较诗学:东方与西方》与多列热诺娃的《诗学:西方和东方》等更是将

---

① [美]威斯坦因:《文学体裁研究》,盛宁译,张隆溪选编:《比较文学译文集》,北京大学出版社 1982 年版,第 52 页。

比较文论的视野扩大到东西方文化。与此同时，比类研究还开辟跨学科研究的新领域，将弗洛伊德的精神分析、荣格的集体无意识、弗莱的原型批评、柯勒的结构主义、霍尔许的诠释学、德里达的解构主义、尧斯的接受美学等，广泛应用于文学研究的结果，一方面使比较文学的主题学、文类学、类型学、思潮流派比较等变得日新月异；另一方面使比较文学同化于文论研究与文化研究。

二、比类研究的方法论贡献与困境

综上所述，比类研究对比较文学方法论的贡献，总的说来就是推动比较文学由传受研究纵向、历时性的维度，走向横向、共时性的维度，使之形成纵向与横向、历时与共时，彼此支持，相互制约的坐标系。具体说来：一是将传受研究讲求实证与限定二元国际文学关系研究，推向无实际关联与多元国际文学关系研究，使另类异质的东西方文学关系成为比较文学观照的对象。二是使比较文学回归文学本位，回归文本解读，回归美学分析，开辟了比较文论，使寻求世界文学共同话语与共同规律成为比较文学的方向目的。三是将跨学科研究纳入比较文学范畴，扩大了比较文学（作为以自我的视角、立场、原则、话语来观照他人、证明他人、诠释他人之简称的）以我观人、证人、诠人，或以人观我、证我、诠我，或人我互观、互证、互释的视阈与参照系。

然而，比类研究并未使比较文学摆脱传受研究所具有的内忧外患与致命缺陷。如前文所述，吕迪格所说的联邦德国许多有影响的文学专家与大学文学系科，都以"大多数传统的文学系科其实在本质上都具有'比较性'"为由，拒绝比较文学的一幕，同样出现在雷马克《比较文学在大学里的处境》中："你可以问一问在一个不设比较文学的主要大学里教英国文学或法国文学的同行，为什么他们不设比较文学。他们的回答必然是他们不需要比较文学，因为他们的教学实践就是比较的，'我们都是比较学者'他们若是莎士比亚专家，就会说他们做梦也不会想到教莎士比亚而不提到普鲁塔克或阿密约。他们若是拉辛专家，绝不会绕过希腊和罗马悲剧不谈。"[①] 雷马克虽然勉强以国别文学课程的比较，是浮浅而零碎的，见点不见面，而比较文学的比较，则可以将孤立的国别文

---

① ［美］雷马克：《比较文学在大学里的处境》，杨周翰译，《中国比较文学》1988年第2期。

学联结起来，成为整体的说法作答，但是，欧阳桢在就任美国比较文学学会主席的演说辞中提到的，美国高校英语系的课程变得与比较文学相差无几，以致有些高校打算取消比较文学系的事实说明，雷马克的辩解缺乏公信力。照理说，比类研究将跨学科研究引入比较文学范畴，必将有助于改变过去人们对欧美高校的文学教学本身就是比较的，而无须另外设立比较文学的成见，事实上却是，美国高校英语系课程与比较文学系课程的同化，正是接受美学、符号学、解构理论、对话理论大量介入的结果。

更为要命的是，克罗齐对传受研究所依赖的考据、归纳、综合等科学的比较方法立足于可能性的假设的质疑，在比类研究这里，依旧未能消解，只不过是比类研究将传受研究根据考据来建构假设，置换成根据假设来从事演绎（当然，假设同样建构于综合、归纳，只不过是综合、归纳早已完成，此时已成为后台信息）。基亚说：比较文学就是国际文学关系史；雷马克说：比较文学就是超越一国之外的文学研究。那么，他们如何进行国别文学的比较研究？无论是传受研究还是比类研究，那就是先假定一种文学因其属于法国、德国、英国等而拥有不同于他国文学的性质、特征。由此进一步假设基于相同的国家政治、社会、心理、语言等各方面的事实所形成的文学，具有相同的语言、审美标准、文化语境。对于西方比较文学理论方法的假设性，李达三在谈到中国比较文学的方法论研究时也曾指出："如果中国要登上国际比较文学学术研究舞台，也许就必须要向西方人所认识的文学的本质的假说挑战。"现有的比较文学方法原则，主要出自西方学者之手，"因此，了解中国本国文学传统的学者，首先应当探索这种新原则的理论假说"[①]。我们不妨仍旧顺着克罗齐的思路，来看弗洛伊德对《俄狄浦斯王》与《哈姆雷特》所作的比较分析：《俄狄浦斯王》令现代受众像当年的希腊受众一样感动的因素是什么？弗洛伊德认为是题材的特性。"俄狄浦斯的命运感动我们之处，仅仅在于它可能就是我们自己的命运，因为还在我们降生之前，神明便已把给他的那种诅咒也施加给我们。我们可能都注定要把我们母亲作为第一次性冲动的对象，并把父亲作为第一次暴力的憎恨冲动的对象。我们的梦使我们确信了这一点。俄狄浦斯王的杀父娶母不过是一种愿望

[①] 刘介民：《比较文学方法论》，天津人民出版社1993年版，第2页。

的满足——我们童年愿望的满足。"无独有偶,阻碍哈姆雷特完成父亲的冤魂所交待的复仇使命的因素是什么?弗洛伊德认为是使命的特殊性。"哈姆雷特能够做出一切事情只除了对这个男人加以复仇,因为正是这个男人杀其父王、篡其王位、夺取母后从而向其表明实现了哈姆雷特本人童年时被压抑的欲望。因而,驱使他施予报复的仇恨由自我责备和良心的疑虑所取代,良心告诉他,他与必须去惩罚的谋杀者相差无几。"在弗洛伊德看来,《俄狄浦斯王》与《哈姆雷特》表现了相同的人类仇父恋母主题,并作出不同的处理。俄狄浦斯王杀父娶母的神话传说,在荣格那里叫作仇父恋母的集体无意识,在弗莱那里叫作仇父恋母主题的神话原型。原来,弗洛伊德所谓全人类的仇父恋母情结,不过是其综合有关病案所做的假设。"根据我的相当广泛的经验,在所有后来成为精神神经症者的病人中,父母在其婴儿期的心理上都占着首要的地位。对父母中爱一方恨一方是构成幼儿心理冲动的持久材料,并成为此后发展起来的神经症的重要材料。但是我并不认为精神神经症患者在这方面与其他正常人是截然可分的,……古人给我们提供了证实这一信念的传说性材料,而且只有依靠上述对婴儿心理的假设,这些古老传说的深刻性和普遍合理性才可为人理解。"① 对于现象学、诠释学、符号学、接受理论、结构主义、解构主义、心理分析等 20 世纪西方文论的各种范式,或原理的假设性,伊格尔顿的《文学理论导读》有段发人深省的现身说法:"假设我们分析这么一个故事:有个男孩和父亲争吵之后离家,在日正当中时穿过一座森林,跌落深坑。父亲出来寻找儿子,往深坑下望,但因为黑暗,看不到他。此时太阳刚好升上头顶,光线照亮坑洞深处,使父亲得以救取他的儿子。他们在欢乐中言归于好,一同回家。""它显然可以以各种方式诠释。心理分析批评家也许会在其中查出恋母情结的确切线索,证明孩子跌落深洞,是由于与父亲失和,而无意识地期望加诸自己的一种惩罚,这可能是一种象征性的阉割,或是象征对母亲子宫的依赖。人本主义批评家也许会解说,这是一种人际关系内在难局尖锐的戏剧化。另一种批评家也许会把它当成'儿子/太阳'(son/sun)文字游戏的延伸,无甚深义。结构主义批评家则可能以图解的方式为这个故事勾绘概要。第一个显义的单元,'男孩与父亲争吵',可改写成'下对上的反

---

① [奥] 弗洛伊德:《梦的释义》,张燕云译,辽宁人民出版社 1987 年版,第 245—250 页。

叛'。男孩走过森林,是延水平轴线运动,与垂直轴线'上/下'形成对照,可说标志着'中'。跌落坑洞,一个低于地面的地方,则又表示'下',而太阳的高度表示'上'。阳光射入坑洞,在某个意义上是俯就于'下',因此将故事第一个显义单元'下反抗上'颠倒过来。父子之间的和解恢复了'下'与'上'之间的平衡;一起回家,表示'中',标志一种适切的中间状态功德圆满。"①

主张跨学科研究与涉及异质文化的东西方文学比较,本来是比类研究赖以消解所谓欧美高校传统的语言文学教学与研究都具有比较性之说的创新之处,结果不仅如上所述,加重了比较文学研究对假设的依赖;而且,随之而来,对文论研究与文化研究的认同,又导致比较文学陷入被文论研究与文化研究所湮没的境地。佛克玛就认为:"现在已经没有必要去专门谈比较文学的理论了,理由是当前的文学理论和文学研究都毫无疑义地具有了比较文学的性质。"② 对此,雷马克忧心忡忡地说:"我们遭遇到了对今天的比较文学的第二个大挑战","也就是我们最新的仇人,名叫'总体文学'或'文学理论'。这个敌人比'只要国别文学'更危险,因为它宣称比较文学是从属于总体文学和文学理论的。现在不乏'总体和比较文学'或'文学理论和比较文学'这类讲座,但我们若仔细看一看,不难发现比较文学是淹没在'总体文学'(天晓得这是什么意思)和'文学理论'的大冰山之下的"。③ 在国际比较文学学会第十一次大会(巴黎,1985年)上,韦勒克也历数新批评的种种过失:否认生活感知的一面,否认美感经验;脱离现实,使文学成为毫无意义的文字游戏;瓦解作品,不做好坏的评价,无补于实际批评;是反美学的象牙之塔,是新虚无主义。④ 伯恩海默的"学科现状报告"《多元文化时代的比较文学》(1993年),针对比较文学的发展方向提出两点建议:一是放弃欧洲中心论,将目光转向全球;二是研究中心应由文学转向文化。引起激烈争论:赞同者认为报告符合目前世界文化的发展趋势,正确地

---

① [英]伊果顿:《文学理论导读》,吴新发译,台湾书林出版社有限公司1993年版,第121—122页。
② 《困惑与突破:比较文学理论与实践讨论会记录》,《中国比较文学》1995年第1期。
③ [美]雷马克:《比较文学在大学里的处境》,杨周翰译,《中国比较文学》1988年第2期。
④ 杨周翰:《国际比较文学研究的动向》,杨周翰、乐黛云主编:《中国比较文学年鉴》(1986年),北京大学出版社年版,第2页。

指出了比较文学的发展方向；反对者认为报告虽然准确地描述了世界文化的发展趋势，但是却有动摇比较文学学科地位的危险，危及比较文学对文学本位的坚持。代表后者立场的卡勒质疑说："这两大发展趋向都可以得到合理甚至令人信服的证明，但是照此发展下去，比较文学的学科范围将会大得无所不包，其研究对象可以包括世界上任何种类的话语和文化产品。如果你重新建立一所大学，你当然可以建立一个庞大的比较文学系从事全球文化研究，但这无疑至少会引起两个问题：这样一个系仍可以称为'比较文学'系吗？在此大学中，文学院还有别的系存在的必要吗？"①

放弃欧洲中心论乃至西方中心论，将目光转向全球，无疑是比类研究对于传受研究的拓展，然而知易行难，西方中心论却处处借尸还魂，只是当事人尚无自知之明而已。最为司空见惯的表现，就是拿生成于西方文化语境的理论方法对非西方文学与文论进行格式化解读，以西方文论为刀俎，以非西方文学与文论为鱼肉；以西方文学与文论的信条为法律审判非西方文学与文论。这种削足适履的中西文学比较研究的结果，自然是中国文学无悲剧，其实是没有古希腊那样的悲剧；中国文论无体系，其实是没有西方文论那样的理论体系。如上所述，韦斯坦因所谓"在远东国家中，迄今为止还没有按照类属对文学现象进行过系统的分类"之说②，是对刘勰《文心雕龙》、徐师曾《文体明辨》、姚鼐《古文辞类纂》等文体分类的无知或熟视无睹？昆斯特所谓"坦率地说，亚洲文学对欧洲文学几乎一向没有任何影响。如有什么影响的话，那也只是对小作家而言"、"我们感到幸运的是，传教士的子弟和其他人士使我们注意到亚洲文学。但是，事实上仍然是亚洲作家（或读者）利用欧洲文学的意义更为重大得多"之说③，岂非韦勒克所批评的记文化贸易账与西方中心论？④ 所有人都知道，中西语言文化另类异质，中国学者所谓学派的语义及其使用语境，不同于西方学者口中与笔端的学派，至于到

---

① [美]卡勒：《归根到底，比较文学是"比较"文学》，王宇根译，《中国比较文学通讯》1996年第2期。

② [美]威斯坦因：《文学体裁研究》，张隆溪选编：《比较文学译文集》，北京大学出版社1982年版，第52页。

③ [美]昆斯特：《亚洲文学》，胡家峦译，张隆溪选编：《比较文学译文集》，北京大学出版社1982年版，第172页。

④ 张隆溪选编：《比较文学译文集》编者前言，北京大学出版社1982年版，第5—7页。

底如何不同,且放到一边,那么,有关西方学者依据自己的学派理念,来反对中国学者继续沿用比较文学的学派说并从事中国派的构建,岂非西方中心论?

第三节 跨文明研究体系

一、跨文明研究的基本内涵

这里所谓跨文明研究体系,不是指改"跨文化"为"跨文明"的曹师顺庆的比较文学理论体系,而是指立足跨异质文化的中国比较文学理论体系。中国比较文学之所以有跨文明研究或跨文化研究之称,主要还是基于跨文明或跨文化的共识。其实,所谓跨文明正是基于对比较文学跨文化的异质性的强调,跨文明就是跨异质文化,二者本来就是一回事,或说是同一思想的不同表述,若将其理解为两种思想,那便是多虑了。跨文明之后再跨什么?那就是跨学科。跨文明的概念大于跨语言、跨民族、跨国界。换句话说,只要跨文明,跨语言、跨民族、跨国界的意义与要求自在其中,而跨语言、跨民族、跨国界的意义与要求又彼此交叉,那么跨文明的前提之下,到底是不再另作要求,还是只跨语言,或者跨语言兼跨民族?或者跨语言兼跨国界?或者跨语言、跨民族、跨国界在理论上全体到位,实践中只要跨其一项,便属于比较文学研究?如前文所述,大家的意见并不一致,五种说法都有人坚持,但是,志在强调比较文学研究不受语言、民族、国别、学科的限制,显然是多数人的意愿。在方法论层面,跨文明研究就是指由曹师在《比较文学中国学派基本理论特征及其方法论体系初探》里总结的跨文化研究及其五大子方法:"(1)'阐发法'(或称'阐发研究');(2)'异同比较法'(简称'异同法');(3)'文化模子寻根法'(简称'寻根法');(4)'对话研究'(5)'整合与建构研究'。"① 曹师又据此建构其比较文学学科理论三阶段之说:"显然,比较文学这种跨越东西方异质文化的'跨文明'研究,是比较文学研究的又一个新阶段。是继比较文学学科理论第一阶段,即

---

① 曹顺庆:《比较文学中国学派基本理论特征及其方法论体系初探》,《中国比较文学》1995年第1期,第23页。

法国学派'影响研究'和比较文学学科理论第二阶段，即美国学派'平行研究'之后的又一个比较文学的新阶段，即以跨东西方异质文明研究为特征的比较文学学科理论的第三阶段。"①并以此作为编写《比较文学论》的架构，依次讨论比较文学的定义与学派，影响研究，平行研究，跨文明研究。第四章"跨文明研究"又依次讨论作为比较文学学科理论新阶段的跨文明研究，异质文化的双向阐发，跨文明的异质比较法，异质话语对话理论，异质文化融会法，重新走向"总体文学"。随后在《比较文学学》中以跨文明研究的方法体系包容影响研究与平行研究，建构比较文学学科理论新范式：分比较文学为文学跨越学、文学关系学、文学变异学、总体文学四大领域，将影响研究与平行研究的方法类型融会其中，从而使中国比较文学的理论架构摆脱了对欧美比较文学理论架构的依赖，将跨文明研究的整体面貌呈现出来。

其实，中国的跨异质文化研究方法论体系有三：

首先是以陈惇、刘象愚的《比较文学概论》与陈惇、孙景尧、谢天振主编的《比较文学》为代表，在跨异质文化的原则下，对传受研究与比类研究兼容并包，追求内容与方法的完备与系统性。在同类读本中，前书已初显这方面的优势；夸张点儿说，后书在这方面可谓无以复加，由此造成对读者的信息轰炸。前书第三章"比较文学的基本类型和研究方法"指出："在比较文学的发展过程中，逐渐形成了几种基本类型：影响研究、平行研究、阐发研究、接受研究。""影响研究和平行研究，构成了比较文学的两大支柱。"②而第四章"文学范围内的比较研究"所包含内容——神话和民间文学的比较研究、媒介学、文类学、主题学、文学思潮和文学运动的比较研究、比较诗学，第五章"跨学科研究"所包含的内容——文学和艺术、文学和宗教、文学和心理学、文学和哲学，显然是对传受研究与比类研究方法类型的整合。本土的阐发研究方法反而被埋没其中。后书"绪论"的第三章"比较文学的对象、体系与方法论"的第三节"比较文学方法论"指出："在比较文学百余年的历史发展过程中，它在各个时期的研究方法是并不相同的。""历史的实证的方法和审美的批评的方法，是比较文学史上存在的两种基本的研究方法。""近20年来，中国比较文学的发展也一直伴随着方法论的探索，……产

---

① 曹顺庆等著：《比较文学论》，四川教育出版社2005年版，第8页。
② 陈惇、刘象愚：《比较文学概论》，北京师范大学出版社1988年版，第109页。

生了许多新经验新方法。"具体包括阐发法、异同比较法、文化模子寻根法、对话研究。体现了由曹师顺庆总结的上述比较文学理论发展三阶段的精神与内容。然而，这种精神与内容并未贯彻到随后的具体章节中：第一编"文学范围内的比较研究"包括文类学、主题学、译介学、形象学、思潮流派比较研究、类型学、比较诗学；第二编"跨学科的文学研究"包括文学与其他艺术、文学与心理学、文学与宗教、文学与历史、文学与哲学、文学与科学；第三编"当代文化理论与比较文学"包括后现代理论与比较文学、文化人类学与比较文学、阐释学与比较文学、接受理论与比较文学、符号学与比较文学、女性主义与比较文学、文化相对主义与比较文学。以传受研究与比类研究的融合为其方法论支柱的特点，显而易见。这是中国比较文学教科书方法论体系架构的主流，不仅在数量上占据绝对优势，而且是合乎潮流的中国高校人文学科教科书的惯常模式。

其次是如上所述，以曹师顺庆的论著与编著《比较文学中国学派基本理论特征及其方法论体系初探》、《比较文学论》、《比较文学学》为代表，在跨异质文化的原则下，融会法国派传受研究、美国派比类研究与中国派阐发法、异同法、对话法、寻根法、整合与建构法的，追求比较文学方法论体系的开拓与创新。

再次是以乐黛云等的《比较文学原理新编》为代表的，在跨异质文化的原则下，志在观点创新。该书分"文化转型与比较文学的新发展"、"历史、现状与学科定位"、"方法论：对话与问题意识"、"研究领域：范式的形成及其发展"、"比较诗学：文学理论的跨文化研究"等五部分，对由乐教授提出的对话研究的突出与强调由此可见。该书如同曹师的《比较文学论》、《比较文学学》，虽系师徒合作的成果，其中方法论部分又非乐教授本人撰写，但是师承关系足以保证全书对乐教授的对话研究思想的贯彻。

二、跨文明研究的方法论贡献与困境

相对立足二元国际文学关系的传受研究，立足语际、国际、科际文学关系的比类研究而言，跨文明研究对于比较文学方法论的贡献：

首先是跨文明研究既反对任何国家文学/民族文学话语强权及其对他国文学/他民族文学的格式化，又警惕任何国家文学/民族文学由自恋而至自大，同时拒绝国家文学/民族文学虚无，真正地实现了抛弃各种单方面的自我中心或非我中心，话语独白或失语，走向互为中心，相互观照，相互证释，交流对话，面向世界的意愿，实现了研究对象与研究方法的重合。

其次是对语际、族际、国际文学关系研究跨文化的文化异质性的突出与强调，不仅顺应20世纪末国际比较文学转向文化研究，转向东西方文化比较的发展趋势，更重要的是由此消解长期伴随传受研究与比类研究的，欧美高校的国别文学研究因跨语言与跨国界而本身就是比较文学之说，乃至以西方文化的不同层面作为研究对象与立足点的20世纪文论因跨语言与跨国界而本身就是比较文学之说。

然而，跨文明研究在包容传受研究与比类研究的同时，也接受了二者立足假设，乃至"以可能为必然"的致命缺陷：传受研究将假设变成被证实的事实，比类研究通过假设建构原型、模式、命题，然后以此从事演绎。对此无须重复，更为重要的是：无论合理与否，适应时代的发展与否，传受研究植根于进化论、实证主义、唯科学主义的认识论，比类研究植根于新人文主义、全球主义、文化多元主义、文化相对主义的认识论，跨文明研究的认识论却成为缺失。就上述三种方法论体系的比较文学导论、概论、教程而言，在数量上占绝对优势的第一种方法论，或是表明要以强调对立斗争的西方意识形态理论作为比较文学的理论指导，或是强调为建立中国特色的意识形态文学理论体系而进行探索等，其实不过是一种场面话，并不见如何将西方意识形态理论具体落实到传受研究与比类研究的理论阐述与实例分析中；或是对比较文学的认识论干脆避而不谈。然而，方法论的建构势必要进入认识论的层次，否则将不成系统。再说，没有明确有效的认识论，跨文明研究又如何将植根于不同认识论的传受研究与比类研究收入囊中？因此，无论是以传受研究与比类研究为两大方法支柱的比较文学读本，还是以传受研究、比类研究、阐发研究、接受研究为四大基本方法的比较文学读本，或是明确坚持以传受研究、比类研究、跨文化研究作为比较文学方法论建构三阶段的比较文学读本，都未能将方法论具体落实到相应的文类学、主题学、译介学、形象学、类型学、比较诗学等研究类型中去，形成方法论与研究实际的脱节。

如前文所述，如同欧美比较文学将假设变成被证实的事实，通过假设建构原型、模式、命题,然后以此从事演绎的致命缺陷,其实是西方整个人文学科的致命缺陷,中国比较文学的认识论缺失,其实是中国整个人文学科认识论的缺失。读者不妨遍阅与之相关学科的《文学理论》、《美学概论》、《写作教程》之类,哪门学科不是如此?况且,这些比较文学概论缺少认识论并非不谈认识论,论及传受研究必然会提到其进化论、实证主义、唯科学主义的认识论,论及比类研究也必然会提到新人文主义、文化多元主义、文化相对主义、全球主义的认识论,只是如陈思和所说,比较文学没有统一的哲学理念,中国比较文学缺少包容中西比较文学方法的哲学理念。客观地说,世纪之交由高等教育出版社出版的一套所谓面向 21 世纪课程教材《文学理论》、《美学概论》、《写作教程》之类,无论是知识的前沿性还是知识的系统性以及体系的完备,陈惇等主编的《比较文学》都是其中的优秀之作,更具有可读性。半个多世纪以来的中国,包括学术上也一直实行统一的包括认识论与方法论在内的意识形态。这种意识形态统一在认知客体上就是学科不分,在认知主体上就是知识阶层不分,在学说建构上就是定于一尊,文本解读上就是归于一说。具有反讽意味的是:这种意识形态的统一,在学术上由明确而自觉的反传统、打倒孔家店与西方化、别求新声于异邦开场,又由下意识不自觉的遵从传统与反西化收场,归于由孔子编辑、整理、解读《易》、《礼》、《诗》、《书》、《春秋》而提出并实行的依经立义、述而不作的意义建构方式与解读方式。我们只有也只要一个主义,我们的主义只有也只允许一种解读。与现代西方学术的各种主义建构如雨后春笋、层出不穷,如时装发布、一时一兴背道而驰。从而使认识论的思考,更无须说建构,成为缺失,从而造就了一个没有学术经典与大师的时代。

在这种大语境之下,第二种方法论虽然立足于比较文学的理论创新,赋予认识论以一席之地的表述的缺失,也就让人难以苛求。不过,我们曾再三强调,方法论与认识论本来就是互包互孕的关系,方法论体系的建构,认识论自在其中,只不过有待明确而已。其实,通过曹师顺庆提出的跨文明研究、文论失语与文化病态、重建中国文论话语等命题及其阐述,读者不难感受其立足民族文化传统,取融中外,强调异质文化相互转化、补充、生成与相互消解相反相成的跨文明研究认识论,就差在其有关比较文学读本的跨文明研究理论体系中,予以明确而集中的表述而已。曹师曾明确指出:"跨文明研究有如下几个明确的特点:首先,它是一种强调对不同文明之间的异质性的研究。其次，比较文学跨文明研究的最终目的是追求不同文明的异质性基础上产生的互补性。最后，跨文明研究的思潮和全球化思潮是不一样的。全球化思潮是一种'同'中的单一，是'同而不和'。而跨文明研究思潮则是一种对单一的反动，是在保持文明差异的基础上追求一种'异中之和'或者是'和而不同'的文化理想。而只有这样的繁荣才是真正的多样性，才是我们所期待的文化生态和文化理想。"① 那么，曹师为何不对此直接冠以认识论之名？或许是担心不合时宜？不便妄猜。

至此，我们再看立足比较文学的观点创新的第三种方法论，重新回味乐黛云语重心长之语："我很怀疑比较文学有没有一个固定的理论，过去我们服从一个统一的意识形态，人为意识形态所异化，已经吃够了苦头，为什么还要造一个理论来限制我们。"② 难免会有"天凉好个秋"的感触。乐教授在强调比较文学立足文学对话的同时，又强调文学对话须坚持和而不同的原则，我个人理解，其实前者就是方法论原则，后者就是认识论立场，只是乐教授未能明示并深究而已。或许是不愿加以明示与深究？依然不便妄猜。

---

① 曹顺庆：《跨越异质文化》，山东友谊出版社2007年版，第3页。
② 《对比较文学理论建设的再思考》，《中国比较文学》1995年第2期。

第三章 中国文化传统的"会通研究"

——中国化比较文学的研究方法

如"绪论"所述，当比较文学依托各学科通用的比较方法来建构其学科体系、创立门户时，曾因此而遭受双重攻击：比较文学不能将各学科共有的比较的方法据为己有；比较文学也因缺乏独到的研究方法而不能成为独立学科（这当然只是表面原因，真正的原因则是比较文学因此而失去立足之境：没有明确而独立的研究对象）。具有讽刺意味的是：百年之后，比较文学仍旧不得不坚持以依旧为各门学科通用的比较方法，作为自己的研究方法，而且是独到的，足以令比较文学别树一帜的研究方法。只不过是比较文学的百年发展史，本身已经赋予比较文学同时兼有名词、动词、形容词词性的"比较"，以显在的"阳比"求同显异、比物连类之外的新的含义，潜在的"阴比"考证传受、追查变异、相互阐释、彼此发明，从而成为以此为内涵的四际文学关系跨越与会通的方法，自给自足；长期饱受指责、名不副实的欧美语文中的比较文学名称、概念，失之东隅，收之桑榆，在汉语的传统语义中修得正果。比较文学不是文学比较之说，从此成为过去。会通研究正是比较文学独到的，或说由比较文学生成的研究方法。

第一节 比较文学就是"会通研究"

一、比较文学就是"文学比较"

如前文所述，比较文学初兴之时，在法、英、德、意、俄等欧洲诸语种中，比较文学都是一个名不副实的名称、概念，比较文学并非文学比较；到了美国，文学与相关学科比较作为新兴的研究领域，也不叫文学的跨学科比较，而称为科际整合或跨学科研究；自称"中国派"研究方法的单边主义阐发法，虽经修正，重新界定为双边主义的阐发研究，文学比较意识依旧成为缺失……总之，比较文学与比较无关，已经成为一代又一代、国内又国外的许许多多的比较文学学者的口头禅。然而，比较文学百年发展史表明，比较文学就是"文学比较"。这正是我在中国比较文学学会第六届年会（成都1999年）上提出的观点。①

其实我说不孤，比较文学就是文学比较说再次与布吕奈尔等著《什么是比较文学》的观点形成异域和鸣。《什么是比较文学》再三申辩：比较文学就是文学比较，只不过是由于欧美比较文学界如同中国比较文学界，未能对比较概念的内涵予以提升与明确，使其失之模棱两可而显得不那么信心十足、理直气壮而已。如前文"上编"所引，其开篇《引论》坚决要为"比较"恢复名誉："比较文学既是文学，也不禁止比较。这是两个显而易见的道理，也是两个尽人皆知而又有必要在此加以重申的真理。"结尾《接近一个定义》与《引论》呼应："那么，比较文学是否拥有自己专门的方法呢？根据需要，历史学方法，遗传学方法，社会学方法，统计学方法，文类学方法，比较方法，各种方法都使用。但是，总的说来，比较方法无疑是它的专长。不过，这也是国际间文学关系研究中最为棘手的方法，除了涉及翻译作品的时候之外。在忽略对这种方法加以完善的同时，比较学者维持了他们标签的模棱两可的状况，并且最终背离了要使比较文学成为一个专门学科，而远不是作为文学批评的一个单纯的分支的精神。尽管如此，我们仍然相信，如果处理得当，比较一定能在比较文学中恢复自己的权力。"② 十分难得和令人高兴的是，印度学者阿米亚·德夫已经对安田朴的"比较不是道理（comparaison n'est pas raison）"之说给予明确而坚定的回答："比较，是真道理（comparaison c'est vrai raison）。"并以此作为印度比较文学的座右铭。③

显然，布吕奈尔等所说的"在很多虚假的比较中，其中必然存在着

---

① 徐扬尚：《打通研究：一种属于比较文学的研究方法》，曹顺庆主编：《迈向比较文学新阶段》，四川人民出版社2000年版。
② P. Brunel, Cl. Pichois, A. -M. Rousseau, Qu'est-ce que la littérature Comparée? Paris: Armand Colin, 1983, pp. 2 – 4, p. 131.
③ [印度] 阿米亚·德夫：《走向比较印度文学》，陈永国译，达姆罗什等主编：《新方向：比较文学与世界文学读本》，北京大学出版社2010年版，第179页。

导致发现一种影响或洞照想象空间的比较"等,就是指潜在的"阴比"。如今,当我们有了文学比较的"阴比"与"阳比"、"暗比"与"明比"、"直接比较"与"间接比较"的观念之后,再回过头来重读梵·第根的《比较文学论》,不难发现,关于异同比类关系的"阳比"与传受变异关系的"阴比"相反相成的思想,早在其中:"而那对于用不相同的语言文字写的两种或许多种书籍、场面、主题或文章等所有的同点和异点的考察,只是那可以使我们发现一种影响,一种假借,以及其他等等,并因而使我们可以局部地用一个作品解释另一个作品的必然的出发点而已。"①意思不正是说,显在的求同显异,有助于发现潜在的影响、假借等传受变异关系,从而成为传受变异研究必然的出发点么?随之而来的是,"如果他要知道在《冒失鬼》、《伺约翰》或《怪客人》,诸剧中莫里哀的独创之处,那么他便不得不先知道莫里哀在倍尔特拉麦、谛尔梭·德·莫利拿或西高宜尼、柏鲁特等诸外国作家中所获得的是什么,并贴近地研究他们的类似之点和不同之处"②。意思不正是说,潜在的传受变异关系确定之后,仍然需要借助显在的异同比类关系研究来考查其类似点和不同处,将其传受变异研究推向深入么?

二、塞翁失马,汉语"比较文学"名正言顺

"比较"词语,在有关现代汉语辞书中被诠释为:"确定事物异同关系的思维过程和方法。根据一定的标准,把彼此有某种联系的事物加以对照,从而确定其相同与相异之点,便可以对事物作初步的分类。但只有在对各个事物的内部矛盾的各个方面进行比较后,才能把握事物间的内在联系,认识事物的本质。"③显然属于对非我的一元暨中心的斯芬克斯文化语境作为动词的"比较"词语的传译,且不必说,事实上许多西方比较文学学者以法语 comparée 与英语 comparative 为形容词。如前文所述,现代汉语动词性"比较"词语只是传达了法、英、德、意、俄等各种语义本来就不对等的西语的部分语义,与生成于一元暨多元的龙文化

---

① [法]梵·第根:《比较文学论》,戴望舒译,吉林出版集团有限责任公司2010年版,第5页。
② [法]梵·第根:《比较文学论》,戴望舒译,吉林出版集团有限责任公司2010年版,第7—8页。
③ 《辞海》,上海辞书出版社1989年版,第3543页。

语境的传统汉语兼有名词、动词、形容词词性的"比较"词语①,有着较大的出入。

传统汉语中根源于印度因明学,由因及果,由果推因的"比量",似乎与强调逻辑关联的西语"比较"的意义更加接近:比量即比较。如《颜氏家训·勉学》:"世人但知跨马被甲,长矟强弓,便云我能为将;不知明乎天道,辨乎地利,比量顺逆,鉴达兴亡之妙也。"比量与现量相对:现量相当于直觉,例如对音、色、味、烦躁、清爽的感觉与寒热、坚柔的触觉;比量相当于推理,例如见烟思火,由山上之烟推知山上有火。《文心雕龙·论说》:"原夫论之为体,所以辨正然否,穷于有数,追于无形,迹坚求通,钩沉取极;乃百虑之筌蹄,万事之权衡也。"有数的现量对无形的比量,对现量的有数的感觉要"迹坚求通",对比量的无形的推理要"钩深取极",而无论是直觉还是推理,都要透过表象而悟入,故为"百虑之筌蹄"。"辨正然否"又涉及真现量与真比量、似现量与似比量的分别,比量本身又有他比量与自比量之分。比量正是《文心雕龙》所强调的论说文体的方法,也正是《文心雕龙》实现其体系建构"体大而虑周"的方法。

如果不是早期翻译者为反传统而反传统,为创新而创新,变汉语以单字为语义单位为以多字合成词为语义单位,译法语 comparée 与英语 comparative 等西语为"比"而非"比较",那么,虽不能将西语"比较"的各种意义囊括其中,也足以将比较文学之"比较"的意义囊括其中。

"比"为会意字。甲骨文从二匕(𣪘,取象妇女跪拜)相并,会夫妇比肩亲近之意;金文相同;篆文使之整齐化;隶变后楷书写作比。《说文解字·比部》:"比,密也。二人为从,反从为比。""比"与"从"都从二人,"从"为二立人,表示跟随;"比"为二跪拜之人,为夫妇比肩之象,有匹合之义。故本义为匹合。进而引申为:(1)和顺、亲和。《诗·大雅·皇矣》:"王此大邦,克顺克比。"(2)相近、亲近。《史记·天官书》:"危东六星,两两相比。"《周礼·夏官·形方氏》:"使小国事大国,大国比小国。"唐王勃《杜少府之任安州》:"海内存知己,天涯若比邻。"(3)并列、紧靠、密列。《书·牧誓》:"称尔戈,比尔干,立

---

① 《辞源》"比较"条目:比较即比卯。"官府对差限期完成差事,到期查验。如逾期未能完成,即加杖责,称比较,也叫比卯。"(商务印书馆1988年版,第917页)

尔矛。"《诗·周颂·良耜》:"其崇如墉,其比如栉。"(4) 勾结。《论语·为政》:"君子周而不比,小人比而不周。"《新唐书·李绛传》:"趋利之人,常为朋比,同其私也。"(5) 比拟、类似。《礼·曲礼上》:"不胜丧,乃比于不慈不孝。"(6) 比量、考校。《周礼·天官·内宰》:"佐后而受献功者,比其小大,与其粗良,而赏罚之。"《周礼·地官·小司徒》:"及三年,则大比。"(7) 参照、按照。《韩非子·内储说上》:"人之救火死者,比死敌之赏。"《秦简·法律答问》:"臣强与主奸,可(何)论?比殴主。"(8) 追征。朱由检:《罪己诏》:"催钱粮先比米耗,完正额又欲羡余。"(清计六奇:《明季北略》十三)(9) 六艺之一:指物譬喻,比物连类。《诗·大序》:"诗有六义焉:一曰风,二曰赋,三曰比,四曰兴,五曰雅,六曰颂。"(10) 六十四卦之一,坤下坎上。《易·比》:"彖曰:比,吉也;比,辅也,下顺从也。"孔颖达疏:"地上有水,犹域中有万国,使之各相亲比。"等等。

与"比"字上述义项有关的词汇,除"比量"之外,又例如:(1) 比顺,同顺比:亲和。《管子·五辅》:"比顺以敬。"贺知章注:"比,和也"。(2) 比和:一心一德。汉刘向:《说苑·臣术》:"有能比和同力,率群下相与强矫君……成于尊君安国谓之辅。"术数家称天干地支的五行同位为"比和",例如天干甲乙与地支寅卯都属木。(3) 比周:一谓结党营私。《管子·立政》:"群徒比周之说胜,则贤不肖不分。"《荀子·臣道》:"朋党比周,以环主图私为务。"一谓联合、集结。《韩非子·初见秦》:"天下双比周而军华下,大王以诏破之。"(4) 比方:一谓比较。汉王充《论衡·恢国》:"比方五代,孰者为优?"一谓比拟。《荀子·强国》:"今君人者,辟称比方则欲自并乎汤武。"一谓遵守共同规则。《庄子·田子方》:"日出东方而入于西极,万物莫不比方。"(5) 比肩:一谓并肩。《淮南子·说山》:"三人比肩,不能外出户。"注:"户不容故也。"一谓声誉地位相等,或关系亲切。《三国志·吴志·吾粲传》:"虽起孤微,与同群陆逊、卜静等比肩齐声矣。"(6) 比类:一谓合乎旧例。《礼·月令》仲秋之月:"是月也,乃命宰祝循牺牲,案刍豢,瞻肥瘠,察物色,必比类。"一谓相类事例。《论衡·四讳》:"独有一物,不同比类,乃可疑也。"(7)《比雅》:清冯亮吉撰。仿照《尔雅》体例,将古籍中意义相近、相对或相关的词语,加以排比、辨释。(8) 比伦、伦比:比拟、类比。寒山诗:"吾心似秋月,碧潭清皎洁,无物堪比伦，教我如何说！"（9）连类比物，比物连类。《韩非子·难言》："多言繁称，连类比物，则见以为虚而无用。"《史记·邹阳传》："邹阳词虽不逊，然其比物连类，有足悲者，亦可谓抗直不桡矣。"（10）比目、比翼：相反相成。《尔雅·释地》："东方有比目鱼焉，不比不行，其名谓之鲽；南方有比翼鸟焉，不比不飞，其名谓之鹣鹣"等等。

总之，"比"字的意义完全涵盖了比较文学的比较、参照、比物连类、求同显异、相互阐释、彼此发明、包容、认同、亲和、和顺、多元共生、和而不同、相反相成的关系与行为的所有意义。我不得不在此提请读者注意：取义比物连类，简称"比类"的"比"，作为先秦六艺之一，正是一种意义建构与话语解读方法；与之相关的"比量"，正是《文心雕龙》论说文体乃至《文心雕龙》自身的意义建构方法。

"较"为形声字。篆体作較，从車从爻；隶变后楷书写作較；俗作较，改为交声。《说文解字·车部》：段玉裁注："車爻，車輢（车厢两旁可凭倚的木板）上曲钩也。从車，爻声。"本义为古代车厢两旁可凭倚的木板上用作扶手的曲木或曲铜钩，读 jué。引申作车厢；通"角"，表示竞逐；又通"校"，表示比较；或相当于比。

显然，现代汉语"比较"一词极大地损害了"比"字的外延与内涵。其实，汉语"比较"本为并列词，既"比"且"较"。换句话说，如果说汉语比较文学的"比较"，词不达意，问题也是出在遵照西方语言学而建构的现代汉语规范及其应用上。

现代汉语的"文学"被诠释为"社会意识形态之一"。"专指用语言塑造形象以反映社会生活，表达作者思想感情的"语言艺术。同样成为西方现代"文学"概念的转译。虽说中外古代许多语言都曾将所有用文字书写的书籍文献统称为文学，法语 Littérature 与英语 Literature 至今仍然保留着文献之义，但是生成于一元暨多元的龙文化语境的古汉语"文学"，也较生成于一元暨中心的斯芬克斯文化语境的法语 Littérature 与英语 Literature 等古代欧美"文学"概念，更贴近比较文学的意义：因为前者具有"一种学问"与"一门学科"的意义。

"文"为象形字。甲骨文像胸部有刺画的花纹形（ ），为古代纹身的写照；金文稍繁；篆文省简；隶变后楷书写作文。《说文解字·文部》："文，错画也。象交文。"所释为引申义，本义为纹身。《礼记·王制》："东方曰夷，披发文身，有不火食者也。"又用作（1）花纹、纹路。《左传·隐公元年》:"仲子生而有文在其手。"《庄子·马蹄》:"五色不乱,孰为文采?"(2) 象形文字、汉字。甲骨文。《说文解字·序》:"仓颉之初作书,盖依类象形,故谓之文。其后形声相益,即谓之字。"(3) 文辞、文章。《左传·僖公二十三年》:"吾不如衰之文也。"《论语·公冶长》:"夫子之文章,可得而闻也;夫子之言性与天道,不可得而闻也。"(4) 书籍、文献。《论语·学而》:"行有余力,则以学文。"(5) 自然与社会具有规律性的现象。《周易·贲卦》:"观乎天文,以察时变;观乎人文,以化成天下。"(6) 由礼乐制度等构成的文化。《论语·子罕》:"文王既没,文不在兹乎?"(7) 华丽而有文采。文质彬彬。(8) 柔和、不猛烈。温文尔雅。(9) 掩饰。文过饰非。(10) 法令、条文。舞文弄墨。

"学"为会意字。与"教"同源。甲骨文为双手摆布算筹形（㕜），表示学习计算;金文加子,表示教孩子进行计算;又加攴(手持棍形),强调督导之意;篆文承金文,也分为二体;隶变后楷书分别写作"學"与"敩",后二字表义有了分工;今简化为"学"与"教"。《说文解字·敩部》:"敩,觉悟也。从教从冖。冖,尚蒙也。臼声。学,篆文敩省。"本义为对孩子进行启蒙教育,使之觉悟,包括教与学两方面。读 xiào,(1) 表示教导,使之觉悟。"顺德以学子。"此义后来专用"敩"来表示。"盘庚敩于民。"如今则用教来表示。(2) 读 xué,表示学习,接受教育。《论语·为政》:"学而不思则罔,思而不学则殆。"(3) 进而引申为模仿。邯郸学步。(4) 由学的成果引申为学问。《庄子·天下》:"百家之学,时或称而道之。"博学多能。(5) 又进而引申指学科、学派。《论语·先进》:"文学子游、子夏。"《颜氏家训·杂艺》:"算术亦是六艺要事……江南此学殊少。"《韩非子·显学》:"世之显学,儒墨也。"(6) 再由学习的地方引申指学校。《礼记·学记》:"古之教者,家有塾,党有庠,术有序,国有学。"

由此可见,顾名思义,"文学"即关于文章的学问,或关于诗文的学科,具有学问与学科的意义。① 同时,也具有文教的意义,以及文献与经典的意义,《汉书·武帝纪》元朔元年十一月诏:"选豪俊,讲文学。"后来也泛指文才或文艺作品,唐元结《大唐中兴颂序》:"非老于

---

① 即便是南北朝时宋文帝设立儒学、玄学、史学、文学四馆,梁昭明太子萧统编《文选》,令文学独立于经、史、子之外,也同样视文学为学问与学科。

文学，其谁宜为？"明杨基《句容送蔡唯中》："子方年少富文学，面如红玉肥有光。"总之，汉语"文学"，不仅强调文、经、子、史，兼容并包，而且强调通过各种知识的会通，修炼学养，开阔视野，提高认识，形成境界。汉语"文学"词语应用于比较文学，最大的贡献就是令其成为一门会通各种知识的学科。

显然，现代汉语"文学"一词使传统的"文学"词语的上述意义，损失殆尽。由此看来，在某种意义上，正是高喊传统汉语、汉字为死语言、死文字者，成事不足的类似行为，将传统汉语、汉字变成了死语言、死文字。其实，基于"说（讲）话"、"话本"、"诗话"、"词话"、"曲话"等现成概念，将诗歌、小说、戏剧、散文的艺术集合名之为"文话"，再恰当不过了。就算是为了简便明了，也不妨无为无不为，依照古人，继续称其为有韵之诗与无韵之文的共同体"诗文"。

综上所述，如果取龙文化传统之义，将法语 Littérature Comparée 与英语 Comparative Literature 译作"比文学"，那是再贴切不过的了。即使为了与时俱进，与西语对应，也未尝不可以译作"比较文学"，只要我们不去邯郸学步、东施效颦，拿变异的现代西语"比较"与"文学"的意义作为汉语的意义，甚至省去其文学词语的文献意义，便不会有今天的聪明反被聪明误：只须根据"七巧板"式以字词为意义单位的汉语意义建构方式与特性，将"比较"理解为既"比"且"较"，并保持"文学"的传统意义足矣。遗憾的是，当年胡适、傅东华等在贱中学而贵西学、一心洋为中用，改造中国的时代大潮之下，直译法语 Littérature Comparée 与英语 Comparative Literature 为比较文学，不敢越雷池一步，求忠实而沦为叛逆。当然，塞翁失马，随着龙文化传统的回归，实为"比文学"的汉语"比较文学"，反而成为世界各语种中最为贴切的概念。

三、比较文学的文学比较，就是"会通研究"

至此，有三点已经明确：一是比较文学的"比较"，是一种比较、参照、比类，是一种强调跨越与会通另类异质的文学，语际、族际、国际、科际关系的比较、参照、比类。二是只有比较文学才以"比较"作为根本方法，并将所有的研究方法都织入比较、参照、跨越、会通的关系网即理论体系之中，并由此形成比较、参照、跨越、会通的无用之用的学科特性。三是比较文学作为名词的"比较"、"文学比较"，就是指具有相关性、亲和性,或置于相关境地、相应语境的事物关系、文学关系;作为动词的"比较"、"文学比较",就是指事物关系会通、文学关系会通;作为形容词的"比较"、"文学比较",就是指事物关系、文学关系的亲和性、相关性的显现,或说显现亲和性、相关性的事物关系、文学关系。据此,作为一门独立学科的研究方法,我将比较文学致力于另类异质的文学关系跨越与会通的"比较",名之为"会通研究"。

反过来讲,比较文学的所谓"会通",实质上就是指比较、参照、跨越、会通。所谓"会通研究",就是指在认可的前提下,跨越而非解构异质文明民族文学/国别文学的界限,文学与相关学科的界限,文学与文化的界限,使之融会贯通。取象"风云际会,气象万千"。

"会"为会意字。甲骨文下边是仓体,上边是仓顶,中间是仓门,用储存谷物的粮仓来表示聚汇之意(貪);金文在仓中加出小点,聚合储粮之意更加明确;篆体将仓体讹为曰;隶变后楷书写作会。《说文解字·会部》:"会,合也。从亼,从曾省。曾,益也。"本义为聚合。具有聚合、会合、青铜器名、符合、计算(音 kuài)、旗帜(音 kuài)等义项;后又发展为巧逢、巧合、机遇、领会、理解、能够、擅长、精通、应当、可能、组织、集会等诸多义项。

"通"为形声兼会意字。甲骨文(捅)从彳(半条街),从甬(表示桶状物),会通达之意,甬也兼表声;金文去甬下之止;篆文另加义符止(脚),以强调走到之义;隶变后楷书写作通。《说文解字·辵部》:"辵甬,达也。从辵,甬声。"本义为通达。后世发展为到达、传达、(使之)通畅、流通、沟通、连接、交换、陈述、通晓、精通、博识、往来交好、普遍、一般、全部、整体、男女私交等诸多义项。

"会通"出自《周易·系辞上》:"圣人有以见天下之动,而观其会通,以行其典礼。"意思是会合变通。《晋书·桓温传》:"今主上富于阳秋,陛下以圣淑临朝,恭己委任,责成群下,方寄会通于群才,布德信于遐荒。"引申为随事处理。作为比较文学的研究方法,百年比较文学则赋予"会通"以"会合沟通"、"沟通有益"、"会合交流"、"交流有益"、"会合对话"、"对话有益"、"会合博识"、"博识有益"、"普遍领会(把握)"、"领会(把握)普遍性"、"整体理解(把握)"、"理解(把握)整体性"、"实现一般性",赋予"会通研究"以"促进沟通、交流、对话","研究沟通、交流、对话及其有益性"的意义。换句话说，会通概念古已有之；作为研究方法，则孕育于古代，生成于现代：孕育于一元暨多元的龙文化语境，生成于现代中国的学术研究，标举于现代中国比较文学。

需要明确的是：虽然打通可实现会通，但会通不是打通，会通研究不是打通研究，二者不可相互替代、混用。一方面，如前文所述，会通追求跨越、整合而非解构，打通则容易令人联想到结构主义的解构。另一方面，打通作为研究方法，来自于钱钟书对《管锥编》等研究方法的自我总结，说"弟之方法并非'比较文学'，in the usual sense of the term，而是求'打通'，以中国文学与外国文学打通，以中国诗文词曲与小说打通"①，而《管锥编》的打通研究，不仅不局限于跨民族、语言、文明与跨学科的比较参照，而且是不跨民族、语言、文明与不跨学科的追本求源、考流证变、求同显异、比物连类、相互阐释、彼此发明占据半壁江山。他本人因此极力反对将《管锥编》、《谈艺录》等定位为比较文学研究著作，反对将其打通研究方法作为比较文学方法的意义自在其中。当然，如同虽说《管锥编》、《谈艺录》等乃比较文化著作，但比较文学自在其中；虽说比较文学方法会通研究不是打通研究，但"使之相通"的打通研究自在其中，或说会通研究并不排斥作为意动用法的打通。其实，钱钟书所谓捉置一处的打通也并非倾向解构。再一方面，如前文所述，会通比打通更能涵盖百年比较文学赋予文学比较的特定意义，例如：会合、巧合、整合、误会、误读、重读、沟通、交流等等。为此，我以为有必要将中国比较文学的研究方法由打通研究修正为会通研究。

虽然有种种证据表明，由陈寅恪治学强调"通识"②、钱钟书治学强调"打通"、陈垣与钱穆治学强调"会通"互证互释、相辅相成所形成的会通研究，已经成为现代中国学术界的一种基本的共同规范与方法，对此，杨义有专文《会通效应通论》予以详细论述③，但是，现代中国比较文学却令其成为本学科专门的研究方法，并贡献于国际比较文学。

---

① 郑朝宗：《〈管锥编〉的作者的自白》，《人民日报》1987年3月16日。
② 陈寅恪《〈敦煌劫余录〉序》指出："国人治学，罕具通识。"（引自［法］梵·第根：《比较文学论》"叶隽：民国学术丛刊总序"，吉林出版集团有限责任公司2010年版，第7页。）
③ 分作三篇：《会通的核心与"现代的苦恼"中新会通：会通效应通论之一》，《甘肃社会科学》2005年第5期；《精思博识、时代智能及其他：会通效应通论之二》，《甘肃社会科学》2005年第6期；《"管锥"之功与会通的"钱串"：会通效应通论之三》，《甘肃社会科学》2006年第1期。

当然，二者同中有异：虽然都表现为融会贯通古今中外的各种门派、各种学科的知识，"可以在学科割裂共生的知识时，还原知识的完整性；在断代割裂历史的因革时，疏通其内在的脉络；在成见遮蔽其事物的真相时，透视其深层的本质。……实质是反割裂，反遮蔽"，但是，后者强调不受语言、民族、国别的限制，强调跨异质文明与跨学科，前者则可以如此，却并不强调；前者作用于民族文学/国别文学研究，"对同一命题进行多角度、多层次的观照"①，后者则谋求不受语言、民族、国别限制的文学的沟通、对话、交流，互证互释，多元共生，致力于相同、类同与相关命题的本源流变研究、异同比类研究、阐释发明研究。

第二节　四际文学关系学

一、语际文学关系研究

　　文学是什么？就媒介而言，文学就是作者借助语言文字来表达思想情感，塑造审美意象，读者通过阅读借以实现思想情感的寄托与宣泄，从而对时世形成相应影响的语言艺术。不同的语言文字，其意义建构方式不同，由其书写与言说的学说与文本话语模式也不相同，从而为不同语言文字的文学比较提供了可比性。例如：庄子寓言与伊索寓言意义建构方式的异同比较；唐诗与美国意象派诗歌意象建构方式的异同比较；以语言文字革命推动文学革命，实现文化革命：从中西语言文字的不同意义建构方式、表述方式、解读方式看新文化运动的邯郸学步；通过中西文学的话语模式看中国现代文论的"失语症"等。如前文所述，难怪梵·第根说，比较文学就是对于用不同语言文字写的两种或许多种书籍、场面、主题，或文章等所有的同点和异点的考察；基亚说，比较文学学者是站在语言或民族的边缘，注视着两种或多种文学；韦勒克说，比较文学是一种没有语言、伦理和政治界线的文学研究；雷马克说，比较文学的意思在最浅近的层次上指的是两种或两种以上用不同语言写的文学之间的关系。

　　由此可见，所谓"语际文学关系研究"，就是指跨语言的文学关系

---

① 杨义：《"管锥"之功与会通的"钱串"：会通效应通论之三》，《甘肃社会科学》2006年第1期，第117页。

比较研究。就是以植根文字及其文学与文化书写的话语模式为切入点，从事不同语言文学关系比较研究。具体说来，就是不同语言文学的话语模式比较研究，又可分为意义建构方式比较研究、表述方式比较研究、解读方式比较研究等三个子方法类型。差异越大的语言文学之间，越是具有对应互补与证释发明的作用，越是具有可比性，异质语言或不同语系的文学关系研究，可谓其意义生长点。

就世界语言文化绵延至今的两大体系——中西语言文化而言，英文、法文、德文、俄文等欧美文字，属于表音文字或说音义文字：（1）字母及其组合而成的单词，本身不产生意义，即不具有既定意义；文字的意义生成于假设，且具有抽象性与虚拟性。（2）以词句为意义单位；词义以及多义词的所指意义的显现，通常由词句本身完成，而无须借助文本语境与文化语境，即文本语境和文化话语的信息，通常已由词句包含并凸显，从而保证了文本的意义自足。（3）词句的意义生成与变化，很大程度上取决于词句结构及其变化，词句结构产生并决定意义，逻辑性由此得到突出与强调。（4）单词与语句的意义生成，通常由词根与语句的骨干成分主语、谓语与宾语决定，使层次结构享有重要的功能地位。

从而形成包括文学解读在内的意义解读的"三个立足"：（1）立足词句分析；（2）立足词句的主导与中心意义；（3）立足意义假设、归纳与演绎。也就是说，第一，根据相应的语法规则建构起来的词句，作为意义单位具有明确而自足的意义，意义解读，抓住语句而无须旁求。第二，单词的意义往往与词根相关，词根的意义往往就是单词的意义主导与中心，中心词与语句的骨干成分，往往就是词句的意义主导与中心。因为词根与相应的前缀、后缀或变形等组成相应的单词，词句围绕中心词与语句的骨干成分来组成，这种组成具有相应的规律性与系统性，从而为根据词根推断单词的意义，根据中心词与语句的骨干成分来推断词句的意义创造了空间，形成立足词句的主导与中心意义的意义解读。第三，基于表音文字的意义假设，言说者可以根据相应的语言规范创设新词并赋予相应的意义。

不同于欧美表音文字，汉字属于以字辞为意义单位的意音文字或说形意文字，其意义生成多属立象尽意。《说文解字·序》说：伏羲象天法地作八卦。仓颉作书，依类象形，形声相益。许慎所谓"六书"显然以象形、指事、会意为根本。当然，汉语字辞的意义的再生，另有途径，那就是依经立义，以经典性的用法为根据，确立其意义。《说文解字》、《尔雅》、《康熙字典》等古代辞书莫不如此。此外，汉字的创新又以相关性为原则。那么伏羲、仓颉为何要立象尽意作八卦，托意想于象造文字，而不是如同拉丁文等表音文字，先行创立文字符号，然后假定其意义，或将相应的意义赋予假定的符号？原来，古人以为道不可言，言不尽意，因而选择立象尽意。《易传·系辞》孔子如是说。尽管孔子的"《易传》作者"身份遭到今人质疑，却无改于由孔子及其门徒解读《易经》作《易传》总结的立象尽意的意义建构方式，成为华夏文化传统的意义建构方式。因为伏羲作八卦与仓颉造文字的神话传说本身，即是华夏先民的集体想象与集体认同。同理，孔子本身也寄托着相关神话传说，如司马迁《史记·孔子世家》所说所引的生于空桑，或系野合而生、首上圩顶等。正是这种传说与神化因子，使由汉代到清代的学者都有意无意地放弃对孔子"《易传》作者"身份真实性的追问，令其成为集体认同。汉字意义建构的立象尽意、依经立义、相关性原则，进而促成包括文学解读在内的意义解读方式的"三个诉求"：(1) 既定意义诉求；(2) 文本语境诉求；(3) 文化话语诉求。文本意义的正确诠释：

首先取决于字辞既定意义的正确解读；字辞引申义的正确解读则离不开对字辞本义的准确揭示；即使考虑到文本作者的文字创新，也须以搞清字辞的既定意义为前提。

其次，依据相关性原则所进行的文字创新，势必形成一字多义、一辞多训；象形、指事、会意的意义建构方式，在赋予古文以字辞为意义单位的特性同时，也将文本语境推向意义建构的前台，从而使字辞的意义解读须诉求文本语境。

第三，立象尽意、依经立义的意义建构方式，赋予许多古文字辞以意象性特性与独特的民族文化内涵，形成套语，从而使套语的解读须诉求文化语境。①

举一反三，不同语言文学与文化话语模式的交流、融合、拒斥、移植、借用，以及由此形成的文学误读、阐释发明等，为语际文学关系研究提供了用武之地。

---

① 徐扬尚：《从"扑朔迷离"看古文立象尽意的言说方式：兼论现代古文解读方式的"西化"》，《东方论坛》2009 年第 4 期。

二、族际文学关系研究

基亚说，比较文学学者是站在语言或民族的边缘，意味着比较文学的跨语言与跨民族原则，可以对调互换。对于语言与民族基本对应的法语文学、德语文学、日语文学、韩语文学等，都是如此：既可以用来指称不同的民族文学，又可以用来指称不同的语言文学。然而，语言与民族毕竟属于两个概念。使用共同语言，遵从共同习俗，生活于共同地域，拥有共同文化话语的人群，构成相应的民族。反之，人类的语言应用、生活区域、思维方式、行为方式、心理模式、文化习俗等，往往相互影响，相互制约，互动互应。总之，不同民族的文学，除了体现为语言的不同之外，往往又体现为不同的生活方式、文化习俗、族群心理、文化话语等，从而为不同民族的文学比较提供了可比性。例如：通过汉、蒙、回、壮、苗等各民族文学的族群无意识比较，看各民族文学乃至中国文学的特质；由先秦与古希腊文学中的异族称谓与形象套语，看人类文明发展史的文明民族的民族自恋；19世纪欧洲文学对中国人的"妖魔化"；[①] 席勒《杜兰多》杜兰多的欧洲思想与行为方式；[②] 由农耕/河流民族文学与商业/海洋民族文学中的尚动与尚静、进取与守成、重经验与重认知，看中西文学精神；站在东西文化之间：赛义德言说流散文学的后殖民理论；中西文化话语的对话：作为流散文学理论的刘若愚《中国文学理论》等。如前文所述，难怪波斯奈特将致力于文学进化研究的比较文学的起点放在氏族上，坚持从氏族到城市，从城市到国家，从国家到世界大同；吉布斯有在多数人看来，比较文学就是超越了单一的民族文学范围的文学研究之说。

由此可见，所谓"族际文学关系研究"，就是指跨民族的文学关系比较研究。就是以民族的生活方式、文化习俗、族群心理、文化话语为切入点，从事不同民族文学关系比较研究。由此形成不同民族文学的生活方式比较研究、族群体心理比较研究、文化话语比较研究等三个子方法类型。差异越大的民族文学之间，就越是具有对应互补与证释发明作用，越是具有可比性，不同地缘、不同宗教、不同习俗、不同文化话语的文学关系研究，可谓其意义生长点。

[①] 参见周宁：《天朝遥远：西方的中国形象研究》全二册，北京大学出版社2006年版。

[②] 席勒赋予杜兰多的女性意识，或说傲慢，不为中国传统所推崇的女子所具有；征服与被征服的情节设计，也不是中国文学传统的叙事方式，明显带有西方文学的烙印。

兴盛于法国，流行于欧洲，既饱受争议又前途光明的形象学研究，所谓由"异国肖像"、"异国地理"、"异国人"等构成的"异国形象"，对于中国读者来说，与其说是"异国"、国际文学关系研究，不如说是"异族"、族际文学关系研究更为恰当。因为国家话语的代名词是政治话语、组织话语、话语权，属于理性的强制；民族话语的代名词是生态话语、亲缘话语、话语认同，属于非理性的认同。对于异国形象的误读来说，在国别文学层面属于自觉的权力意志与服从，在民族文学层面属于不自觉的民族意识及其认同。原来在法国等欧洲国家，语言、民族、国家几近同一：一种占据主导与中心地位的语言，一个占据主导与中心地位的民族，一个国家。就目前来看，形象学研究正是族际文学关系比较研究最为活跃的领域。

不同于流散文学，例如海外华文文学、美国的阿拉伯文学、欧洲的犹太文学等，其形成与个性特征，显然与相应的民族特性密切相关。如果说殖民地及其殖民文学，是异族与帝国主义国家入侵的产物，具有被动性，那么，民族流散及其流散文学，则不排除主动的流亡，带有主动性。换句话说，通常而言，民族的集体流亡，往往出于对异族入侵与帝国主义统治的反抗。但不尽然，有的民族也以集体流亡的方式，反抗本民族在上者的过度专制、过度压迫、过度剥削，如《诗经·硕鼠》所言；或是人往高处走，鸟往亮处飞，寻求更好的生活环境。当然，定居异国的侵略者，也是为了寻找生活的乐土。何去何从，往往与民族特性不无关系。21世纪，随着全球能源共享、资金共享、人才共享、市场共享的经济一体化潮流的不可逆转，恶劣的生态环境与频繁发生的自然灾害、民族政治专制与民众话语权的丧失、剥削过度与贫富高度分化等，都会促成民族流亡潮，加之不平则鸣，流散文学的未来不可限量。流散文学的母体文化观念与当地文化观念的交流、融合、拒斥等，为族际文学关系研究提供了大量话题。

三、国际文学关系研究

对于比较文学的定义或定位，欧洲学者之所以将超越民族界限与超越国别界限交替使用，同超越语言界限相提并论，而多数美国学者却强调超越语言界限与超越国别界限，不提超越民族界限，有关中国学者提到跨语言、跨民族、跨国界时，却又是一个都不能少。这是因为如上所述，欧洲的语言、民族、国家重合者居多，而美国与中国则属于多语种、多民族国家，且中国的有关少数民族还属于跨境而居。对于多民族国家而言，民族文学与国别文学的区别，显然是必要的，也是客观存在的。国家何谓？就是一种权力体制，一种政治组织。以国家为单位的国别文学之分别，显然就在于其中的政治话语、组织话语、话语权。从而为不同国别的文学比较提供了可比性。例如：专制政治利用话语权将学术变成政治婢女——汉代与古罗马文论比较；话语权之下的20世纪中国文论的"全盘西化"与民族虚无研究；20世纪服务于苏联与中国政治关系的文学影响与接受研究；比较文学的欧洲中心论、西方中心论根植西方学者的权力话语研究。

由此可见，所谓"国际文学关系研究"，就是指跨越国家界限的文学关系比较研究。就是以国家的政治话语、组织话语、话语权为切入点，比较研究不同国别文学的关系。由此形成不同国别文学的政治中的文学比较研究、文学中的政治比较研究、政治与文学的话语权比较研究等三个子方法类型。差异越大的国别文学之间，就是越是具有对应互补与证释发明作用，越是具有可比性，不同政治传统、不同政治体制、不同政治话语的文学关系研究，可谓其意义生长点。

国际文学关系比较研究的首选对象，显然非殖民文学莫属。比较文学视阈中的殖民文学，包括弱势的本土文学与强势的外来文学。二者通常都有三种倾向：本土文学或倾向对本土政治话语、组织话语缺失的感愤，对本土话语权被剥夺的抗争，对争取本土话语权的向往；或倾向对殖民者政治话语、组织话语的认同乃至心仪、赞美；或倾向通过对殖民者政治话语、组织话语的认同与利用，由边缘走向中心。外来文学或倾向土居应当享有自己的政治话语、组织话语、话语权，对他们争取话语权的努力寄予同情与支持；或倾向对土居话语权的剥夺，强调并赞美殖民者政治话语、组织话语的优越性；或倾向在强权主宰世界的前提下，强者应当学会与弱者互惠共生。如同流散文学，殖民文学的本土文化观念与外来文化观念的交流、融合、拒斥等，正是国际文学关系研究的绝好话题。

由此形成两组相反相成的文学观念：一是以强存弱亡为原则的本土文学虚无论与强势文学中心论，认为世界文学的潮流应由强势文学主宰。这种与自然进化论、社会进化论、文学进化论、尼采的超人哲学乃至法西斯主义，都有着千丝万缕的联系的文学观念，在整个20世纪不仅游荡在欧洲文学园地，而且笼罩着中国文学天空，不必细说。其中的误谈，自是中国比较文学研究的一个绝妙话题。二是伴随着法西斯的覆灭、各种进化论与超人哲学的被质疑、冷战时代的结束、欧洲殖民体系的解体，20世纪后半期，本土文学虚无论与强势文学中心论的影响日渐势微，以多元共生为原则的全球文学论与生态批评论，应运而生，国别文学平等的观念被越来越多的人所关注、认同。具体体现在比较文学界，那就是先后出现的法国中心论、欧洲中心论、西方中心论、中西文学的单向阐发、中西文学对话、对话研究等话题。各种中心论隐藏着有意无意的话语霸权，自不必说，舍己就人的单向阐发对本土弱势文学虚无论的体现，也难以否认，文学的国际对话必须以国别文学平等、解构话语霸权为前提，人们常说弱国无外交，其实是弱国无话语权，只有双方都享有话语权的文学交流，才能形成文学对话。

四、科际文学关系研究

人类文明本来就属于无中生有，更何况学科的分类？学科分类无疑带来了认知与言说的方便，是人类认知与言说走向细致深入的体现。然而，一方面，学科分类以及由此形成的学科分工，客观上又造成了相互间的割裂与孤立，对事物的整体把握与认识形成遮蔽，从而需要重新走向整合，令其相互借重。另一方面，世界上的万事万物本身是相互联系、相互影响、互包互孕的，并不因为人类的分割意识而形成彼此孤立，学科划分也是如此。天文与地理的划分，并不影响人类视其为整体，人文与自然的划分，并不影响人类模拟自然创造人文，文学与音乐、舞蹈的划分，并不影响文学创作对音乐的音韵、舞蹈的形体意象的借重；反之，人类的文学活动不是遭受政治权力话语的影响，便是被宗教权力话语利用，同时又为其所推动，现代以来的文化人类学、精神分析、结构主义哲学等，无不以文学为分析对象。总之，文学对相关学科理论方法的借用、移植、化用，相关学科对文学的利用、渗透、发酵等，使文学研究难以割断与相关学科的联系，为文学与相关学科的比较提供了可比性。例如：诗中有画，画中有诗的诗画关系研究；作为宗教婢女与作为专制政治喉舌的文学异化研究；精神分析与文学的杀父主题研究；天才多短命，文学与疾病的话题研究；文学中的科学主题、题材、人物研究；文学的思维与科学的思维比较；统计学观照下的《红楼梦》版本研究等。

由此可见，所谓"科际文学关系研究"，就是指跨学科的文学关系比较研究，或说文学与相关学科的比较研究。就是以文学对相关学科理论方法的借用、移植、化用，相关学科对文学的利用、渗透、发酵为切入点，从事文学与相关学科的比较研究。由此形成文学与艺术的比较研究、文学与人文学科的比较研究、文学与自然科学的比较研究等三个子方法类型。

学界关于文学对相关学科理论方法的借用、移植、化用的讨论较多，而关于相关学科对文学的利用、渗透、发酵的研究则重视不够。通常而言，书画、音乐、舞蹈、雕塑等艺术，要通过移植、借用、化用文学的题材、意象、手法，丰富自己；政治、宗教、历史等人文学科，以文学为载体，借重文学的感染力，传达自己的思想意志；物理、化学等自然科学学科，也以文学为载体，追求传达本学科知识的生动形象与可读性，由此形成科学故事与科普读物。其中，自然科学学科对文学的借重，对文学发展的本身影响不大，故不在比较文学的科际文学关系研究之列；艺术、历史对文学的借重，对文学发展的影响通常是正面的，而政治、宗教对文学的借重，对文学发展的影响既有正面作用也有负面作用，无疑是科际文学关系研究较有价值且急需垦拓的研究领域。例如：中西文学中男性话语独霸天下及其对女性话语的挤压，其根源莫不在于中西文化的男权政治与宗教体制；中国古代文学诗文的风光与戏剧、小说的晚来及其边缘地位，莫不与看重文学的经国治世作用并以诗文为正道的中国宫廷思想以及科举制度有关；中国文学六朝至清代的白话道路当以佛教传播为动力，现代的白话文学道路则依靠政治力量来推行。前者立足实践，起自于大众的实践与认同，落脚于大众的认同与实践的实践，后者立足模仿，起自于几个自我认定的先知者对西方语言革命的向往与模仿，落脚于大胆假设与激情推行，结果依旧得回归大众的实践与认同，由此构成二者的经验教训，正是近期中国比较文学研究的热门话题。

第三节　总体文学关系学

一、四际文论研究

所谓"四际文论研究"，就是指不受语言、民族、国别、学科限制的文论研究。如前文所述,不可否认,20世纪的西方文论与文化研究,已经置身于跨语言、民族、国别、学科的平台,从而具有比较性与总体性。但是,比较文学依旧有继续存在的必要。换句话说,四际文论研究,包括20世纪的西方文论研究,只要坚持比较文学的学科属性,体现了比较文学的学科特性,具有可比性,依旧属于比较文学。被推上跨语言、民族、国别、学科平台的20世纪西方文论研究与文化研究,在形成对比较文学学科特性的消解的同时,也逼迫比较文学穷则思变:由立足同源同质的西方文化格局的求同,突出与强调同源类同性的证释发明,到立足异源异质的世界文化格局的显异,突出与强调另类异质性的对应互补与证释发明。换句话说,四际文论研究的意义生长点,在于向跨文明迈进;也只有实现跨文明,四际文论研究才能成为总体文论乃至总体文学研究。立足文学创作与文学接受的意义生成过程以及言意关系,四际文论具体体现为语言学文论比较研究、现象学文论比较研究、诠释学文论比较研究、社会学文论比较研究等四个子方法类型。

比较文学或说比较文论与20世纪西方文论结缘,首推语言学文论。一方面,文学语言研究是20世纪西方文论的切入点与立足点。现象学文论也好,诠释学文论也好,及其背后的现象学、存在主义、结构主义、解构主义哲学等,无不以语言研究为基础,因此,许多有影响的欧美比较文学学者均涉足其中。另一方面,20世纪西方语言学文论,例如俄国什克洛夫斯基主张诗生成于语言的"陌生化",雅各布逊主张作为诗歌的语言才是本质的俄国形式主义文论,奥地利心理学家弗洛伊德视文学作品为作家实现欲望自我满足的"白日梦",致力于作家与作品的文学梦语破译的精神分析文论,法国哲学家德里达志在解构作为在场的形而上学与声音中心论的结合体,意味着言语能够完善地再现和把握思想与存在的逻各斯中心主义,克里斯蒂娃提出"互文性"之说,强调文本语义超越本文意义而指向先前文本,同时维系着社会历史文本,从而使创作成为一种改写的解构主义文论,苏联文论家巴赫金关注语言的对话性、社会性、意识形态性的超语言学文论等,因其对语言乃至民族、国别界限的超越,从而融入比较文学。

相对语言学文论对文学语言的关注,现象学文论的关注对象显然在于语言与意义、语言与世界的关系。如果说语言学文论开拓了文论研究的领域,将触角伸向神话、传说、口语文学,那么现象学文论则深化了文论研究的层次，走向对作者创作意识、读者接受意识、文本意义呈现的媒介、层次、结构及其过程分析。如同20世纪西方语言学文论，现象学文论虽然立足跨越四际的文学研究语境，也同样有个面对世界文学的异质文化语境的问题。例如英伽登关于文学作品复合结构的语音层次之论，显然不能照搬于非音义文字书写的中国文学等形意文字文学的解读。反之，若是将英伽登文学作品复合结构的语音层次转换成由符号、象形、音韵等构成的符象层次，用于中国文学等形意文字文学的解读，必定不无效果。

西方诠释学本自《圣经》解读，又称"解经学"或"赫尔墨斯学"。要点有三：赫尔墨斯只有"理解"诸神尤其是宙斯的旨意之后，才能进而将神语"翻译"成人语，然后向人类"说明"神的旨意。基于对"理解"与"误解"的关注，尤其是对"误解"的优先地位的强调，德国哲学家施莱尔马赫将立足《圣经》解读的"特殊诠释学"发展成为"普遍诠释学"，使之成为理解所有文献典籍的方法论。随后，德国哲学家狄尔泰又基于"理解"与"说明"的人文学科方法论与自然科学方法论的不同，"历史"之于人文学科的重要性，"经验"之于人生与历史的重要性，深化了"阐释循环"理论：对整体的理解要由对部分的理解来完成，而对部分的理解又只能通过对整体的理解来实现。由此将读者或诠释者的经验与视野纳入理解与诠释的过程。海德格尔与伽达默尔进而将施莱尔马赫与狄尔泰的方法论诠释学，推进为关注"存在"（"此在"）与"前理解"的本体论诠释学。中国诠释学也源自"解经学"，由孔子解读与编修前贤著作而提出的"述而不作"与汉代王逸《楚辞章句序》为《离骚》辩护而提出的"依经立义"所奠定，具体体现为注疏、正义、证笺、批注、评点等。如钱钟书所说，乾嘉"朴学"亦有关于立足文本整体理解词句，立足词句理解文本整体的"阐释循环"理论。[①] 不同的是：立足述而不作与依经立义的汉代董仲舒《春秋繁露》所谓"诗无达诂"，是说《诗经》解读难以穷尽其全部意义，往往只能解读与言说其部分内涵，而不是说《诗经》解读本来就不能全部理解与言说其意义，着眼于文本，强调的是文本意义的丰富性与既定性；而西方接受美学所谓"有一千个读者便有一千个哈姆莱特"，着眼于读者，强调文本

---

① 钱钟书：《管锥编》第一册，中华书局1979年版，第171页。

解读中读者的主动性与创造性,即赫尔墨斯解读与传达诸神旨意的添油加醋。作为文学解读方式研究,将二者捉置一处,由此进入比较文学。

立足文学的社会意义的《周礼》"诗教"说、孔子"兴观群怨"说、曹丕"经国致用"说,柏拉图的"培养理想国战士"说、贺拉斯的"寓教于乐"说等,无疑是中西古代社会学文论的代表观点。各自具有什么样的特性?又体现了人类文学的哪些共性?其异同又是如何形成的?这些问题的解答自然将其带入比较文学。立足经济差异与阶级分析的马列文论、立足生理差异与性别分析的女性批评、立足民族文化差异及其政治分析的后殖民理论,无疑是西方现代社会学文论的三大代表。三者有着共同的目标与语境:话语权诉求与世界文学。马列主义强调通过文学言说实现无产阶级的话语权诉求,其阶级理论的言说对象是世界各国文学;女性批评的出发点就是谋求文学批评的女性话语权,其性别分析也是面向全世界而非局限于某个国家或地区;后殖民理论诉说的虽是处弱势地位而"被西方言说",也就是"西方假想"的东方文化的诉求,更主要的是"被西方殖民者妖魔化"的阿拉伯文化的诉求,同样超越了语言、民族、国别的限制。三者由此席卷欧美,传播世界,从而使其学者们的解读与研究,不自觉地进入比较文学的领地。

二、四际批评研究

所谓"四际批评研究"就是指不受语言、民族、国别、学科限制的文学批评研究。如果说现代文论建构也可以立足某种语言文学、民族文学、国别文学,而无须借助相关学科观念、理论、方法的话,那么,无处不在的现代文学交流,学科走向综合的时代潮流,则使民族文学、国别文学的作品解读、作家研究、作家及其作品的文学史定位,必然走向跨语言、跨民族、跨国界,进入比较诗学领域。依据艾伯拉姆斯的"艺术四要素"理论,四际批评研究具体现为作者批评比较研究、读者批评比较研究、社会批评比较研究、作品批评比较研究等四个子方法类型。

立足作品与作者的关系,强调作品对作家精神世界的表现,着重表现因素的作者批评方法,在西方文学批评中,体现为表现说。表面上看,中国文学批评的美刺说、言志说、诗必穷愁说等,立足作者与作品的关系立论,应当属于表现说,然而,上述中国文学批评的表现说又不同于西方文学批评作者表现自我的表现说,因此,只能拿西方文学批评的表现说原则作为解读中国文学批评的美刺说、言志说、诗必穷愁说及其相关作品的参照系,而不能拿西方文学批评的表现说原则套解中国文学批评的美刺说、言志说、诗必穷愁说及其相关作品,否则,难免有削足适履之嫌。

立足读者与作品的关系,强调作品对读者的影响,着重实用因素的读者批评方法,在西方文学批评中,集中地体现为由解经学发展而来的诠释学与接受批评;在中国文学批评中,与之相关的是如上文所述的诗教说、兴观群怨说、经国致用说。然而,西方文学批评的诠释学与接受批评,强调的是读者解读文本意义的能动性,中国文学批评的诗教说等,强调的是作品对于读者的教化作用、知识认识作用、情感表现作用,乃至作品的社会作用,在某种程度上,二者属于同类异质。

立足作品与世界的关系,强调作品对世界的摹仿,着重模仿因素的社会批评方法,在西方文学批评中体现为模仿说或再现说。西方的模仿说在中国文学批评中不易找到对应的观念与方法,但是,或说西方文学批评属于再现说,中国文学批评属于表现说的观点,又显然值得商榷。因为通常被学者们归入表现说的中国文学批评的美刺说、言志说等,同时具有社会批评强调其社会功能的因素,人们在做诗言志之外,也会诵诗言志,美善刺恶,甚至用于外交辞令。

基于对作品自身的关注,强调作品体系的自足性,着重客观因素的作品批评方法,在西方文学批评中,体现为文本批评;中国文学批评的文质说、意象说、风骨说、滋味说、兴象说、意境说、化境说、境界说等,与之相近。然而,二者同样属于同类异质:中国文论由意象说、兴象说、意境说、化境说、境界说等构成的意象论,赖以建构的是意与象、心与物、境与我,二元关系的互动互应、互包互孕;而西方文学批评的文本批评,则将作品孤立于作者与世界(生活)之外,割断其联系。

三、四际文学史研究

所谓"四际文学史研究"就是指不受语言、民族、国别、学科限制的文学史研究。对照歌德的"世界文学"观念,四际文学史比较研究具体包括精品文学史比较研究、中心文学史比较研究、多元文学史比较研究等三个子方法类型。

世界文学史写作显然不可能囊括全世界所有的成名作家及其作品,

而只能尽可能多地选择优秀作家及其作品。然而，就是这个"尽可能多"，事实上也很难做到，总之尚无先例，从而使世界文学史写作只好选择各国文学中具有代表性的优秀作家及其作品，形成精品文学史。那么，世界文学史由谁来写作，或说用哪种文字写作？是由各国学者共同写作，或说是以各国文字写作，还是由某个国家的学者写作，或说用某种文字写作？优秀作家及其作品入选的标准是什么？这个标准由谁制定？是取自某个国家或某个地区的文学经验，还是取自某种语言或某个文化圈的文学经验，甚至是整合世界各个国家、各种语言的文学评价标准重新建构？事到如今，世界上通行的做法是，各个国家的学者，按照其国别文学的观念与标准，运用本国文字来写作世界文学史，从而成为自我中心的世界文学史。显然，自我中心的世界文学史势必成为写作者对非我的各国文学的误读，成为自我的内心独白，而要想使其解读与言说回归或体现各国文学的本意，只有同时按各国文学自身的观念与方法来解读与言说各国文学，使之与自我中心的解读与言说相印证，走向互为中心的世界文学史写作。如果世界文学史的写作者能够放弃自我中心，改为按照各国文学自身的观念与方法去解读与言说各国文学，如果世界文学史写作能够由尽可能多的国家的学者共同完成，形成尽可能多的文字版本，那么，由此形成的世界文学史便是多元化的世界文学史。

那么，精品世界文学史写作如何处理不同民族文学关于文学精品认定的不同观念与标准？如何用一种文字、一种话语模式来言说由不同文字写作、体现不同话语模式的各民族文学？自我中心的世界文学史作为对他民族文学的误读，价值意义何在？如何减少这种误读？基于背离他民族文学本意的误读，是否有继续存在的必要？如何实现误读基础上的创新？互为中心的世界文学史与多元化的世界文学史写作，如何实现各个民族文学话语模式的互证互释、相互发明，求同显异、达成共识？由此进入比较文学研究。如此说来，世界文学研究本身就属于比较文学研究。

第四节　三维文学关系学

一、传受变异研究

所谓"传受变异研究"，即历时性的考证传受、追查变异。内容涵盖法国学者提出的"影响研究",以及后来由德国学者提出的"接受研究",中国学者提出的"变异研究"。传受变异研究,就是超越语言、民族、国家、学科的限制,跨文明查考、求证有关文学因素(例如主题、题材、人物、形象、情节、结构、风格、语言等)、现象(流派、运动、思潮等),乃至一国、一民族文学,来自他国、他民族文学的渊源、模本,或在他国、他民族文学中的传播、变异、际遇、声誉;查考、求证文学对相关学科(例如哲学、历史、宗教、心理学等)理论、方法、观念、成果等因素的接受,或文学对相关学科的影响。传受变异研究,又可以具体划分为文学传播比较研究、文学接受比较研究、传受媒介比较研究、文学变异比较研究四个子方法类型。

(一) 文学传播比较研究

文学传播比较研究就是梵·第根所谓"流传学"。以信息传受的发送方为据点,考查文学及其相关学科作用于文学的信息的跨语言、跨民族、跨国界、跨学科、跨文明传受。其前提是:基于非我的异类之同而不涉及自我的同类之异的"阴比",以信息传受的放送方为叙述中心,关注的焦点是信息传播的发生及其过程,被比较的接受方不必具体、明确,或说可以在只知道信息接受发生的大致方向与大致情形的情况下进行。例如对弗洛伊德及其精神分析在中国的探讨,正是基于我们对20世纪中国文化西方化大潮的解读的需要,才具体探讨弗洛伊德及其精神分析在中国的传受与影响,其叙述中心是弗洛伊德及其精神分析的世界意义,而不在于20世纪中国文学对其如何接受;对20世纪的中国如何接受弗洛伊德及其精神分析的情形的大致了解,不妨碍课题研究的顺利进行,研究的目的恰恰就是要实现这种不明确的明确。如果以后者为叙述的中心与关注的焦点,那就成为文学接受比较研究。

文学传播比较研究,具体包括个体对个体例如"《白氏文集》对《源氏物语》的影响"①、"印度文论情味说对中国文论滋味说的影响"②,

---

① 参见［日］丸山清子:《源氏物语与白氏文集》,申非译,国际文化出版社公司1985年版;王琢:《源氏物语与白氏文集》,赵乐甡主编:《中日比较文学研究》,吉林大学出版社19905年版;张龙妹:《〈源氏物语〉与〈白氏文集〉》,《中日文史交流论集》,上海辞书出版社2005年版。

② 参见徐扬尚:《中国文论的意象话语谱系》第三章"意象说、滋味说:意象话语之成型"第二节"滋味说",中国社会科学出版社2012年版。

整体对个体例如"俄罗斯文学对鲁迅创作的影响研究"①，个体对整体例如"莎士比亚在中国的流传与影响研究"②、"白璧德及其新人文主义在中国的流传与影响研究"③，整体对整体例如"近代欧美自由主义思潮的中国现代文学的反响研究"④、"印度佛学与文论对中国六朝至唐宋文论之意象论的影响研究"⑤ 等四种模式。

（二）文学接受比较研究

文学接受比较研究就是梵·第根所谓"渊源学"。以信息传受的接受方为据点，考查文学及其相关学科作用于文学的信息的跨语言、跨民族、跨国界、跨学科、跨文明传受。研究的前提是：基于与自我的同类之异和非我的异类之同的"阴比"，以信息传受的接受方为叙述中心，关注的焦点是信息接受的发生及其过程，被比较的双方都具体而明确。例如《封神演义》与《西游记》，正是基于我们对哪吒之名及其莲花化身，以及剔肉还母、析骨还父的情节非中国本土文化的固有观念，而与来自异域的印度佛学似曾相识的"阴比"与明确认识⑥，才促使我们去进行渊源关系研究的"阳比"，其叙述中心也只在于对《封神演义》与《西游记》或哪吒形象的解读，而不在于对印度佛学在中国的传受研究。

文学接受比较研究，同样包括个体对个体例如"歇斯底里：郭沫若创作风格的惠特曼模式研究"⑦、"大爱无疆：冰心诗文主题的泰戈尔影像研究"，个体对整体例如"庞德对儒家学说的接受研究"⑧、"紫氏部小说创作的中国文学因子研究"，整体对个体例如"现代中国文学对尼采

---

① 参见冯雪峰：《鲁迅创作的独立特色和他受俄罗斯文学的影响》，《人民文学》1949年第1期；王富仁：《鲁迅前期小说与俄罗斯文学》，天津教育出版社2008年版。

② 参见孙选强：《中国莎学简史》，东北师范大学出版社1994年版；孙艳娜：《莎士比亚在中国》，河南大学出版社2010年版。

③ 参见侯健：《欧文·白璧在中国》（博士论文），美国纽约州立大学斯托尼布克分校1980年。

④ 参见刘川鄂：《中国自由主义思潮与自由主义文学》，《中国现代文学研究丛刊》1998年第3期；胡梅仙：《中国现代自由主义文学发生论》，《海南师范大学学报》2009年第1期。

⑤ 参见袁济喜：《论六朝佛学对中国文论精神的升华》，《学术月刊》2006年第9期。

⑥ 任继愈主编：《宗教辞典·那吒》（上海辞书出版社1981年版，第471页）：哪吒为佛经梵文 Nalakūvara 或 Nalakūbara 音译略写，全称"那吒俱伐罗"，亦译"那罗鸠婆"。相传为佛教"四大天王"北方多闻天王毗沙门之子，佛教护法神。《五灯会元》卷二："哪吒太子，析肉还母，析骨还父，然后现本身，运大神力，为父母说法。"

⑦ 参见［美］戴维·罗伊、晨雨：《郭沫若与惠特曼》，《郭沫若学刊》1989年第4期。

⑧ 参见郑树森：《庞德与儒学》（博士论文），美国加利福尼亚大学圣地亚哥分校1977年。

超人哲学的接受研究"①、"现代中国文学对西方进化论的接受研究"②,整体对整体例如"日本、朝鲜文论之意象话语的中国渊源研究"、"中国文论意象话语层次嬗变观念的印度文化渊源研究"等四种模式。

(三) 文学媒介比较研究

文学媒介比较研究就是梵·第根所谓"媒介学"。以信息传受的媒介为据点,考查文学及其相关学科作用于文学的信息的跨语言、跨民族、跨国界、跨学科、跨文明传受。文学媒介比较研究是基于被比较双方都明确的"阴比",重点关注信息传受过程中连接双方的中介、译介、转换、增损、变异的过程,从而进入"阳比"。例如《红楼梦》的英语翻译,原著与译著都是明确的,《红楼梦》及其译本的意义探讨不是叙述的中心,叙述中心已由《红楼梦》与译本的意义探讨转向二者的信息转换、增损、变异及其手段、媒介、规律、特性的探讨。③ 当然,文学翻译只是众多文学媒介的一种,不过,所有的文学媒介比较研究都落脚于信息增损以及由此形成的变异。

文学媒介包括个人、团体、出版物、文学与文化交流活动、促成文学与文化交流的各种活动,包括宗教传播、战争、旅行等。文学翻译研究无疑是文学媒介比较研究的兴奋点;外来的他民族语言文化的,作为文学译介的宗教、历史、哲学、语言学等相关学科的研究,无疑是文学媒介比较研究的空白点;近代西方传教士及其在中国创办的教会学校在向中国传播西方文学与文化中的重要媒介作用,无疑是近期中国比较文学文学媒介比较研究的意义生长点。④

---

① 参见乐黛云:《尼采与中国现代文学》,《北京大学学报》1980年第3期;黄怀军:《现代中国的尼采阐释与思想启蒙》,知识产权出版社2011年版。
② 参见谢应光:《进化论思想与中国现代文学史观》,《社会科学研究》2004年第4期;逄增玉:《中国现代作家和文学和文学的忧患意识与进化论影响》,《东北师范大学学报》2005年第5期。
③ 参见刘敬国:《文学翻译中的信息变异:析大卫·霍克思〈红楼梦〉英译本》,《复旦外国语文学论丛》2009年第1期;赵艳秋:《文学翻译变异研究》(博士论文),上海外国语大学2006年。
④ 参见[法]安田朴、谢和耐等:《明清间入华耶稣会士和中西文化交流》,耿升译,巴蜀书社1993年版;方豪:《中西交通史》,台北中国文化大学出版社1983年版;周一良主编:《中西文化交流史》,河南人民出版社1987年版;顾长声:《传教士与中西文化交流》,《历史研究》1989年第3期,第59页。

(四) 文学变异比较研究

文学变异比较研究就是曹师顺庆提出的"文学变异学"或"变异学"。① 以信息传受的变异为据点，考查文学及其相关学科作用于文学的信息的跨语言、跨国界、跨文明传受。文学变异比较研究的关键词包括文化话语、文化传统、文化语境、文化过滤、文学误读、异国形象、异国地理、社会集体想象物、他国化、本土化等，具体研究文学传受过程中的信息的增殖、损失、变形。例如：将英语 Milky Way（牛奶路）译作汉语"银河"，便形成信息增殖，增加了原词汇并不具有的有关"乞巧节牛郎织女鹊桥相会"的中国民间传说信息；反之，将汉语"银河"译作英语 Milky Way（牛奶路），便过滤掉了有关"七七乞巧节牛郎织女鹊桥相会"的中国民间传说信息。② 同理，将 American Beauty 译作"美国丽人"，一是抹杀了影片的象征物美国朋红；二是消解了影片的黑色幽默，Beauty 指向大麻吸食者 Ricky 眼里的变态美丽。又例如：赵树理《小二黑结婚》若由具有美国民主思想的美国学者译作英文，经美国读者接受，势必颠倒其正反人物形象，汉语文本原为作风端正、勇于批评的正面形象村干部，将会成为英语文本干涉他人生活自由的反面形象，汉语文本原为好涂脂抹粉、卖弄风骚，小资产阶级生活作风严重的反面形象三仙姑，反而会成为英语文本富于生命气息、热爱生活的正面形象。再如：歌德的《浮士德》若是由受道家思想影响的中国乃至东亚译者译作汉语，经由中国乃至东亚读者接受，很容易颠倒其正反人物形象，至少上帝那愿赌不服输、输了抢赌注的行为便不会得到理解与认同。

以传受变异研究替代影响研究的好处有二：一是传受变异研究明确地将跨学科研究纳入自己的视野；影响研究则在跨学科的问题上，难以自圆其说，尤其是将其与平行研究乃至跨学科研究相提并论时。二是将跨语言、跨国界、跨文明的文学传受不可避免地形成的变异，推向前台，予以突出与强调。

二、异同比类研究

所谓"异同比类研究"即共时性的求同显异、比物连类。内容涵盖

---

① 曹顺庆主编：《比较文学教程》，高等教育出版社 2006 年版，第 1—59 页；曹顺庆主编：《比较文学学》，四川大学出版社 2005 年版，第 28—31 页。
② 谢天振：《译介学》，上海外语教育出版社 2003 年版，第 12—13 页。

美国学者提出的"平行研究"以及从中分离出来的"跨学科研究"。分异中求同、同中求异、求同显异。异中求同，就是将不同语言、民族、国家、地区的不同文学现象，放置一处，基于可比性"三同一原则"，寻找、归纳、综合、比较其相似性、相同点，寻求对话，寻求共识，寻求人类文学共同的诗心与文心；反之，将不同语言、民族、国家、地区的相同文学现象，放置一处，基于可比性"三同一原则"，寻找、归纳、综合、比较其差异性、不同点，即同中求异，在比较中认识他者、自我认识、认识来自五大洲四大洋的语文艺术所构成的人类文学，寻求多元共生，和而不同；两种方法同时进行，即求同显异，或是异中求同进而求异，或是同中求异进而求同，实现互动认知。例如"白素贞与蕾米娅的传说比较研究"，人妖相恋的类同属于异中求同，异质文学求同类，进而分析二者的不同结局——白素贞的故事结尾，中状元的白氏之子到雷峰塔前哭被压塔下的母亲，给读者以暗示，许状元极有毁塔救母，如同二郎神担山救母、沉香劈山救母的可能，而蕾米娅的故事结尾，在哲学家不肯让步的注视之下，蕾米娅只好化身逃走，其所爱之人则不幸死去——从而把握中西文学悲剧观念的异质性，属于同中求异，同类文学求异质。按照文学理论所提出的文学要素，异同比类研究又可分为文论比较研究、主题题材比较研究、文体类型比较研究、思潮流派比较研究等四个子方法类型。

（一）文论比较研究

异同比类研究范畴所谓"文论比较研究"又称"比较诗学"，包括理论层面的文学理论与实践层面的文学批评的比较研究。求同显异，一方面寻求不同语言、民族、国家、地区的文学，钱钟书所谓共同的"诗心"、共同的"文心"，叶维廉所谓"共同的文学规律"、"共同的美学据点"，刘若愚所谓文学理论的"世界性"、"普遍性"，建构共同文论话语或说一般文论话语。例如："诗可以怨"[①]，"诗无达诂"[②] 等。另一方面立足世界文论语境，彰显不同语言、民族、国家、地区的文论特性。例如：中国文论的诗可以怨，乃美与刺的相反相成，要否定某种现象，可以是直接讽刺，也可以通过肯定其对立面实现；反之，要肯定某种现象，亦可以通过否定其对立面实现。中国文论的意象说，乃物与我的互包互孕，物乃我感知之

---

① 参见钱钟书：《诗可以怨》，《文学评论》1981 年第 1 期。
② 参见张隆溪：《诗无达诂》，《文艺研究》1983 年第 3 期。

物,我乃感物之我,物我关系如同太极之阴阳。西方文论的诗可以怨,属于肯定与否定的对立统一,只是作为歌颂的对立面,旨在否定的讽刺存在;西方文论的形象说,主客两分,客体形象外在于主体意识,形象作为精神的对立面,或是作为精神的主导对象,或是作为模仿的对象,或是作为塑造的对象而存在。再一方面具体从事不同语言、不同民族、国家、地区的文论,概念、范畴、话语、类型、著作、现象的比较研究。例如中国文论的物感说与西方文论的模仿说比较研究①、中国文论的玄学理论与西方文论的现象学理论比较研究②、中国文论的谱系叙事与西方文论的体系叙事比较研究、中国文论的"意象话语"与西方文论的"形象话语"比较研究、刘勰《文心雕龙》与亚里士多德《诗学》比较研究等。

(二) 主题题材比较研究

不同于植根德国民俗学的梵·第根重在渊源流变实证的主题学,异同比类研究范畴所谓"主题题材比较研究",就是对不同语言、民族、国家、地区的文学,主题、题材、母题、情境、意象、套语等非事实类比关系的求同显异。与主题题材密切相关而又容易混淆的母题(motive)、情境(situation)、意象(image)、套语(topos)研究,无疑是主题题材比较研究的意义生长点。

何谓母题?德国学者弗兰采尔说是:"母题这个字所指明的意思是较小的主题性的(题材性的)单元,它还未能形成一个完整的情节或故事线索,但它本身却构成了属于内容和形势的成分,在内容比较简单的文学作品中,其内容可以通过中心母题(Kernmotiv)概括为一种浓缩的形式。一般说来,在实际的文学体裁中,几个母题可以组成内容。抒情诗没有实际内容,因此没有我们这里所说的题材,但一个或几个母题可以构成它主题性的实质。"③ 大致说来,主题具有主观性、抽象性、概括性,母题具有客观性、具象性、具体性。同一母题可以概括出不同的主题,例如中国文学马中锡《东廓先生和狼》中"书生救狼以善报恶而遭恶报"的母题,可以概括出"恶人本性难以移"、"忘恩负义"、"以善待善,以恶报恶"的不同主题。西方文学伊索寓言《农夫和蛇》中"农夫

---

① 参见曹顺庆:《中西美学中的物感说与摹仿说》,《江汉论坛》1983 年第 8 期。
② 参见[美]刘若愚:《中国的文学理论》第二章,杜国清译,江苏教育出版社 2006 年版。
③ 引自[美]韦斯坦因:《比较文学与文学理论》,刘象愚译,辽宁人民出版社 1987 年版,第 136 页。

救蛇反被蛇咬"的母题,可以概括出"恶人本性难移"、"盲目行善的愚蠢"、"怜惜恶人遭恶报"的不同主题;同一母题在不同民族、国家、地区因问题的不同而被赋予不同的主题意义。如上所述,同是"盲目行善"的母题,《东廓先生和狼》表现了"忘恩负义"的主题,《农夫和蛇》表现了"怜惜恶人遭恶报"的主题。情境又作形势、局面,指不同语言、民族、国家、地区的文学中一种常见的典型格局。例如中国明清戏曲的"才子落难,佳人知遇","文革"文学的"高大全"与"三突出"。情境产生母题;母题乃情境的模式化概括。例如白居易《长恨歌》杨贵妃与唐明皇故事的"政治与爱情的冲突"母题,就是对故事表现的爱江山与爱美人的冲突情境模式化概括。意象是具有某种特殊含义和文学意味的事物形象、情景境象。表现主题的意象,本身即具有主题意义,例如曹雪芹《红楼梦》的"太虚幻境"、"大观园"、贾宝玉的"玉"、薛宝钗的"锁"与歌德《浮士德》的"魔鬼之约"。套语又作惯用语,是指由文学传统积淀下来的习惯说法,本身即构成意象,例如西方文学的"乐园"、"禁果"、"方舟"、"潘多娜之匣",中国文学的"西天"、"矛盾"、"知音"、"中山狼"、"青梅竹马"、"八仙过海"等。与中国文学的成语、典故有相通之处。[①]

(三) 文体类型比较研究

文体类型即文学的文体、风格、种类(kind)、类型(genre),也即一套为作者与读者共同遵从的文学形式及其建构规则。异同比类研究范畴所谓文体类型比较研究,就是对不同语言、民族、国家、地区的文学,文体、风格、种类、类型非事实类比关系的求同显异。其意义生长点在于立足共同文论话语建构的求同显异,也就是不同语言、民族、国家、地区文学文体、风格、种类、类型的同一性与差异性研究。例如立足求同的不同语言、民族、国家、地区的史诗普遍性原则比较研究[②],戏剧的思想、人物、风格、叙事范式比较研究[③],流散文学的叙事范式、个

[①] 参见陈光磊:《中国惯用语》,上海文艺出版社1991年版;《中国惯用语大词典》,上海辞书出版社2011年版。

[②] 参见玛丽·陈:《中国的英雄诗和欧洲的史诗》,李达三、罗钢主编:《中外比较文学的里程碑》,人民文学出版社1997年版。

[③] 参见亨利·W.怀尔斯:《亚洲古典戏剧的比较》,李达三、罗钢主编:《中外比较文学的里程碑》,人民文学出版社1997年版。

性特质、文化身份认同比较研究①，立足显异的不同语言、民族、国家、地区的文学文体分类及其原则比较、缺类现象研究等。如前文所述，蔡元培、朱光潜、胡适等所谓中国无悲剧，其实是中国没有西方那样表现罪恶与崇高的悲剧，换句话说"'罪恶—崇高'类悲剧"在中国属于缺类。反之，中国重表现人生、人性的"'人生—人性'类悲剧"在西方同样属于缺类。类似话题还有海外汉学家海涛华（James Robert Hightower）等人的中国无史诗说，而在杨牧看来，史诗与英雄诗属于一事两说，中国只是没有西方那样表现"尚武的英雄主义"的英雄诗。② 反之，中国表现"尚文的英雄主义"的英雄诗，在西方同样属于缺类。

（四）思潮流派比较研究

异同比类研究范畴既密切相关而又有所区别的所谓"思潮流派比较研究"，就是对不同语言、民族、国家、地区的文学思潮、文学流派非事实类比关系的求同显异。由汉语言说的文学思潮，顾名思义，就是流行于某个时代、国家、地区的文学思想潮流，通常体现为相关的文学流派，因此，文学思潮与文学流派常常被混说和混用。但是，文学思潮可以是非文学流派的共同文学思想倾向，而文学流派往往又体现为相应的文学群体乃至包括文体、题材、叙述方式在内的文学创作特征。例如中国立足反传统、学西洋的20世纪"五四"文学，西方立足消解权威、消解中心、解构同一性，回归传统、回归文本、彰显差异性的后现代文学，既是文学思潮，也是文学流派。作为文学流派又具体体现为相应的文学群体，例如前者的创造社、文学研究会等，后者的女性文学、后殖民文学等。其意义生长点同样在于立足共同文论话语建构的求同显异，也就是不同语言、民族、国家、地区文学思潮、文学流派的同一性与差异性研究，例如现代汉语文学、英语文学、日语文学的"反乌托邦传统"的比较研究。③

---

① 参见黎跃进：《东方古代流散文学及其特点》，《东方丛刊》2006年第2期；王宁：《流散文学与文化身份认同》，《社会科学》2006年第11期；钱超英：《流散文学：本土与海外》，海天出版社2007年版。

② ［美］杨牧：《论一种英雄主义》，李达三、罗钢主编：《中外比较文学的里程碑》，人民文学出版社1997年版。

③ 何冠骥：《为什么乌托邦文学衰落了：汉语文学、英语文学、日语文学中现代反乌托邦传统的比较研究》（博士论文），美国伊利诺斯大学厄巴纳－尚厄恩分校1986年。

三、阐释发明研究

所谓"阐释发明研究"即以此证彼或以人说我,乃至相互阐释、彼此发明。内容涵盖中国学者提出的"阐发研究"与美国学者提出的"跨学科研究"。包括以我观人、以我证人、以我诠人(简称"以我说人")的自我本位比较研究,以人观我、以人证我、以人诠我(简称"以人说我")的非我本位比较研究,令他者与自我彼此观照、相互发明、互证互释(简称"互证互释")的互为本位比较研究等三个子方法类型。

(一)自我本位比较研究

阐释发明研究范畴所谓"自我本位比较研究",就是以自我的民族文学、国别文学、区域文学的视角、观念、方法、现象等为规范、参照系、中心,观照、印证、诠释非我的民族文学、国别文学、区域文学。例如法国汉学家儒莲的中国文化与文学研究,如同其汉籍西译,同样采取移中就西的方法,坚持"以西方为出发点研究中国现实"①。

至于彰显于当今的中学《语文》课本的历史典籍《春秋》、《史记》、《三国志》中的文学因素,卜筮之书《易林》藉文词而流传后世,郦道元的地理著作《水经注》被后人当作游记的经典之作,直接影响到柳宗元游记创作等,研究起来,均耐人寻味。然而,基于比较文学学科归属的文学性或说文学中心,拿文学的观念、理论、方法去观照、解读、诠释、印证文学的相关学科的自我本位比较研究,例如陈寅恪研究汉唐碑记之类的以文证史,虽然大有可为,则属于比较文化研究。

自我本位比较研究,在当今学界尚处于混乱状态:实际上,我们所从事的外国文学研究就是以我观人、证人、诠人,而整个外国文学研究界却并不具有这种自觉意识,或说没能对我们所从事的外国文学研究的"非我"解读与外国文学本土的"自我"解读进行明确地区别。这个领域显然大有可为。如前文所述:拿老庄的无为哲学解读歌德《浮士德》,将会得出另类于西方文学的结论。在老庄的无为哲学看来,浮士德的所作所为,正是一种不可为而为之的徒劳;上帝的所作所为,更是愿赌不服输,输了便派遣天使抢"赌注(浮士德)"的非正当行为。这不仅与

---

① F. Julien, *La valeur allusive: des catégories originales de l' interprétation poétique dansla tradition chinoise (contribution à une réflexion sur l' altérité intercuturelle)*, Maisonneuve Paris, 1985.

西方基督徒学者，而且与所有西方学者的解读正好相反。又例如：《论语·季氏》载孔子教导"不学诗，无以言"，曹丕《典论·论文》强调"盖文章，经国之大业，不朽之盛事"。而西方学者菲次杰拉德则撰文《被视为颠覆力量的中国小说》指出，批判现实的《三国演义》与《水浒传》，被视为中国社会的一种颠覆力量。①

（二）非我本位比较研究

阐释发明研究范畴所谓"非我本位比较研究"，就是以非我的民族文学、国别文学、区域文学的视角、观念、方法、现象等为规范、参照系、中心，观照、印证、诠释自我的民族文学、国别文学、区域文学；以文学相关学科的视角、观念、方法、现象等为规范、参照系、中心，观照、印证、诠释文学。前者例如美籍华裔学者梅祖麟和高友工对杜甫《秋兴》八首的结构研究，其方法就是来自欧美新批评等所注重的文本细读：语义、语法、音韵分析；②后者例如张汉良运用现代西方心理分析、原型批评、结构主义批评理论对刘义庆《幽明录·杨林》、沈既济《枕中记》、李公佐《南柯太守传》、任繁《樱桃青衣》的分析。③

如果说自我本位比较研究的领域有待规范、有待开拓、更大有可为，那么，非我本位比较研究的领域，则得到变态的发展：随着20世纪初的"全盘西化"之风，中国文化解读的以人观我、证我、诠我，遭到片面强调，例如终结中国古典诗学的王国维的《〈红楼梦〉评论》，台湾学者当初提出单边主义的阐发法，以及学界有关的单边主义的阐发研究成果，几乎全是移中就西。如前文所述，削足适履的事例，层出不穷。这正是比较文学未来的阐释发明研究所应正视的问题。非我本位比较研究的深入开展，势必改变民族文学特色认定脱离国际背景的自我观照，自以为是，自尊自恋，或自我否定，民族虚无，改变民族文学史定位中他民族文学参照成为缺失的自言自语。科幻文学、影视文学的发展，网络文学、广告文学的破土而出等，无不带来文学媒介的多元化，从而使文学的文

---

① C. P. Fitzgerald, *The Chinese Novel as a Subversive Force*, Mean Jin Quarterly, Vol. 10, 1951, pp. 259 – 266.
② 参见［美］梅祖麟、高友工：《分析杜甫的〈秋兴〉：试从语言结构入手作文学批评》，温儒敏编：《中西比较文学论集》，北京大学出版社1988年版，第215—233页。
③ 参见张汉良：《〈杨林〉故事系列的原型结构》，温儒敏编：《中西比较文学论集》，北京大学出版社1988年版，第105—119页。

化乃至科学解读，文学解读对相关学科的借重，成为必然。

（三）互为本位比较研究

阐释发明研究范畴所谓"互为本位比较研究"，就是分别以民族文学、国别文学、区域文学比较的双方，文学与相关学科比较的双方的视角、观念、方法、现象等为规范、参照系、中心，观照、印证、诠释对方；或分别以民族文学、国别文学、区域文学比较，文学与相关学科比较的一方视角、观念、方法、现象等为规范、参照系、中心，观照、印证、诠释另一方；或拿作为第三方的民族文学、国别文学、区域文学的视角、观念、方法、现象等为规范、参照系、中心，观照、印证、诠释、作为第一方的本民族文学、本国文学、本地区文学和作为第二方的他民族文学、他国文学、他地区文学。引入第三方的互为本位比较研究，例如拿既不同于中国文学，又有别于西方文学的印度文学，或阿拉伯文学的观念、理论方法、现象，来观照、印证、诠释中国文学或欧美文学的观念、理论、方法、现象，势必为解决中西文学比较过程中的不易辨识乃至有关争执，提供一个参照系，这正是有待21世纪比较文学予以开发的处女地。

相互阐释、彼此发明、应用于跨学科时，要不要同时跨文明？我们以为：基于比较文学的异质性，研究文学与相关学科的关系，无须跨文明，因为学科差异本身就是异质的。例如"文学与宗教的关系"研究，便是典型比较文学阐释发明研究课题。而以相关学科的理论方法研究民族文学、国别文学、区域文学的作家、作品、流派、思潮等个案，则必须跨文明，因为民族文学、国别文学、区域文学及其相关学科，具有相同的文化语境乃至文化话语。例如"唐宋及其以后的'以禅说诗'与中国佛教的关系"、"《红楼梦》与道家哲学思想"研究，则不属于比较文学的阐释发明研究课题。反之，"唐诗的符号学分析"、"《红楼梦》的精神分析解读"，便属于比较文学的阐释发明研究。

后 记

感谢曹师吉甫先生的教导并为拙著作序！感谢国家社科基金后期资助课题"比较文学理论的中国化研究"的诸位评审专家！专家对课题提出的中国比较文学的"本土化"，中国化比较文学"一元暨多元主义"的学科话语、"无用之用"的学科特性、"四际文学关系"的研究对象、"会通研究"的研究方法、由"三原则"和"三要素"构成的可比性等观点及其论述的充分肯定，让我多多少少看到了拙著为学界接受的希望。

十年磨一剑，那是我写作《中国比较文学源流》（中州古籍出版社1988年出版）的情形；至于拙著，书写的则是我从事比较文学教学与研究几近三十年的心路历程及其心得。

1985年，我大学毕业并留校任教，教文艺理论，由此将研究方向定位于比较文论。学位论文《柏拉图与庄周的文艺观》（《江汉论坛》1988年第1期）及其姊妹篇《亚里斯多德与荀况的文艺观比较》（《江汉论坛》1990年第8期）的写作，将我的学术兴趣引向比较文学这门20世纪80年代的"热门"学科。

大概与我当初从事文艺理论教学有关，我对比较文学的兴趣自始至终都落脚于学科理论建构。其中，比较文学的研究对象是我最初关注与思考的焦点。为此，1986年底，我寄短文《比较文学研究中的"文学关系"》向时任深圳大学中文系主任的乐黛云先生请教，随后收到由孙景尧先生签发的"中国比较文学学会第二届年会暨国际学术研讨会"（西安，1987年）邀请函，会上根据乐先生指示，由卢康华先生与孙景尧先生介绍加入中国比较文学学会，成为中国比较文学"黄浦三期"学员，有幸长期接受诸位前辈学者的教导与提携。《比较文学研究中的"文学关系"》内容提要载《华东比较文学通讯》（1987年第2期），全文载《固原师专学报》（1990年第3期），后来经过深化，又以《文学关系：

比较文学的研究方法》为题,分别在"四川省比较文学学会第七届年会暨国际学术研讨会"(成都,2007年)、"中国比较文学学会第九届年会暨国际学术研讨会"(北京,2008年)上交流并分别收入两会论文集。《比较文学中国化》上编"比较文学本体论"第二章"另类异质的'四际文学关系':中国化比较文学的研究对象"由此而来。

1992年底,我调往山东昌潍师专从事专职的比较文学教学与研究并开设《比较文学概论》限选课,在1997年《比较文学》成为教育部的法定必修课之前,始终没有间断过。我的比较文学课程自编讲义,后来以《什么是比较文学》为名,由中州古籍出版社(1998年)出版。由《什么是比较文学》的名称及其五个章节的标题"What's Comparative Literature"、"什么是比较文学"、"比较文学是什么"、"文学关系研究"、"比较文学与高等教育"可知,《什么是比较文学》在试图将比较文学理论建构纳入"文学关系研究"的框架的同时,坚持以"什么是"与"是什么"、"什么是比较文学"与"比较文学是什么"的辨析作为比较文学理论建构的切入点。《比较文学中国化》中编"比较文学认识论"第三章"什么是、是什么、为什么是辨析:中国化比较文学理论建构的切入点"由此而来。

《什么是比较文学》还同时提出:以由钱钟书先生拈出的治学方法"打通研究"作为比较文学的研究方法;以总结自中国传统文化的"多元主义"作为比较文学的精神特质。前者经过深化,形成论文《打通研究:一种属于比较文学的研究方法》,在"中国比较文学学会第六届年会暨国际学术研讨会"(成都,1999年)上交流并收入会议论文集,同时在《盐城师院学报》(2000年第1期)刊载,后来随着思考的深入,感到来自中国传统的治学方法"会通研究"更加适合作为比较文学研究方法,于是在《甘肃社会科学》(2011年第4期)上撰文《会通研究:比较文学的研究方法》加以探讨,《比较文学中国化》下编"比较文学方法论"第三章"来自中国文化传统的'会通研究':中国化比较文学的研究方法"由此而来;后者经过深化,在电话请教乐黛云先生,是称"一元即多元主义"还是称"一元暨多元主义"之后,形成论文《一元暨多元主义:一种属于比较文学的学术精神》(载《潍坊学院学报》2003年第1期),进而提升到比较文学"中国学派"、"中国特色"的层面加以思考,形成论文《比较文学的"中国学派"、"中国特色"与中国传统文化特质》，在"中国比较文学教学研究会第二届年会暨国际学术研讨会"（银川，2003 年）上交流并收入会议论文集，进而同比较文学研究对象"文学关系"与研究方法"打通研究"结合起来思考，形成论文《"一元暨多元主义"、"打通研究"、"文学关系"：比较文学的研究对象、方法、精神范式与个性特质》，在"中国比较文学学会第八届年会暨国际学术研讨会"（深圳，2005 年）上交流并收入会议论文集，《比较文学中国化》中编"比较文学认识论"第一章"来自中国文化传统的'一元暨多元主义'：中国化比较文学的学科话语"由此而来。

由"比较文学精神范式与个性特质"到"比较文学学科风骨"再到"比较文学中国化"乃至"比较文学学科话语"的提出，正所谓一波三折。

2002 年春，我受聘为湘潭大学比较文学与世界文学专业硕士生导师并讲授《比较文学方法论》课程，重点讲比较文学研究方法以及比较文学方法论其赖以形成的比较文学精神范式与个性特质。《比较文学中国化》中编"比较文学认识论"第一章对"一元暨多元主义"的定位，下编"比较文学方法论"第一章"无规矩不成方圆，法无定法，登岸舍筏：中国化比较文学研究方法'三段论'"，就来自《比较文学方法论》讲义。

2006 年，我以《中国比较文学引论》书稿申请"国家社科基金后期资助"项目，书稿章节依次为：（1）学科设限方法论：比较文学方法论的普适性原则；（2）"什么是"与"是什么"：比较文学方法论的认识论原则；（3）"中国化"与方法论：建构中国比较文学理论话语体系的切入点；（4）一元暨多元：中国比较文学的学科风骨；（5）文学关系：中国比较文学的研究对象；（6）会通内外，互证互释：中国比较文学的功能目的；（7）会通研究：中国比较文学的研究方法；（8）三大关系学：中国比较文学的研究类型；（9）无用之用：中国比较文学的学科特性；（10）学科定位：一种表述策略；（11）学科属性与可比性。两相比较，《中国比较文学引论》在教材《什么是比较文学》与讲义《比较文学方法论》的基础上，作了如下改进：一是改"学科精神范式与个性特质"为"学科风骨"，改"打通研究"为"会通研究"。二是提出了"比较文学中国化"并以此作为中国化比较文学理论体系建构的切入点；提出"比较文学无用之用的学科特性"，题为《无用之用：比较文学的学科特性》的论文载《中外文化与文论》第 15 辑（2008 年）；提出了比较文学可比性的"三同一原则",题为《论比较文学的可比性》的论文载《江西社会科学》2010年第5辑。

在《比较文学中国化》中,《中国比较文学引论》作为中国比较文学理论建构切入点的"比较文学中国化"变成了立足点乃至纲领,中国化比较文学学科风骨变成了学科话语,有关"什么是"与"是什么"辨析的认识论原则变成了中国化比较文学理论建构的切入点,有关方法论、认识论的提法变成了比较文学本体论、认识论、方法论架构。这是我2006年"国家社科基金后期资助"项目申请未果,而根据评审专家意见所作的修改。专家意见大意是:建议在本体论、认识论、方法论的框架下展开论述;淡化写作体例的教材色彩而强化学术研究色彩。

不言而喻,随后的六年便是我名为如何使《中国比较文学引论》的教材色彩转型为《比较文学中国化》的学术色彩,实为在观点不变的前提下,对《中国比较文学引论》的论述与体例加以细化与技巧化,使之成为《比较文学中国化》的六年。关于《比较文学中国化》的"三论"体系架构,专家读者如果认可的话,那是《中国比较文学引论》课题评审专家的功劳,不敢掠美;如果不认可,那是我能力有限,不敢辞过。为了彰显《比较文学中国化》的学术研究色彩,而又不至于让作为学术色彩亮点,属于认识论的学科话语的深入论述,因篇幅过长而形成对本体论与方法论的喧宾夺主,更为主要的是对中国化比较文学学科话语一元暨多元主义本身作出深入细致的分析与准确的叙述,我采取功夫在诗外——写作并出版《中西文化话语比较》(安徽师范大学出版社2011年出版)专著之后,再将其主要观点移植过来。

《中国比较文学引论》书稿之所以具有评审专家不以为然的"教材色彩",修改后的《比较文学理论的中国化研究》"过于追求全面系统以至影响到叙述的均衡",仍然让评审专家引以为憾,是因为我的写作始终抱着一种或许"不合时宜"的想法:首先,如果"先做人后做事"可以作为做人原则的话,那么"先做教师后做专家"便是我做教师的原则。套用"谋事在人而成事在天"的俗话,作为教师,我首先想到的是如何教好书,至于研究成果能否成为著作,教师能否成为专家,那就听其自然了。总之是科研为教学服务。其次,虽然讲义未必能够成为立足知识创新的专著,但是并不妨碍我拿具有知识创新的专著做讲义。再说,比较文学理论著作的读者,除了同行专家那就是高校学生,且主要是研究生。

为此，请专家读者谅解《比较文学中国化》在不影响中国化的比较文学"三论"谱系的梳理与建构，学科话语、学科特性、可比性等观点创新前提下的如下做法：

一是维持其全面系统的叙述，例如保留有关国内国际具有代表性的学科定义的检讨，保留对国际比较文学理论建构三阶段即三大学派的历史回顾及其检讨等，这样有利于学生知识接受的系统性并由知其然到知其所以然，因为比较文学专业的研究生来自外文系的本科生多数未学《比较文学概论》课程，大多数的中文系《比较文学概论》课程，也难得梳理比较文学的来龙去脉。

二是尽量引用学界熟知的旧资料和学界认可的观点，酌情引用近期不至于引起误读且有影响的资料与观点，除了对明显不顺与需要进而求证的译文，根据原文重新处理，尽量引用现成的译文，从事论证，这样方便学生对所引资料的查阅，便于学生对我由此建构的观点的理解。

三是不仅不厌其烦地数次提到比较文学中国化的具体内涵"立足民族文化语境，贯彻民族文化话语，激活中国元素，彰显中国性，体现中国味"，"植根于汉字及其书写而又超越汉字汉语，立象尽意、依经立义、比物连类、语境成义的话语模式"，一元暨多元主义的中国文化话语即中国化比较文学学科话语及其四个层面等，旨在仿效《诗经》和汉乐府（例如《孔雀东南飞》）的一咏三叹，以"故意的重复"突出与强调上述文字的重要性。

四是在不同角度、不同层面或说不同标题之下，重复相同的叙述，重复引用相同的资料，以此将问题探讨、题旨阐释，乃至所重复的话语和重复引用的资料的理解，推向全面深入。

在日常生活中从事知识创新，将理论建构应用于教书实践，正是孔子的思想建构方式；从不同角度讲相同的问题，在庄子《外物》和荀子《劝学》那里，属于意象连立、以象去象的言说方式。"'高山仰止，景行行止。'虽不能至，然心向往之。"（司马迁：《史记·孔子世家》）

《比较文学中国化》集丝成线、汇涓滴成溪的写作过程及其所思所想，汇报如上，不当之处在所难免，请专家读者指正。

作者
2013年3月28日

图书在版编目(CIP)数据

比较文学中国化/徐扬尚著. —北京：中央编译
出版社，2013.11
ISBN 978-7-5117-1815-0

Ⅰ.①比…
Ⅱ.①徐…
Ⅲ.①比较文学-文学研究-中国、西方国家
Ⅳ.①I0-03

中国版本图书馆 CIP 数据核字(2013)第 240927 号

比较文学中国化

出 版 人	刘明清
出版统筹	谭　洁
责任编辑	曲建文
责任印制	尹　珺
出版发行	中央编译出版社
地　　址	北京西城区车公庄大街乙 5 号鸿儒大厦 B 座(100044)
电　　话	(010)52612345(总编室)　　(010)52612370(编辑室)
	(010)66161011(团购部)　　(010)52612332(网络销售)
	(010)66130345(发行部)　　(010)66509618(读者服务部)
网　　址	www.cctphome.com
经　　销	全国新华书店
印　　刷	北京金瀑印刷有限责任公司
开　　本	787 毫米×960 毫米　1/16
字　　数	353 千字
印　　张	22
版　　次	2013 年 11 月第 1 版第 1 次印刷
定　　价	68.00 元

本社常年法律顾问：北京市吴栾赵阎律师事务所律师　闫军　梁勤
凡有印装质量问题，本社负责调换。电话：(010)66509618